1498

**Das Buch**
Südschweden 2005: Ein Orkan verwüstet ganze Landstriche, riegelt Dörfer und Höfe tagelang von der Außenwelt ab und fordert 17 Todesopfer. Auch der Bauer des Johanssonhofs kommt in der Sturmnacht durch einen tragischen Unfall ums Leben. Als zehn Jahre später das Gehöft bis auf die Grundfesten niederbrennt und in den rauchenden Trümmern ein aufgespießter, bis zur Unkenntlichkeit verkohlter Leichnam gefunden wird, nehmen die Kommissarinnen Ingrid Nyström und Stina Forss die Ermittlungen auf.
Die rätselhafte Spurenlage führt die beiden ungleichen Frauen zu norwegischen Touristen, osteuropäischen Erntehelfern und einem Resozialisierungsprojekt für ehemalige Schwerverbrecher. Doch bald wird deutlich, dass der Mordfall noch eine ganz andere Dimension aufweist: Während Nyström und Forss der Fährte in die Vergangenheit folgen, befindet sich eine junge, verletzte Frau auf der Flucht vor einem gnadenlosen Täter. In den Tiefen des småländischen Walds beginnt eine Jagd auf Leben und Tod, die auch die Ermittlerinnen bis an ihre Grenzen treibt.

**Die Autoren**
Kerstin Signe Danielsson ist in der Nähe von Växjö/Småland geboren und aufgewachsen. Roman Voosen stammt aus dem emsländischen Papenburg. Sie leben und arbeiten zusammen in Schweden.

Roman Voosen
Kerstin Signe Danielsson

# IN STÜRMISCHER NACHT

## EIN FALL FÜR INGRID NYSTRÖM UND STINA FORSS

Kiepenheuer & Witsch

© 2015, 2017, Verlag Kiepenheuer & Witsch GmbH &
Co. KG, Bahnhofsvorplatz 1, 50667 Köln
Alle Rechte vorbehalten
Die Nutzung unserer Werke für Text- und Data-Mining
im Sinne von § 44b UrhG behalten wir uns explizit vor.
Umschlaggestaltung: Barbara Thoben, Köln
Umschlagmotiv: Foto © plainpicture/Mark Owen;
Käfer © Neubauwelt
Gesetzt aus der Dante und Kabel
Satz: Felder KölnBerlin
Printed in Germany
ISBN 978-3-462-04956-5

Kontaktadresse nach EU-Produktsicherheitsverordnung:
*produktsicherheit@kiwi-verlag.de*

There's an east wind coming, Watson. It will be cold
and bitter, and a good many of us may wither before
its blast. But it's God's own wind none the less,
and a cleaner, better, stronger land will lie in
the sunshine when the storm has cleared.

A. C. DOYLE, »HIS LAST BOW«

# PROLOG

*Es waren die Tiere, die zuerst reagierten.*

*Die Kühe wirkten bereits morgens bei der Fütterung unruhig; sie stießen einander, scharrten im Stroh, schlugen nervös mit den Schwänzen. Der Hund jaulte gegen Mittag ohne ersichtlichen Grund. Die Katze ließ sich gar nicht blicken, ihr Futternapf stand unberührt in der Scheune. Dass sich ein Sturm zusammenbraute, begriff der Bauer erst, als es Abend wurde. Den ganzen Tag über war es beinahe windstill gewesen, die Spitzen der hohen Fichten hatten sich kaum bewegt, und über den Wäldern und Weiden hatte eine unwirkliche Ruhe gelegen. Doch nun wurde der Himmel sehr schnell dunkel und darauf wieder hell, Wolkenfetzen jagten vorbei, dann brach die Dämmerung herein, plötzlicher als sonst in diesem milden Winter. Der Bauer machte Feierabend und zog sich ins Haus zurück. Draußen begann es zuerst zu rauschen, dann zu pfeifen, schließlich heulte es. Eine halbe Stunde später sah er den vor Tagen ausrangierten Weihnachtsbaum am Wohnzimmerfenster vorbeipurzeln, die Scheinwerfer im Hof brachten das Lametta für einen seltsam schönen Augenblick zum Glitzern. Dann ging das Licht aus. Der Strom war weg und der Baum auch.*

*So fing es an.*

*Kurz darauf wurde es schlimmer: Die Ziegel auf dem Dach klapperten, zuerst vereinzelt, dann im Tremolo. Woge um Woge drückte der Wind gegen das Haus, griff es, schüttelte es, verschlang es und spie es wieder aus. Der Bauer hörte, wie die Bäume am Waldrand umknickten; die Fichten brachen ächzend und klagend. Da draußen wütete ein Wahnsinniger, ein irrer Riese, eine Urgewalt. Der Himmel regnete Asche und sprühte Funken, atmete Feuer und sprengte Gestein. Jedenfalls hörte es sich drinnen so an. Die ganze Familie versammelte sich in der Küche, zündete Kerzen an und legte neue Batterien ins Radio. Dort war jetzt von einem Orkan die Rede. Etwas klatschte gegen das Fenster, ein Vogel, aber die Scheibe blieb ganz. Als die Böen gegen Mitternacht nachließen, als sie endlich ein wenig nachließen, gingen sie gemeinsam hinaus.*

*Sie standen in völliger Finsternis. Das Erste, was dem Bauern auffiel, war der Geruch von frisch gerodetem Wald. Der schwere Harzgeruch, der ihn bis dahin auf eine unbestimmte und archaische Art glücklich gemacht hatte, ließ ihn nun das Schlimmste ahnen. Er schaltete eine Taschenlampe ein. Ihr Schein tastete sich bis an den Waldrand vor. Nur, dass es keinen Waldrand mehr gab. Es war, als hätte sich der Horizont verschoben, als wäre er nach unten abgesackt. So weit der Lichtkegel der Lampe reichte, lagen die Bäume am Boden. Siebzig, achtzig Jahre alte Tannen und Fichten, die bereits sein Urgroßvater gepflanzt hatte. Er versuchte, den Schaden zu ermessen; sich vorzustellen, was er verloren hatte. Sein Erbe, sein Leben, seine Existenz? Panik würgte ihn. Die Tiere waren verängstigt, eine entwurzelte Tanne lag in der Hofeinfahrt, und die Straße vor dem Haus war von unzähligen umgekippten Bäumen blockiert. Weitere Taschenlampen warfen hektisch Kegel in die Dunkelheit, alle rannten durcheinander. Beinahe wäre er* über den Hund gestolpert. Er sah nach den Kühen und Hühnern. Er zerrte mit dem Traktor die umgefallene Tanne aus der Einfahrt. Er brüllte sinnlose Befehle und gab Kommandos, denen niemand folgte. Die Eiche im Hof stand noch, die gelben Scheinwerfer des Traktors beleuchteten die tote Katze, die mit gebrochenem Rückgrat zwischen zwei Ästen in der Baumkrone eingeklemmt war. Sie hing da wie ein Opferlamm.

*Ein Opfer?*

*Aber wofür?*

*Er wusste es nicht. Er fühlte überhaupt nichts mehr. Er war wie betäubt. Trotzdem arbeitete er wie eine Maschine.* Er begriff bald, dass das Schicksal, dass der Sturm nicht nur ihn getroffen hatte. Ein Orkan über Südschweden, hatte es im Radio geheißen. Deshalb galt es vor allen Dingen, die Straße wieder frei zu bekommen und an ein funktionierendes Telefon zu gelangen. *Ein Wettlauf gegen die Zeit:* Die Waldbesitzer, die die Forstunternehmen und Sägewerke zuerst erreichten, würden ihr Holz bergen und verkaufen können; die anderen mussten sich hinten anstellen; wochenlang, monatelang, womöglich jahrelang würden die umgeknickten Bäume der Witterung, der Fäulnis, den Schädlingen ausgesetzt sein. *Holz ohne Würde, Holz ohne Wert.* Also kämpften er und seine Brüder sich im Licht der Traktorscheinwerfer Stunde um Stunde mit der Motorsäge durch die Stämme und Äste, die den Weg blockierten. Seine Arme, sein Kreuz schmerzten. Trotzdem machte er selbst dann noch weiter, als die anderen erschöpft aufgaben. Wieder und wieder fraß sich die Säge in das frische Holz, Mal um Mal füllte er den Tank mit neuem Benzin. Am Nachthimmel blitzte es, ein Gewitter mitten im Januar. Dumpf bebte der Donner hinter der Anhöhe, begleitet vom Geräusch weiterer Motorsägen aus Richtung der Nachbarhöfe. Auch die anderen versuchten sich freizukämpfen. Seine Hände zitterten, aber er nahm es kaum wahr. Es ging nur noch darum, weiterzumachen, immer weiter.

*Aus dem Dunkel trat eine bekannte Gestalt. Sie hatte eine brennende Partyfackel in der Hand.* Wie auf dem Grillfest im vergan-

*genen Sommer. Auch eine Art, sich zu helfen. Beinahe musste der Bauer lächeln. Aber er tat es nicht. Er tat es nie wieder.*

*»Du«, rief er über den Lärm der Säge und das Tuckern des Traktors im Leerlauf hinweg. »Steck die Fackel in den Boden und fass mit an!«*

*Die Gestalt kam näher und tat wie ihr geheißen, steckte die Fackel in die feuchte Erde neben der Straße. Doch dann griff sie nicht die zweite Säge, die in der Traktorschaufel lag, sondern den Benzinkanister, der ein Stück weiter auf dem feucht glänzenden Asphalt stand.*

*»Nimm dir die andere Säge! Treibstoff brauche ich jetzt nicht!«, rief der Bauer. »Ich habe meine vorhin erst aufgefüllt.« Wie lange war das her? Wirklich erst einige Minuten? Wie seltsam sich die Zeit doch bog und zog in dieser Nacht ohne Ende! Er wandte sich wieder seinem Baumstamm zu und setzte die Säge erneut an. Den großen, kalten Schwall Benzin auf seinem Rücken roch er, bevor er ihn spürte. Verwundert drehte er sich um. Was um alles in der Welt ...?*

*Die zweite und dritte Ladung klatschten ihm auf die Brust und auf den Bauch. Der beißende Geruch nahm ihm den Atem. Sein Arbeitsoverall sog die Flüssigkeit auf wie ein Schwamm.*

*Warum zum Teufel ...?*

*Die Augen unter der Kapuze musterten ihn kühl. Der Wind zupfte beinahe zärtlich an der blaufransigen Flamme der Fackel. Sein Gehirn verknüpfte die Informationen seines Geruchssinns erst in dem Augenblick mit der kleinen, fauchenden Flamme vor seiner Nase, als es bereits zu spät war.*

*Die Hand mit der Fackel stieß nach ihm.*

*Der Bauer fing Feuer.*

*Er brannte, als wäre er aus Papier.*

*Jetzt war er die Fackel.*

*Zuerst schrie er noch, brüllte seinen Schmerz in die letzten Böen hinein, doch bald schon wurden seine Schreie leiser, und auch der Wind ließ allmählich nach. Irgendwo jenseits der Straße, dort, wo einmal ein Wald, wo sein Wald gewesen war, donnerte es noch ein letztes Mal.*

*Dann folgte die lange Stille.*

## SCHWEDEN, ZEHN JAHRE SPÄTER
## MONTAG, 7. SEPTEMBER 2015

### 1

Hauptkommissarin Ingrid Nyström schwitzte in dem kühlen, engen Raum, als ginge es um ihr Leben. Und das tat es ja auch. Das Gerät zwängte ihren groß gewachsenen Körper in eine unnatürliche Haltung. Ihr Kopf wurde zur Seite gedreht, so weit, dass es wehtat, ihre Wange klebte an einer Kunststoffplatte, und ihre rechte Brust wurde von einer schraubstockartigen Apparatur zusammengedrückt. Nyström biss sich auf die Unterlippe und presste ihre feuchte Hand auf die freie Brust. Die Maschine brummte, dann klackte es mehrmals. Ein unheimliches Geräusch. Sie schloss die Augen und öffnete sie wieder. Endlich war die Krankenschwester bei ihr und befreite sie mit energischen Handgriffen.

»Das wäre geschafft. Du kannst dich jetzt wieder anziehen und im Nebenzimmer Platz nehmen. Die Ärztin ist dann gleich bei dir, und ihr besprecht die Ergebnisse.«

Nyström nickte wortlos. Es war jedes Mal das Gleiche. Nach der Mammografie fühlte sie sich stumm und betäubt. *Die Ergebnisse.* Das klang so beiläufig. Nach Sportnachrichten im Radio. Nach Eishockey oder Fußball. Dabei ging es doch gar nicht um Eishockey und auch nicht um Fußball. Es ging nicht um Leichtathletik oder den Ausgang eines verdammten Pferderennens! Es ging nicht um ein Ergebnis! Es ging um ein Urteil:

Leben oder Tod.

Sie zog den BH an, das Unterhemd, ihre gute Bluse. Der Gürtel schloss ein Loch weiter als sonst. In den Tagen vor der Nachuntersuchung hatte sie kaum Appetit. Nyström sah in den Spiegel über dem Waschbecken. Ihr Gesicht wirkte schmal. Sie fuhr sich mit der Hand durchs Haar. Es war noch überwiegend braun, aber es hatte im Lauf der vergangenen Jahre graue Strähnen bekommen. Sie war fünfundfünfzig Jahre alt. Ihre gleichaltrigen Freundinnen hatten Angst vor dem Älterwerden. Nyström hatte Angst vor dem Tod. Davor, dass der Krebs zurückkehrte. Als sie ihre Kurzhaarfrisur zurechtwuschelte, konnte sie ihren eigenen Schweiß riechen. Sie wünschte, dass sie an einen Deoroller gedacht hätte. Aber in solchen Dingen war sie alles andere als gut. Sie gehörte nicht zu den Frauen, die immer einen passenden Lippenstift in der Handtasche hatten. Ehrlich gesagt hatte sie noch nicht mal eine richtige Handtasche, sondern einen verschlissenen Lederbeutel, den man sich über die Schulter hängen konnte. Etwas Praktisches, in dem sie ihre Akten und Butterbrotdosen transportierte.

Die Stimme der Ärztin riss sie aus ihren Gedanken. Die Frau bat sie in das Besprechungszimmer. Nyström nahm vor dem Schreibtisch Platz. Die Ärztin lächelte. Aber das musste nichts heißen. Im Krankenhaus schienen immer alle zu lächeln. Vielleicht ist das eine natürliche Reaktion, wenn man täglich mit dem Schlimmsten zu tun hat, dachte Nyström. Auf einem Leuchtkasten an der Wand hingen die Röntgenbilder ihrer Brüste. Unwirkliche weiße Schlieren auf schwarzem Grund.

Die Aufnahmen erinnerten sie an Fotos eines Weltraumteleskops. Strudelförmige Sternennebel. Unendliche Weiten.

Die Milchstraße.

»Es ist so ...«, hob die Ärztin an. Das Metallschildchen auf ihrem mintfarbenen Kittel verriet, dass sie Mona Nordmark hieß. Nyström erinnerte sich, den Namen bereits vor einer halben Stunde während des ersten Teils der Untersuchung gelesen zu haben, als die Ärztin ihre Brüste nach Knoten abgetastet hatte.

»... dass das bildgebende Verfahren den Eindruck bestätigt hat, den ich schon bei der manuellen ...«

Sie versuchte den Worten zu folgen, aber es fiel ihr schwer, sich zu konzentrieren.

»... keine Hinweise auf eine Lymphstauung ...«

»... jederzeit die Möglichkeit einer Magnetresonanztomografie ...«

»... Restrisiko kann nie vollständig ausgeschlossen werden ...«

Nyström kannte die Begrifflichkeiten, denn sie hatte sie viele Male gelesen und gehört, aber dennoch drang die Bedeutung der Sätze, die Mona Nordmarks einfühlsame Stimme formulierte, nicht in ihr Bewusstsein. Immer wieder verlor sich ihr Blick im Wust der weißen Schlieren auf den Röntgenbildern an der Wand. Das war sie, die dort zu sehen war. Wie der Blick vorhin in den Spiegel, nur tiefer. Ein Blick in ihr Inneres. Nyström schloss die Augen, ihr Herz klopfte, die Spiralnebel drehten sich. Sie dachte an ihren Mann, Anders. An ihre drei erwachsenen Töchter, Anna, Marie und Sophie. Die fünf Enkel. An ihre alte Mutter ...

Nein, entschied sie. Nein. Nicht jetzt. Nicht heute und auch nicht morgen. Es war zu früh. Es war noch viel zu früh, um zu gehen.

Oder?

Sie öffnete die Augen wieder. Mona Nordmark lächelte erneut. Immer dieses Lächeln. Die junge Ärztin streckte ihr über den Schreibtisch hinweg die Hand entgegen.

»... dann sehen wir uns in sechs Monaten bei der nächsten Routinekontrolle.«

Nyström griff Nordmarks Hand und drückte sie kraftlos.

»... und noch etwas, Ingrid.«

»Ja?«

»Vergiss zwischendurch nicht zu leben!«

»Zu leben?«

»Das Leben anzunehmen! Zu genießen!«

Nordmark strahlte, als hoffte sie, Nyström mit ihrem Optimismus anstecken zu können. Sie hätte wunderbar in eine Zahncremewerbung gepasst, dachte Nyström.

»Ich werde mir Mühe geben.«

»Wir bieten hier Selbsthilfegruppen an, weißt du?«

»Danke, ich ... aber ...«

»Ja?«

»Ich bin bereits in einer Selbsthilfegruppe«, presste sie hervor.

Einerseits stimmte das. Andererseits wusste Nyström, dass es nicht das war, was die Ärztin meinte. Es gab in der Tat eine Therapiegruppe, die Nyström seit einem knappen Jahr besuchte. Besuchen musste. Aber diese regelmäßigen, von einem Psychologen geleiteten Treffen hatten nichts mit ihrer überstandenen Brustkrebserkrankung zu tun, sondern damit, dass sie vor elf Monaten im Einsatz einen Mann erschossen hatte. Eine Selbsthilfegruppe für Polizisten, die im Dienst getötet hatten. Eine zweite Therapiegruppe, die sich mit dem Tod beschäftigte, glaubte sie nicht verkraften zu können.

»Es geht darum, den Weg zurück ins Leben zu finden«, sagte Mona Nordmark. Sie reichte Nyström eine Broschüre.

»Ja, ich weiß«, sagte Nyström und rang sich ein Lächeln ab. In einem Krankenhaus gehörte sich das anscheinend so. »Ich gebe mein Bestes.«

Als sie die langen Flure entlang zum Ausgang ging, hätten ihre Schritte leicht und beschwingt sein sollen. Die Ergebnisse der Nachuntersuchung waren gut, nichts deutete darauf hin, dass die Krankheit zurückgekehrt war. Dennoch waren ihre Beine schwer. Draußen, vor dem Haupteingang, blieb sie stehen. Sie blickte erneut auf die Broschüre in ihrer Hand, dann warf sie sie in einen Mülleimer. Die warme Septembersonne brachte die Oberfläche des Växjösees zum Funkeln. Das Blattwerk der Bäume leuchtete in sattem Gelb und Rot. Die milde Luft roch nach Heu, reifem Obst, Mineralien. Nyström nahm die Schönheit des Augenblicks wahr, aber er berührte sie nicht. Das war traurig, und das spürte sie. Als ihr Handy klingelte und sie auf dem Display sah, dass der Anruf beruflich war, empfand sie unendliche Dankbarkeit.

## 2

Kommissarin Stina Forss hockte in ihrem Gemüsebeet und drosch mit einem Grubber auf das Unkraut ein. Während der drei Wochen Urlaub, von denen sie zwei auf Mallorca und eine in Berlin verbracht hatte, hatten Quecken, Giersch und Scharfer Hahnenfuß das Beet in einen Miniaturwald verwandelt und den Blattsalat sowie den Spinat unter sich begraben. Die Schnecken waren über den kümmerlichen Rest hergefallen. Das Einzige, was sie noch halbwegs retten konnte, waren eine Handvoll Zwiebeln und eine Reihe Mangold mit schlaff herabhängenden Blättern. Nach einem Sommer voller verkümmertem und wurmstichigem Gemüse waren der Salat und der Spinat, die Zwiebeln und der Mangold ihre letzte Hoffnung gewesen. Sie schleuderte den Grubber quer über den Rasen Richtung Waldrand, wo er irgendwo in den kniehohen Brennnesseln verschwand. Apropos Brennnesseln: Das war noch so ein Problem, dessen sie sich dringend annehmen musste. Bei ihrem ersten Versuch, mit einer Sense zu arbeiten, hatte sie sich einen zwanzig Zentimeter langen Schnitt zugefügt und beinahe ihre Schulter ausgekugelt. Danach hatte sie sich nicht mehr getraut, mit dem unhandlichen Mordsgerät weiterzuarbeiten. Was sie brauchte, war eine dieser elektrischen Sensen aus dem Baumarkt. Allerdings hatte sie dort in den vergangenen Monaten bereits viele Tausend Kronen ausgegeben. Für einen benzinbetriebenen Rasenmäher, Holzschutzfarbe, Gartengeräte. Vielleicht musste sie sich eingestehen, dass sie einfach keinen grünen Daumen besaß. Stadtkind Stina und ihr Traum vom Leben auf dem Land. Dabei war ihr die Idee zu Anfang vollkommen plausibel erschienen. Das Sommerhaus mit Seeblick und dem verwachsenen Garten, das sie im vergangenen Herbst von ihrem verstorbenen Vater geerbt hatte, übte einen sentimentalen Sog auf sie aus. Zudem war die Ferienwohnung im Haus ihrer Cousine, in der sie nach ihrer Ankunft aus Deutschland untergekommen war, alles andere als eine Dauerlösung gewesen. Die Nähe zu anderen Menschen, noch dazu zu Verwandten, hatte sie zu ersticken gedroht. Nach dem Tod ihres Vaters hatte sie ihr ganzes Leben auf den Prüfstand gestellt. Sie hatte vor der Wahl gestanden, ihre alte Stelle bei der Mordkommission in Berlin wieder anzutreten oder das fortzusetzen, was sie sich in zweieinhalb Jahren in Växjö aufgebaut hatte: eine Karriere bei der schwedischen Polizei in einer mittelgroßen Provinzstadt in Småland, im ländlichen Schweden, das so weitläufig war und doch so eng sein konnte, dass ihr mitunter die Luft zum Atmen wegblieb. Dieses Land ihrer Kindheit, das zwar in vielerlei Hinsicht liberal und fortschrittlich daherkam, das ihr aber auch mindestens genauso oft genormt und langweilig, mitunter gar spießig erschien. Sie hatte sich entschieden zu bleiben, und bei dieser Entscheidung hatte das ehemalige Sommerhaus ihres Vaters eine wichtige Rolle gespielt. Wahrscheinlich weil es ihr genau die Geborgenheit und die Nestwärme gab, die sie sich von ihrem Vater immer gewünscht hatte.

Um den Zusammenhang zu verstehen, musste sie wirklich keine Psychologin sein.

Vor einem Dreivierteljahr war sie eingezogen. Das Haus lag abgelegen, nicht weit von der kleinen Ortschaft Väckelsång, etwa fünfunddreißig Kilometer südlich von Växjö. Nachbarn gab es keine. Dass ein Haus im Grünen jedoch nicht nur ein reines Idyll war, hatte Forss auf die harte Tour lernen müssen. Der Frost im November hatte bald gezeigt, dass die kleinen elektrischen Heizungen zu leistungsschwach waren, um das Holzhaus im Winter warm zu halten. Für viel Geld hatte sie eine moderne Heizungsanlage einbauen lassen müssen. Im Januar war wegen der Winterstürme und der umgekippten Bäume, die auf die Oberleitungen gefallen waren, mehrmals für einen oder zwei Tage der Strom ausgefallen, woraufhin der Zulauf zur Wasserpumpe eingefroren und geplatzt war. Nach dem Tauwetter im März hatte der Keller unter Wasser gestanden. Wenigstens hatte sie viel gelernt: über Erdwärmeanlagen und Pelletsbrennöfen, über Dieselgeneratoren und Klärgruben, über Grundwasserpumpen und Thermoverglasung. Im April war es warm genug gewesen, um die alten Fenster gegen eine Doppelverglasung auszutauschen. Danach beliefen sich ihre Schulden auf sechshunderttausend Kronen.

Aber es hatte auch die schönen Momente gegeben: Sie hatte von ihrem Schlafzimmerfenster aus eine Elchkuh mit ihren zwei Jungen beobachtet, die im Morgennebel am Seeufer getrunken hatten. Einen Waldkauz entdeckt, der in der toten Espe am Waldrand brütete. Ein Gartenfest mit den Kollegen veranstaltet. Das Haus ihres Vaters war ihr ans Herz gewachsen. Es war ein Vermächtnis, das sie annehmen konnte. Trotz der Narben auf ihrem Hals und des hängenden Augenlids, beides Zeugnisse jener Nacht vor knapp dreißig Jahren, in der ihr Vater seine Selbstkontrolle und Güte verloren hatte.

Sie beschloss, das Gemüsebeet für diese Saison aufzugeben. Drei Wochen Pflegeentzug waren nicht wieder aufzuholen.

Einige Zwiebeln und ein Bund Mangold reichten, zusammen mit den Erbsen, die sie noch in der Tiefkühltruhe hatte, für eine einfache Gemüsesuppe zum Mittag. Vorher wollte sie schwimmen gehen. Obwohl es bereits September war, zeigte das alte, rostige Thermometer am Geräteschuppen über zwanzig Grad. Sie trabte über den Rasen zum Steg, streifte sich die verschwitzte Gartenkleidung und die Unterwäsche vom Körper und sprang kopfüber in das dunkle Wasser. Eine Ente beschwerte sich schnatternd. Am anderen Ufer flogen zwei Reiher auf. Das kühle Wasser brachte ihren Kreislauf in Wallung. Alles kribbelte. Ein überaus körperliches Gefühl. Kurz musste sie an Javier denken, den gut aussehenden Kellner aus Santa Margalida. An Henry, den Engländer, den sie in einer Bar in Palma kennengelernt hatte. An Alexander aus dem Technoklub am Spreeufer. Drei Männer in drei Wochen. Mehr als in zweieinhalb Jahren Schweden. Sagte das etwas über dieses Land? Oder über sie? Vermutlich beides. Oder gar nichts. Sie ließ sich auf dem Rücken treiben, eine Hand auf ihrem Geschlecht. Hoch über ihr kreisten die Reiher. Ich bin hier zu Hause, dachte sie, ich bin endlich irgendwo zu Hause. Ihre Gedanken trieben wie ihr Körper mit der leichten Strömung des Sees. Zu Hause. So hatte es sich angefühlt, als sie gestern den Koffer über die Schwelle der Haustür gewuchtet hatte. Der würzige, ein wenig verstaubte Geruch des alten Hauses war ihr vertraut vorgekommen.

Ein Stück neben ihr im Wasser platschte es.

Ein Fisch.

Ein Geräusch.

Ein Déjà-vu?

Die Erinnerung kam unvermittelt. Trotz des innigen Gefühls der Geborgenheit war da gestern etwas gewesen, als sie wieder nach Hause gekommen war, eine leichte Irritation, ein Jucken am Rande ihres Bewusstseins, ein Zucken wie der Schlag einer Schwanzflosse im Wasser. Sie hatte es auf ihre Müdigkeit geschoben, auf die Strapazen der langen Zugfahrt, auf die Nachwirkungen der Ecstasy-Pille, ihren verkaterten Verstand und die durchtanzte und durchliebte Nacht ...

Aber warum kehrte die Empfindung jetzt und hier zurück?

Als Echo?

Als Ahnung?

Als machte ihr Gehirn einen Salto rückwärts und dann wieder nach vorn. Sie trieb mit geschlossenen Augen im Wasser und erinnerte sich, sah die Bilder klar und deutlich vor sich: Das Muster des Staubs auf ihrem Nachttisch. Die Anordnung der Sockenpaare in ihrer Kleiderschrankschublade. Die Richtung, in die der Kaffeelöffelstiel gewiesen hatte. Ein Hauch Rasierwasser in der Luft.

Als wäre jemand während ihrer Abwesenheit in ihrem Haus gewesen.

Sofort fröstelte sie, das Wasser erschien mit einem Mal kalt. In der Tasche ihres Jeansrocks, den sie auf einen Gartenstuhl gelegt hatte, klingelte ihr Handy.

# 3

Hauptkommissarin Ingrid Nyström bog mit ihrem kleinen Toyota von der L23 ab und folgte der einspurigen Straße etwa fünfzehn Kilometer. Sie verlief in engen Kurven zwischen dichten Fichtenwäldern, niedrigen Birkenhainen, Seen und Sümpfen. Ihr Kollege Hugo Delgado hatte ihr den Weg am Telefon beschrieben. An einem umgekippten Jagdstand lenkte sie den Wagen rechts auf einen schmalen Schotterweg. Sie passierte hohe Kiefern, Wälle aus wilden Himbeerbüschen, Tannen und mächtige Steinbrocken, die seit der Eiszeit dort lagen. Die Schotterpiste hob und senkte sich, wand sich in scharfen Kurven, schlug abrupte Haken. Obwohl sie nicht schnell fuhr, kam sie zweimal beinahe von der Straße ab. Kleine Steinchen prasselten an die Kotflügel. Bei Schnee muss es hier gefährlich sein, dachte sie. Noch ein Hügel, noch eine Kurve, dann war sie da.

Ihr erster Eindruck: Es schneite. Aber das konnte natürlich nicht sein. Die Sonne schien, es war Spätsommer. Dann begriff sie: Was da langsam zu Boden rieselte und auf der Windschutzscheibe ihres Autos landete, war kein Schnee, sondern feine weiße Asche. Sie stellte das Auto ab und stieg aus. Vor ihr standen drei mächtige Einsatzfahrzeuge der Feuerwehr, die einen schwarzen, feuchten Trümmerhaufen flankierten, aus dem Rauchfahnen emporstiegen. Daneben hielten ein Streifenwagen der Polizei, der VW-Transporter der Spurensicherung und einige zivile Fahrzeuge. Ein Stück abseits der umhereilenden Feuerwehrmänner entdeckte sie ihre Mitarbeiter Hugo Delgado, Lars »Lasse« Knutsson, Stina Forss und den neuen Kollegen, Kent Vargen, der sich durch seinen schicken Zweiteiler deutlich von allen anderen Anwesenden abhob. Wie sehr sich ihre Abteilung in den vergangenen Jahren doch verändert hatte, dachte sie flüchtig. Sie war Chefermittlerin, seit ihr ehemaliger Vorgesetzter wegen eines Unfalls in Frühpension gegangen war. Nyström hatte seinen Posten übernommen und war zur Hauptkommissarin befördert worden. Kurz danach war Stina Forss zur Gruppe gestoßen. Im vergangenen Monat hatte sich der talentierte Ermittler Göran Lindholm überraschend auf eine Stelle in Nordschweden beworben und um Versetzung gebeten. Wenigstens hatte die Behörde in Stockholm für einen sofortigen Ersatz gesorgt und einen erfahrenen Mitarbeiter aus der Hauptstadt geschickt. Kent Vargen würde bis auf Weiteres ihr Team verstärken. Zeitgleich war Nyströms langjährige Kollegin Anette Hultin in Mutterschutz gegangen. Deswegen hatte die Hauptkommissarin, nachdem sie von dem Verdacht auf ein tödliches Gewaltverbrechen erfahren hatte, Stina Forss kurz entschlossen gebeten, ihren Urlaub um einige Tage zu verkürzen. Offensichtlich hatte Forss alles stehen und liegen lassen und war sogar noch vor ihr am Tatort angekommen. Hugo Delgado wirkte ungeduldig, Kent Vargen konzentriert. Der bärenhafte Lasse Knutsson wurde wie so häufig rot, wenn sie ihn berührte. Nyström fiel auf, dass Stina Forss nasse Haare hatte. Ihre Sommersprossen leuchteten noch stärker als sonst.

»Wie war es auf Ibiza?«, fragte sie die Deutschschwedin.

»Mallorca.«

»Ach ja.«

»Danke, gut. Superwetter.«

»Und hier schneit's«, versuchte sich Nyström an einem Scherz und zupfte sich eine Ascheflocke aus dem Haar. »Danke, dass du deinen Urlaub so plötzlich abgebrochen hast.«

»Keine Ursache.«

Forss lächelte schief.

»Fertig mit dem Small Talk?«, drängte Delgado. »Ich fürchte nämlich, wir haben einiges zu tun.« Er trat von einem Bein aufs andere, ein sicheres Zeichen dafür, dass er angespannt war. »Heute Nacht gegen 4.30 Uhr haben die Nachbarn den Brand bemerkt und die Feuerwehr alarmiert.«

»Nachbarn? Hier draußen?«

»Die nächsten wohnen etwa zwei-, dreihundert Meter von hier, drüben, hinter der Hügelkuppe.«

»Ein Bauernhof«, warf Kent Vargen ein. Er schaute auf seinen Notizblock. »Die Familie heißt Karmfalk. Sie sind von einem lauten Knall geweckt worden und haben dann den Schein der Flammen gesehen. Das Feuer muss meterhoch gebrannt haben.«

»Über die Zeugen können wir später noch reden«, unterbrach ihn Delgado. »Wichtig ist doch erst einmal, was überhaupt passiert ist.«

»Was ist denn überhaupt passiert?«, beeilte sich Nyström zu fragen. Delgado war seit einiger Zeit auffallend gereizt. Genau genommen seit der Hochzeit und Schwangerschaft ihrer gemeinsamen Kollegin Anette Hultin. Delgado und Hultin waren früher einmal ein Paar gewesen, doch nach mehreren Trennungen, Versöhnungen und erneuten Trennungen hatte Hultin im Frühjahr einen anderen geheiratet. Trotzdem konnte Nyström seine Angespanntheit nur zum Teil nachvollziehen. Sie erinnerte sich, dass er zu einem Grillfest im Sommer ebenfalls mit einer neuen Partnerin erschienen war.

»Ein Mord, das ist passiert!«, schnaufte Lasse Knutsson. Wie so oft war der beleibte, große Mann kurzatmig. Das warme Spätsommerwetter machte ihm sichtlich zu schaffen, sein bärtiges Gesicht glänzte vor Schweiß. »Die Leiche liegt dort drüben zwischen den Trümmern.«

Er stapfte durch das hohe Gras zum Fundort, die anderen folgten ihm. Nyström nahm erst jetzt die Dimensionen der rauchenden Ruine wahr. Das Haus musste eine stattliche Größe gehabt haben. Wie das Herrenhaus eines ehemaligen Gehöfts.

»Warum geht ihr davon aus, dass es sich hier um ein Tötungsdelikt handelt?«, fragte sie. »So ein Brand kann doch viele mögliche Ursachen haben. Was spricht gegen einen Unfall?«

»Schau es dir an«, sagte Delgado.

Sie gingen einige Schritte weiter, dann sah sie, was Delgado meinte.

Der Leichnam hatte kaum noch etwas Menschliches an sich, dennoch war unverkennbar, dass der schwarze, deformierte Körper mit dem fratzenhaften Kopf einmal ein Mensch gewesen war. Nyström musste an die ausgemergelten Skulpturen des Bildhauers Giacometti denken. Nur, dass dies hier kein Kunstwerk war. Im Unterleib des verkohlten Leichnams steckte der dreizinkige Metallaufsatz einer Mistgabel. Die rußigen Zinken steckten tief in dem verbrannten Fleisch, vom Holzschaft war nichts mehr zu sehen, er war verbrannt.

»Oh«, entfuhr es ihr.

»Nicht wahr?«, sagte Delgado trocken.

Knutsson schüttelte wortlos den schweren Kopf.

»Wem gehörte das Haus?«, fragte Nyström.

Vargen blätterte in seinem Block.

»Einem Ehepaar, Leif und Kristina Asker. Norweger.«

»Also war es ein Ferienhaus?«

»Ganz schön groß für ein Ferienhaus, aber die Nachbarn sagen Ja. Die Askers haben den ehemaligen Hof vor etwa anderthalb Jahren gekauft, waren aber wohl nur selten hier.«

»Und gestern?«

Vargen schüttelte den Kopf.

»Bemerkt haben die Karmfalks in den letzten Tagen und Wochen niemanden. Sie sagen, dass sie die Askers zum letzten Mal im Juli gesehen haben.«

»Das muss allerdings nichts heißen«, wandte Forss ein. »Direkten Sichtkontakt gibt es nicht. Und der Karte nach geht der Weg auf der anderen Seite des Hügels weiter und führt in einem Bogen zurück zur Landstraße. Die Karmfalks kommen also aus der Siedlung weg, ohne dass sie am Haus der Askers vorbeimüssen.«

»Und umgekehrt«, bemerkte Delgado.

»Jedenfalls hat hier schon lange niemand mehr den Rasen gemäht«, stellte Knutsson fest und köpfte mit einem Tritt eine wild wachsende Margerite.

»Gibt es noch andere Nachbarn?«, fragte Nyström.

»Der Knecht der Karmfalks wohnt hier in der Nähe. Ola Danlid«, las Vargen aus seinem Notizblock vor. »Wie soll ich sagen … ein sehr wortkarger Kerl.«

Knutsson grinste und drehte zur Bekräftigung eine imaginäre Schraube an seiner Schläfe.

»Ein Einfaltspinsel.«

Nyström sah Knutsson mahnend an, und zu Vargen gewandt sagte sie: »Ich glaube, man sagt heute nicht mehr Knecht, sondern landwirtschaftlicher Betriebshelfer.«

Knutsson grinste noch breiter.

»Jedenfalls wusste der Betriebshelfer von nichts. Die Askers kannte Danlid kaum«, beeilte sich Vargen zu sagen. »Es gibt noch mehrere Häuser in der Umgebung, aber dort haben wir noch niemanden befragt.«

»Danke«, sagte Nyström. »Das war bis hierhin ordentliche Arbeit.«

»Wo warst du überhaupt den ganzen Vormittag?«, fragte Delgado.

»Termine«, antwortete Nyström schnell. Sie schloss die Augen, öffnete sie wieder und spürte den warmen Wind in ihrem Gesicht. Er zupfte an den Blättern der jungen Birken. Es roch nach Asche und Grillfleisch. Ihr Magen tat einen Satz. Sie konnte sich gerade noch umdrehen und drei schnelle Schritte gehen, dann erbrach sie die Reste ihres Frühstücks in einen Hagebuttenbusch.

# 4

Stina Forss verweilte einen Moment länger als die anderen bei dem Opfer. Sie brauchte das. Sie mochte das. An einem Tatort allein zu sein. Die Umgebung, die Atmosphäre mit allen Sinnen aufzunehmen, zu spüren. Sie kniete sich neben den verbrannten Leichnam. Neben das, was von dem Menschen übrig geblieben war. Forss sog den kaum zu ertragenden Geruch von feuchter Asche und versengtem Fleisch ein. Sie zog einen Gummihandschuh über und legte vorsichtig die Hand auf den Leichnam. Dorthin, wo vor wenigen Stunden noch das Herz eines Menschen geschlagen hatte. Das Herz gab es nicht mehr, genauso wenig den Menschen. Dies hier war nur noch ein großes

Stück Kohle mit vagen menschlichen Konturen. Der Leichnam war noch warm, aber es war nicht die Wärme des Lebens, die in ihm steckte, sondern der Atem des Feuers, das ihn verschlungen hatte.

Ein Mensch tötet einen anderen Menschen mit einer Mistgabel, dachte sie. Er spießt ihn auf, durchbohrt ihn. Kraftvoll. Wütend. Hasserfüllt. Danach verbrennt er ihn. Will er ihn nicht mehr sehen? Hält er dem Anblick nicht stand? Oder will er seine Tat verbergen? Aber warum zieht er dann nicht die verräterische Waffe aus dem Körper seines Opfers? Oder möchte er dem Toten eine besondere Ehre erweisen? Eine Art Ritual, eine Feuerbestattung? Verrate es mir, wisperte sie, verrate mir, was dir geschehen ist. Doch natürlich bekam sie keine Antwort. Sie hörte nur das Stimmengewirr der anderen und das Zwitschern der Vögel im nahen Wald. Sie richtete sich aus der Hocke auf. Kurz war ihr schwindelig, und in ihren Ohren rauschte es. Ich bin völlig außer Form, dachte sie. Drei Wochen ohne Joggen und das Boxtraining, das sie im Frühjahr begonnen hatte, stattdessen jeden Urlaubsabend Longdrinks. Der attraktive Kellner aus Mallorca hatte außerdem immer ein bisschen Gras dabeigehabt. Und dann war da ja noch die Technonacht auf Ecstasy gewesen. Definitiv zu viel Chemie in ihrem Körper. Sie betrachtete den Ruß auf ihrem Handschuh. Dies war die Chemie des Todes.

# 5

Ingrid Nyström hatte sich in einer der Kabinen der Damentoilette im obersten Stock des Präsidiums eingeschlossen. Mit den Handballen massierte sie ihre Schläfen. Kopfschmerzen konnte sie jetzt nicht gebrauchen. Vielleicht hatte sie zu wenig getrunken. Und das wenige wieder erbrochen, peinlicherweise. Zum Glück war ihr Vorgesetzter Edman nicht dabei gewesen. Trotzdem war es ihr sehr unangenehm. Was gab sie als Chefin für ein schlechtes Bild ab! Der neue Kollege, Kent Vargen, hatte sie mit einem merkwürdigen Blick gemustert, das war ihr nicht entgangen. Knutsson war puterrot geworden. Wenigstens hatte Delgado so stoisch weitergemacht, als wäre nichts geschehen. Genau wie Forss. Die Deutschschwedin hatte diese Entrücktheit ausgestrahlt, die sie an Tatorten so oft umhüllte.

Nyström wühlte in den Untiefen ihres Beutels nach einem Bonbon. Sie hatte noch immer einen unangenehmen Geschmack im Rachen. Ein beiläufiger Blick auf das Handy zeigte ihr, dass sie mehrere SMS von ihren Töchtern bekommen hatte. Natürlich wollten sie wissen, wie die Nachuntersuchung gelaufen war. Dennoch spürte Nyström Wut in sich aufsteigen. So etwas fragte man doch nicht per SMS! Sie drückte die Meldungen ungelesen weg und steckte das Handy zurück in den Beutel. Ihre Suchaktion förderte endlich ein klebriges Zitronenbonbon zutage. Dankbar wickelte sie es aus und steckte es sich in den Mund.

# 6

Als sich alle im Besprechungszimmer des Präsidiums zusammensetzten, war der Nachmittag bereits weit fortgeschritten. Irgendjemand hatte aus der Kantine einen Teller trockener Zimtschnecken mitgebracht, doch bis auf Knutsson, der beherzt zugriff, blieben alle bei Kaffee.

»Mmmh, so gesund!«, ätzte Delgado, aber Knutsson ignorierte den Kommentar und kaute bedächtig weiter.

Anette Hultin hätte ihm Kontra gegeben, dachte Stina Forss, sie hätte wahrscheinlich gleich einen ganzen Vortrag über die wunderbare Backtradition der schwedischen Küche gehalten. Aber Hultin war nicht da, genauso wenig wie Göran Lindholm, den es zu seiner Freundin nach Umeå verschlagen hatte. Was man nicht alles für die Liebe zu tun bereit war. Växjö war in ihren Augen ja schon am Rand der Welt. Aber Umeå …? Schade, sie hatte den lustigen, jungen Kerl mit der Streberbrille immer gemocht. Sein Nachfolger Kent Vargen war etwa vierzig, hatte ein kluges, offenes Gesicht, eine tiefe Stimme und dunkles, struppiges Haar. Für einen Mann war er nicht besonders groß, aber immer noch größer als sie mit Pumps. Was allerdings auch nicht viel heißen mochte, denn sie selbst war gerade mal eins sechzig. Er wirkte freundlich, aber es hatte auch etwas Arrogantes, wie er da in seinem Anzug saß, das Jackett leger geöffnet, das Schulterholster auf amerikanische Art über dem weißen Hemd tragend, weit im Stuhl zurückgelehnt, die Arme vor der Brust verschränkt. Allein schon die Tatsache, dass er als Polizist einen Anzug trug. Als wären wir hier in einem Kinofilm, dachte sie. Mein lieber Freund, du wirst schon schnell genug dahinterkommen, dass wir hier nicht in New York sind, sondern in *Fucking Växjö City*.

FVC statt NYPD.

Bo Örkenrud, der Chef der Spurensicherung, sprach als Erster. Er hatte Rußspuren im Gesicht.

»Wie ihr euch denken könnt, ist die Spurenlage am Tatort ein Albtraum. Dem wenigen, was nicht verbrannt ist, haben die Löschmittel der Feuerwehr den Rest gegeben. Das ist zumindest unser erster Eindruck, und ich bin nicht besonders optimistisch, dass sich das noch ändern wird.« Der ehemalige Eishockeyspieler rieb sich die Wange, was den Ruß noch weiter in seinem Gesicht verteilte. »Der einzige konkrete Hinweis auf die näheren Umstände des Verbrechens kommt deshalb auch gar nicht von uns, sondern von der Feuerwehr. Einsatzleiter Wiman ist sich sicher, dass der Brand mit Absicht gelegt worden ist.«

»Brandstiftung?«, fragte Nyström.

Örkenrud nickte.

»Es wurden mehrere ausgebrannte Metallkanister sichergestellt. Außerdem muss an den Wänden des Hauses eine große Menge Brennholz gestapelt gewesen sein. Dreißig Kubikmeter, hat Wiman geschätzt. Er habe so etwas vorher noch nie bei einem Hausbrand gesehen, hat er gesagt. Diese Menge an heller Asche erinnere ihn an den Brand des Holzlagers in der Nähe von Alvesta vor einigen Jahren.«

»Dreißig Kubikmeter?«, fragte Knutsson ungläubig. »Das reicht ja für Jahre zum Heizen.«

»Genau das hat Wiman auch gesagt. Die Hitzeentwicklung war so immens, dass sogar einige Heizkörper geschmolzen sind.«

»Wahnsinn«, sagte Knutsson leise.

»Warum macht man denn so etwas?« Delgado rutschte unruhig auf seinem Stuhl herum.

Vielleicht weil man seine Spuren verwischen will, dachte Forss.

»Weil man seine Spuren verwischen will«, sagte Vargen.

»Oder es war ein Scheiterhaufen oder so etwas in der Art!«, schlug Knutsson vor.

»Ja klar, Lasse. Die småländische Inquisition, oder was?«, feixte Delgado.

Vargen lachte, Knutsson wurde rot. Zum dritten Mal an diesem Tag. Delgado zwinkerte Vargen zu. Da haben sich ja zwei gefunden, dachte Forss.

»Können wir bitte sachlich bleiben?«, fragte Nyström genervt. Mit einer Handbewegung forderte sie Örkenrud auf, mit seinen Erläuterungen weiterzumachen.

»Wir konnten uns bis jetzt auch noch keinen Reim darauf machen, was die Besitzer mit so einer Riesenmenge Brennholz vorhatten, vor allem, wenn sie das Haus überwiegend im Sommer nutzen wollten. Auf jeden Fall schlägt Wiman vor, Fotos von dem abgebrannten Haus an Experten in den USA zu schicken. Er war vor Kurzem auf einer internationalen Tagung und meinte, dass die Amis uns bei der Brandforensik um Jahre voraus seien. Die hätten eine regelrechte Wissenschaft daraus gemacht. Aber vielleicht ist das Horten von Holzvorräten ja auch bloß eine norwegische Eigenart.«

Jetzt war es Knutsson, der dröhnend lachte.

»Ich kannte mal einen Norweger, der einen Lachs fangen wollte ...«, begann er, aber Nyström fiel ihm ins Wort.

»Sag Wiman, er soll das mit den Fotos gern versuchen. Ich bin für alles dankbar, was uns weiterhelfen könnte. Weiß Ann-Vivika schon etwas über die Leiche?«

»Ich habe eben mit der Pathologie telefoniert. Sie arbeitet noch dran. Besonders zuversichtlich klang sie allerdings nicht. So wie der Körper verbrannt war ... Wahrscheinlich müssen wir auf die DNA-Ergebnisse aus Linköping warten, um wenigstens das Geschlecht des Toten zu erfahren«, sagte Örkenrud.

»Was ist mit den Zähnen?«, fragte Knutsson, während er von der zweiten oder dritten Zimtschnecke abbiss. »Man kann jemanden doch anhand der Zähne identifizieren. Wie in dem Estonia-Fall im vergangenen Jahr.«

»Ann-Vivika sagt, dass wir damit wahrscheinlich kein Glück haben werden, weil ...« Örkenrud zögerte.

»Warum?«, fragte Knutsson mit vollem Mund.

»Nun ja, ab einem bestimmten Hitzegrad gibt es bei Zähnen den sogenannten Popcorneffekt ...«

»Danke«, sagte Nyström, »so genau wollten wir es gar nicht wissen.«

»Aber das ist alles wissenschaftlich belegt«, wehrte sich Örkenrud.

Knutsson war blass um die Nase geworden und legte sein angebissenes Gebäckstück zurück auf den Teller. Delgado und Vargen grinsten unisono.

»Was gibt es bis jetzt aus Norwegen?«, fragte Nyström.

»Ich habe mit der Polizei in Gjerdrum telefoniert«, sagte Delgado. »Ein kleiner Ort nicht weit von Oslo. Da sind die Askers gemeldet. Und jetzt passt auf: Vor drei Jahren war die Frau in eine polizeiliche Untersuchung verwickelt und wurde von der Staatsanwaltschaft wegen Versicherungsbetrug angeklagt. Sie ist dann vor Gericht mit einer Bewährungsstrafe davongekommen.«

»Das ist doch schon mal ein Anfang«, meinte Nyström.

»Die norwegischen Kollegen sind so nett und wollen sich in der Nachbarschaft umhören und uns natürlich auch die Akten vom Gerichtsprozess zukommen lassen.«

»Danke.«

Nyström kratzte sich mit einer Stiftkappe gedankenverloren an der Stirn. *Versicherungsbetrug?* schrieb sie an das Whiteboard, das ansonsten so gut wie leer war. *Brandstiftung* stand da noch in Nyströms sauberer Mädchenschrift. Daneben: *Leif und Kristina Asker.*

»Was seht ihr denn für ein Szenario vor euch?«, fragte sie.

»Ich glaube nicht an einen Versicherungsbetrug. Eher ein Ehedrama«, antwortete Knutsson mit Bestimmtheit.

»Sicher keine Hexenverbrennung?«, frotzelte Delgado.

»Hugo, es reicht jetzt«, ermahnte Nyström ihn.

»Ich glaube ebenfalls, dass es sich bei dem Opfer um einen der Askers handelt«, sagte Vargen. »Eine Beziehungstat liegt auf der Hand. Obwohl das mit dem vielen Brennholz natürlich seltsam ist. Aber Menschen tun manchmal seltsame Dinge. Vor allem nach vielen Ehejahren.«

Delgado lächelte, dann wurde er wieder ernst.

»Wenn jemand ein ganzes Anwesen ansteckt, nur um eine Leiche zu verbrennen, drückt das schon etwas aus, finde ich.

Eine Vernichtungsfantasie. Außer Familiendramen gibt es ja noch andere Arten von Hassverbrechen. Ich denke da zum Beispiel an brennende Asylantenheime. Vor einigen Jahren hat doch in ...«

»Weiße Norweger mit Ferienhaus sind nicht gerade eine diskriminierte oder verfolgte Minderheit«, sagte Nyström.

»Wer sagt denn, dass sie weiß sind? Ich bin auch nicht weiß«, entgegnete Delgado, dessen Eltern in den Siebzigerjahren als politische Flüchtlinge aus Chile eingewandert waren.

»Du heißt aber auch Hugo Gonzales Delgado und nicht Leif Asker«, sagte Knutsson.

»Gonzales?«, fragte Vargen. »Im Ernst?«

»Mein Zweitname«, sagte Delgado zerknirscht. »Aber so nennt mich niemand.«

Knutsson grinste triumphierend.

»Wenn man sich die Ruine anschaut, könnte man wirklich an eine Hasstat denken«, sagte Örkenrud. »Das mit der Mistgabel im Bauch geht ja auch in diese Richtung.«

»Wir müssen erst einmal mehr über diese Askers erfahren«, stellte Nyström fest. »Was sind das für Leute? Warum hatten sie hier in Schweden ein so großes Haus? Was hatte es mit dieser Betrugssache auf sich? Sind sie in weitere kriminelle Machenschaften verwickelt? Gab es deswegen vielleicht sogar einen Beziehungskonflikt? Oder was denkst du, Stina?«

»Sicher«, antwortete Forss zögernd und zupfte sich an der Unterlippe. »Mehr zu wissen, schadet ja nie.«

»Aber?«, fragte Vargen und stützte sich mit den Ellbogen auf die Tischplatte. Eine herausfordernde Geste, wie Forss fand.

»Nichts. Kein *Aber*«, sagte sie und ließ ihre Lippe los. »Wir sollten uns ausführlich mit den Kollegen in Oslo unterhalten.«

»In Gjerdrum«, korrigierte Delgado.

»Okay«, sagte Nyström. »Wer kümmert sich darum?«

Forss und Vargen hoben gleichzeitig die Hand.

»*Ladies first*«, sagte Vargen mit gespielter Galanterie in der Stimme.

Nyström nickte Forss zu.

»Okay, Stina also. Dann möchte ich, dass hier jemand mit dem Makler spricht, der den Askers das Haus verkauft hat. Wer übernimmt das?«

Wieder meldete sich Vargen.

»In Ordnung, Kent. Außerdem möchte ich ausführliche Gespräche mit allen Nachbarn im Umkreis von drei Kilometern führen.«

»Hier im Revier?«, fragte Knutsson und zog eine Augenbraue hoch. Eine Marotte, die er sich vor einigen Monaten angewöhnt hatte. Forss hatte schon häufiger beobachtet, wie Knutsson vor dem Computer saß und seine Augenbrauen verzweifelt Lindy Hop tanzten. »Na, die werden sich bedanken.«

»Nein, natürlich nicht hier im Revier. Vor Ort. Und wir befragen auch alle Anwohner der Zufahrtsstraßen.«

»Das ist ein ziemlicher Haufen«, stellte Knutsson fest.

»Du bist ein ziemlicher Haufen«, sagte Delgado.

Knutsson schnappte sich eine weitere Zimtschnecke und drohte mit einer ausholenden Geste, sie Delgado an den Kopf zu werfen.

»Erbarmen!«, sagte Delgado.

Knutsson grunzte zufrieden.

»Ihr beide macht das morgen als Team«, sagte Nyström, bevor sie aufstand und sich dem Whiteboard zuwandte.

Wie die Kinder, dachte Forss, und vermisste Anette Hultins trockene Art jetzt schon.

# 7

Als Ingrid Nyström nach Hause in die kleine Ortschaft Ör fuhr, die etwa zwanzig Kilometer nördlich von Växjö am weitläufigen Helgasee lag, war es bereits Abend. Der Sonnenuntergang färbte die wenigen Wolken am Himmel orange, dann rot und schließlich violett. Der See neben der Straße spiegelte das dramatische Farbenspiel. Nyström spürte, dass sie empfänglich für dieses Pathos war. Die Taubheit, die sie am Morgen während der Nachsorgeuntersuchung empfunden hatte, war einer merkwürdigen Empfindsamkeit gewichen.

Sie dachte an ihren Mann Anders. Sie sehnte sich nach ihm. Nach seiner Nähe, seiner Wärme, seinem Geruch. Nach einem Tag wie diesem gab er ihr den Halt, den sie brauchte.

Mit der Brustkrebserkrankung hatte das Fundament, auf dem ihr Leben baute, Risse bekommen. So fühlte es sich zumindest viel zu oft an, und ohne Anders hätte sie nicht gewusst, wie sie die Zeit überstanden hätte.

Überstand.

Überstehen würde.

So oft war die Rede davon, die Krebskrankheit bekämpfen zu müssen, als wäre sie ein Feind und kein Zustand in ihr. Immerzu wurde von ihr verlangt, stark zu sein, nicht aufzugeben und immer weiterzukämpfen. Nie war sie gefragt worden, wer sie war, wenn sie nur schwach sein wollte. Anders war Pfarrer. Vielleicht hatten ihm seine Erfahrung und sein Glaube geholfen, als er zusehen musste, wie sie sich dem Krebs stellte. Selbstverständlich hatte sie sich der schulmedizinischen Behandlung untergezogen, war den Anweisungen der Ärzte aufs Wort gefolgt, hatte alle Medikamente geschluckt und immer brav alles aufgegessen, obwohl ihr selten danach gewesen war. Dennoch gab es immer wieder Momente, in denen sie sich den Tumorzellen hilflos ausgeliefert fühlte. Heute Morgen war so ein Moment gewesen. Sie war das Starksein so leid. Da konnten die Ärzte und Psychologen sagen, was sie wollten. Ihr kluger Mann hatte ihr in den letzten Jahren nicht nur geholfen, stark zu sein. Er hatte ihr erlaubt, schwach zu sein. Hatte sie aufgefangen, damit sie loslassen, den Gefühlen einen Raum geben konnte, die sich in ihr aufgestaut hatten: Trauer, Angst, Schwäche, Wut, Frustration.

Nyström dachte an die Ergebnisse der Nachuntersuchung. Wieder hatte sie Glück gehabt. Ihr Schicksal meinte es noch eine Weile gut mit ihr. Vielleicht ging es im Leben genau darum. Um eine Weile. Den Moment. Das Hier und Jetzt. Auch wenn es wie ein Kalenderspruch klang. Sie musste lächeln, wenn auch nur kurz. Ein Schlager von Helen Sjöholm erklang im Radio, und Nyström summte mit.

*Du bist mein Mann ...*

Jetzt und hier, in diesem Moment, brauchte sie allen Kitsch der Welt, denn jetzt und hier, in diesem Moment, lag die Krankheit hinter ihr. Für eine Weile.

# 8

Stina Forss räumte die Einkäufe in den Kühlschrank und in die Regale. Dann schob sie eine Tiefkühlpizza in den Ofen. Im Urlaub hatte sie sich vorgenommen, ihre Ernährung umzustellen: mehr Obst und Gemüse, viel frischen Fisch, nur noch Vollkornprodukte und weniger Zucker. Aber das war im Urlaub gewesen. Die Realität sah anders aus. Kein Mensch hatte nach zehn Stunden Arbeit noch die Muße, für sich allein zu kochen, kein normaler Mensch jedenfalls. Außerdem mochte sie Tiefkühlpizza. Mit etwas Großzügigkeit gingen die Zwiebelringe vielleicht als Gemüse durch. Den schlaffen Mangold warf sie in den Müll. Sie schlang die heiße Pizza hinunter. Wie immer, wenn sie Tiefkühlpizza aß, verbrannte sie sich dabei den Gaumen. Forss drückte so lange mit der Zungenspitze auf die Brandblase, bis sie platzte. Der Schmerz ist eine gerechte Strafe für das Fast Food, dachte sie. Dann kam ihr die Erinnerung an das seltsame Gefühl, das sie heute Morgen beim Schwimmen verspürt hatte. Das Gefühl, dass jemand in ihrer Abwesenheit in ihrem Haus gewesen war. Den ganzen Tag über war es immer wieder aufgetaucht. Vielleicht wirst du ja langsam paranoid, dachte sie. Vielleicht tut dir das einsame Wohnen hier draußen gar nicht gut. Ihre Zunge zerrte an den Hautfetzen an ihrem Gaumen. Oder …? Eigentlich betrog sie ihre Intuition selten. Was, wenn wirklich jemand hier gewesen war? Ein unerträglicher Gedanke. Forss brauchte Gewissheit. Sie stand auf und ging in den Keller. Unten machte sie das Licht an. Die Fenster waren sorgfältig verschlossen. Der neue Heizbrenner brummte leise vor sich hin. In der Ecke mit den Streusalzsäcken raschelte es leise, dann war es wieder still. Zogen schon die Wintermäuse ein? Draußen war es doch dafür noch viel zu warm. Auf der Leine hing Wäsche, die sie gestern nach ihrer Ankunft gewaschen hatte. Sie war noch nicht ganz trocken. Forss ging wieder nach oben. Sie wusste nicht, wonach sie überhaupt suchen sollte, trotzdem ging ihr Puls schneller als sonst. Einatmen, hatte ihr der Therapeut beigebracht, einatmen und ausatmen. Wie Wellen am Strand. Sie sah in die Kaffeedose. Der Löffel steckte so wie immer mit dem Stiel nach rechts. Allerdings hatte sie sich am Morgen auch Kaffee gemacht. Sie ging die Treppe hoch ins Obergeschoss, wo sich ihr Schlafzimmer befand, und öffnete die Sockenschublade. Sie erkannte nichts, was ungewöhnlich gewesen wäre. Dort lag nur ein Haufen zusammengerollter Strümpfe. Sie knipste die Nachttischlampe an. Auf dem Nachttisch lag kaum Staub. Sie setzte sich aufs Bett und schloss die Augen. Konzentrierte sich auf ihre Atmung. Einatmen, ausatmen.

Durchs offene Fenster hörte sie, wie die Wellen des nahen Sees ans Ufer klatschten. Ein leichter Wind bewegte die Vorhänge. Sie atmete durch die Nase, versuchte Rasierwasser oder ein fremdes Deodorant zu erspüren, aber da waren nur der Eigengeruch des Hauses und das Aroma des Waldes und des Sees. Ihr Puls beruhigte sich, die Atemübung tat ihr gut. Sie hatte sich unnötig Sorgen gemacht, hatte sich Dinge eingebildet, die nicht passiert waren. Sie hatte Gespenster gesehen. Womöglich waren es wirklich Nachwirkungen des Ecstasys. Ein Flashback. Man wusste ja nie genau, was man da eigentlich nahm. Vielleicht war dem MDMA noch etwas Halluzinogenes beigemischt gewesen. Egal. Hauptsache, es ging ihr jetzt gut. Niemand war während ihres Urlaubs im Haus gewesen. Sie zog sich aus und ging unter die Dusche. Seit drei Tagen hatte sie sich die Haare nicht mehr gewaschen. Nun probierte sie ein Algenshampoo, das sie auf Mallorca gekauft hatte. Es roch nach Meer. Gerade als sie den Schaum auswaschen wollte, fiel ihr etwas ein. Ein Ort, an dem sie noch nicht nachgesehen hatte. Schnell duschte sie fertig, trocknete sich ab, schlüpfte in einen Bademantel. Sie suchte nach einer Taschenlampe, eilte in den Flur und angelte mit einem Hakenstock nach der Dachbodenluke. Knarzend öffnete sie sich. Forss klappte die Leiter herunter und stieg vorsichtig hinauf. Wieder pumpte ihr Herz mit hundertzwanzig Schlägen pro Minute. Wie ein Technobeat. Ihr wurde leicht schwindelig. Vielleicht hätte sie die Droge nicht nehmen sollen. Andererseits war es so befreiend gewesen, eine ganze Nacht durchtanzen ...

Der Schein der Lampe erfasste den Fußabdruck sofort. Klar und deutlich wie eine Spur im Neuschnee zeichneten sich die Konturen eines Herrenschuhs im Staub ab.

# 9

Auf Emmas Arm kroch ein Mistkäfer. Sein schwarzer Panzer schimmerte ölig und sah beinahe blau aus im Sonnenlicht, das seinen Weg durch die Baumkronen fand. Es war ein Prachtexemplar, und sie konnte sehen, wie die dünnen Beine auf ihrer Haut nach Halt suchten. Einmal abgerutscht und auf den Rücken gefallen, wäre er trotz seiner Größe und Pracht verloren, unfähig, sich aus eigener Kraft wieder umzudrehen. Emma hob vorsichtig den Kopf. Der Käfer fiel zu Boden, landete auf den Beinen und krabbelte davon.

Über ihr wiegten sich die Kronen der Kiefern langsam hin und her. Zwischen den Ästen sah sie den Himmel. Emma spürte in sich hinein. Sie nahm den unebenen Boden unter ihr wahr, fühlte einen Druck in ihrem Kreuz und dass etwas mit ihrem linken Bein nicht stimmte. Verdammt, dachte sie und schmeckte das metallische Aroma von Blut im Rachen. Sie schluckte, aber der Geschmack blieb. Auf die Ellbogen gestützt, stemmte sie ihren Oberkörper hoch, aber sofort durchfuhr sie ein so wuchtiger Schmerz, dass sie gezwungen war, sich wieder hinzulegen. Sie schloss die Augen und konzentrierte ihre Wahrnehmung auf den pochenden Nachhall der Bewegung. Es war, als würden Blitze in alle Richtungen durch ihren Kopf, ihr Kreuz, ihr linkes Bein springen. Ganz langsam hob sie den rechten Arm und fasste sich an die Stirn. Der warme Druck ihrer Handfläche tat gut. Als würde er die Kraft der Blitze eindämmen. Starr blieb sie so liegen. Eine Minute. Zwei. So fühlte es sich zumindest an. Weder hatte sie eine Uhr, noch zählte sie die Sekunden. Ihr Kopf rauschte, und vergebens versuchte sie, ihre Gedanken zu ordnen. Und dann war da der Schmerz. Kräftig und pochend.

Mit geschlossenen Augen tastete sie die Rippen ab, um zu überprüfen, ob etwas gebrochen war. Als sie auf die obersten drückte, strömten Stiche in den Brustkorb, ein Strom aus Schmerzen, vom Kopf über die Brust bis in ihr linkes Bein. Dennoch war sie froh, keine Bruchstellen zu entdecken. Wahrscheinlich war es nur eine Prellung. Wenn etwas gebrochen war, dann wohl ihr Bein. Sie öffnete die Augen und probierte erneut den Kopf zu heben. Diesmal war sie auf den Schmerz gefasst, und als das Pochen stärker wurde, biss sie die Zähne zusammen und presste sich nach oben. Auf beide Arme gestützt, blieb sie in einer aufrechten Haltung sitzen. Vor ihren Augen flimmerte es. Übelkeit packte sie, und kurz dachte sie, sie müsse sich übergeben. Wieder schloss sie die Augen und konzentrierte sich auf die Schmerzwellen, die in ihr wogten, mal sanft, mal heftiger. Um sie herum war es still, nur die Baumkronen flüsterten. Sie ließ das Raunen der Kiefern in sich einströmen, sog die Luft flach und sanft in die Lungen, atmete behutsam aus, hielt inne und sog dann erneut Luft ein. Sie fand einen Rhythmus, atmete gegen die Schmerzen an. Sie öffnete wieder die Augen. Um sie herum standen Bäume, und auf dem Boden breiteten sich Inseln aus schimmerndem Licht aus. Eine Decke aus Moos und Blaubeerbüschen wölbte sich über umgefallene Baumstämme und Steinbrocken. Ihre Finger gruben sich in die weichen Pflanzen hinein, und sie spürte dabei, wie die biegsamen, langen Kiefernnadeln ihre Handflächen piksten. Ganz zart streichelte sie über die Tausende von winzigen Sternen, aus denen das Moos zu bestehen schien.

*Frauenhaarmoos.*

Emma hielt den Atem an.

Sie kannte den Wald um sich herum.

Oder wenigstens kam er ihr bekannt vor. Die Bäume, die Pflanzen, die gesamte Vegetation. Langsam nahm die Gewissheit Konturen an.

Sie war zu Hause.

Dies war der Wald ihrer Heimat.

Der Geruch des warmen Bodens drang in ihre Nase. Kiefernnadeln und Moos. Und der feuchte, erdige Geruch eines Waldsees. Wie lange lag sie hier schon? Stunden? Minuten? Den ganzen Tag?

Aber was zum Teufel machte sie hier, in Schweden?

Wie war sie von Indonesien aus hierhergekommen?

Warum war sie verletzt?

Vorsichtig drehte Emma den Kopf, und aus den Augenwinkeln erahnte sie einen Hang, der hinter ihr steil nach oben ragte. Sie sah große Steinblöcke mit kantigen, scharfen Umrissen, die sich vor Urzeiten von der Felswand losgerissen hatten. Dazwischen lagen schlanke Birkenstämme am Boden.

Sie war die Anhöhe heruntergestürzt!

Auf der Flucht, im Dunkeln.

*Er* war hinter ihr her!

Für Bruchteile von Sekunden flackerten Bilder vor ihr auf: *sein* Gesicht, das Haus, das Blut.

Mit Wucht packte sie die Angst.

Sie musste hier weg.

# ZEHN JAHRE ZUVOR:
# DER TAG DES STURMS,
# 8. JANUAR 2005, 5.09 – 5.54 UHR

*Am Fenster surrt eine Fliege. Das Geräusch bricht die Stille im Zimmer und dringt in Ola Danlids Wahrnehmung ein, die vom Schlaf noch ganz trunken ist. Es stört ihn. Dann hört das Surren auf. Er dreht sich unruhig um, öffnet die Augen und sieht auf den Wecker. 5.10 Uhr. Die Fliege im Fenster ist schwarz, dick und träge. Jetzt surrt sie doch wieder. Ola erhebt sich, zögert einen Moment, fasst nach dem Griff, dreht ihn und stößt dann das Fenster auf, damit der ungebetene Gast und Quälgeist hinausfindet und im Freien sterben kann. Auch wenn es für die Jahreszeit ungewöhnlich mild ist, wird die Fliege die Winterluft nicht lange überleben. Aber andererseits: Wie lange lebt eine Fliege überhaupt?*

*In zehn Minuten wird der Wecker klingeln. Ola zieht die Decke über den Kopf in der Hoffnung, wieder einschlafen zu können. Nur ganz kurz. Die Erschöpfung von der harten Arbeit der vergangenen Tage greift nach seinen Muskeln, lässt die Gelenke anschwellen, es kribbelt und zieht. Sein Körper fühlt sich gleichzeitig schwer und leicht an. Er schließt die Augen, aber es ist natürlich zwecklos.*

*Er steht auf.*

*Unten in der Küche gießt er sich ein großes Glas Milch ein. Über Nacht hat sich in der Kanne die Sahne auf der Milch abgesetzt und bildet eine dickflockige gelbliche Schicht. Normalerweise versucht er, die Sahne mithilfe eines Löffels zurückzuhalten, und wenn sie mehr als einen halben Zentimeter misst, schöpft er sie ab und sammelt sie in einer anderen Kanne. Heute Morgen überspringt er diese Prozedur, obwohl die Sahneschicht dick genug wäre. Beim Gießen vermischt sich die Sahne mit der Milch in seinem Glas. Er nimmt einen großen Schluck und bereut seine Eile. Statt des frischen Geschmacks, auf den er sich gefreut hat, fließt die cremige Flüssigkeit träge durch seinen Rachen, und auf der Innenseite seiner Wangen bleibt ein schleimiger Belag zurück. Ein fieses Gefühl, das sich mit dem flauen Unwohlsein eines Katers vermischt. Er fühlt sich ausgetrocknet und mürbe, dabei war er gestern wirklich nicht übermütig, nur zwei Fingerbreit Wodka mit Bitter Lemon gemischt. Und ein Bier zum Essen. Dennoch ist der Alkohol eingeschlagen wie eine Bombe, und Ola hat schon beim Trinken gemerkt, dass er ihm nicht bekommt. Es muss wohl an der Müdigkeit gelegen haben. Ich brauche dringend einmal eine Pause, denkt er, ein einziger freier Tag würde schon reichen. Er malt sich aus, wie schön es wäre, ausschlafen zu dürfen, den ganzen Vormittag im Bett zu bleiben und nichts zu tun. Er könnte die DVD gucken, die er von seiner Schwester zu Weihnachten bekommen hat. Der Film müsste sich noch in der Tüte befinden, in der auch die anderen Weihnachtsgeschenke liegen. Es kommt ihm seltsam vor, dass Heiligabend erst zwei Wochen her ist. Es gab seitdem so viel zu tun, und es war so viel geschehen, dass die Zeit nur so verflogen ist.*

*Die Uhr tickt träge. Er setzt Kaffee auf, und während das Wasser durch den Filter rinnt, schmiert er sich zwei Scheiben Brot mit Leberwurst. Es reicht noch eben gerade. Heute müsste er einkau-*

*fen. Außer Knäckebrot und Margarine ist kaum noch etwas da: nur ein paar traurige Salzgurken und eingelegter Hering.*

*Hoffentlich werde ich heute schnell mit der Arbeit fertig, denkt er und spürt dabei seine Aufgeregtheit, ein unangenehmes Gefühl. Auf dem Hof der Johanssons kennt er sich nicht gut aus. Dort läuft einiges anders, weil es ein Biobetrieb ist.*

*Biobetrieb: ein anderes Wort für knochenharte Arbeit. Er springt bei den Johanssons nur sporadisch ein, wenn es Engpässe gibt und es zeitlich nicht mit seinen täglichen Verpflichtungen auf dem Karmfalkhof kollidiert, auf dem er seit Jahren angestellt ist. Die Karmfalks sind zum Glück keine Biobauern. Dort ist die Arbeit zwar auch hart, aber er kennt sich mit den Abläufen aus und die Karmfalks sind nett zu ihm. Nils Johansson dagegen ist ein richtiger Stinkstiefel. Wenn seine Frau Helen nicht wäre, dann würde er Nils sagen, dass er zur Hölle fahren soll. Helen dagegen mag er. Sehr sogar. Sie ist der Grund, warum er auf dem Johanssonhof aushilft. Heute kann er dort in zwei Stunden durch sein, überlegt er. Entweder wird Helen da sein, was schön wäre. Oder Nils, was nicht schön wäre. Zu zweit geht es relativ schnell mit dem Ausmisten und Melken. Gegen acht wäre er dann wieder zu Hause und könnte ein paar Stunden schlafen, bevor er zum Einkaufen nach Älmhult fährt.*

*Während er frühstückt, hört er Radio.* In den Nachrichten sprechen sie immer noch vom Seebeben im Indischen Ozean. Vom Tsunami in Thailand, Indonesien und den anderen betroffenen Ländern. *Er dreht die Lautstärke auf.* Dieselben Meldungen wie gestern und vorgestern und vorvorgestern. *Trotzdem hört er genau hin, versucht die Bedeutung und Tragweite des Gesagten zu begreifen.* Über zweihunderttausend Tote, etwa fünfhundert von ihnen Touristen aus Schweden, unter ihnen Jan-Åke und Liane, die Eltern von Nils Johansson. *Vorgestern erst sind sie beerdigt worden. Ola hat sich noch nicht an den Gedanken gewöhnt, dass die alten Bauern tot sind. Auf der Beerdigung hat er weinen müssen. Solange er sich erinnern kann, waren Jan-Åke und Liane seine Nach-*

*barn. Die Reise nach Thailand war erst die zweite Urlaubsreise ihres Lebens gewesen. Erst nachdem sie mehr oder weniger in Rente gegangen waren, hatten sie die Zeit dazu gehabt. Ein Bauer macht keinen Urlaub, hatte Jan-Åke oft gesagt. Das kann Ola bezeugen. Er ist zwar kein richtiger Bauer, sondern nur ein Knecht, oder ein landwirtschaftlicher Betriebshelfer, wie es heute heißt, aber für Urlaub hat er keine Zeit. Wohin sollte er auch fahren? Vielleicht einmal ans Meer?*

*Im Radio sagen sie, dass kein anderes Land außerhalb Asiens so schwer betroffen sei wie Schweden. Die Katastrophe auf der anderen Seite der Erde sei ein nationales Trauma. Wenn auch längst nicht so schwer wie in Indonesien, auf Sri Lanka und in Thailand. Dort sind fünf Millionen Menschen heimatlos geworden. Alles wurde weggespült oder überflutet. Ola hat sich die Eckdaten auf der Rückseite eines gebrauchten Briefumschlags notiert, den er auf dem Küchentisch liegen hat. Er will die Zahlen festhalten, um sie zu verstehen.*

*Die letzten schwedischen Touristen sind in den vergangenen Tagen heimgekehrt. Unter Schock und mitgenommen, wenn sie Glück hatten. Oder im Sarg. Wie die alten Johanssons. Ola sieht ihre Gesichter vor sich. Sieht, wie sie über die Hofauffahrt gehen, in den Stall, auf die Weide. Jan-Åke in seinen ausgelatschten Clogs, Liane in ihrem verblichenen Arbeitskittel. Am dritten Advent waren sie noch da. Liane hat im Kirchenchor gesungen. Ola kann sich erinnern, wie sie Sonntagvormittag unten an der Straße gestanden und auf eine Freundin gewartet hatte. Chic angezogen war sie da gewesen. Das mit dem Kirchenchor war ihr wichtig. Am Tag danach sind sie dann in den Urlaub gefahren. Nils hat sie zum Bahnhof in Älmhult gebracht, und von dort sind sie mit dem Zug weiter zum Flughafen Kastrup in Dänemark, von wo aus sie nach Thailand geflogen sind. Helen hat Ola alles genau erklärt. Ihre Schwiegereltern waren in Phuket. Er hatte den Namen vorher noch nie gehört. Nun ist er ihm vertrauter als fast jeder andere beliebige Ort außerhalb Smålands. Fünfzehn Meter hoch soll die Welle an der*

*Westküste der Insel gewesen sein! Fünfzehn Meter! Das kann man sich nicht vorstellen. Wie haben die das überhaupt gemessen, fragt sich Ola. Die meisten, die die Riesenwelle gesehen haben, werden es nicht mehr bezeugen können. Sie sind weg, vom Meer verschluckt.*

*Sein Blick wandert über die Postkarte, die ihm seine Schwester vor vielen Jahren geschenkt hat. Sie zeigt ein Gemälde des japanischen Malers Hokusai. »Die große Welle von Kanagawa« heißt das Bild. Kanagawa. Er sagt das Wort mehrmals laut vor sich hin. Am Abend, als er die ersten Fernsehbilder von der Katastrophe sah, hat er die Karte aus der Kiste unter dem Bett hervorgeholt und in der Küche aufgehängt. Die dunkelblaue Welle mit der weißen Schaumkrone formt einen perfekten Bogen, und man sieht, wie die obere Spitze gerade anfängt, überzurollen. Auf dem Gemälde ist die Bewegung in genau diesem Moment festgehalten: Die Welle wird nicht überschlagen, und die Stille unter ihr wird nicht ins Chaos gestürzt. Seit er die Karte das erste Mal gesehen hat, übt das Bild eine Faszination auf ihn aus. Wie oft hat er sich vorgestellt, wie schön es wäre, unter der innehaltenden Welle zu verweilen, auf dem Wasser zu treiben, geschützt vor der unvorstellbaren Kraft des Meeres. Nie ist ihm der Gedanken gekommen, dass die Welle eine Bedrohung darstellen könnte. Für ihn war sie ein Sinnbild der Geborgenheit. Wenn er jetzt im Fernsehen Bilder von den gewaltigen Wassermassen sieht, die sich vom Ozean her auftürmen und über Häuser, Straßen und Menschen niedergehen, muss er an diesen Tagtraum denken. Auch wenn er noch nie am Meer war, hat er Stunden damit verbracht, es sich vorzustellen, und in seiner Fantasie war es dort immer sanft und friedlich. Nun hat er gelernt, dass es wohl verschiedene Arten von Meer gibt, das friedliche und das wilde, todbringende.*

*Er schiebt sich das letzte Stück Brot in den Mund. Es ist trocken, aber noch genießbar. Es gibt eine Regierungskrise, hört er im Radio. Die Nachrichtensprecherin berichtet, dass es immer noch unklar sei, wo sich der Staatssekretär am 26. Dezember aufgehalten habe. Es scheint von Bedeutung zu sein. Das Radio berichtet, dass das Krisenmanagement der Regierung Mängel aufweise. Die Rettungsaktion verlaufe schleppend. Einer Ministerin werde vorgeworfen, nicht einmal gewusst zu haben, wo Phuket liege. Da wären wir schon zwei, denkt Ola, lächelt in sich hinein und fragt sich, was Politiker eigentlich alles wissen müssen und ob sie eine Ahnung haben, wo seine Siedlung liegt?*

*Draußen vor der Tür geht die Außenbeleuchtung schon wieder an und aus. Da muss irgendwo ein Wackelkontakt sein, aber er findet ihn nicht. Vielleicht braucht er eine ganz neue Lampe. Er beschließt, später in Älmhult auch beim Baumarkt vorbeizufahren. Während er den Tisch abräumt, geben sie im Radio die Wettervorhersage durch, aber Ola hört kaum hin. Er überlegt, an welchem Tag er am besten freibekommen kann. Vielleicht ginge es auf dem Karmfalkhof schon nächste Woche. Auf der Rückseite einer Werbepostkarte notiert er »Chef anrufen«. Darunter »Wäsche waschen«. Wenn er endlich Zeit hat, muss er sich um alles kümmern. Im Spülbecken häuft sich bereits das dreckige Geschirr.*

*Beim Zähneputzen sucht Ola seine Sachen zusammen: Die Rabattmarken, die ihm der Supermarkt zugeschickt hat, legt er gut sichtbar auf den Tisch. Sie gelten für tiefgefrorenes Lachsfilet, Chips und Apfelsinen. Heute Abend könnte er dann vielleicht Lachs mit Kartoffeln und Dillsauce machen. Hoffentlich hat sich die Sahne bis dahin wieder von der Milch abgesetzt.*

*Draußen ist es stockdunkel. Ein leichter Wind weht von Westen, und die Luft ist rau, aber nicht besonders kalt. Seit Wochen hängt seine dicke Winterjacke auf dem Haken im Vorraum, für diesen Winter ist sie zu warm. Ob es noch kälter wird?*

*Er denkt an Helen. Mit ein bisschen Glück wird er gleich neben ihr den Kuhstall ausmisten und die Tiere füttern. Sein Bauch füllt sich mit Wärme.*

*Kanagawa!*

# ZEHN JAHRE SPÄTER,
# DIENSTAG, 8. SEPTEMBER 2015

# 1

Ingrid Nyström hatte wenig geschlafen. Die halbe Nacht war sie unruhig von einer Seite auf die andere gerollt. Im Traum hatten ihre Mutter, ihre Töchter und Anders ihr unentwegt Vorwürfe gemacht. Als sie gegen sechs Uhr vom Dudeln des Radioweckers aufwachte, hatte sie das Bild eines brennenden Rollstuhls im Kopf. Sie stand auf, duschte, kleidete sich an und machte ein einfaches Frühstück. Anschließend fuhr sie nach Växjö ins Präsidium und bereitete eine Pressemitteilung vor. Um halb neun war sie mit dem Polizeichef Erik Edman verabredet, um die Details durchzugehen. Viel war das nicht: ein bis zur Unkenntlichkeit verbrannter Mensch mit einer Mistgabel im Bauch, Geschlecht unbekannt. Mord oder Todschlag. Ein bis auf die Grundfesten niedergebranntes Haus. Verdacht auf Brandstiftung.

Edman stöhnte.

»Viel ist das nicht«, sagte er.

»Nein, viel ist das nicht«, sagte sie. Du Schlaumeier.

Edman drängte darauf, ihren Textvorschlag zu ändern. Er kritzelte mit seinem klobigen Füllfederhalter auf dem Ausdruck herum und gab ihn ihr zurück. Sie las und verzog den Mund.

»Jetzt klingt es so, als würden wir davon ausgehen, dass es sich um die Beziehungstat eines ausländischen Ehepaares handelt.«

»Das tun wir doch auch«, sagte Edman und schob zufrieden den Knoten seiner Krawatte zurecht.

»Ich hatte geschrieben, dass der oder die Tote *möglicherweise* einer der beiden Besitzer des Hauses sein könnte. Und dass das Haus einem norwegischen Ehepaar gehört.«

»Da liegt es doch nahe, dass es eine Beziehungstat war.«

»Naheliegen reicht aber nicht. Ich finde, dass wir uns so unnötig festlegen. Was ist, wenn wir später zu ganz anderen Ergebnissen kommen sollten?«

»Wenn das Wörtchen wenn nicht wär, wär ich schon ein Millionär«, flötete Edman und grinste. Dann wurde er wieder ernst. »Ingrid, man sollte doch immer vom Wahrscheinlichsten ausgehen, und wir wissen doch alle, dass über fünfundneunzig Prozent aller Tötungsdelikte Beziehungstaten sind. Und der Vorteil meiner Formulierung ist, dass niemand unnötig beunruhigt wird. Ausland, Beziehungstat ...«

»... das klingt nach weit weg«, vollendete Nyström den Satz.

»Ganz genau«, lächelte Edman. »Aus dir wird eines Tages vielleicht doch noch eine gute Polizistin.« Er zwinkerte. »Halt mich auf dem Laufenden. Wenn sich tatsächlich etwas völlig Neues ergeben sollte, geben wir einfach eine weitere Pressemitteilung heraus.«

»Aber wenn es tatsächlich eine Beziehungstat sein sollte, dann bedeutet das doch, dass einer der Askers auf der Flucht ist.«

»Ganz genau«, wiederholte sich Edman. »Also fangt den Täter, und alle sind glücklich.« Er knuffte sie auf den Oberarm und verließ pfeifend ihr Büro.

**2**

Stina Forss wachte mit trockenem Mund auf. Ihr ganzer Körper schmerzte, als sei ihr das Unbehagen über die Entdeckung des Schuhabdrucks während der Nacht in die Glieder gefahren. Die Spur im Staub war zweifelsfrei frisch. Offenbar war während ihres Urlaubs wirklich jemand in ihr Haus eingedrungen. Was bedeutete das? War sie von Einbrechern heimgesucht worden? Doch soweit sie hatte feststellen können, war überhaupt nichts entwendet worden. Nicht, dass sie besonders viele Wertgegenstände besessen hätte, aber in ihrer Nachttischschublade hatten immerhin die Omega-Taucheruhr ihres Vaters und ein Kästchen mit altmodischem Goldschmuck gelegen, das sie von ihrer Großmutter mütterlicherseits vor einigen Jahren geerbt hatte. Wenn so etwas für Einbrecher nicht interessant war, was dann? Das ungute Gefühl, dass jemand tief in ihre Privatsphäre eingedrungen war, verunsicherte sie. Sie überlegte, den Einbruch anzuzeigen oder wenigstens Bo Örkenrud privat um eine genaue Untersuchung des Hauses zu bitten, andererseits sträubte sie sich dagegen, den Sachverhalt mit jemandem zu teilen. Sie fühlte eine seltsame und irrationale Art von Scham. Als hätte jemand an ihrer Unterwäsche gerochen oder ihr in den Schritt gefasst. Wobei Ersteres ja durchaus möglich war, wie sie erkannte. War das die Antwort? Dass ein Perverser bei ihr eingestiegen war? Ein Sexualverbrecher, ein Stalker? Sie dachte einen Moment darüber nach, dann verwarf sie den Gedanken wieder. Seit Teenagerzeiten war sie von keinem verschmähten Liebhaber oder Verehrer mehr verfolgt worden. Sie war nicht der Typ Frau, dem Männer hinterherliefen, zumindest entsprach das nicht ihrem Selbstbild. Und abgesehen von ihren drei zufälligen Urlaubsbekanntschaften, konnte sie die Zahl ihrer Liebhaber, seit sie nach Schweden gezogen war, an zwei Fingern abzählen. Eine Zeit lang hatte sie einmal den Verdacht gehegt, dass Hugo Delgado ein bisschen in sie verguckt gewesen sei, aber dem war sie nie nachgegangen. Eine Affäre mit einem Kollegen stand auf ihrer Tabuliste weit oben. Außerdem waren weder Delgados launenhafte On-Off-Exbeziehung mit Anette Hultin noch seine jetzige Liaison Faktoren, die seine Anziehungskraft nennenswert erhöht hätten. Im Gegenteil. Dazu kam, dass sie sowieso keinen Freund wollte, aus Gründen, mit denen sie sich meistens nicht beschäftigen wollte. Und überhaupt. Nein, an einen Stalker glaubte sie nicht.

Sie zwängte eine Schale Müsli und ein Glas Apfelsaft herunter, dabei fühlte sie sich weder hungrig noch durstig. Sie schloss das Haus sorgfältig ab und fuhr mit ihrem BMW in die Stadt. In ihrem Büro im Präsidium angekommen, telefonierte sie mit den Leuten in Norwegen. Der Kollege am anderen Ende der Leitung zeigte sich sehr aufgeräumt. Nach Delgados Anruf seien noch am Vortag Streifenbeamte bei der Adresse der Askers in Gjerdrum vorbeigefahren. Das Ehepaar sei nicht zu Hause angetroffen worden, die Vorhänge der Fenster seien zugezogen gewesen, und als die Beamten durch den Briefkastenschlitz geschaut hätten, sei ihnen ein Haufen ungeöffneter Post auf dem Fußboden aufgefallen. Eine Nachbarin hätte den Kollegen schließlich mitgeteilt, dass die Askers bereits seit zehn Tagen verreist seien. Man habe daraufhin versucht, die beiden erwachsenen Töchter des Ehepaars zu erreichen, habe aber damit noch keinen Erfolg gehabt. Was würden die Schweden nun vorschlagen? Forss bat um einen Moment Geduld, damit sie sich mit ihrer Chefin besprechen könnte. Sie fand Nyström in ihrem Büro und berichtete ihr von den Ereignissen aus Norwegen.

»Das passt«, befand Nyström.

»Ja, das passt«, sagte Forss.

»Fliegst du nach Oslo?«

»Ich fliege dann wohl nach Oslo.«

Nyström sah auf die Uhr.

»Wenn du dich beeilst, schaffst du es heute noch hin und zurück.«

# 3

Lars Knutsson stapfte gut gelaunt durch den Wald. Die Sonne warf durch das dichte Blattwerk Lichtflecken auf den Schotterweg. In seinem kleinen Rucksack befanden sich ein Butterbrot mit Roastbeef und Senf-Honig-Sauce, eins mit Serranoschinken und Meerrettich und eins mit Norrbotten-Käse und Feigensenf. Das Sauerteigbrot hatte seine Frau Lisa am Vortag gebacken. Überhaupt war die Wiederentdeckung des Sauerteigs eine Entwicklung, die Knutsson – wie die meisten neuen Gourmettrends – ausdrücklich begrüßte. Neben den Broten hatte er noch ein Blaubeer-Rosmarin-Crumble, eine dünne Pfeffersalamistange, einen Müsliriegel, eine Literflasche Mineralwasser mit Kiwigeschmack und eine Thermoskanne besten Filterkaffee aus seiner holländischen Moccamaster-Maschine dabei. Besonders stolz war er auf das Kiwi-Mineralwasser, das er bei seinem letzten Großeinkauf im Supermarkt entdeckt hatte. Ein ganzer Liter hatte nur vierundzwanzig Kilokalorien. Es war ihm seit seinem letzten Arztbesuch sehr wichtig, sich bewusst zu ernähren.

Delgado und er hatten sich die Befragung der Nachbarn untereinander aufgeteilt. Oben auf Knutssons Liste stand Ola Danlid. Knutsson und Vargen hatten bereits am Vortag kurz mit dem Angestellten der Karmfalks gesprochen, und dabei hatte Danlid nicht gerade den aufgewecktesten Eindruck auf ihn gemacht. Deswegen versprach sich Knutsson kaum etwas von einem zweiten Besuch. Danlid hatte in der Brandnacht tief und fest geschlafen, erst die Feuerwehr hatte ihn geweckt. Die Askers kannte er nur vom Grüßen. Was also sollte eine erneute Befragung bringen? Aber Pflicht war nun einmal Pflicht, außerdem wäre Knutsson der Letzte, der Ingrid Nyström eine Bitte abschlagen würde.

Als Knutsson zu dem einfachen kleinen Haus kam, stand die Tür offen. An der Hauswand lehnte ein Motocrossrad. Knutsson hörte undeutlich Stimmen. Er verharrte einige Augenblicke auf der Türschwelle, dann begriff er, dass die Stimmen aus dem Fernseher kamen oder zu einem Hörspiel gehörten. Irgendetwas mit Kindern.

»Hallo?«, rief er und klopfte an die geöffnete Tür.

Fünf Sekunden später verstummten die Stimmgeräusche. Aus dem Zwielicht des Flurs tauchte die Silhouette eines Manns auf. Knutsson trat intuitiv einen Schritt zurück. Als der Mann die Türschwelle erreichte, gab das Sonnenlicht den Konturen Gestalt. Ein weiches Gesicht, das weder alt noch jung wirkte. Strähniges blondes Haar. Augen, die weit auseinanderstanden.

»Ja?«

Ola Danlid sah ihn fragend und ein wenig ängstlich an. Jedenfalls kam es Knutsson so vor. In seinem linken Mundwinkel war ein Schokoladenfleck. Woher der kam, war leicht zu erkennen, Danlid hatte eine Packung Kekse in der Hand. Um seine Beine strich eine Katze mit schwarz-weißem Fell.

Was für ein armer Tropf das doch ist, dachte Knutsson. Es tat ihm leid, dass er den Mann gestern seinen Kollegen gegenüber einen Einfaltspinsel genannt hatte.

»Wir hätten da noch ein paar Fragen«, sagte er.

Danlid bat ihn herein. Knutsson zwängte sich an einer muffig riechenden Garderobe vorbei. Er sah schlichte Arbeitskleidung, gefütterte Gummistiefel, eine löchrige Winterjacke, einen schwarzen Regenmantel. Aus dem winzigen, dunklen Flur ging es in eine kleine Küche. Es roch nach Eintopf; Speck und Bohnen, vermutete Knutsson. Sie nahmen am Tisch Platz. Knutsson legte seinen Notizblock vorsichtig auf die Wachstuchtischdecke.

»Was Süßes?«, fragte Danlid kauend.

Er hielt Knutsson die Großpackung Kekse hin.

»Nein, danke«, entgegnete Knutsson und dachte angestrengt an die Schätze in seinem Rucksack. Die Katze sprang ihm auf den Schoß und schnurrte.

»Snälla wird gern gekrault«, kommentierte Danlid.

Knutsson kraulte.

»So ein liebes Tier«, sagte er.

»Ja«, lächelte Danlid, »ein ganz liebes Tier.«

Zwischen der altmodischen Gardine und der Fensterscheibe trommelten zwei dicke Fliegen.

»Dann wollen wir mal«, sagte Knutsson, nestelte umständlich seine Lesebrille aus der Tasche, schob sie sich auf der Nase zurecht, beugte sich nach vorne und schlug seinen Notizblock auf. Delgado und er hatten am Morgen im Präsidium gemeinsam einen Fragekatalog entworfen. Danlid antwortete brav und gewissenhaft. Er war einundfünfzig Jahre alt, alleinstehend und arbeitete seit vielen Jahren auf einem Bauernhof ganz in der Nähe, bei den Karmfalks. Dort war er für das Milchvieh zuständig, über sechshundert Tiere, wie er betonte. Die Askers habe er so gut wie gar nicht gekannt.

»Ich habe die kaum verstanden«, sagte er.

»Das waren Norweger«, erklärte Knutsson.

»Norweger«, bekräftigte Danlid nickend.

Einmal hätten sie ihn angesprochen und gefragt, ob man auf

den Bauernhöfen in der Nähe frische Milch, Fleisch und Eier kaufen könnte. Da hätten sie noch nicht lange dort gewohnt. Ansonsten hätte es kaum Kontakt gegeben. Die Askers seien nicht so oft hier gewesen, und Tiere hätten sie auch keine gehabt.

»Du magst Tiere?«, fragte Knutsson.

»Ja, sehr.«

Knutsson bekam mehr und mehr den Eindruck, dass in dem kräftigen Körper, der vor ihm an dem Küchentisch saß, eine vielleicht etwas einfache, aber gutmütige Persönlichkeit steckte. Der Form halber und weil es so in seinem Notizblock stand, fragte er noch einmal nach der Brandnacht.

»Ich bin davon wach geworden, dass die Feuerwehr kam«, wiederholte Danlid seine Aussage vom Vortag.

Knutsson imitierte mit seinem rotierenden Zeigefinger über dem Kopf ein Blaulicht.

»Nein«, sagte Danlid, »die Warnsignale waren nicht eingeschaltet, wen sollten die hier im Wald auch warnen? Aber die Löscharbeiten waren ziemlich laut.«

»Und du hast an dem Abend vorher auch nichts Auffälliges gesehen oder gehört?«

Danlid schüttelte bestimmt den Kopf.

»Irgendwelche Stimmen?«, bohrte Knutsson nach. »Autos? Motorengeräusche?«

»Nein«, sagte Danlid. »Alles war ganz ruhig.«

Knutsson sah auf seinen Block.

»Weißt du, warum die Askers so viel Brennholz gehortet haben?«

»Die hatten eine Sauna und einen Kamin. Und mehrere Kajaks.«

»Was haben die Kajaks mit dem Brennholz zu tun?«

»Nichts. Aber das mit den Kajaks ist mir eben wieder eingefallen. Die wollten hier was mit Kajaks machen. Tourismus und Wassersport. Wo es doch hier so viele Seen gibt.«

»So, so.« Knutsson kratzte sich am Bart. Dann fiel ihm noch etwas ein. Etwas, das er einmal in einem Krimi im Fernsehen gesehen hatte. Er stellte eine letzte Frage, während er seinen Notizblock mit einer dramatischen Geste zuklappte und die Katze verschreckt von seinem Schoß sprang.

»Hast du in der Nacht etwas geträumt?«

Danlid starrte ihn aus blassen Augen an. Vielleicht sah es aber nur so aus, und in Wirklichkeit richtete sich sein Blick nach innen. Er leckte sich die Lippen, als würde er angestrengt über etwas nachdenken. Dann blinzelte er zweimal und sah an Knutsson vorbei an die Wand oder in ein weit entferntes Traumland.

»In meinem Traum waren Schreie«, sagte er schließlich. Seine tastende Zungenspitze fand den Schokofleck im Mundwinkel und bearbeitete ihn beflissen. »Fremdländische Schreie.«

## 4

In Kent Vargens Augen sah Jenny Evangelidis nicht unbedingt wie eine Maklerin aus, sondern wie eine Bauernfrau aus dem nationalromantisch behafteten Landstrich Dalarna: kräftiger Körperbau, rote Wangen, großer Mund, blonde Kurzhaarfrisur. Sie begrüßte ihn im denkbar breitesten Småländisch. Fehlt nur noch, dass sie nach Viehstall riecht, dachte er, als er ihr die derbe Hand schüttelte. Kurz ging ihm ein Bild durch den Kopf: die etwa dreißigjährige Frau auf einem Melkschemel hockend, die bunt gemusterte Bluse weit aufgeknöpft, die Hände am prallen Euter einer Milchkuh ... Dann schlug ihm Parfum entgegen, Calvin Klein, *Forbidden Euphoria*, wenn er sich nicht irrte. Seine Fantasie löste sich in nichts auf, wäre da nicht der plötzliche

Schweißfilm auf seiner Stirn gewesen, zumindest in fast nichts also, aber vielleicht hatte der Schweiß auch andere Ursachen als seine Zwangsstörung, die ungewöhnliche Septemberhitze zum Beispiel oder die Tablettenkombination, die er statt eines Frühstücks nach dem Aufstehen zu sich genommen hatte. Er folgte Jenny Evangelidis zu einem der Tische im Restaurant *Båtsmannen*, in dem sie sich verabredet hatten. Evangelidis entschied sich für ein frühes Mittagessen, Vargen bestellte ein Wasser.

»Viel zu tun?«, fragte Vargen, um das Gespräch in Gang zu bringen.

»Wir können nicht klagen.« Evangelidis lächelte. Sie hatte große milchweiße Zähne, wie Vargen auffiel. »Växjö wächst.«

»Ist das so?« Vargen wischte eine echte oder eingebildete Staubfluse von der Tischdecke vor ihm. »Ich bin selbst nämlich erst seit zwei Wochen in der Stadt.«

»Ach ja? Dann bist du ja selbst das beste Beispiel. Wo kommst du denn her?«

»Aus Stockholm.«

»Da kann man mal sehen, wie attraktiv die Stadt geworden ist, wenn jetzt sogar schon Hauptstädter zu uns ziehen. Hast du denn bereits eine Wohnung oder ein Haus gefunden?«

»Ja, eine Wohnung auf Teleborg. Ganz gemütlich eigentlich.«

»Schade.« Die Maklerin lachte. »Für mich, meine ich. Aber schön für dich. Auf Teleborg lässt's sich gut leben.«

»Danke. Stimmt es denn wirklich, dass Växjö wächst? Mir kommt die Stadt gar nicht, nun ja, so riesig vor.«

»Wir haben wohl beide recht.« Wieder lachte Evangelidis ihr großes Lachen. »Aber das ist wohl wie alles eine Frage der Perspektive. Växjö ist eine der am schnellsten wachsenden Kommunen Südschwedens. Wir profitieren von der Nähe zur E4 und zur Eisenbahnachse Malmö–Stockholm. Und zur Ost- und Westküste sind es jeweils auch nur hundertfünfzig Kilometer. Gerade was den Zuwachs an kleineren Unternehmen betrifft,

ist Växjö eine Erfolgsgeschichte. Das steigert natürlich wiederum unsere Bedeutung als Dienstleistungs- und Handelsstadt.«
»Das klingt wie aus einem Prospekt.«
»Erwischt«, gab sie zu und lachte.
»Aber du profitierst von diesem Wachstum?«
»Mein Unternehmen, ja. Beziehungsweise die Maklerbranche im Allgemeinen.«
Ein Kellner brachte Vargens Mineralwasser und Evangelidis' Mittagessen; Kalbsfilet auf Bohnen in einer Rotweinsauce.
»Was man auch an deinem auserlesenen Essen sehen kann.«
Die Maklerin kaute, zwinkerte und nickte. Für einen Moment sah Vargen sie nackt vor sich. Schnell nahm er einen Schluck von dem kalten Wasser.
»Demnach verdienen Polizisten wohl nicht so viel«, sagte sie. »Obwohl dein Anzug eine andere Sprache spricht. Boss?«
»Armani.«
»Chic! Steht dir!«
»Danke.«
Vargen blickte zur Decke und dann auf seine gepflegten Fingernägel. War da ein Dreckkörnchen unter dem Daumennagel? Nein, es hatte zum Glück nur kurz so ausgesehen. Das war das Problem mit den Tabletten. Er wusste nie, ob das, was er sah, auch real war. Das war anstrengend. Jeden Tag gab es Tausende Entscheidungen zu treffen. Wenn er seinen Sinnen doch nur mehr vertrauen könnte! Aber ohne die Medikamente war es noch viel schlimmer. Da passierten Dinge in seinem Kopf, die er nie wieder sehen, nie wieder erleben wollte. Um keinen Preis der Welt.
»Das Haus der Askers ...«, begann er.
»... hatte ich einige Jahre am Hals«, vervollständigte sie den Satz. Auf ihrer Oberlippe saß ein Tropfen Rotweinsauce. Vargen verspürte den Impuls, sich vorzubeugen und ihn abzulecken.

»Wie das?«, fragte er.

»Das war, als ich noch für das Büro in Älmhult gearbeitet habe. Der Immobilienmarkt sieht dort ganz anders aus als hier im expandierenden Växjö, die städtischen Objekte sind rar, das Zentrum ist ja auch klein, dafür hatten wir einige Häuser wie das von den Norwegern. Alte Bauernhöfe in der Pampa, die sich nicht mehr rentieren und wo nur wenige wohnen wollen. Der ehemalige Johanssonhof war ein besonders schwieriges Objekt, da ursprünglich zu dem Gehöft auch viel Land und vor allem Wald gehört hatte. 2011 wurde es von einem Großgrundbesitzer gekauft, der eigentlich nur an dem Wald interessiert war. Das Haus stand anschließend gut ein Jahr zum Verkauf. Dabei war der Preis alles andere als hoch.«

»Wieso wollte es niemand?«

»Nun ja. Auch wenn es klischeehaft klingt: Lage ist alles. Das Anwesen liegt ein ganzes Stück draußen. Etwa eine halbe Stunde Fahrzeit in die Stadt, wenn man Älmhult als Stadt bezeichnen will. Dazu kam die Größe des Hauptgebäudes, gut dreihundert Quadratmeter. Und dann noch die Ställe. Das alles war nicht im besten Zustand, es gab einen großen Reparatur- und Modernisierungsstau. Für ein Ferienhaus war es also viel zu groß, und um es weiter als Bauernhof zu betreiben, fehlte die Fläche ringsum, denn die war ja mittlerweile verkauft. Alles, was nicht Wald war, sondern Felder und Weiden, hatte der neue Besitzer an die umliegenden Bauern verpachtet oder verkauft.«

»Und was hat es für dieses norwegische Ehepaar dann so interessant gemacht?«

»2012 wurde es ja zunächst einmal von einem Verein gekauft.«

»Ein Verein?«

»Eine Organisation zur Unterstützung ehemaliger Strafgefangener. Rehabilitation oder so etwas. Die Idee war, dass die ehemaligen Gefangenen, die in Haft eine Ausbildung zum

Tischler oder Maler oder Klempner gemacht hatten, gemeinsam an einem Renovierungsprojekt arbeiten. Um nach dem Gefängnis eine Aufgabe zu haben und fit zu werden für den richtigen Arbeitsmarkt.«

»Und?«, fragte Vargen. »Hat das geklappt?«

Evangelidis zuckte mit den Schultern, während sie ein Stück rosafarbenes Fleisch abschnitt.

»Nicht wirklich. Ein Dreivierteljahr später kam das Gebäude jedenfalls wieder in den Verkauf. Zwar in einem deutlich besseren Zustand als zuvor, ein Prachtstück war es da allerdings noch immer nicht.«

»Und dann haben die Askers zugeschlagen?«

»Ja. Letztes Jahr im Frühling. Ich glaube, sie hatten vage Pläne, dort ein *Bed and Breakfast* einzurichten. Eine Jugendherberge oder eine Übernachtungsmöglichkeit für Angler oder Kanuten, so etwas in der Art. Die waren wohl selbst solche Wassersportfreaks. Aber ob es dazu gekommen ist, weiß ich ehrlich gesagt nicht.«

»Das sind alles interessante Informationen«, sagte Vargen. »Vielleicht könntest du mir den Namen von dem Waldbesitzer und von diesem Verein für ehemalige Strafgefangene aufschreiben?«

»Sicher«, sagte sie und legte ihr Besteck beiseite. Sie schaute ihm in die Augen. »Möchtest du vielleicht auch meine Telefonnummer?«

Milchweiße Zähne blitzten ihn an. Vargen zögerte. Die Bluse. Der Melkschemel ...

Sorgfältig stellte er sein Wasserglas ab. Faltete die Hände. Ließ den Augenkontakt nicht abreißen. »Vielen Dank«, sagte er dann und setzte sein charmantestes Lächeln auf. »So verführerisch der Gedanke auch sein mag: Aber ich bin leider verheiratet.«

Diese Lüge zog einfach immer.

# 5

Hugo Delgado hatte schlechte Laune. Das war allerdings nichts Neues. Er hatte seit einigen Monaten schlechte Laune. *Midlife-Crisis* hatte Linda das genannt, dann gelacht und ihm über den Kopf gestreichelt. Er hatte gegrunzt und ein bisschen mitgelacht. Nein, eigentlich nicht. Er hatte »Haha« gesagt, wie Kinder das bei Witzen tun, die sie nicht witzig finden. *Midlife-Crisis*. Aus der Perspektive einer Fünfundzwanzigjährigen mochte das ja lustig sein, aber aus Sicht eines Sechsunddreißigjährigen war es das definitiv nicht. Eine *Midlife-Crisis* hatte man seiner Meinung nach, wenn man in der gefühlten Lebensmitte Bilanz zog – und mit dem Ergebnis unzufrieden war.

War er das?

Unzufrieden?

Er wusste es nicht. Es stimmte, dass er seit einiger Zeit gereizter war als sonst, dünnhäutiger und gleichzeitig antriebsloser. Dinge, die ihm früher Spaß gemacht hatten, gingen ihm heute auf die Nerven oder bedeuteten ihm nichts mehr. Er spielte kaum noch seine Online-Rollenspiele, er hatte in der ganzen Fußballsaison erst ein Match von Östers IF im Stadion verfolgt und sogar mit dem Gedanken gespielt, seine Comic- und Graphic-Novel-Sammlung aufzulösen. Im Moment schmeckte ihm nicht einmal das Bier in seiner Stammkneipe. Das Problem war, dass er keine Ahnung hatte, woran das alles lag. Es ging ihm doch eigentlich gut. Er hatte einen spannenden Job, eine liebe und hübsche Freundin, tollen Sex, jedenfalls meistens, und eine schöne Wohnung, die mit viel Raffinesse und Liebe zum Detail im Stil der Fünfzigerjahre eingerichtet war. Was wollte er mehr? Hatte er Wünsche an das Leben, die bisher nicht in Erfüllung gegangen waren? Sicher. Klar. Wer hatte die nicht? Ein Meisterschaftstitel für Östers wäre zum Beispiel nicht schlecht. Aber dazu müsste der Verein erst einmal wieder in die zweite und dann in die erste Liga aufsteigen. Eine Originalausgabe des allerersten Spiderman-Hefts wäre stark. Ein halbes Jahr Urlaub und hunderttausend Kronen, um einmal in Ruhe Chile zu bereisen, die Heimat seiner Eltern. Aber sonst?

Er kickte einen Stein von der schotterigen Einfahrt in die Büsche. Es nervte ihn, dass Nyström ihn in den Wald geschickt hatte. Zeugenbefragungen fand er öde. Seine Stärken lagen woanders, lagen an der Computertastatur, das wusste seine Chefin ganz genau, trotzdem musste er hier den Laufbotenjob erledigen. Delgado klingelte bei den Karmfalks, den nächsten Nachbarn der Askers. Die Größe des Gehöfts war beeindruckend. Ein wuchtiges Haupthaus und mehrere wirtschaftliche Nebengebäude. Eine Frau Ende vierzig öffnete ihm. Annika Karmfalk hatte ein müdes, abgekämpft wirkendes Gesicht.

»Ich habe schon auf die Polizei gewartet. Dein Kollege hatte gestern bereits angekündigt, dass wahrscheinlich noch mal jemand von euch vorbeikommt.«

»Danke, dass du dir die Zeit nimmst.«

Innerlich verdrehte er die Augen.

Die Frau lächelte dünn.

»Ist doch klar. Wo doch ein Mensch zu Schaden gekommen ist.«

»Tragischerweise, ja.«

»Einer der beiden Norweger?«

»Der Verdacht liegt jedenfalls nahe.«

»Man hört etwas von einem Heugabel-Mord.«

»Wer sagt so etwas?«

»Der Buschfunk hier draußen.« Sie kratzte sich an der Nase. »Komm doch rein, ich mache uns einen Kaffee.«

Delgado folgte der Frau in ein modern eingerichtetes Esszimmer. Der Tisch war bereits mit Kaffeegeschirr für drei Personen eingedeckt. Unter einer Glasglocke stand ein Mandelkuchen.

»Ist dein Mann auch da?«, fragte Delgado.

»Nein«, sagte sie. Eine Ader auf ihrer blassen, fast durchsichtig erscheinenden Stirn pochte. »Mein Sohn.«

»Der Bursche auf dem Traktor draußen?«

»Christoffer, genau.«

Wie auf ein Stichwort kam ein hochgewachsener junger Mann zur Tür herein. Delgado schätzte ihn auf Mitte zwanzig. Sofort erfüllte der üppige Geruch von Heu und Vieh den Raum. Die beiden Männer nickten einander zu. Annika Karmfalk schenkte allen Kaffee ein und hob die Glasglocke vom Kuchen.

»Bitte«, sagte sie. »Bedient euch.«

»Danke«, sagte Delgado und lud sich ein Stück auf. »Sieht prima aus. Wie groß ist der Hof, wenn man fragen darf?«

»Sechshundertzwanzig Stück Milchvieh«, antwortete der junge Mann, und in seiner Stimme klang Stolz mit.

Delgado nickte anerkennend.

»Nicht schlecht«, sagte er. »Und das schafft ihr beide ganz allein?«

»Es gibt natürlich noch meinen Vater, einen Betriebshelfer und zwei Teilzeitangestellte.«

»Wow«, sagte Delgado, »ein richtiger Großbetrieb.«

»Dachtest du, man hält heutzutage noch seine Kuh im Garten und melkt mit der Hand? Allein für die Papierarbeit und die EU-Formulare und Regelungen könnten wir eine eigene Bürokraft beschäftigen«, klärte der junge Mann ihn auf.

»Aha«, sagte Delgado, der sich vorher noch nie darüber Gedanken gemacht hatte, wie moderne Landwirtschaft funktionierte. »Ich muss gestehen, dass mein Wissen über Bauernhöfe wahrscheinlich nur aus Kinderbüchern und Fernsehserien herrührt. *Michel von Lönneberga* und Konsorten.«

»Ja, wenn es so idyllisch wäre«, lachte Christoffer Karmfalk.

»Eure Nachbarn«, begann Delgado, »die Askers ...«

»Die haben sich nur im Sommer hier blicken lassen«, unterbrach ihn der junge Mann und verschränkte die Arme vor seiner schmalen Brust. Etwas in seiner Stimme hatte sich verändert.

»Ihr kanntet sie also nicht so gut?«

»Kennen? Nein, das kann man nicht behaupten. Die meiste Zeit war das Haus leer. In den Wintermonaten vergaßen wir beinahe, dass es dort stand. Du weißt ja, wie es hier ist, wenn sich die Dunkelheit übers Land legt, da war nur Finsternis auf der andere Seite des Hügels. Kein Licht. Kein Leben.«

»Und wer hat nach dem Rechten gesehen? Mit so einem Haus im Wald kann doch einiges passieren: Einbrüche, Wasserschäden, kaputte Fensterscheiben …«

»Das weiß ich nicht«, sagte der Jungbauer und schob sich ein großes Stück Kuchen in den Mund.

»Ja, es ist wirklich schade, dass da niemand fest wohnt«, bemerkte seine Mutter und seufzte.

»Wieso schade?«, wollte Delgado wissen.

»Na ja, schade halt.« Die Frau zuckte mit den Schultern.

»Ganz viele Häuser hier in der Gegend werden von Dänen und Deutschen oder Städtern, die hier in den Sommermonaten ihre Ferien verbringen wollen, gekauft. Sie stehen dann den Großteil des Jahres leer«, versuchte der Sohn zu erklären.

»Aber warum ist das ein Problem?«, wollte Delgado wissen, der sich selbst überhaupt nicht vorstellen konnte, hier draußen in der Pampa zu wohnen, nicht einmal für eine Woche im Jahr.

»Die Strukturen fallen auseinander, und die Dörfer sterben aus. Die Gemeinden sind ohnehin schon sehr klein, und wenn die Alten sterben, gibt es nicht viele in meiner Generation, die Höfe und Häuser übernehmen wollen. Ich bin wohl eher die Ausnahme, aber selbst ich weiß nicht, ob es die richtige Entscheidung war, weiterzumachen. So viel hat sich verändert. Zum Beispiel gab es, als ich klein war, noch eine Schule, nun müssen die Kinder mit dem Bus bis nach Älmhult. Wenn meine Tochter ins schulfähige Alter kommt, muss sie jeden Tag den langen Weg fahren. Vierzig Minuten morgens hin und genauso lange nachmittags zurück. Das ist für ein kleines Kind doch eine Zumutung!«

Delgado nickte, auch wenn er zugeben musste, dass er sich über solche Dinge noch nie Gedanken gemacht hatte.

»Und später, wenn sie in die Teenagerjahre kommen, ist es bestimmt auch nicht so spannend, hier draußen zu wohnen. Außer dem Schulbus gibt es hier keine Busverbindungen, das lohnt sich für so wenige Menschen gar nicht. Nein, wer von hier wegwill, muss selbst fahren.«

»Okay. Aber was hat das mit den Sommergästen zu tun?« Delgado sah den Mann fragend an.

»Die sind ja nur im Sommer hier. Die genießen die schöne Landschaft, die wir mit unseren weidenden Tieren offen halten, und das ist ja auch gut so, Schönheit ist für alle genug da, aber …« Der junge Mann nahm einen Schluck von seinem Kaffee und überlegte. »Es ist so viel Arbeit, die an uns Landbewohnern hängen bleibt«, setzte er fort. »Die Sommergäste benutzen die Badestellen, aber sind nicht hier, wenn die Blätter geharkt und die Stege aus dem Wasser geholt werden, um ein Beispiel zu nennen. Oder als wir hier die Breitbandinternetkabel verlegen lassen wollten, waren es nur drei Familien, die Interesse daran hatten, und deshalb wurde es so teuer, dass wir es uns nicht leisten konnten. Ich kann verstehen, dass die Stadtmenschen vom Stress wegkommen wollen und es schön finden, ausnahmsweise mal nicht vernetzt zu sein, aber für uns wäre es schon gut gewesen.« Christoffer Karmfalk sah Delgado ernst an.

»Aber man kann es auch positiv sehen, wenigstens kümmern sie sich um ihre eigenen Häuser. Sonst würden die ja auch verfallen«, bemerkte die Mutter.

»Die Askers«, versuchte es Delgado erneut. »Ihr hattet doch mit Sicherheit Kontakt, als sie hier waren?«

»Ja, man hat sich schon gegrüßt. Aber wirklich miteinander geredet? Eher nicht«, sagte Christoffer Karmfalk.

Annika Karmfalk dachte nach.

»Doch, an einmal kann ich mich erinnern, da baten sie meinen Mann und Christoffer, ihnen mit dem Traktor zu helfen.« Sie blickte ihren Sohn an. »Weißt du noch, als sie die Bäume im Garten gefällt haben?«

»Ach ja, stimmt. Da kamen sie mitten im Hochsommer, als ich mit dem Heu zugange war, und wollten, dass ich die gefällten Baumstämme auf die Vorderseite des Hauses schleppe. Der Moment war ungünstig, da ich gerade so viel um die Ohren hatte.«

»Und, hast du ihnen geholfen?«, fragte Delgado.

»Ja, so gut ich konnte. Es war fast Nacht, als wir fertig waren. Ich konnte ja vorher nicht ahnen, dass es so lange dauern würde, aber, wie soll ich sagen ... Die Askers hatten sehr genaue Vorstellungen davon, wie die Baumstämme zu liegen hatten, und ich war nach einem ganzen Tag Arbeit nicht mehr der Geduldigste, wenn du verstehst, was ich meine. Danach war die Stimmung ein wenig frostig.«

»Wisst ihr, welche Pläne sie für den Hof hatten?«

»Ja, sie wollten eine kleine Herberge eröffnen. Für Wanderer und Kanuten, glaube ich. Mit uns haben sie darüber nicht geredet, obwohl sie wahrscheinlich vorhatten, die Touristen in unsere Wälder rauszuschicken«, sagte Christoffer Kramfalk trocken und goss sich und Delgado Kaffee nach.

»Aber mit dem Jedermannsrecht und so ...«, wandte Delgado ein.

»Das hast du nicht ganz richtig verstanden. Das Jedermannsrecht gilt für Privatpersonen, aber nicht für organisierte Gruppen. Von mir aus können die Touristen gern hier Urlaub machen, aber dann möchte ich auch einen Teil vom Kuchen abbekommen«, sagte der junge Mann.

»Ja, die Leute reden viel, aber um uns zuzuhören, fehlt ihnen die Zeit«, bemerkte seine Mutter, die gedankenverloren aus dem Fenster sah. Delgado war nicht klar, wen genau sie damit meinte. Er trank seinen Kaffee aus.

»Jedenfalls vielen Dank für das Gespräch und den feinen Kuchen«, sagte er und stand auf. Dann fiel ihm noch etwas ein. »Eine Frage noch, reine Routine. Habt ihr hier auf dem Hof eine Mistgabel?«

Christoffer Karmfalk lachte.

»Eine? Wohl eher ein Dutzend.«

Delgado überlegte einen Moment, dann ließ er es gut sein und verabschiedete sich.

In der Hofauffahrt roch es nach Dung, und die großen Landmaschinen hatten mit ihren breiten Reifen tiefe Spuren im Matsch hinterlassen. Seine hellgrauen Wildlederschuhe waren so gut wie ruiniert. Verdammte Provinz, dachte er, und sein Gemüt verdüsterte sich noch ein wenig mehr.

# 6

Ingrid Nyström hatte den Großteil des Vormittags damit verbracht, mehrere Aufsätze über Brandopfer zu lesen, einer davon war von einem amerikanischen Experten geschrieben und auf Englisch verfasst – sie hatte das Gefühl, nur die Hälfte verstanden und die wichtigsten Erkenntnisse verpasst zu haben. Jedenfalls war sie danach nicht viel schlauer als vorher. Anschließend hatte sie aus einem Gefühl der Unzulänglichkeit heraus und in einem Anfall von Aktionismus die digitalen Archive nach ähnlichen Fällen durchsucht. Gefunden hatte sie einen Bericht über den Brand eines norwegischen Segelboots in Marstrand im Sommer 2006. Die anschließende Ermittlung hatte einen Fall von versuchtem Versicherungsbetrug ergeben. Auf einem Campingplatz in Byxelkrok, Nordöland, war im August 2009 ein norwegisches Wohnmobil ausgebrannt,

Sachschaden fast siebenhunderttausend Kronen, Ursache war wahrscheinlich eine defekte Gasleitung. In der Nähe von Vrigstad war im November 2011 das Ferienhaus einer deutschen Familie aus Lübeck abgebrannt, Verdacht auf Brandstiftung, Ermittlung ohne Ergebnis. Etwas Ähnliches hatte sich im letzten Frühjahr außerhalb der Ortschaft Berg, etwa fünfunddreißig Kilometer nördlich von Växjö, ereignet: Auch dort war ein Ferienhaus angezündet worden, allerdings hatte es einen schwedischen Besitzer gehabt, der, wie eine Aktennotiz erfasst hatte, häufig an Dänen oder Deutsche vermietete. Auch hier war kein Täter ermittelt worden. Bei beiden Ferienhausbränden hatten die Versicherungen mit Verweis auf die Brandstiftung nicht gezahlt.

Nyström war unsicher, wie sie die Fälle einordnen sollte. Die Vorkommnisse mit den brennenden Ferienhäusern waren wie der Brand bei den Askers beide in Småland passiert. War es tatsächlich denkbar, dass jemand in Serie die Ferienunterkünfte von ausländischen Touristen in Brand steckte? Wie passte der aufgespießte Leichnam in dieses Muster? Immerhin gab es einen gewaltigen Unterschied zwischen einem Mord und Sachbeschädigung. Oder? Das Feuer in den beiden Ferienhäusern war jeweils zu Jahreszeiten gelegt worden, in denen höchstwahrscheinlich keine Touristen dort gewohnt hatten.

Froh, eine Pause von der ergebnislosen Recherche zu nehmen, ging Nyström zu ihrer Essensverabredung mit der Pathologin Ann-Vivika Kimsel in die Kantine. Sie fand Kimsel in einer kleinen Menschentraube, die sich um einen Tisch mit vier uniformierten Kollegen gebildet hatte. Benny Olsson, ein alter Haudegen im Växjöer Polizeikorps, gab mit seinem dröhnenden Bass eine Geschichte zum Besten.

»Was ist denn hier los?«, flüsterte Nyström ihrer Freundin zu. »Hat jemand im Lotto gewonnen?«

Kimsel fasste sie am Arm.

»Hast du's noch nicht gehört? Der Zirkus war los!«

»Was für ein Zirkus?«

»Ein Zwischenlager von einem Zirkus. Irgendwo auf einer Wiese nahe Strömsnäsbruk. Hör zu, was Benny erzählt!«

Ann-Vivika Kimsel drehte sich wieder zu den anderen um und zog Nyström mit sich.

»... und in der Scheune saß der Löwe dann in der Falle. Roger hat mir das Gewehr mit den Betäubungspfeilen gegeben, das wir auch schon vorher bei diesem zerzausten Zebra benutzt hatten. Ich lege also an, ziele genau auf den Hals und – Paff!«

Die Gruppe tobte.

»Ben-ny, Ben-ny!«, riefen drei junge Kollegen rhythmisch und klatschten dazu in die Hände.

»Meine Güte, ein echter Löwe?«, fragte Nyström verblüfft.

»Hast du denn kein Radio gehört heute Morgen? Oder wenigstens den Polizeifunk? Der halbe Landkreis Kronoberg stand kopf!«, entgegnete Kimsel.

»Ich war wohl in meinem Elfenbeinturm«, sagte Nyström kleinlaut.

»Dem Elfenbeinturm der Abteilung für Gewaltverbrechen oder was?«

Kimsel lachte. Wie immer sah sie toll aus. Die dunkelblaue Seidenbluse, eine dazu passende Brosche und das geschmackvolle, aber auch auffällige Make-up ergaben einen sehr schicken Eindruck, fand Nyström, die sich manchmal wünschte, ihren eigenen Alltag ebenfalls durch solche Finessen ein bisschen aufpeppen zu können. Doch irgendwie hatte sie für solche Dinge nicht das richtige Händchen.

»So ähnlich.« Nyström schluckte. »Aber was ist denn jetzt mit diesem Löwen? Sind noch andere Tiere frei?«

»Sie haben wohl alle wieder eingefangen. Ein Löwe, ein Zebra und mehrere Schimpansen waren ausgebrochen. Gott sei Dank ist nichts Ernsthaftes passiert. Ein Rentner ist vor Schreck vom Fahrrad gefallen und hat sich die Hand gebrochen, das war's.«

»Meine Güte«, wiederholte Nyström. »Was für eine Geschichte! Ich sehe schon die Schlagzeilen in der Boulevardpresse vor mir. Stell dir nur Edman vor, wie er in *Expressen* und *Aftonbladet* von den Heldentaten berichtete. Die Chance lässt er sich bestimmt nicht entgehen.«

»Vielleicht sollten wir ihm einen Safarihut für die Pressekonferenz besorgen«, schlug Kimsel vor.

Die beiden Frauen mussten lachen.

»Aber wie konnte das überhaupt passieren?«, fragte Nyström. »Für die Haltung von solchen Tieren muss es doch Sicherheitsvorschriften geben?«

Kimsel zuckte mit den Schultern.

»Da musst du wohl Franks Jungs fragen.«

Frank Jodenius führte das zweite Team der Kripo Kronoberg, das im Gegensatz zu Nyström und ihren Kollegen in der Regel nicht für Gewaltverbrechen zuständig war. Obwohl Nyström Jodenius' Abteilung oft zuarbeitete, wenn es die Kapazitäten zuließen, hatte sie häufig das unterschwellige Gefühl, dass Jodenius ihr den angesehenen Hauptkommissar-Posten neidete.

Auf dem Weg zur Salatbar klopften sie Olsson auf die Schulter, der sich in der Aufmerksamkeit seiner Kollegen sonnte.

»Nächstes Jahr gehe ich auf Safari in Afrika!«, rief er und machte eine Geste, als würde er ein Gewehr anlegen und zielen. »*The Big Five!*«

Irgendjemand imitierte ein Elefantentröten. Nyström und Kimsel füllten ihre Teller mit Salat und Antipasti und suchten sich einen Tisch am Rande der Kantine, wo es etwas ruhiger zuging. Während Kimsel kaute, stocherte Nyström in ihren Sojasprossen herum. Die heitere Stimmung der Kollgen hatte ihre Laune aufgehellt, aber eigentlich wollte sie mit ihrer Freundin über etwas Ernstes reden.

»Keinen Hunger heute?«

»Mmh. Ach, ich weiß nicht.«

»Was hast du auf dem Herzen?«

Nyström musterte ihre Freundin, dann gab sie sich einen Ruck. Sie erzählte von ihrer Krebsnachsorgeuntersuchung.

»Es ist doch toll, dass deine Ergebnisse unauffällig sind. Tausend andere Frauen würden sich darüber freuen!«

»Ich weiß«, sagte Nyström. Es fiel ihr schwer, ihre Gefühle in Worte zu fassen, und sie hatte gehofft, ihre Freundin würde es auch so verstehen. Aber wie sollte sie auch? Sie entschied sich, das Thema zu wechseln.

»Ich habe überlegt, ob es nicht eine gute Idee sein könnte, meine Mutter bei uns einziehen zu lassen ... Seit sie vor drei Wochen diesen Unfall hatte ...«

Weiter kam sie nicht. Ann-Vivika hatte sich verschluckt, und während sie sich hustend aufs Brustbein klopfte, sah sie Nyström fassungslos an.

»Deine Mutter? Ich würde ehrlich gesagt eher sterben, als meine Mama bei mir einziehen zu lassen«, sagte sie hustend. »Und sie wahrscheinlich auch!«

Nyström lächelte. Ihre Freundin war kein Familienmensch. Ann-Vivika lebte schon seit Langem von ihrem Mann getrennt. Sie hatte zwar einen Sohn, aber der war bereits vor einigen Jahren von zu Hause ausgezogen. Nyström bezweifelte keine Sekunde, dass Ann-Vivika ihre Freiheit und Ruhe genoss.

»Was sagt Anders denn zu deinen Plänen?«

»Wir hatten noch keine richtige Gelegenheit, darüber zu sprechen.«

Jetzt war es Kimsel, die »Mmh« machte und versonnen eine aufgespießte getrocknete Tomate auf ihrer Gabel betrachtete, von der das Fett heruntertropfte.

»Ein bisschen eklig«, meinte sie.

»Dass wir noch keine Gelegenheit ...?«

»Diese Tomate.«

»Du schneidest täglich Leichen auf und findest eine sonnengetrocknete Tomate eklig?«

»Ja. Erinnert mich an eine Alkoholikerleber.«

»Danke auch!«, sagte Nyström und schob brüsk ihren Teller weg. »Lass uns über die verbrannte Leiche sprechen, wenn wir schon einmal bei ekligen Themen sind.«

»Da gibt es nichts Neues, Ingrid. Da wird es auch so schnell nichts Neues geben. Die entnommenen Proben habe ich ins Labor nach Linköping geschickt. Mit Glück finden die verwertbares DNA-Material, aber das wird uns wahrscheinlich auch nicht weiterhelfen, solange wir keine Gegenprobe haben.«

»Vielleicht gibt es bald Gegenproben. Stina Forss ist unterwegs nach Oslo, die norwegischen Kollegen haben uns eingeladen und ihre volle Unterstützung zugesagt. In der Wohnung des Ehepaars findet sich bestimmt etwas von beiden, Haare, abgeschnittene Fingernägel, irgendwas.«

»Ihr geht also immer noch davon aus, dass der Leichnam einem der Eheleute zugeordnet werden kann.«

»Es ist das Wahrscheinlichste. Nachbarn aus Norwegen sagen, dass sie seit Tagen im Urlaub sind. Von daher würde es zeitlich passen.«

»Sei dir mit den DNA-Proben nicht zu sicher. Es kann auch sein, dass das kriminaltechnische Labor gar nichts Brauchbares findet. Die Hitze bei dem Brand war extrem hoch.«

Nyström fiel etwas anderes ein.

»Hast du als Landbewohnerin eigentlich etwas gegen Touristen? Deutsche? Oder Dänen?«

»Ich habe etwas gegen quietschfarbene Goretexjacken. Aber sonst?«

Nyström lächelte.

»Schicke Bluse übrigens. Die Farbe steht dir«, sagte sie und stand auf. Es wurde Zeit, an den Schreibtisch zurückzukehren.

# 7

Knutsson hatte Delgado großzügig das Auto überlassen. Seit er gelesen hatte, dass wenige Tausend Schritte am Tag das Herzinfarktrisiko signifikant senkten, bemühte er sich, möglichst oft zu Fuß zu gehen. Hohe Farne und Blumen, deren Namen er nicht kannte, säumten den Schotterweg durch den Wald. Einmal sah er einen seltenen Schmetterling, zumindest hatte man ihm in der Schule beigebracht, dass die Art fast ausgestorben sei. Das war fünfundvierzig Jahre her. Vielleicht geht es der Umwelt doch gar nicht so schlecht, wie immer alle sagen, dachte er fröhlich. Vielleicht ist die Welt doch manchmal ganz in Ordnung.

Das nächste Haus auf seiner Liste lag einige Kilometer vom Tatort entfernt, ein kleines Holzhaus mit windschiefem Dach. Einzelne Wandplanken wölbten sich altersmüde nach außen, und die verwaschene falunrote Farbe brauchte dringend eine Erneuerung. Hier kümmerte sich jemand nicht richtig, ging es Knutsson durch den Kopf. Nachlässigkeit und unnötiger Verfall taten einem waschechten Småländer wie ihm in der Seele weh. Knutsson klingelte. Es dauerte einige Zeit, bevor sich im Haus etwas rührte. Knutsson hörte ein lautes Knarren und Schlurfen hinter der derben Holztür. Wieder schien es Ewigkeiten zu dauern. Als endlich die Türe geöffnet wurde, stand ein altes Männlein vor ihm, kahl, lederig, in sich zusammengesunken. Neunzig Jahre, oder älter. Durch Brillengläser, dick und konvex wie Böden einer guten Flasche Wein, starrten ihn haselnussbraune Augen an. Das Bündel Mensch zitterte. Die Nussaugen zitterten. Oder waren es die Lider darüber?

»Jaaa?«, sagte der Alte, und seine Stimme klang so rasselnd und rostig, als sei sie seit Jahren nicht gebraucht worden.

»Hej«, sagte Knutsson.

»Ja, hej«, sagte der Alte, hob seine rechte Hand vom Griff der

Gehhilfe um ein paar Zentimeter an und ließ sie dann wieder fallen, als sei sie ihm zu schwer geworden. »Bringst du das Essen? Schicken sie jetzt schon Männer?«

»Nein«, sagte Knutsson. »Ich bin von der Kriminalpolizei. Abteilung Gewaltverbrechen.«

»Ich will keine Werbung. Das habe ich der Dame von der Post am Telefon gesagt.«

Knutsson fielen die Haarbüschel auf, die dem alten Mann aus den Ohren wuchsen. Es hätte ihn nicht gewundert, wenn er dort Moos und Flechten entdeckt hätte.

»Also nein, das ist ein Missverständnis. Ich bin von der Po-li-zei.«

Knutsson hatte die Stimme gehoben und bemühte sich, laut und deutlich zu sprechen.

»Heute soll es Hähnchen mit Kartoffeln geben«, sagte der Mann.

»Ich ha-be ei-ne Fra-ge«, sagte Knutsson und unterstrich sein Anliegen mit sinnloser Gestik.

»Kartoffeln!«, sagte der Mann.

»Po-li-zei«, sagte Knutsson ganz langsam und ganz laut und mit einem ersten Anflug von Verzweiflung in der Stimme.

»Wann kommt mein Essen?«, flüsterte die Roststimme ängstlich.

»Ta-tü-ta-ta!«, versuchte es Knutsson zum zweiten Mal an diesem Tag.

»Geh bitte weg«, sagte der Alte, und seine braunen Augen glänzten hinter den Weinflaschenböden. »Geh weg, oder ich rufe die Polizei.«

Knutsson hob beschwichtigend die Hände. Er war mit seinem Latein am Ende. »Ich«, er drückte mit dem Zeigefinger auf seinen mächtigen Brustkorb, »bin die Po-li-zei!« Er ließ seinen aufrechten Zeigefinger über dem Kopf rotieren, auch dies zum zweiten Mal an diesem Tag.

»Ja, genau, ich rufe die Polizei«, sagte der Alte, und dann

drückte er mit einer Schnelligkeit, die Knutsson ihm nicht zugetraut hätte, die Haustür vor seinem Bauch zu.

# 8

Stina Forss erreichte die norwegische Hauptstadt dank einer guten Verbindung bereits gegen Mittag. Die Polizei aus Gjerdrum hatte ihr netterweise sogar einen Wagen zum Flughafen geschickt, eine freundliche, rundliche Polizeibeamtin um die sechzig, die sich in ihrem singenden Norwegisch als Mette Myrvold vorstellte, holte sie am Terminal ab. Sie stiegen in den Streifenwagen, einen fabrikneuen Mercedes.

»Wie schnell das heute geht, aus der småländischen Provinz hierher zu uns«, sagte Myrvold. »Ich musste ehrlicherweise erst einmal nachschauen, wo Växjö überhaupt liegt«, gab die Frau zu. Auch wenn Forss annähernd alles verstand, was Myrvold sagte, musste sie sich erst einmal an die Melodie der norwegischen Sprache gewöhnen.

»Das glaub ich gerne«, sagte sie.

»Wann geht dein Rückflug?«

»Heute Nachmittag um halb fünf. Aber wenn es nötig sein sollte, bleibe ich auch länger.«

Während der Fahrt in die Ortschaft erzählte Myrvold ein bisschen von Gjerdrum und der Kommune Akershus, in der etwas mehr als eine halbe Millionen Menschen wohnten. Viele pendelten zur Arbeit in die Hauptstadt. Forss blickte aus dem Fenster. Sie sah weitläufige Äcker und Wiesen in einer sanften, hügeligen Landschaft. Am Horizont zeichnete sich eine Bergkette ab. In sattem Gelb leuchteten Roggenfelder im Sonnenschein.

»Schön habt ihr es«, sagte Forss.

»Hier lässt es sich aushalten«, sagte Myrvold. »Meistens jedenfalls.« Sie lachte. »Es ist schon ziemlich ruhig, zumindest wenn man es mit der großen Stadt vergleicht. Ich selbst habe über zwanzig Jahre in Oslo Dienst verrichtet, die Ruhe in Gjerdrum habe ich mir sozusagen verdient.«

»Ich habe lange in Berlin gearbeitet«, sagte Forss.

»Wirklich? Als Schwedin?«

»Als Deutschschwedin«, antwortete Forss. »Sozusagen.« Sofort meldete sich ihr schlechtes Gewissen. Ich habe schon seit Langem nicht mehr mit meiner Mutter telefoniert, dachte sie. Andererseits hätte sich Johanna aber auch selbst melden können, wenn ihr danach gewesen wäre, mit ihrer Tochter zu sprechen. Wahrscheinlich war sie wieder auf einem ihrer esoterischen Selbstfindungstrips und wochenlang abgetaucht, Reiki in der Hocheifel oder ein Ayurveda-Kochkurs am Bodensee.

»Berlin? Interessant! Da möchte ich auch mal gern hin!«

Das sagte etwa jeder Zweite, wenn Forss erwähnte, dass sie aus der deutschen Hauptstadt komme. Die andere Hälfte erzählte begeistert, dass sie auch schon einmal dort gewesen sei und es ihr wahnsinnig gut gefallen habe. So international! Und so geschichtsträchtig!

»Ja, es lohnt sich«, sagte Forss knapp. Dann fragte sie nach den Askers.

»Am besten fahren wir sofort dahin«, schlug Myrvold vor. »Meine Kollegen warten bereits vor Ort auf uns. Nachdem ihr gestern die Bilder vom Tatort und die vorläufigen Untersuchungsergebnisse geschickt habt, haben wir beim Staatsanwalt einen Durchsuchungsbeschluss beantragt.«

»Das hatte ich gehofft«, sagte Forss. »Bis jetzt deutet alles daraufhin, dass der Leichnam in dem abgebrannten Haus entweder Leif oder Kristina Asker ist.«

»Was wiederum heißen würde, dass der Ehepartner flüchtig ist. Eine tragische Geschichte, so eine Familientat. Leider ist es uns noch immer nicht gelungen, einen Kontakt zu den Angehörigen herzustellen.«

»Die Askers haben zwei Kinder, oder?«

»Zwei erwachsene Töchter. Die eine lebt in Trondheim, die andere in einem Vorort von Bergen.«

»Und was haben die Nachbarn gesagt?«

»Nicht viel. Die Askers wohnen hier in einem Mehrfamilienhaus. Da ist viel Kommen und Gehen. Eher eine anonyme Atmosphäre. Die Nachbarin, die auf derselben Etage wohnt, hat wohl immerhin mitbekommen, dass die beiden verreist sind.«

In der Tat wirkte die Wohnanlage, vor der Mette Myrvold hielt, gesichtslos. Eine blassgelb verputzte Fassade, drei Geschosse, neun Mietparteien. Am Straßenrand stand ein zweiter Streifenwagen, ebenfalls ein neuer Mercedes. Sie stiegen aus, Forss schüttelte Hände und stellte sich vor. Zwei Uniformmänner und einer in Jeans und Windjacke. Die Namen vergaß sie sofort wieder.

»Wir haben das Auto der Askers sichergestellt«, sagte die Windjacke. »Es steht in der Straße um die Ecke.«

»Aber wie sind sie dann nach Südschweden gekommen?«, fragte Myrvold. »Wenn ihr Ferienhaus mitten im Wald liegt?« Sie sah Forss an, als müsste die eine Antwort wissen.

»Das haben wir uns auch schon gefragt«, sagte einer der Uniformierten. Er trug eine verspiegelte Sonnenbrille.

»Vielleicht ist er hier«, sagte Forss. »Oder sie. Vielleicht ist einer der Askers hierher zurückgekehrt.«

»Die Wohnung scheint leer zu sein«, sagte der andere Uniformierte. Er hatte einen Fünftagebart. »Wir haben mehrmals geklingelt. Durch die Fenster ist auch niemand zu sehen.«

»Aber drin wart ihr nicht?«, fragte Forss.

»Nein, drin waren wir noch nicht.« Die Windjacke lächelte. »Wir wollten auf unseren Schwedenhappen warten.«

»Sie kommt aus Berlin«, sagte Myrvold. »Eigentlich jedenfalls.«

»Pippi Lotta aus Berlin«, stellte der Bart mit einem Grinsen fest.

»Können wir?«, fragte Forss spitz. Ihr war das Gehabe extrem unangenehm. Erst recht vor der älteren Kollegin.

Sie wandten sich zur Haustür um. Die Spiegelbrille hatte einen Schlüssel in der Hand.

»Vom Hausmeister«, sagte er.

Die Wohnung der Askers lag im ersten Stock. Sie gingen die Treppe hinauf. Auf der mittleren Wohnungstüre hing ein getöpfertes Namensschild: Asker. Es war mit einem möhrenknabbernden Kaninchen verziert, das in einem Kajak hockte. Die Norweger zogen ihre Dienstwaffen. Die Windjacke hämmerte gegen die Tür. »Aufmachen! Polizei!« Das tönerne Namensschild hüpfte bei jedem Faustschlag. Ansonsten passierte nichts. Die Windjacke drückte mehrmals nacheinander auf die Klingel. »Sofort aufmachen! Hier ist die Polizei!« Wieder geschah nichts. Die Windjacke drehte sich zu Forss um.

»Könnte er bewaffnet sein? Oder sie?«

»Weiß nicht«, sagte Forss. »Wenn ich mir das Türschild so anschaue, denke ich eher nicht.«

Die Norweger grinsten.

»Dann mach ich jetzt auf«, sagte die Spiegelbrille.

Er steckte den Schlüssel ins Schloss und öffnete die Tür. Drei mattschwarze Heckler & Koch P30 zielten in den Flur.

»Achtung! Polizei! Komm mit erhobenen Händen heraus!«

Die Windjacke machte zwei Schritte in den Flur hinein und stolperte über den Berg aus ungeöffneter Post und Tageszeitungen. Nur ein langer Ausfallschritt und sein ausgestreckter rechter Arm, mit dem er an der Wand Halt fand, retteten ihn davor, hinzufallen. Seine Dienstwaffe polterte auf die Flurdielen.

Anfänger, dachte Forss und folgte den anderen in die Wohnung. Die Windjacke rappelte sich hoch.

»Hier ist niemand«, stellte Myrvold fest.

Trotzdem huschten ihre drei männlichen Kollegen mit ausgestreckten Armen in Kinomanier durch die Zimmer und brüllten.

»Wohnzimmer gesichert!«

»Schlafzimmer gesichert!«

»Küche gesichert!«

»Klo gesichert«, flüsterte Forss Myrvold zu.

»Klo gesichert!«, dröhnte es durch den Flur.

»Hier ist niemand«, wiederholte Myrvold. »Aber ist das nun gut oder schlecht?«

»Ich weiß nicht«, wiederholte sich Forss.

Sie sah sich im Wohnzimmer um. Eine cremefarbene Sofalandschaft, ein Couchtisch mit Glasplatte, ein Flachbildfernseher mittlerer Größe, ein antik anmutender Schreibtisch, fünf Regale voller Bücher. Auf einem Sideboard gerahmte Fotos: Die jungen Askers vor dem Traualtar. Sie: klein, zierlich, große Nase, dunkle Hochsteckfrisur. Er: mittelgroß, schlaksig, kurze blonde Haare. Die Askers mit einem Baby auf dem Arm. Die Askers mit Kleinkind und einem zweiten Baby. Die Askers, deutlich gealtert, neben zwei strahlenden Mädchen. Neben den zwei Mädchen auf Ponys. Das eine Mädchen mit Abiturmütze. Das andere Mädchen mit Abiturmütze. Leif mit Schnurrbart. Leif mit Vollbart. Kristina mit Rucksack auf einer Angeltour. Beide zusammen in einem Doppelkajak. Beide zusammen mit Skibrillen auf der Stirn vor einer Schneelandschaft. Auf den meisten Fotos sahen sie glücklich aus. Aber was hieß das schon?

Die drei Männer waren zurück ins Wohnzimmer gekommen, die Waffen hatten alle wieder eingesteckt, trotzdem war das Adrenalin im Raum spürbar wie ein aufdringliches Parfum, fand Forss.

»Wir teilen die Zimmer am besten auf«, sagte die Windjacke. Die pumpende Halsschlagader verriet seinen hohen Pulsschlag.

»Ich möchte mir gern jedes Zimmer selbst anschauen«, sagte Forss.

»Oh«, sagte die Windjacke mit gespielter Zierde. »Wie Madame wünschen.«

Der Bart lachte dämlich. Die Spiegelbrille putzte selbige betont sorgfältig und hielt sie dann gegen das warme Septemberlicht. Forss spürte, dass sie wütend wurde. Das war nicht gut. Das war gar nicht gut. Das war unprofessionell, denn es bedeutete, dass sie nicht mehr klar denken konnte.

»Ich ...«, begann sie.

»Schaut mal her«, sagte Myrvold.

Forss drehte sich zu ihr um. Auch die Männer kamen näher. Die Polizistin hatte den Inhalt des Papierkorbs neben den Schreibtisch ausgekippt und hielt einen Zettel in der Hand.

»Was ist das?«, fragte die Windjacke.

»Ein Anschreiben«, sagte Myrvold. »Von einem Reiseunternehmen.«

Sie las vor: »Anbei schicken wir die Reiseunterlagen des gebuchten Servicepakets *Wild River: Sechzehn Tage geführtes Kanuwandern in den Rocky Mountains* vom 26. August bis zum 13. September dieses Jahres inklusive aller Transfervouchers und der Versicherungsscheine.« Sie überflog stumm einige Zeilen, dann las sie: »gültig für Asker, Leif, geboren am 22.01.1961; Asker, Kristina, geboren am 08.09.1965; Jensen, Lena, geboren am 11.12.1986; Asker, Marlen, geboren am 14.02.1989.«

»Oh«, sagte die Windjacke.

»Oha«, sagte der Bart.

»Diese Schweine sind im Urlaub«, sagte die Spiegelbrille.

# 9

Jesper Bång verströmte so gar nichts von der altenglischen Landadel-Aura, die in Kent Vargens Vorstellung mit dem klingenden Begriff *Großgrundbesitzer* verbunden war. Im Gegenteil: In seiner sandfarbenen Hose, dem Button-down-Hemd und Pullunder wirkte der etwa sechzigjährige Mann mit Bauchansatz auf Vargen wie die personifizierte Mittelmäßigkeit. Das bis auf einen Werbekalender der holzverarbeitenden Industrie schmucklose Büro in der Innenstadt korrespondierte mit seinem uninspirierten Altherrenscheitel ebenso wie mit seinen Sandalen. Widerwillig ergriff Vargen die zur Begrüßung hingehaltene Hand. Wie jedes Mal, wenn er einen anderen Mann berührte, sah er vor seinem inneren Auge die riesenfach vergrößerten Aufnahmen von Heerscharen an Viren, Bakterien und anderen Kleinstlebewesen. Obwohl es ihn schauderte, rang er sich ein Lächeln ab. Allein der Gedanke an die Desinfektionstücher in der Innentasche seines Jacketts bewahrte ihn davor, die Fassung zu verlieren. Jesper Bång bot ihm an, Platz zu nehmen, und Vargen setzte sich. Zum Glück war der Stuhl nicht gepolstert. Polster bedeuteten Flöhe, Milben und Schlimmeres.

Bång zeigte sich betroffen.

»Ein Brand mit Personenschaden, wie schrecklich! Nach deinem Anruf habe ich die Unterlagen sofort rausgesucht.«

»Danke, das ist sehr hilfreich für unsere Ermittlungen.«

»Es geht also um den Johanssonhof.«

»Johansson? Die Eigner heißen Asker.«

»Die damaligen Besitzer hießen Johansson. Ist eine Weile her.«

»2011, sagte mir die Maklerin.«

Bång setzte eine Lesebrille auf, die an einer Schnur um seinen Hals hing. Er blinzelte auf seinen Computerbildschirm.

»Am 1. April, um genau zu sein. Ich erinnere mich, ein trauriger Kauf.«

»Inwiefern traurig?«, fragte Vargen.
»Die Johanssons sind *Gudrun* zum Opfer gefallen.«
»Gudrun?«
Jesper Bång nahm seine Brille wieder von der Nase.
»Ja, *Gudrun*.«
»Eine Frau?«
»Der Orkan.«
»Ach so«, sagte Vargen.
»Du bist nicht von hier, oder?«
»Nein«, gab Vargen zu. »Ich bin erst vor Kurzem aus Stockholm gekommen. Aber von dem Orkan habe ich natürlich schon einmal gehört«, schob er rasch hinterher. »Das muss so 2006, 2007 gewesen sein, oder?«
»Im Januar 2005«, korrigierte Bång.

Vargen entnahm dem Gesichtsausdruck des Waldbesitzers, dass er soeben an Achtung eingebüßt hatte. Was natürlich vollkommen lächerlich war. Als würde sich der Rest der Welt für seinen blöden småländischen Provinzsturm interessieren.

»Interessant«, sagte er und nickte langsam, was Jesper Bång anscheinend dazu ermutigte, noch mehr zu erzählen.

»Damals hat *Gudrun* innerhalb weniger Stunden hundert Millionen Kubikmeter Holz umgelegt.«

»Wow«, sagte Vargen.

»Der wirtschaftliche Schaden betrug um die zwanzig Milliarden Kronen. Ganz zu schweigen von den persönlichen Schicksalen. Siebzehn Menschen sind durch den Sturm und seine Folgen ums Leben gekommen.«

»Wie tragisch!«, entgegnete Vargen und nickte verständnisvoll, während er überlegte, ob er seinen Anzug nach dem Gespräch vielleicht doch so schnell wie möglich in die chemische Reinigung geben sollte. Man wusste ja nie, wer vor einem auf dem Stuhl gesessen hatte. Womöglich ein dreckiger Holzfäller in einem vor Ungeziefer starrenden Flanellhemd.

»So viele Menschenleben«, sagte Jesper Bång und schüttelte

langsam den Kopf. »Wobei der Unfall auf dem Johanssonhof natürlich besonders tragisch war.«

»Sicher, sicher«, stimmte Vargen zu. Der Gedanke an die chemische Reinigung hob sofort seine Stimmung.

»Die Familie ist nach dem Tod des Bauern nie wieder richtig auf die Füße gekommen. Ein Großteil des Waldbesitzes vom Sturm zerstört, Schulden bei der Bank: Für die Johanssons war der Verkauf des Hofs und der Ländereien der einzige Ausweg.«

»Traurig«, sagte Vargen.

»Ja«, sagte Jesper Bång. »Sehr traurig.«

Und du Heuchler hast dabei bestimmt ein Bombengeschäft gemacht, dachte Vargen. »Sicherlich konntest du mit deinem florierenden Unternehmen der Familie einen guten Preis anbieten?«, sagte Vargen ohne zu blinzeln und legte Mitgefühl in seine Stimme.

»Absolut, absolut«, sagte Bång schnell und sah dabei Vargen mit einer gewissen Irritation an. So als drohte das Gespräch, sich abrupt in eine unerwartete Richtung zu entwickeln. »Als Geschäftsmann ist man natürlich nicht in jeder Situation ein barmherziger Samariter, aber ich denke, der Verkauf damals hat zu fairen Konditionen stattgefunden und die Familie überhaupt erst wieder finanziell handlungsfähig gemacht. Im Übrigen bin ich selbst gar nicht der Besitzer der Ländereien, sondern handle im Auftrag. Und ich darf für meinen Arbeitgeber in Anspruch nehmen, dass die soziale Komponente in seinem wirtschaftlichem Engagement eine wichtige Rolle spielt.«

»Sicher, sicher. Wer ist denn dein Arbeitgeber?«

»Die Schwedische Kirche«, antwortete Bång. »Im Übrigen rechnet man in der Forstwirtschaft in Jahrzehnten«, sagte er mit Nachdruck, »Zeit, die die Johanssons nicht hatten. Vielleicht fehlte es ihnen auch an *manpower*.«

»Wieso das?«

»Nun ja, nachdem der Bauer ums Leben gekommen war, hat

seine Tochter die ganze Verantwortung übernommen. Für eine junge Frau mit einer wenig tatkräftigen Mutter war die Aufgabe, den Betrieb wirtschaftlich wieder auf gesunde Füße zu stellen, einfach zu groß.«

»Und der Hof selbst?«

»Zu klein, um sich zu rechnen.«

»Aber du hast ihn trotzdem mitgekauft.«

»Notgedrungen. Die Johanssons bestanden auf einer Paketlösung. Lag ja nahe, da sie woanders einen Neuanfang versuchen wollten. Mir war schon klar, dass ein Weiterverkauf nicht leicht werden würde, aber schließlich hat es geklappt.«

Vargen sah in seine Notizen.

»An einen Verein zur Rehabilitierung von ehemaligen Strafgefangenen.«

»Richtig. *Die Dritte Chance.* Ein richtig sinnvolles Projekt, wie ich finde.«

»Die Nachbarn bestimmt auch. Wer hat nicht gern Vergewaltiger, Schläger und Betrüger nebenan wohnen?«

»Sollten wir nicht alle unseren Teil zu einer funktionierenden und fairen Gesellschaft beitragen?«

»Na klar«, sagte Vargen und grinste. »Fair geht vor. Fand ich schon immer.« Er klappte sein Notizbüchlein zu und stand auf. »Danke«, sagte er. »Für ein überaus erhellendes Gespräch.«

Auch Bång erhob sich.

»Gern geschehen und gern wieder.«

Amen, fügte Vargen in Gedanken hinzu. Er war bereits halb zur Tür hinaus, als ihm doch noch etwas einfiel.

»Dieser Bauer, Johansson, wie ist er denn umgekommen? Ist ihm bei diesem Orkan vor zehn Jahren ein abgebrochener Ast auf den Kopf gefallen?«

»Nein«, sagte Bång. »Viel Schlimmer. Soweit ich weiß, ist er in der Sturmnacht bei lebendigem Leib verbrannt.«

# 10

Hugo Delgado taten die Ohren weh, und der viele Kaffee schlug ihm bedenklich auf den Magen, dennoch hielt er bereitwillig seine Tasse hin, als die hübsche Ulrica Wahlgren ihm nachschenken wollte. Wenn Zeugen erst einmal ins Plaudern kommen, soll man sie nicht aufhalten, dachte er, diesen guten Ratschlag hatte er bereits auf der Polizeihochschule gelernt, und er nahm ihn sich auch jetzt zu Herzen, selbst wenn es bedeutete, dass seine Ohren und seine Magenschleimhaut darunter leiden mussten. Der unermüdliche Redefluss von Ulrica Wahlgren schien in einem kongruenten Verhältnis zu der Menge an Kaffee zu stehen, die sie Delgado, ihrem stoisch dreinschauenden Eheman und nicht zuletzt sich selbst immer wieder nachschenkte. Was für eine attraktive Frau, hatte Delgado zunächst gedacht, als sie ihm eine halbe Stunde zuvor die Tür geöffnet hatte, nicht mehr die jüngste, aber trotzdem ein richtiges Geschoss, doch das unentwegte Geplapper tat ihrer Schönheit leider Abbruch, ja, es schien die einnehmende Wirkung ihrer ebenmäßigen Züge, der kecken Nase und der glatten Haut dergestalt mit der Abrissbirne zu bearbeiten, dass darunter eine fürchterliche Nervensäge zum Vorschein kam. Eine Nervensäge mit tollem Teint und rundem Hintern, zugegebenermaßen. Ihr Gatte dagegen wirkte auf Delgado wie ein Mann, der seine Ohren schon seit Jahren auf Durchzug gestellt hat. Man konnte für ihn nur hoffen, dass seine Frau wenigstens im Bett mal die Klappe hielt, irgendetwas musste die Ehe schließlich zusammenhalten, dachte Delgado. Aber immerhin hatte er einiges erfahren. Die Wahlgrens, deren Haus in der Nähe der Karmfalks lag, hatten von dem Brand erst in den Morgenstunden etwas mitbekommen. Von einer nachbarschaftlichen Verbundenheit mit den Norwegern konnte sowieso keine Rede sein. Zum einen, weil sich die Askers nur selten in dem als Ferienhaus genutzten ehemaligen Gehöft aufgehalten hätten, zum anderen, da ihre Zukunftspläne, das Anwesen zu einem Kajakzentrum oder einer Art Jugendherberge umzubauen und die Gegend mit den vielen Seen mittelfristig als touristisches Wassersportziel zu etablieren, von den Wahlgrens nicht gutgeheißen wurde. Und drittens, und vor allem, weil die Askers den ehemaligen Bauernhof bereits mehrfach an rumänische und bulgarische Saisonarbeiter vermietet hatten.

»Ich habe diese Leute ja nicht persönlich kennengelernt, wie sollte das auch gehen, sie sprechen ja so gut wie kein Schwedisch, aber mir ist nicht wirklich wohl, wenn sie hier in der Gegend sind, das sage ich ganz ehrlich. Ich habe zwar nichts gegen Ausländer, aber den Rumänen traue ich nicht. Sie streifen hier wie Wandervolk durch die Gegend, das finde ich beängstigend. Man hört ja so viele Geschichten. Wenn die etwas Wertvolles sehen, das sie sich selbst nicht leisten können, nehmen sie es sich ohne Skrupel. Schon klar, die müssen ja denken, dass wir im Überfluss leben, nur weil es hier mehr Wohlstand gibt als dort, wo sie herkommen. Ich bin ehrlich: Wenn ich einen von denen sehe, schließe ich die Türen zweimal ab. Gut, dass wir letztes Jahr der Nachbarschaftswehr beigetreten sind. Weißt du, dass allein im letzten Monat in fünfzehn Haushalten in Kronoberg eingebrochen wurde?«

Ulrica verstummte für einen kostbaren Moment, um an ihrem Kaffee zu nippen. Du rassistische Kuh, dachte Delgado, wenn die Zigeuner kommen, schließt man also besser das Tafelsilber weg und nimmt die Wäsche von der Leine. Viel zu schnell setzte Ulrica ihre Kaffeetasse wieder ab. »Fünfzehn Einbrüche! Das muss man sich mal vorstellen! Kam gestern in den Nachrichten. Und was tut ihr dagegen?«

Delgado erinnerte sich nun, dass er auf dem Zufahrtsweg tatsächlich das gelb-rote Schild des Nachbarschaftsverbunds gesehen hatte. Das Emblem zeigte ein durchgebrochenes

Brecheisen. Die Zahl der Mitglieder im Bezirk Kronoberg war in den letzten Jahren sprunghaft angestiegen. Prinzipiell war ja nichts daran auszusetzen, dass die Menschen auf dem Land ein Zeichen gegen die zunehmende Einbruchs- und Diebstahlskriminalität setzen wollten und mit den Schildern signalisierten, dass alle Nachbarn ein wachsames Auge hatten und aufeinander achtgaben. Deshalb unterstützte die Polizei das landesweite Netzwerk auch offensiv. Andererseits durfte man nicht zulassen, dass sich Bürgerwehren formierten, die das Gesetz selbst in die Hand nehmen wollten. Im vergangenen Jahr hatte ein Vorfall für Furore gesorgt, bei dem organisierte Nachbarschaftsverbundmitglieder einen vermeintlichen Einbrecher mit Autos verfolgt und gestellt hatten. Der verdächtigte Mann hatte sich bei dieser Verfolgungsjagd schwer verletzt und später die selbst ernannten Gesetzeshüter erfolgreich wegen Nötigung, Körperverletzung und Freiheitsberaubung verklagt.

»Von rumänischen Saisonarbeitern haben die Karmfalks gar nichts erzählt«, merkte Delgado an.

»Na, kein Wunder«, ratterte Ulrica von Neuem los, »Annika, Joakim und ihr Sohn Christoffer setzen diese Leute ja selbst bei der Ernte ein. Da können sie sich schließlich kaum beschweren. Als im vergangenen Jahr unsere neue Fräse und Bengts Quad weggekommen sind, hatten die Karmfalks natürlich gerade *zufälligerweise* einen Haufen dieser Leute bei der Kartoffelernte ...«

»Einen ganzen Haufen?«, fragte Delgado mit gespieltem Erstaunen.

»Mindestens zehn Stück!«, sagte Ulrica und nickte mit Bestimmtheit.

»Zehn Stück?«

Delgado riss seine samtbraunen Augen auf und hielt sich die Hand vor den Mund.

»Genau.«

»Und dieses Jahr?«, fragte Delgado. »Sind da auch wieder *Zigeuner* bei den Askers eingemietet?«

»Könnte schon sein«, sagte Ulrica. »Da war so ein blauer Lieferwagen«, sagte sie. »Der fuhr hier in den letzten Tagen mehrmals vorbei.«

Ihr Mann Bengt, der schon das ganze Gespräch über mit verkniffener Miene am Tisch gesessen hatte, räusperte sich vernehmlich. Delgado sah zu ihm herüber. Er hatte schon die ganze Zeit das Gefühl, dass der Mann innerlich brodelte. Ob das an dem permanenten Gequatsche seiner Frau lag? Dann machte Bengt Wahlgren zum ersten Mal den Mund auf.

»Heute kommst du hierher. An meinen Tisch. Säufst meinen Kaffee. Aber wo warst du, wo wart ihr vor drei Jahren? Vor acht Jahren?«

Delgado sah den Mann verwundert an. Dieses Mal war sein Erstaunen echt.

»Vor drei Jahren ...? Acht ...? Wieso ...?«

»Ich habe es mir gleich gedacht«, sagte Bengt Wahlgren zu seiner Frau und schüttelte wie in Zeitlupe seinen Kopf. Seine Stimme vibrierte vor Bitterkeit.

Ulrica blickte starr nach unten auf ihre Kaffeetasse.

»Entschuldigung, aber was ist denn auf einmal los?«, fragte Delgado verunsichert.

»Was hier los ist?« Wahlgren lachte empört auf. »Ich sag dir, was los ist: Du kreuzt hier mit deinen verdammten Fragen auf, ohne den Anstand zu besitzen, dich nach Elins Wohlbefinden zu erkundigen? Dich für die Sache mit Anton ...?«

Er brach mitten im Satz ab und stand so ruckhaft auf, dass das feine Porzellan auf dem Tisch schepperte.

Oh verdammt, dachte Delgado, denn jetzt fiel es ihm wie Schuppen von den Augen.

# 11

Am frühen Nachmittag war Ingrid Nyström mit Bo Örkenrud, dem Chef der Spurensicherung, im Besprechungszimmer im vierten Stock verabredet. Wie jedes Mal, wenn sie den Raum betrat, fiel ihr erster Blick durch die getönte Scheibe des Panoramafensters. Interessantes gab es selten zu sehen, dennoch gefiel ihr der Ausblick auf den Parkplatz vor dem Kino, den Imbiss Oxgrillen mit den ewigen Krähen auf dem Dachfirst, das behäbige Treiben der Stadt. Ein leichter Wind stahl den Bäumen die ersten Blätter, trieb eine dünne Plastiktüte auf dem Gehweg vor sich her, hob sie schließlich an und blies sie in Richtung der Bibliothek davon. Der Blick auf Växjö machte Nyström auf eine unbestimmte Art stolz und zuversichtlich. Wenn sie hier stand und herunterblickte, fühlte sie sich lebendig. Sie war Teil von etwas. Von etwas Notwendigem und Gutem.

Als sich die Tür öffnete und Örkenrud eintrat, wurde sie aus ihren Betrachtungen gerissen. Beide setzten sich an den riesigen, ovalen Tisch. Der Chef der Spurensicherung holte eine Mappe aus seiner Umhängetasche und legte sie vor sich auf die Tischplatte.

»Hast du schon von den entlaufenen Zirkustieren und Benny Olssons Heldentaten als Großwildjäger gehört?«, begann Nyström.

»Wie sollte ich nicht? Es lief ja sogar im Radio. Allerdings war es auch der helle Wahnsinn, ein Löwe in Strömsnäsbruk! Dazu ein Zebra und Affen!«

»Das wird Benny noch seinen Enkeln erzählen.«

»Wie ich Benny kenne, hat er es bereits seinen Enkeln erzählt. Jedenfalls hat er es getwittert und auf Facebook gepostet.«

»Benny twittert?«, fragte Nyström verwundert.

»Benny twittert stündlich. Er schreibt sogar ein eigenes Blog: Bekenntnisse eines begnadeten Bullen.«

»Was Edman wohl dazu sagt?«

Beide mussten lachen, wurden aber schnell wieder ernst.

»Wie konnten die Zirkustiere überhaupt ausbrechen?«, fragte Nyström.

»Es gibt Gerüchte über militante Tierschützer. Aber dass die so naiv sind und einen Löwen befreien, damit er in der småländischen Flora heimisch wird, wage ich zu bezweifeln. Frank Jodenius sagt, dass es Hinweise auf Versicherungsbetrug gebe.«

»Seit einigen Tagen höre ich dauernd von versuchtem Versicherungsbetrug. Also waren es die Zirkusleute selbst?«

»Sieht so aus. Wenn Jodenius daraus eine Anzeige wegen mutwilliger Gefährdung der Öffentlichkeit bastelt, darfst du übernehmen.«

»Um Gottes willen«, sagte Nyström. »Das fehlt mir gerade noch. Der aktuelle Fall reicht vollkommen. Ich hoffe, du hast etwas für uns, wir könnten nämlich wirklich etwas Handfestes gebrauchen.«

»Ja und nein«, sagte Örkenrud und verzog sein Gesicht.

»Was heißt das?«

»Wie ich gestern bereits sagte, ist der Tatort nach dem Brand ein forensischer Albtraum. Was wir haben, ist natürlich die Asche. Zwei Sorten Asche, um genau zu sein: Zum einen älteres, behandeltes Nadelholz, die Bausubstanz des Hauses. Wände, Boden, Dachsparren. Zum anderen die weiße Asche. Das stammt, wie schon vermutet, von getrocknetem Birkenholz.«

»Brennholz.«

»Richtig. Wiman schätzt zwanzig bis dreißig Kubikmeter.«

»Das ist eine Menge.«

»Es wird noch besser: Wiman hat von seiner Feuerwehrdrehleiter aus Luftaufnahmen von der heruntergebrannten Ruine gemacht und die Fotos online mit seinen amerikanischen Spezialisten diskutiert. Die Art und Weise, wie die Asche sich verteilt, weist darauf hin, dass das Holz nicht, wie wir ursprünglich dachten, draußen an der Hauswand gestapelt war, sondern im Gebäude selbst.«

»Innen?«

»Im Wohnzimmer, um genau zu sein.«

»Das kann man auf den Fotos erkennen? Für mich sieht das alles wie ein einziges grauschwarzes Durcheinander aus.«

»Wiman sagt, die Amis sind sich sicher. Sie haben Software, die solche Aufnahmen auswerten kann.«

»Software. Na dann.« Nyström lehnte sich in ihren Stuhl zurück. »Aber was bedeutet das für uns?«

»Darüber habe ich auch schon nachgedacht. Jemand, der zwanzig Kubikmeter Brennholz in seinem Wohnzimmer aufstapelt, um eine Leiche zu verbrennen, ist in meinen Augen verrückt. Mein alter Herr heizt noch mit Holz. Glaub mir, so viel Holz zu stapeln, dauert seine Zeit. Mein lädierter Rücken kann ein Lied davon singen. Wahrscheinlich hat der Täter eine Schubkarre benutzt. Die Überreste davon haben wir ebenfalls in den Trümmern gefunden. Dennoch muss er damit mindestens fünfzigmal rein- und rausgefahren sein. Das dürfte die halbe Nacht gedauert haben.«

»Warum eine solche Mühe? Wer macht so etwas?«

»Auf jeden Fall jemand, der sichergehen will, dass das Haus und die Leiche zu hundert Prozent verbrennen. Denk an die Benzinkanister, die wir ebenfalls gefunden haben.«

»Nur, dass die Leiche nicht vollständig verbrannt ist. Sogar die wahrscheinliche Todesursache war ihr ja anzusehen.«

»Du denkst an den Aufsatz der Mistgabel, die im Bauch steckte.«

»Genau.«

Plötzlich kam ihr etwas in den Sinn, das Lasse Knutsson gestern gesagt hatte. So seltsam dieser Begriff im ersten Moment geklungen hatte, ein Relikt aus dem Mittelalter. Er erinnerte sie an eine Serie von grausamen Foltermorden, die vor einigen Jahren in Växjö ihren Ursprung genommen hatte. Ihre Unterlippe zitterte.

»Ein Scheiterhaufen«, sagte sie leise.

## 12

Bekloppte, hatte Lasse Knutsson gedacht, bei Zeugenbefragungen trifft man meistens auf Bekloppte! Das war gewesen, bevor er zum Haus der Almqvists gekommen war. Ein normales Haus mit einem normalen Auto davor und einem normalen Garten: Rasen, Blumenbeete, Vogelhäuschen, Kugelgrill und ein Trampolin. Auf dem Trampolin drei hopsende Kinder mit bunt bemalten Gesichtern: ein vielleicht fünfjähriger Tiger, eine etwas jüngere Katze und eine winzige Erdbeere. Auf dem Rasen in einem Liegestuhl der Vater, Mitte dreißig, Halbglatze, lesend.

»Hallo zusammen«, rief Knutsson über den Zaun hinweg.

Woraufhin der Tiger fauchte und seine Krallen zeigte.

Die Katze miaute.

Die Erdbeere rief nach Papa.

Der Papa sah auf, legte seinen Dan-Brown-Thriller zur Seite und sagte: »Hallo.«

Fünf Minuten später saßen alle gemeinsam am Gartentisch, tranken Eiswasser mit Johannisbeersirup und blinzelten in die Septembersonne. Knutsson spendierte seinen Blaubeer-Rosmarin-Crumble, Papa Almqvist Kekse.

»In deinem Kuchen sind ja Blumenstängel«, sagte der Tiger und fummelte eine weiche Rosmarinnadel aus seinen Reißzähnen.

»Du hast einen Kratzebart«, sagte die Katze.

»Du hast einen dicken Bauch«, fiepste die Erdbeere.

»Kinder sind wirklich etwas Feines«, sagte Knutsson und schenkte sich Sirup nach. Nachdem Kuchen und Kekse vernichtet waren, stürmten die Kinder zurück zum Trampolin.

»Der Brand bei den Askers vorgestern Nacht«, begann Johnny Almqvist.

Knutsson nickte und pickte mit seinem Finger Kuchenkrümel vom Teller auf.

»Stimmt es, dass in den Flammen ein Mensch ums Leben gekommen ist?«

»Es stimmt, dass jemand gestorben ist. Die Spuren zeugen von Gewalteinwirkung. Anschließend wurde ein Brand gelegt.«

»Einer der Rumänen?«

»Wieso Rumänen?«, wunderte sich Knutsson. »Die Askers sind Norweger.«

»Ja, Leif und Kristina sind Norweger. Aber die ...«

»Du kennst die Askers?«

»Schon«, sagte Almqvist. »Wie man sich halt kennt. So lange gehörte ihnen der Hof ja noch gar nicht. Und allzu häufig waren sie auch nicht da. Aber wenn, dann sind sie immer auf einen Plausch vorbeigekommen. Ein nettes Ehepaar. Sie haben den Kindern einmal ein aufgearbeitetes altes Puppenhaus mitgebracht, das früher wohl ihren Töchtern gehört hatte.«

»Wann hast du sie denn zum letzten Mal gesehen?«, fragte Knutsson und richtete sich aufgeregt in dem quietschenden Gartenstuhl auf.

»Im vergangenen Monat, also Mitte August. Da haben sie sich von uns verabschiedet, bevor sie zurück nach Norwegen gefahren sind. Sie haben etwas von einer bevorstehenden Familienreise in die USA erzählt. Im Oktober wollten sie wiederkommen.«

»Das heißt, sie waren vorgestern definitiv nicht hier?«

»Das will ich doch hoffen! Die Vorstellung, dass einer von ihnen ...«

»Und wieso überhaupt Rumänen? Du hast eben Rumänen erwähnt.«

»Ja. Saisonarbeiter. Die Askers erzählten, dass sie das Haus diesen Monat an osteuropäische Saisonarbeiter vermieten wollten. Leif meinte, das ginge über das Internet ganz problemlos. Die Bauern heuern hier draußen zwischen Mai und September öfter Hilfskräfte an. Unterkünfte müssen die sich in der Regel aber selbst suchen.«

»Dann waren vorgestern also Rumänen im Haus?«

»Das weiß ich nicht, das musst du wohl die Askers oder die Karmfalks fragen. Gesehen habe ich persönlich niemanden. Der Komposthaufen liegt schließlich ein ganzes Stück von hier.«

»Der Komposthaufen?«

»So nennt meine Frau den Hof. Sie ist hier draußen aufgewachsen. Der Name hat was mit den ehemaligen Besitzern zu tun. Die waren Biobauern.«

»Ein abgebrannter Komposthaufen«, murmelte Knutsson in seinen Kratzebart. Die Geschichte wurde ja immer bekloppter.

# 13

Bevor das Flugzeug in Stockholm zur Landung ansetzte, zog es eine Schleife über die Ostsee. Stina Forss sah aus dem kleinen Fenster zu ihrer Linken. Der Anblick des weitläufigen Schärengartens unter ihr war atemberaubend. Das Meer schien das Farbspektrum der Dämmerung aufzunehmen, zu brechen und widerzuspiegeln. Ein Schillern in Silber, Türkis, Gold, Violett.

Im Hintergrund die Lichter der Großstadt; jedes Licht ein Mensch, dachte Forss, zwei Millionen Menschen, zwei Millionen Lichter, statistisch lebte jeder fünfte Schwede hier, Kultur und Natur, selten waren sie einander so nah, so ineinander verschlungen wie an diesem Teil der Küste, an dem sich Stockholm zerbröckelnd im Meer auflöste. Die Durchsage der Stewardess riss Forss aus ihren Beobachtungen und Gedanken. Das Flugzeug setzte auf. Hier unten war kein Platz für Pathos, hier unten war die Realität. Das Heer von Geschäftsreisenden schaltete wie auf ein Kommando die Smartphones an und löste hektisch die Gurte. Forss musste an ihre eigenen Geschäfte denken, an einen der überflüssigsten Auslandseinsätze der schwedischen Polizeigeschichte. Die Askers waren kanuwandern in den USA. Forss hatte selbst mit Leif und sicherheitshalber auch gleich mit Kristina Asker gesprochen, nachdem die norwegische Polizistin Mette Myrvold in der Wohnung der Askers eine alte Rechnung mit Handynummern gefunden hatte. Den Askers ging es gut. Zumindest war es ihnen bis zu dem Augenblick gut gegangen, in dem Forss angerufen und ihnen von ihrem abgebrannten Ferienhaus berichtet hatte, in dem ein erstochener Mensch gefunden worden war. Und nein, sie hätten keine Ahnung, wer sich Zutritt zu ihrem Haus verschafft haben könnte. Und ja, einen Zweitschlüssel für das Haus gebe es, er sei im Geräteschuppen unter einem leeren Blumentopf versteckt.

Die Askers hatten mit dem Toten nichts zu tun. Sie hatten das beste Alibi der Welt. Forss hatte sogar den amerikanischen Guide ans Telefon holen und sich bestätigen lassen, dass die Askers und ihre Töchter als Teil einer zwölfköpfigen Reisegruppe durch ein Naturschutzgebiet in den Rocky Mountains paddelten. Ein Anruf bei dem Reiseveranstalter in Oslo hatte endgültig Gewissheit gebracht. Hätten die Askers in den Rockys nicht beinahe einen ganzen Tag lang in einem Funkloch gesteckt, hätte Forss sich den Trip nach Norwegen sparen können, denn die Handynummern waren der Polizei ja bereits seit dem Vorabend bekannt gewesen.

Sie folgte dem Tross der mit kleinen Rollkoffern bewehrten Geschäftsleute durch die Korridore und Hallen des Flughafens Arlanda. An einem Stand trank sie einen absurd überteuerten Espresso und aß ein schlaffes Sandwich. Einen Anschlussflug nach Växjö gab es heute nicht mehr, deshalb nahm sie ein Taxi und ließ sich zum Hauptbahnhof fahren. Der Zug würde Växjö am späten Abend erreichen. Am Bahnhofskiosk kaufte sie sich eine Modezeitschrift und eine Schachtel Pralinen. Die Herbstkollektion ihrer Lieblingsmarken sah toll aus. Mit ihrem Smartphone hatte sie innerhalb von fünf Minuten eine Hose und ein Paar Stiefeletten bestellt. Anschließend aß sie Pralinen. Als der Zug kurz darauf durch Södertälje fuhr, war sie bereits eingenickt.

# 14

Das Nähzimmer war in Wirklichkeit ein Bügelzimmer, denn hier stand das Bügelbrett, auf dem Nyström ihre Blusen und die Hemden ihres Mannes bügelte. Dennoch hieß es noch immer Nähzimmer, obwohl es Jahre her war, dass Nyström das letzte Mal an ihrer Nähmaschine gesessen hatte. Vor ihrer Beförderung zur Hauptkommissarin, wenn sie genauer darüber nachdachte. Bevor es ein Nähzimmer geworden war, war es Anders' Computerraum gewesen. Der wuchtige Neunzehn-Zoll-Monitor nahm noch immer die Hälfte des Schreibtischs in Beschlag, die andere Hälfte besetzte ein ausrangierter Drucker, ein Modell, für das es wahrscheinlich längst keine Tintenpatronen mehr zu kaufen gab. Heutzutage brauchten Computer kein Zimmer mehr für sich, heutzutage brauchten sie nur noch einen Schoß oder eine Hand. Anders schrieb seine Predigten vom Sofa aus mit dem Tablet, während im Fernsehen seine geliebten Krimiserien und Actionfilme liefen. Der ehemalige Computerraum war eigentlich das Jugendzimmer ihrer Tochter Sophie. Obwohl Sophie vor vielen Jahren ausgezogen war, zierten noch immer ihre Teenagerposter die Wände: *Take That, Greenpeace* und ein nacktes Paar in Schwarz-Weiß, das sich innig umschlungen küsste. Ingrid Nyström stellte einen Karton mit Weihnachtsschmuck und einen anderen mit Osterdekoration zur Seite und setzte sich auf Sophies altes Bett, den Blick auf das nackte Paar gerichtet. Was hatte es für einen Streit gegeben, als ihre damals dreizehnjährige Tochter das Kitschplakat aufgehängt hatte! Was waren für böse Worte gefallen! Pornografie! Gestapo-Mutter! Zwei Tage hatten sie nicht miteinander gesprochen, dann hatte Anders erfolgreich zwischen ihnen vermittelt. Das Poster war hängen geblieben, und über die Jahre hatte Nyström es sogar lieb gewonnen. Sophie war längst erwachsen und hatte eigene Kinder. Und nun könnte aus dem Bügelzimmer das Zimmer ihrer Mutter werden. Wenn Gullan bei ihr einziehen würde, müssten die Poster natürlich weg. Die Wände müssten gestrichen werden, vielleicht sogar neu tapeziert. Ihre Mutter liebte Blumen. Wie wäre es also mit einer Blumentapete? Im Baumarkt gab es so etwas bestimmt. Rosen wären schön. Oder Vergissmeinnicht. Vorher musste sie allerdings Zeit finden, mit Anders zu sprechen. Und natürlich mit ihrer Mutter. Gullan konnte dickköpfig sein, stur geradezu. Aber nach ihrem Oberschenkelhalsbruch wäre alles andere unsinnig, das musste Gullan doch einsehen. Nyström stand auf, schob einen Korb mit Bügelwäsche beiseite, dann stellte sie sich auf die Zehenspitzen, löste die Stecknadeln aus dem Erotikposter und nahm es von der Wand. Sie trat drei Schritte zurück und setzte sich wieder auf die Bettkante. Wo das Plakat gehangen hatte, zeichnete sich ein helles Rechteck auf der Tapete ab. Wie ein Fenster, dachte sie melancholisch, wie ein Fenster in eine Zeit, die nie mehr zurückkehren würde.

## 15

Es war schließlich fast zwölf, als Forss auf die Einfahrt ihres Grundstücks einbog. Hundemüde stieg sie aus dem Wagen und ging ein paar Schritte Richtung See. Die Septembernacht war frisch und klar, und da es hier draußen kaum künstliche Lichtquellen gab, glitzerten die Sterne über ihr in einer Intensität, die sie auf eine unbestimmte Art zuversichtlich machte. Vielleicht ist dies hier wirklich der Ort, an den ich gehöre, dachte sie. Vielleicht wird dies alles hier, das Rauschen des nahen Waldes, das beruhigende Plätschern des Seewassers, der ferne Geruch nach Fisch, Fichtenharz und Pfifferlingen, das schattenwerfende Zwielicht der Mondnächte, vielleicht wird das alles tatsächlich einmal mein Zuhause. Danke dafür, Papa, dachte sie beinahe zärtlich, danke, dass du mir, wenn auch sonst wenig Gutes im Leben, doch wenigstens diesen Ort geschenkt hast. Sie ließ die Nachtluft tief in ihre Lungen strömen und atmete sie behutsam wieder aus. Weit hinter ihr, dort wo der Wald tiefer wurde, stieß ihre Freundin, die Eule, einen Jagdruf aus. Aus dem Übermut des verzauberten Augenblicks heraus antwortete ihr Forss mit einem kehligen *Huhu*. Es klang eher wie das heisere Geheul eines Wolfs, fand sie, trotzdem spürte sie fast so etwas wie Glück, als sie sich schließlich umdrehte und auf ihre Haustür zuging. Die ferne Eule tat erneut ihren einsamen Ruf. Obwohl fast Neumond war, konnte Forss die feinen Konturen der Veranda erkennen. Und dann das schwarze, rechteckige Loch. Ihre Haustür stand sperrangelweit offen.

## 16

Wie ein Regiment Soldaten standen die jungen Tannen in perfekt ausgerichteten Reihen nebeneinander. Immer im gleichen Abstand, eine neben der anderen. Die dichten Zweige und die vielen Birkensprösslinge im Unterholz machten es Emma schwer, in die Forstung einzudringen, und es kam ihr vor, als würden die Tannennadeln eine einzige stechende Wand bilden. Sie musste sich einen Weg hindurchbahnen, beide Arme zum Schutz vor den Kopf gehoben, Schritt für Schritt ihren Körper gegen die Zweige drücken und hoffen, dass sie möglichst bald auf der anderen Seite herauskam. Oder gab es eine Alternative? Sie drehte sich um und blickte in die Richtung, aus der sie gekommen war. Seit Stunden irrte sie planlos umher, ohne etwas Vertrautes entdeckt zu haben, das ihr verriet, wo sie war.

In ihr pochte ein Gefühl, das sie nicht kontrollieren konnte.
Angst.
Emma musste aus dem Wald heraus, und das schnell. Sie hatte Hunger, und sie würde sich nicht über Tage versteckt halten können. Wo sie entlangging, hinterließ sie Spuren. Sie war langsam, geschwächt und ihr Bewegungsradius war klein. Für *ihn* war sie eine leichte Beute.

Ihr Magen schnürte sich zusammen.

Ihr Jäger konnte überall sein, hinter jedem Fels, in jedem Gebüsch, hinter jedem Baum.

Emma starrte die jungen Tannen an. Sollte sie sich zwischen

ihnen verstecken? Sich in die Enge begeben, die ihr weder freie Sicht noch eine Fluchtmöglichkeit bot? Neubepflanzungen waren nicht die Art von Wald, in der sie sich wohlfühlte. Die gleichaltrigen Tannen in den geraden Reihen hatten keine Geschichten zu erzählen, sie beherbergten keine alten Baumstümpfe oder moosbewachsenen Felsen, und sie würden ihr keine Hinweise darauf geben, wo sie sich befand. Die Bäume reichten ihr bis knapp über den Kopf, sie schätzte ihr Alter auf etwa zehn Jahre. Wahrscheinlich waren sie in den Jahren nach dem großen Sturm gepflanzt worden und erst kleine Setzlinge gewesen, als sie zum letzten Mal hier gewesen war. Wenn sie überhaupt schon einmal hier gewesen war.

Sie versuchte sich vor Augen zu führen, wie es damals ausgesehen hatte, nachdem der alte Nadelwald vom Sturm umgeknickt worden war, aber sie sah zunehmend ein, dass es sinnlos war. Zehn Jahre alte Tannen waren kein Merkmal, das ihr bei der Orientierung helfen würde. Dafür gab es zu viele solcher Neubepflanzungen. Nichtssagende Monokulturen. Ihre Angst vermischte sich mit einem vagen Gefühl der Trauer.

Sie sank auf den Boden nieder, lehnte ihren Rücken gegen die raue Rinde einer Buche und blickte die Wand aus jungen Tannen an. Die immer gleichen Bäume erinnerten sie an die Palmen auf Sumatra, wo sie seit einigen Jahren zu Hause war. An die Palmölplantagen, die die tropischen Regenwälder mehr und mehr zurückdrängten. An die Brandrodung. Sie schloss die Augen und hörte in ihrem Kopf das Knistern der Flammen, die sich in das dichte Unterholz fraßen. Tropische Wälder würden nie wie Zahnstocher umfallen, dafür waren sie zu biegsam, mit Büschen und Schlingpflanzen zu dicht durchwachsen. Tropische Wälder mussten abgebrannt werden, bis nur noch rauchende Erde übrig war. Wenn sie jetzt nur dort wäre, auf der Forschungsstation in Tiimos Armen!

Sie dachte an die Proteste gegen die Palmölproduzenten, an die Auseinandersetzungen und Konflikte mit den Bauern und den armen Urwaldbewohnern, um die sich ihr Leben drehte. Sie kannte die Spielregeln und die vielseitigen Interessen. Den Durchblick zu behalten, war nicht einfach in einem Land wie Indonesien, dessen Vielfalt der Völker, Kultur, Sprachen und ökonomischen Voraussetzungen nicht unterschiedlicher sein könnte. Mit Herz und Seele hatte sie sich auf ihre selbst gewählte Aufgabe eingelassen, hatte Indonesisch gelernt und sich die fremden kulturellen Codes angeeignet. Sie wusste mittlerweile, dass ein Nein tabu war, und sie wusste, wie sie sich ausdrücken musste, um etwas höflich abzulehnen. Sie kannte die Feiertage sämtlicher Weltreligionen, da in Indonesien alle, ohne Ausnahme, gefeiert wurden, und sie hatte sich daran gewöhnt, dass nichts Behördliches ohne das sogenannte *Trinkgeld* funktionierte. Sie wusste, dass die großen Palmölproduzenten hinter den illegalen Waldbränden steckten, obwohl sie von mittellosen Bauern gelegt wurden, und sie wusste auch, dass die Palmen zunächst einmal die einzige Überlebenschance für diese Menschen darstellten. Sie kannte die Konfrontationslinien zwischen den Waldbewohnern, die verdrängt wurde, und den mittellosen Bauern auf den überbevölkerten Inseln, die mit dem Versprechen umgesiedelt wurden, durch die Arbeit in den Plantagen ein sicheres Einkommen zu erhalten. Sie hatte Erfahrung mit den korrupten Provinzbehörden, für die ein gültiger Pachtvertrag nicht das Papier wert war, auf dem er geschrieben stand, und sie kannte ebenfalls die mächtigen europäischen Palmölabnehmer mit Namen, die vor allem in den Niederlanden und in Deutschland saßen.

Der Erhalt der tropischen Wälder war zu ihrer Lebensaufgabe geworden. Wälder, deren Artenvielfalt die der schwedischen Flora tausendfach übertraf. Die Gebiete entlang des Äquators, die in der Geschichte der Erde nie von Kälte und Eis heimgesucht worden waren, waren von Tieren und Pflanzen bevölkert, die sich über unfassbare Zeiträume entwickelt, angepasst und optimiert hatten. Die Tropen waren die Batterie der

Erde. Früher oder später würde Schweden sowie alle anderen Gebiete um die Pole wieder von Eis bedeckt sein, Erderwärmung hin oder her, irgendwann würde alles sterben, was zu weit nördlich oder südlich lag. Und wenn es dann um den Äquator herum nur monokulturelle Plantagen gab, würden Ölpalmen das Einzige sein, was die Erde nach der nächsten Eiszeit zu bieten hatte. Nicht gerade eine vielversprechende Perspektive. Ihr jagte die Vorstellung Angst ein. Menschen, die nichts zu essen hatten, überzeugte diese zugegebenermaßen auf einen langen Zeitraum ausgerichtete Argumentation aber nicht sonderlich. Wie oft hatte sie erleben müssen, dass Dorfvorsteher am Waldrand von den Scouts der Plantagen überredet worden waren, ein Stück Wald in Brand zu setzen, um auf den freigelegten Flächen Palmen anzubauen. Reichtum wurde ihnen versprochen; Geld, mit dem man Fernseher und Handys kaufen konnte. Viel zu spät entdeckten diese Menschen dann, dass sie ohne den Wald nicht mehr jagen konnten, dass die Heilpflanzen, die sie gegen ihre Krankheiten brauchten, verschwunden waren und dass sie nun auch für ihr Essen und ihre Medikamente Geld benötigten. Dass der Boden, auf dem sie die Palmen angebaut hatten, ihnen nicht gehörte, sondern von Menschen wie Emma und westlichen NGOs zum Zweck des Waldschutzes gepachtet war, kümmerte leider weder die indonesischen Bauern noch die örtliche Polizei. Die tropische Artenvielfalt zu schützen, war in der Tat etwas vollkommen anderes als hier im kleinen Småland den Familienwald zu beforsten.

Aus Wut und Frust klopfte sie mit ihrem Hinterkopf gegen den Baumstamm: Einmal, zweimal, dreimal ... Keine gute Idee. Die Schmerzen schossen durch ihren Kopf, so heftig, dass sie kurz dachte, sie müsse sich übergeben.

Warum war sie jetzt nicht dort, auf Sumatra? Wieso hatte sie sich nach der Beerdigung ihrer Mutter nicht ins Flugzeug gesetzt?

Verzweifelt starrte sie eine Ameise an, die im Zickzack über ihren Handrücken eilte. Manchmal war ihr ein schlechtes Gewissen gekommen. Sie hatte sich Rechtfertigungen zurechtgelegt, weshalb sie aufgegeben hatte.

Vor der Verantwortung zu Hause geflohen war.

Sie stand auf und setzte ihren Weg entlang der Neubepflanzung fort. Früher oder später würde sie auf Spuren einer Forstmaschine stoßen, die sie zu irgendeinem Schotterweg führen würde. Zurück in die sogenannte Zivilisation. Sie musste so bald wie möglich andere Menschen finden, jemanden, der sich zwischen sie und diesen Albtraum stellen konnte.

Ein Ast zerbrach. Das kraftvolle Geräusch hallte zwischen den Bäumen. Ihr Herz tat einen Satz. Sie hielt in der Bewegung inne und horchte. Stille. Nur die Blätter raschelten leise vor sich hin, als wäre nichts geschehen. Starr blieb sie stehen, atmete flach und fühlte ihren Puls am Hals klopfen. Sie wartete ab, zehn Atemzüge, fünfzig, zur Sicherheit hundert. Im Unterholz regte sich nichts. Vorsichtig ging sie weiter. Vor ihr auf dem unebenen Waldboden waren moosbewachsene Steine, über denen abgestorbene Äste und trockenes Reisig lagen. Dort musste sie durch, und zwar ohne Geräusche zu erzeugen. Ihr rechtes Knie, ihr Kreuz und ihr linkes Bein schmerzten und schränkten sie ein.

Auf der Forschungsstation machten sie sich bestimmt schon Sorgen. Tiimo würde sich fragen, warum sie nicht zurückkehrte.

Sie wünschte so, sie wäre bei ihm.

Dort war sie Teil einer Gemeinschaft, die seit Jahren so etwas wie eine Ersatzfamilie darstellte, dort hatte sie Tiimo, mit dem sie sich eine gemeinsame Zukunft vorstellte. Dort hatte sie all das gefunden, was ihr hier verweigert worden war. Den Regenwald auf Sumatra zu retten, war eine zentrale Aufgabe für die Existenz der gesamten Menschheit. Für das Überleben der Erde. Was könnte wichtiger sein?

Natürlich kannte sie die Antwort.

Mamas Krankheit.

Erst als ihre Mutter im Sterben lag, hatte sie sich dazu durchgerungen, aufzubrechen und nach viereinhalb Jahren zum ersten Mal nach Hause zurückzukehren. Aber was hieß schon nach Hause? Den ganzen Sommer hatte sie in Mamas kleiner Wohnung verbracht, war höchstens ein paarmal Baden gefahren oder zum Einkaufen. Einige Male war sie in Växjö gewesen und hatte ihre alte Freundin Elin auf einen Kaffee getroffen. Das war's dann aber auch schon.

Beinahe täglich hatte sie mit Tiimo oder mit den anderen auf der Forschungsstation telefoniert, geskypt oder Mails geschrieben. Sich auf dem Laufenden gehalten, versichert, bald wieder bei ihnen zu sein. In Älmhult hatte sie sich dagegen wie eine Fremde gefühlt. Wie ein Besucher, der bald wieder abreist. Kein einziges Mal war sie zum Hof rausgefahren. Kein einziges Mal hatte sie ihren Wald besucht.

Warum nicht?

Vielleicht war die Befürchtung zu groß gewesen. Die Angst, dass es ihren Wald nicht mehr gab. Ihr Blick streifte die Aufforstung der jungen Tannen. Das Soldatenregiment. Dann hörte sie hinter sich wieder einen Ast brechen.

Diesmal ganz nah.

# ZEHN JAHRE ZUVOR:
## DER TAG DES STURMS,
## 8. JANUAR 2005, 6.11 – 8.43 UHR

*Die Heugabel ist weg. Sie soll immer rechts neben der Leiter lehnen, aber das tut sie nicht. Olas Blick streift suchend durch die Wagenhalle unter ihm. Wenn das Gerät nicht an seinem Platz ist, kann er unten im Chaos zwischen dem Traktor, dem Heuwender, dem Wechsler, dem Mistwagen, den Gehegestöcken und Silageplanen ewig danach suchen. Im Stall warten die Kühe ungeduldig auf ihr Futter. Fordernd dringt ihr Muhen durch die Holzdielen, und Ola kann hören, wie sie mit ihren Klauen auf den Betonboden stampfen. Es ist schon nach sechs Uhr am Morgen, und weder Helen noch Nils haben sich blicken lassen. Ola ist verärgert. Zweiundvierzig Kühe und Rinder füttern, die Ställe ausmisten und dann auch noch melken. Wie soll er das in diesem Stall allein anstellen, in dem er mit den Routinen längst nicht so vertraut ist wie bei den Karmfalks? Und das auch noch ohne Heugabel? Er könnte diesem Nils echt ein paar richtig kräftige Schläge in die Fresse geben. Klatsch. Klatsch. Und noch mal Klatsch.*

*Das wäre was.*

*Wenn Nils will, dass ich hier aushelfe, muss er gefälligst dafür sorgen, dass wenigstens die verdammten Geräte an ihrem Platz sind, flucht er. Ich bin nicht seine Mutter, die ihm hinterherrennt. Ich habe keine Lust, ihm den Hintern abzuwischen!*

*Ola hält inne. Der Gedanke an Nils' Mutter ist ihm einfach so gekommen. Ohne dass er dabei wirklich an die alte Bäuerin gedacht hätte, aber nun tut er genau das. An Liane denken. Es ist so unwirklich, dass sie nicht wiederkommen wird. Dass sie nicht mehr da ist. Und Jan-Åke auch nicht. Ola wischt sich über die Augen, dann bleibt sein Blick an dem blauen Getreidetrichter hängen, der hinter dem Pflug steht. An ihm lehnt die Heugabel.*

*Zwei Futterklappen gibt es, die den Heuboden mit dem Stall darunter verbinden, und Ola ist gerade dabei, Heu hinunterzuwerfen, als Helen in den Stall kommt. Helen, nicht Nils! Sofort bessert sich seine Stimmung. Er hört, wie sie die Tür hinter sich zuzieht, und dann sieht er durch die Öffnung im Boden, wie sie sich hinhockt und dem großen grauweißen Kater über den Rücken streichelt. Das Tier schmiegt sich an sie und miaut. Die Tiere mögen Helen. Ola glaubt, dass Nils sie nur deshalb geheiratet hat. Weil sie so gut mit den Tieren kann. So jemanden kann man auf einem Bauernhof gut gebrauchen.*

*Ola schiebt einen großen Haufen Heu durch das Loch, und es knistert und raschelt, als das getrocknete Gras durch die Luft fliegt und unten ankommt, aber Helen scheint es nicht zu bemerken. Er beobachtet sie noch einen Moment, wie sie den Kater auf den Arm nimmt und mit der anderen Hand das Tier unter dem Kinn kitzelt, sodass es voller Wohlbehagen die Augen schließt und schnurrt. Die liebe Helen. Als sie die Katze runterlässt und mit der kleinen Schale, die neben der Tür steht, in der Milchkammer verschwindet, macht Ola mit seiner Arbeit weiter und beeilt sich, nach unten zu kommen. Doch dann sieht er Nils hinten im Stall, und sofort spürt er seine Enttäuschung.*

»Ola, du hast viel zu viel Heu runtergeworfen, die Kühe sollen *auch Getreidefutter bekommen!«* Helen steht auf der Plattform zwischen den beiden Kuhreihen und verteilt das Heu. Sie hat das Gitter geöffnet, und hinter ihr strecken die Tiere ihre Mäuler durch die Stäbe und mampfen gierig das getrocknete Gras. Mit ihren langen, dicken Zungen lecken sie über den Boden, und Speichel tropft ihnen aus den Nasenlöchern. Es sind wahrlich schöne Tiere.

*»Entschuldigung«, sagt er leise und spürt einen Kloß im Hals.*

*Helen lächelt. Ihre Blicke begegnen sich, und auch wenn es nur für einen winzig kurzen Moment ist, reicht es aus, um das unangenehme Gefühl von eben durch eine angenehme Wärme zu ersetzen.*

*»Wir sind schon spät dran, wir müssen uns beeilen.«* Helens Blick ist jetzt wieder fest auf den Boden gerichtet, und sie arbeitet energisch mit der Heugabel. Ola will ihr etwas entgegnen, aber es fällt ihm nichts ein. Vor der Treppe stolpert er fast über den Kater. Da er hinter dem vielen Heu kaum etwas sieht, verpasst er ihm aus Versehen einen Stoß, und das Tier springt erschrocken davon.

*»Hej, Pelle, das war doch nicht mit Absicht, kisskisskissssss.«* Ola setzt das Heu umständlich ab und geht in die Hocke, um das Tier wieder anzulocken. Aus ein paar Metern Entfernung schaut es ihn aus grünen Augen misstrauisch an, aber dann überwiegt seine Neugier, und langsam schleicht es sich an Olas ausgestreckte Hand heran.

Jemand hat das Radio angemacht. Es ist unerträglich laut eingestellt. Helen ist im hinteren Teil des Stalls und hat schon mit dem Ausmisten angefangen. Nils ist nicht mehr zu sehen. Ola schüttelt den Kopf und bemüht sich, den Krach zu ignorieren. Er streichelt über das Fell von Freja, die ganz außen rechts steht. Er kennt nicht alle Kühe auf dem Johanssonhof mit Namen, aber manche schon. Biokühe haben Namen. Die Kühe bei den Karmfalks haben Nummern. Aber Ola hat den meisten auch Namen gegeben, im Geheimen. Joakim Karmfalk würde ihn auslachen, wenn er davon wüsste. Aber sein Chef weiß von nichts. Freja dreht leicht ihren zwischen den Gitterstäben klemmenden Kopf und schielt ihn mit ihren großen, wässrigen Augen an. Dann kaut sie weiter. Ola nimmt die Mistgabel und fängt an, den Mist aus der Rinne zu ziehen. Freja trampelt unruhig hin und her, und um gut an sie ranzukommen, muss er mit der Hüfte fest gegen ihr Hinterteil drücken. Sie ist ein kluges Tier.

Er überlegt, wie er Helen ansprechen kann. Einerseits genießt er das ruhige Arbeiten, es hat etwas Vertrautes, schweigend nebeneinander die Reihen auszumisten. Die Handgriffe sind eingeübt, und auch wenn er immer noch die Müdigkeit in den Muskeln spürt, bewegt sich sein Körper wie von allein. Die anderen Kühe rücken brav zur Seite, wenn er mit der Mistgabel kommt. Ihre Körper strahlen Wärme aus. Er findet es schön, mit Helen und den Tieren allein zu sein. Aus dem Augenwinkel sieht er sie an. Er will sich auf keinen Fall die Gelegenheit entgehen lassen, mit ihr zu reden. Über dies und das plaudern. Zusammen lachen. Nette Gespräche führen. Er könnte ihr von seiner Schwester und seinen Neffen erzählen, von den selbst geschnitzten Holzkrokodilen, die er den beiden Jungs zu Weihnachten geschenkt hat, und von dem Film, den er bekommen hat. Vielleicht könnte er Helen den Film ausleihen. Oder vielleicht könnten sie ihn sogar zusammen ... Langsam arbeiten sie sich von zwei Seiten nach innen, bewegen sich aufeinander zu. Das Radio plärrt laut und nervt ihn. Helens Blick ist immer noch auf den Boden gerichtet, aber sie ist nicht mehr so weit weg von ihm, nur noch einige Meter.

»Ist Emma zu Hause?« Olas Stimme ist belegt und kommt nicht gegen das Radio an.

»Ist Emma heute da?« Diesmal war es laut genug, aber Helen reagiert trotzdem nicht. Ein unangenehmes Schweigen folgt, und Ola ist sich auf einmal nicht mehr sicher, ob sie ihn überhaupt gehört hat. Sofort ist da wieder dieser Kloß im Hals. Er wagt einen dritten Versuch.

»Helen, ist Emma zu Hause?«

Endlich schaut Helen hoch, aber nur kurz.

»Ja, sie bleibt bis Mittwoch.«

*Sie geht einen Schritt zurück und klopft die Mistgabel auf dem Betonboden ab. Dann schaut sie noch einmal hinüber zu Ola, lächelt traurig, dreht sich um und geht.*

*So ein Mist! Ola flucht. War die Frage unpassend gewesen? Habe ich geschrien? Aber das Radio war ja ...*

*Jetzt dröhnen die Nachrichten und die neuesten Meldungen aus Phuket. Ola kommt es so vor, als würden mit den Worten die Wellen in den Stall eindringen und alles überschwemmen. Eigentlich war das aber schon Weihnachten passiert. Der Indische Ozean ist nicht mehr auf der anderen Seite der Erde, sondern hier in seiner Siedlung. Oder ist es umgekehrt? Ist es Helen, die nicht mehr richtig hier ist, sondern bei ihren toten Schwiegereltern in Thailand? Ola beeilt sich, die letzten Meter fertig zu bekommen. Die Radiomoderatorin spricht mit einem Politiker der Opposition, der sich aufregt, weil irgendeine andere Politikerin, eine aus der Regierung, nicht wusste, wo Phuket liegt, und er bemerkt, dass er die Meldung heute Morgen schon einmal gehört hat.*

*In der Milchkammer wäscht er sich sorgfältig die Hände. Helen steht am Milchfass und ordnet die Schläuche. Ohne etwas zu sagen, reicht sie Ola den grünen Haarschutz und geht hinaus. Verunsichert steht er da und überlegt, wie es jetzt weitergeht. Meint sie, dass er mit dem Melken anfangen soll, bevor in den Reihen neu eingestreut ist? Sie könnten es doch besser zusammen machen. Erst einstreuen und dann melken. Er wirft einen Blick auf die Uhr, es ist fast Viertel vor sieben. Es ist höchste Zeit, mit dem Melken zu beginnen. Durch die Tür sieht er, wie Helen mit einer Schubkarre voller Strohballen aus der Wagenhalle zurückkommt. Die Kühe können nicht länger warten, da gibt er Helen recht. Er setzt die Schutzhaube auf und widmet sich dem Melkgeschirr. Irgendwie kommt sie ihm heute distanziert vor, abwesend. Aber das ist vielleicht nicht verwunderlich, nach allem was passiert ist. Er befestigt den Schlauch an der Milchleitung, die an der Decke über den Kühen angebracht ist, und drängt sich an Lissis Hintern vorbei. Die Kuh hatte letzten Sommer ihr erstes Kalb bekommen, das allerdings leider wenige Stunden nach der Geburt gestorben ist. Ola hat die ganze Nacht bei ihr gesessen und alles getan, um das Kälbchen zu retten, aber als sich der Morgennebel lichtete, war es tot. Seitdem fühlt er sich Lissi besonders nah.*

*Er klemmt ihren Schwanz zwischen Hinterbein und Euter, damit ihm kein wedelnder Schweif voller verkrusteter Scheiße ins Gesicht schlägt, wenn er sich neben sie hinhockt. Melken ist nichts für Feingeister und Weichlinge, so viel ist mal klar. Mit der Hand melkt er die Kuh an, sodass aus jeder Zitze ein paar Milchstrahlen kommen, sie sind warm und ohne Flocken, und er bringt das Melkgeschirr an. Seine Wange lehnt gegen ihr Fell, und er atmet den angenehmen Geruch ein, der von dem warmen Körper ausgeht. Dann steht er auf und vollzieht dieselbe Prozedur bei der nächsten Kuh, deren Namen er allerdings nicht kennt. Als alle fünf Milchgeschirre angebracht sind und die kostbare weiße Flüssigkeit durch die Milchleitung fließt, hat er Zeit, eine kurze Pause einzulegen. Er holt seine Thermoskanne aus dem Rucksack, setzt sich auf einen Heuballen und gießt die dampfende Flüssigkeit in die Tasse. Der Kaffee ist stark. Mindestens eineinhalb Stunde wird es dauern, bevor alle Kühe gemolken sind, sie sind spät dran heute. Er trinkt aus und steht auf. Bei Lissi fließt keine Milch mehr, und er nimmt das Milchgeschirr ab, um es bei der nächste Kuh in der Reihe anzubringen. Sie tritt nervös um sich, als er sich neben sie drängt. Ihre Klauen schlagen auf den Boden, und er kann die Saugnäpfe kaum richtig anbringen.*

*»Schüü, schöne Dame, du musst keine Angst haben, du kennst das doch, schüüüü ...«*

*Seine Stimme scheint sie zu beruhigen, wenigstes vorübergehend.*

*»Ich gehe jetzt, Ola!«*

*Die Stalltür knallt zu, und als er sich aufrichtet, stellt er fest, dass Helen weg ist. Ob sie noch zurückkommt, um die Arbeit mit ihm zu Ende zu bringen? Er spürt einen Druck auf der Brust, und es wird ihm flau im Magen. Als die Johanssons gefragt haben, ob er für ein paar Tage aushelfen kann, war nicht die Rede davon, dass er die Arbeit allein verrichten soll. Auch wenn er schon ab und zu auf dem Hof eingesprungen ist, kennt er sich hier nicht richtig aus. Bei den Karmfalks, wo er jeden Tag arbeitet, ist der ganze Betrieb viel moderner ausgestattet, und alles läuft reibungslos, obwohl sie über dreihundert Milchkühe und um die hundert Rinder haben.*

*Die Kühe haben das Heu so gut wie aufgefuttert, aber das Getreide, von dem Helen sprach, haben sie noch nicht bekommen. Sie werden ungeduldig, und es ist schwer, mit dem Milchgeschirr an sie ranzukommen. Ola spürt, wie sich seine Müdigkeit wieder meldet, und er muss gähnen. Außerdem ist da dieses Ziehen im Rücken. Im Radio geht es scheppernd mit Werbung weiter.*

*»Ich drehe gleich durch!«, sagt er laut zu der Kuh neben ihm.*

*Mit eiligen Schritten marschiert er in die Milchkammer, schaut sich nach dem Radio um, und als er den Ausschalter nicht gleich findet, zieht er mit einem Ruck den Stecker raus. Für einen Moment ist es vollkommen still. Er nimmt den letzten Schluck Kaffee und macht sich wieder an die Arbeit.*

*Als er zurückkommt, sieht er, dass eins der Melkgeschirre runtergefallen und ausgerechnet in der frisch dampfenden Kuhscheiße gelandet ist und blubbernd Luft zieht. So ein verdammter Mist! Die Kuh stampft nervös, und es ist fast ein Wunder, dass sie die Saugnäpfe nicht kaputt tritt. Ola drängt sich an ihr vorbei, schnappt sich den Schlauch und dreht die Saugnäpfe ab. Die müssen jetzt desinfiziert werden. In der Milchkammer hält er sie erst unter fließendes Wasser, sodass der Kot abrinnt. In den Schränken sucht er nach dem flüssigen Desinfektionsmittel, und als er es gefunden hat, nach dem richtigen Behälter dafür. Er fühlt sich wie ein Anfänger, der nicht richtig weiß, was zu tun ist. Er improvisiert. Dabei hasst er es, zu improvisieren. Er mag es, wenn alles so ist wie immer.*

*Als er eine Stunde später endlich aus dem Stall herauskommt, dämmert es. Es ist fast neun, und über den Fichten wird es bereits ein wenig hell. Helen hat sich nicht mehr blicken lassen, und er* überlegt, ob er zum Haus gehen und fragen soll, ob etwas passiert ist. Die Kühe haben immer noch nicht genügend zu fressen bekommen. Das Getreidefutter hat er nicht gefunden. Er entschließt sich, nachzufragen. Er geht zum Haus und klopft an die Tür. Nils öffnet die Tür. Seine Haare sind glatt zurückgekämmt, offensichtlich hat er geduscht. Er trägt Jeans und ein schwarzes T-Shirt. In der Hand hält er einen Strickpullover.

»Wir sind gerade beim Frühstück. Wolltest du was Bestimmtes?«

»Ja, also, die Kühe, Helen meinte, dass, ... als ich das Heu heute früh heruntergelassen habe, da meinte sie, dass es ... Also, die Kühe haben noch kein Getreidefutter bekommen.«

»Ach du grüne Neune, wieso das denn nicht? Muss ich denn wirklich alles selbst machen? Heeeelen!«

Nils wirft den Pullover auf einen Stuhl neben der Garderobe, marschiert durch die Küche und verschwindet im Esszimmer.

»Helen, verdammt!« Seine Stimme ist barsch. Ola hört, wie sie miteinander diskutieren, einzelne Wörter, Satzfetzen.

»... meine Brüder warten ...«

»... Ola sollte doch ...«

»... ich gehe da jetzt nicht raus ...«

»... der Notar ...«

»... war der Einfaltspinsel noch nie in einem Stall oder was ...?«

Das Letztere kommt von Helen, und Ola weiß, dass sie ihn damit meint. Das tut weh. Er schämt sich. Als Aushilfsknecht sollte er sich vielleicht wirklich besser auskennen, aber jeder Betrieb ist anders, und bevor er etwas falsch macht, fragt er lieber nach.

»Also Ola, hör zu«, Nils ist in die Küche zurückgekommen, »das Getreidefutter liegt in Säcken hinter dem Kaninchenstall in der Wagenhalle. Eine Hälfte Weizen, eine Hälfte Gerste.« Er blickt Ola bittend an. »Es ist gerade sehr viel los hier. Wir haben einen wichtigen Termin ... Meine Brüder und ich müssen ...« Er hält inne und schaut Ola an. »Schaffst du das?«

Er lächelt und klopft ihm auf den Oberarm. Ola überlegt einen Moment, ob er sagen soll, dass er nicht mehr kann, dass er drin-

*gend nach Hause muss und schlafen, dass er heute Morgen schon viel länger gearbeitet hat, als abgesprochen war. Dann denkt er an die hungrigen Tiere.*

*»Alles klar, Nils, das mache ich doch gern.« Auch auf seinem Gesicht erscheint ein Lächeln, und ein paar Sekunden stehen die beiden so da und lächeln sich an. Ola und das blöde Arschloch.*

# ZEHN JAHRE SPÄTER,
# MITTWOCH, DER 9. SEPTEMBER 2015

## 1

Als Ingrid Nyström nach dem Frühstück in den Garten ging, um die Kartoffelschalen zu entsorgen, die beim Kochen am Vorabend angefallen waren, musste sie an Lasse Knutssons Bericht denken und an den abfällig klingenden Namen, den die Nachbarn dem ehemaligen Johanssonhof verpasst hatten: Komposthaufen. Die Johanssons waren Biobauern gewesen, bevor sie in finanzielle Schwierigkeiten geraten waren und ihren Betrieb hatten verkaufen müssen. Bereits Ende der Siebzigerjahre waren die Johanssons umgestiegen und gehörten damit zu den Vorreitern des biodynamischen Anbaus, dem damals in weiten Teilen der Gesellschaft entweder mit großer Skepsis oder mit völligem Desinteresse begegnet worden war. Nyström erinnerte sich, dass Anders, der sich zu dieser Zeit noch als *Alternativer* bezeichnet hatte – ein Begriff, über den er heute schmunzelte –, ebenfalls einige Kurse und Workshops in biodynamischem Anbau belegt und in den Jahren, als ihre Kinder klein waren, in ihrem Garten wild herumexperimentiert hatte. Eine Zeit lang hatten sie hinter der Garage sogar Hühner gehalten, die regelmäßig herausgelassen wurden, um die Erde in den Gemüsebeeten umzuwühlen. Wer sich damals in der Ökobewegung engagierte, lebte diese Prinzipien auch aktiv, anders als heute, wo es hauptsächlich darum zu gehen schien, die richtigen Produkte zu kaufen. Seltsam, dachte Nyström und blickte in ihren eigenen Garten, wo zwar immer noch das eine oder andere selbst angebaut wurde, heute allerdings ohne die Überzeugung, damit die Welt zu verändern. Gern würde sie mehr eigenes Gemüse ziehen, Kohlrabi und Wirsing, Bohnen und Erbsen, Möhren und Radieschen, aber dafür fehlten Anders und ihr leider die Zeit. Wie so viele andere hatten sie sich im Laufe der Jahre zu Konsumenten gewandelt, die sich mit dem Biosiegel ein gutes Gewissen erkauften. Aber vielleicht verändern wir die Welt ja ein kleines Stückchen an anderer Stelle, dachte sie. Anders durch seine Gemeindearbeit und ich als Polizistin. Oder war auch das eine Illusion, ein Selbstbetrug und im Grunde genauso unbedeutend und selbstbezogen wie das Biosiegel auf dem Supermarktgemüse? An Tagen wie heute fühlte es sich, zumindest was sie selbst betraf, so an.

Die Johanssons hatten ihren Hof und den Wald aufgegeben, und ihre Felder und Weiden wurden nun von den umliegenden Höfen konventionell bewirtschaftet. Eine traurige Vorstellung, fand Nyström, und plötzlich vermisste sie das Gackern der Hühner hinter der Garage. Dort, wo einmal die selbst gezimmerte Voliere gestanden hatte, parkte nun Anders' Audi A6. Du bist mir ein schöner Alternativer, dachte sie.

Sie kippte die Kartoffelschalen auf den Komposthaufen. Wenigstens der war ein Überbleibsel ihrer früheren Tatkräftigkeit. Die Sonne stand bereits ein Stück über dem Fichtenwald im Osten. Obwohl für den Tag wieder Temperaturen um die zwanzig Grad angekündigt waren, war die Luft noch feucht und kühl. Der Sommer ging seinem Ende zu, bald würde es Herbst sein und dann Winter. Bis Weihnachten will ich die Situation mit meiner Mutter geklärt haben, dachte sie fröhlich. Weihnachten wohnst du bei mir.

Als sie im Präsidium ankam, verfasste sie als Erstes eine aktualisierte Pressemitteilung. Die norwegischen Besitzer hatten höchstwahrscheinlich nichts mit dem Brand ihres Ferienhauses zu tun. Es verschaffte ihr Genugtuung, dass die Änderungen, die Erik Edman gestern vorgenommen hatte, bereits wieder Makulatur waren. Wie so häufig hatte ihr Chef, den viele unter vorgehaltener Hand »Halbvier-Erik« nannten, weil er zu dieser Zeit meistens seinen Arbeitsplatz verließ, um auf den Golfplatz zu fahren, unrecht gehabt. Und sie recht. Allerdings schaffte er es irgendwie immer, dass von seinen schlechten Entscheidungen, mangelhaften Urteilen und gravierenden Fehleinschätzungen so gut wie nichts an ihm selbst haften blieb. Der Mann schien eine Teflonbeschichtung zu haben. Kleben blieben die Fehler immer an anderen. Edman wäre ein nahezu perfekter Politiker, hatte sie schon häufig gedacht.

Um neun Uhr versammelte sich ihr Team im Besprechungsraum. Nyström musterte die Runde. Lasse Knutsson löffelte lautstark und lebensfroh ein Müsli, Hugo Delgado nippte missmutig an seinem Kaffee, Kent Vargen wirkte konzentriert. Ihr fiel auf, dass Stina Forss übernächtigt aussah. Sie war erst spät aus Norwegen wiedergekommen, dennoch hatte Nyström am Morgen einen tadellosen Bericht in ihrem Postfach vorgefunden. Forss war eine Mitarbeiterin, die für ihren Beruf brannte. Sie war eine hervorragende Polizistin. Nein, korrigierte sich Nyström, sie wäre eine hervorragende Polizistin, wenn sie nicht diesen Hang zu Regelübertretungen und Alleingängen hätte. Zu Selbstüberschätzung und Halsstarrigkeit. Dennoch war sie froh, Forss in ihrem Team zu haben. Bisweilen hatte

Halsstarrigkeit auch seine Vorteile. Sie räusperte sich und trat vor das Whiteboard, auf dem sie den Ermittlungsstand, so gut es ging, visualisiert hatte.

»Wir sind ein ganzes Stück schlauer als gestern: Die Ehetragödie, nach der es zunächst aussah, können wir ausschließen. Die Familie Asker paddelt wohlbehalten durch einen Nationalpark in den USA. Dennoch deutet immer mehr auf ein geplantes und überlegt ausgeführtes Gewaltverbrechen hin. Bo Örkenrud ist sich sicher, dass der Täter, nachdem er sein Opfer mit einer Mistgabel erstochen hat, mehr als zwanzig Kubikmeter Brennholz ins Haus gebracht und angezündet hat.«

»Ein Bekloppter«, nuschelte Knutsson in seine Müslischale hinein.

»Es muss eine ganze Zeit gedauert haben, das Holz ins Haus zu schaffen«, stellte Vargen fest.

»Richtig«, stimmte Nyström zu. »Davon ist auszugehen. Die Indizien deuten darauf hin, dass eine Schubkarre benutzt worden ist, trotzdem muss man bei der Menge an Brennholz mindestens fünfzig Mal rein und wieder raus. Daraus leitet sich für uns natürlich die Frage ab, warum der Täter sich eine solche Mühe macht und ein so großes Risiko auf sich nimmt.«

»Warum Risiko?«, fragte Knutsson kauend.

»Mit vollem Mund spricht man nicht«, schnaubte Delgado. »Außerdem schmatzt du. Geht das nicht leiser?«

»Ich schmatze nicht, ich *kransche*.«

»Du kranschst? Was um alles in der Welt ist kranschen?«

»Wie kann man nur so wenig welterfahren sein wie du, Hugo? Ja, ich *kransche*. Das ist Vollkorn-Kranschi-Müsli!«

»Crunchy-Müsli, oh mein Gott«, flüsterte Delgado.

»Das Risiko, erwischt zu werden«, antwortete Forss genervt auf Knutssons Frage. »Untersuchungen zeigen, dass vierundachtzig Prozent aller Täter nach tödlichen Gewaltverbrechen unmittelbar den Tatort verlassen. Von den restlichen sechzehn

Prozent ist statistisch gesehen mehr als jeder Zweite psychisch instabil oder sogar krank.«

»Genau wie hier bei uns«, raunte Delgado Vargen zu, bevor ihn Forss' tödlicher Blick traf. Vargens Gesicht schien kurz blass zu werden, fast so, als sei er bei etwas Verbotenem ertappt worden, dann lächelte er jedoch breit, und die Farbe kehrte in sein kantiges Gesicht zurück.

»Des Weiteren wissen wir nun, dass die Askers bei den meisten Nachbarn nicht besonders beliebt beziehungsweise bekannt sind. Ihre Pläne, den ehemaligen Bauernhof zu einer Übernachtungsmöglichkeit für Kanuten und Wanderer auszubauen, treffen wohl überwiegend auf Misstrauen und Skepsis.«

»Das Thema dürfte sich jetzt eh erledigt haben«, befand Knutsson.

»Erzähl ihnen von Elin und Anton Wahlgren«, sagte Delgado und wand sich mit gequältem Gesichtsausdruck auf seinem Stuhl, so als trüge er einen extrem kratzigen Rollkragenpullover und nicht sein geliebtes, verwaschenes T-Shirt mit Pacman-Aufdruck.

Nyström holte hörbar Luft. »Lasse, du wirst dich vielleicht noch daran erinnern. Vor drei Jahren gab es diesen Vergewaltigungsfall nach einem Dorffest. Er machte damals Schlagzeilen, weil die junge Frau schwer misshandelt worden war. Der Täter wurde nie gefasst.«

»Richtig, Elin Wahlgren, da klingelt was.«

»Elin Wahlgren war das Opfer dieser Vergewaltigung. Wie sich gestern herausstellte, sind die Eltern von Elin die Nachbarn der Askers. Auch wenn die Tochter mittlerweile in Växjö wohnt«, sagte Nyström.

»Und ich klopfe bei denen an und quatsche die wie der letzte Idiot voll, ohne auch nur mit einem Wort darauf einzugehen.« Delgado seufzte. »Aber das ist noch nicht alles.«

»Der Bruder von Elin«, sagte Nyström. »Anton Wahlgren.«

»Scheiße!«, entfuhr es Knutsson. »Doch nicht *der* Anton Wahlgren?«

»Wie viele kennst du denn?«, fragte Delgado scharf.

»Eieieieiei!« Knutsson wedelte mit seiner rechten Hand, als hätte er sie sich verbrannt.

»Jetzt erzählt schon!«, forderte Forss. »Wir haben nicht den ganzen Tag Zeit für diese Mätzchen!«

»Ein Suizid«, sagte Nyström, um Sachlichkeit bemüht. »2007 war das. Ein junger Kerl, gerade einmal zwanzig Jahre alt. Der Entschluss, sich das Leben zu nehmen, kam anscheinend aus dem Nichts. Die Eltern und sein ganzes übriges Umfeld konnten sich überhaupt nicht erklären, was Anton getrieben haben mochte. Der Kollege in der Notrufzentrale hat damals wirklich Mist gebaut ...«

»Aber was kann denn die Polizei dafür, wenn der sich umbringen will?«, fragte Vargen.

»Dieser Anton ist damals mit einem Auto in den Wald gefahren, hat an einem See gehalten, eine Flasche Schnaps geleert und dabei mit einem Stück Gartenschlauch die Abgase in den Wagen geleitet«, erklärte Nyström.

»Ein Klassiker«, knurrte Knutsson und nickte weise.

»Und?«, fragte Vargen.

»Zwei Kinder, die im See gebadet hatten, haben ihn dabei vom gegenüberliegenden Ufer aus beobachtet. Als sie begriffen, dass da etwas Seltsames vor sich ging, hat einer von seinem Handy aus die Polizei angerufen. Weil der Elfjährige seinen Namen nicht nennen wollte und sich etwas ungeschickt ausgedrückt hat, hat der Notrufdisponent die Meldung nicht ernst genommen. Die Kinder sind dann in Panik auf ihren Rädern nach Hause gefahren und haben das Ganze ihren Eltern erzählt. Als dann endlich die Einsatzwagen bei Anton Wahlgren ankamen, war der junge Mann bereits tot.«

»Das heißt, wenn der Kollege am Telefon sofort richtig reagiert hätte ...«

»... dann hätte Anton seinen Selbstmordversuch höchstwahrscheinlich überlebt«, beendete Delgado Vargens Satz.

»Fuck«, sagte Vargen.

»Hätte, wenn und aber«, sagte Forss trocken.

»Ich hätte es gestern trotzdem wissen müssen«, sagte Delgado zerknirscht.

»Das ist wirklich dumm gelaufen. Das hätte so nicht passieren dürfen. Aber ändern können wir es jetzt auch nicht mehr«, sagte Nyström.

»Wahlgren ist ja auch kein so seltener Name«, fügte Knutsson an. »Hätte mir auch passieren können.«

»Vielleicht sollten wir uns ganz förmlich entschuldigen«, schlug Nyström vor.

Delgado nickte. »Ich kümmere mich darum«, sagte er.

»Und wie stellst du dir das vor?«, fragte Forss. »Mit einem Strauß Blumen und einer guten Flasche Wein? Für einen richtig schönen gemütlichen Abend zu zweit mit dem Familienfotoalbum vorm Kamin. Die vergewaltigte Tochter, der tote Sohn ...«

»Was ist denn heute mit dir los?«, fragte Delgado. »Bist du mit dem falschen Fuß aufgestanden oder was? Du bist ja nicht mal mit der Kneifzange anzufassen!«

Forss stöhnte auf. »Heul doch!«

»PMS oder schon die Wechseljahre?«, konterte Delgado.

»Was ist ein PMS?«, fragte Knutsson.

»Prämenstruelles Syndrom«, flüsterte Vargen.

Forss zeigte Delgado den Mittelfinger.

»Ich versteh nur Bahnhof«, sagte Knutsson.

»Jetzt reicht es aber langsam!«, Nyström sah beide mit Nachdruck an. Die andauernden Kabbeleien zwischen Delgado und Anette Hultin hatte sie über Jahre hinweg mit Langmut ertragen. Das Ende dieser ewigen Zankerei war das einzig Gute gewesen, das sie Hultins Mutterschutzurlaub hatte abgewinnen können, abgesehen von der abstrakten Mitfreude auf das Baby der Kollegin natürlich, aber Forss und Knutsson schienen sich große Mühe zu geben, in Hultins Fußstapfen zu treten und ihre Rollen als Delgados Sparringspartner eins zu eins zu übernehmen.

»Könnte diese Vergewaltigung vielleicht etwas mit unserem Fall zu tun haben?«, fragte Vargen. »Oder schließen wir das aus?«

Nyström war dankbar, dass der neue Kollege aus Stockholm die Besprechung wieder zurück auf die Sachebene brachte. Sachebene. Ein schönes Wort, sie hatte es sich vor Kurzem in einem Fortbildungsseminar für Führungskräfte eingeprägt. Es reimte sich auf Fachebene. Noch so ein toller Begriff. »Eine gute Frage, Kent«, lobte sie. »Ich würde sagen, wir setzen es vorläufig in Klammern. Und machen erst mal mit dem weiter, was wir sicher wissen. Wir konnten zum Beispiel feststellen, dass in unserem Landkreis schon mehrfach Touristenunterkünfte gebrannt haben. Auch wenn die Askers gar nicht selbst vor Ort waren, sollten wir ebenfalls in diese Richtung denken. Außerdem haben sie ihr Haus im vergangenen Jahr an osteuropäische Erntehelfer vermietet, was anscheinend in Teilen der Nachbarschaft ebenfalls kritisch beäugt wurde, obwohl die Landwirte in der Umgebung von den billigen Hilfsarbeitern profitieren, zum Beispiel bei der Erdbeerernte.«

»Und bei der Kartoffelernte«, ergänzte Knutsson.

Nyström nickte Knutsson wie eine geduldige Mutter zu und fuhr fort: »Außerdem hat der gestrige Tag ans Licht gebracht, dass auf dem Hof schon einmal jemand bei einem Brand ums Leben gekommen ist. Nils Johansson, der Bauer, der damals den Hof bewirtschaftet hat.«

»Wie bitte?«, fragte Forss, und ihre Sommersprossen begannen unmittelbar zu glühen. Auf eine forsche, ja freche Art und Weise zu glühen, wie Nyström fand. »Und das erzählst du uns erst jetzt?«

»Wieso schon einmal?«, fragte Vargen.

»Wie meinst du das?«, fragte Nyström zurück, sichtlich irritiert, einerseits über Forss' Tonfall, andererseits über Vargens Frage, denn schließlich hatte er doch herausgefunden, dass der Vorbesitzer Johansson bei einem Unfall verbrannt war.

»Du sagtest, dass schon einmal jemand bei einem Brand ums Leben gekommen sei. Aber der Tote, den wir vor zwei Tagen in den rauchenden Trümmern gefunden haben, ist ja, soweit wir wissen, nicht verbrannt, sondern erstochen worden«, sagte Vargen.

»Das sind doch Haarspaltereien!«, polterte Knutsson.

»Nein, Lasse«, sagte Nyström, »Kent hat recht, das ist ein entscheidender Unterschied. Ich habe mich unpräzise ausgedrückt.«

»Wann war das?«, fragte Forss, die mittlerweile die Arme vor der Brust verschränkt hatte. Eine Geste, die sie wie ein trotziges kleines Mädchen wirken ließ, fand Nyström. Mit einem versehrten Auge.

»Vor zehn Jahren«, antwortete Delgado. »Ein Unfall.« Er wischte auf seinem Tabletcomputer herum. »Ich habe den Bericht der Kollegen rausgesucht. Wenn ich zitieren darf: *Nils Johansson starb am frühen Morgen des 9. Januar 2005 aufgrund von großflächigen Verbrennungen, die zu unmittelbarem Herzsagen geführt hatten. Nach den Aussagen seiner Familie war eine unglückliche Verkettung von Zufällen für seinen Tod verantwortlich.*« Delgado guckte vom Display hoch. »Nils Johansson ist eins von *Gudruns* Opfern gewesen.«

»Gudrun?«, fragte Forss, die sich auf dem Stuhl aufgerichtet hatte und Delgado konzentriert folgte.

»Der Orkan *Gudrun* im Januar 2005.«

Forss schüttelte den Kopf.

»Sagt mir nichts.«

»Da hast du wahrscheinlich noch in Deutschland gelebt«, sagte Nyström.

»Mit Sicherheit«, entgegnete Forss.

»Wir waren damals von dem Stromausfall betroffen«, erinnerte sich Knutsson. »Zum Glück war der Winter mild, wer weiß, welche Schäden entstanden wären, wenn auch noch die Wasserleitungen eingefroren wären.«

»Ich habe in der Sturmnacht gearbeitet«, erzählte Nyström. »Die Alarmzentrale war völlig überlastet von all den Anrufen, und es war unmöglich, sich einen Überblick über die Situation zu verschaffen. Mit einer Kollegin bin ich nach Alvesta rausgeschickt worden, aber kaum waren wir aus der Stadt, sahen wir, dass die Fichten und Tannen wie Streichhölzer umgeknickt waren und die Straßen blockierten. Über den Polizeifunk bekamen wir mit, dass da draußen Dutzende Menschen in ihren Autos festsaßen, aber da wir nur eine lächerliche Handsäge im Wagen hatten, trauten wir uns nicht, weiterzufahren. Wir hätten ihnen auch nicht beistehen können. Das war frustrierend und erschreckend zugleich. Wir waren diesem Orkan, diesen unvorstellbaren Naturgewalten völlig ausgeliefert. Den darauffolgenden Sonntag haben wir mit dem Rettungsdienst und der Feuerwehr zusammen durchgearbeitet und erst nach und nach die festsitzenden Menschen erreicht. Ich glaube, dass ich in meiner gesamten Zeit bei der Polizei nie wieder so viel gearbeitet habe wie in den ersten Tagen nach dem Sturm. Zumindest nicht körperlich. Aber auch seelisch war die Krisensituation vollkommen erschöpfend.«

»Ich konnte mich erst am nächsten Tag anschließen, als die Wege in die Stadt freigeräumt waren«, sagte Knutsson. »Ich weiß noch, wie ich ...«

Forss räusperte sich vernehmlich und Knutsson hielt inne.

»Die Botschaft ist angekommen«, sagte Forss. »Eure Gudrun war ein schlimmes, schlimmes Unwetter, und die Situation außerhalb Växjös war chaotisch. Können wir jetzt vielleicht trotzdem zu unserem Fall zurückkehren?«

»Sicher, natürlich«, sagte Nyström schmallippig.

»Das versteht ihr Städter nicht«, klagte Knutsson und schaufelte sich einen weiteren Löffel seines Crunchy-Müslis in den Mund.

»Danke!«, sagte Forss spitz.

»Die Sturmnacht hat die Gegend um den Johanssonhof übel erwischt«, dozierte Delgado. Er sah für einen Moment von seinem iPad auf, dann überflog er die Akte weiter, fasste das Wichtigste zusammen und kommentierte es gleichzeitig. Hugo Multitasking Delgado. »Viele Hektar Nutzwald der Johanssons und ihrer Nachbarn sind umgeknickt, und durch die umgefallenen Bäume wurde die Scheune erheblich beschädigt. Der Strom war weg, das Telefon auch, Handynetz ebenso.«

»Genau wie bei uns«, nickte Knutsson.

Delgado fuhr fort. »Die Straßen waren mehrere Tage versperrt und unbefahrbar. Der Bauer hatte die Nacht hindurch versucht, die Zufahrt zum Hof von den Baumstämmen zu räumen, ein unmögliches Unterfangen, wie sich später gezeigt hat, da sich die Blockaden über Kilometer hinweg erstreckten, aber das konnte der arme Kerl zu diesem Zeitpunkt ja nicht wissen. Seine Frau wurde vom Schlafzimmerfenster im oberen Stockwerk des Hauses aus Zeugin, wie Johansson mit der Motorsäge in der Hand aus dem Nichts heraus in Flammen aufging.«

»Unmöglich!«, entfuhr es Knutsson.

»Doch möglich.« Delgado lächelte schmal. »Schuld war zweierlei: die benzinbetriebene Motorsäge und der Funkenflug. Wie die spätere Untersuchung ergab, war Johanssons Kleidung vollkommen benzindurchtränkt gewesen. Der Kanister mit dem Treibstoff befand sich in unmittelbarer Nähe. Die Rekonstruktion zeigte, dass Johansson entweder beim Betanken der Motorsäge sehr unvorsichtig gewesen sein muss, was man gut mit seiner körperlichen Erschöpfung erklären konnte, denn er hatte ja mehr oder weniger die ganze Nacht durchgearbeitet, oder dass der Tank der Säge beim stundenlangen Hantieren im dunklen Chaos dort draußen beschädigt wurde und undicht geworden war und sich Johanssons Kleidung, vielleicht sogar von ihm unbemerkt, mit Benzin vollgesogen hatte. Leider waren die meisten Teile der Säge ebenfalls völlig verbrannt, jedenfalls die Kunststoffverschalung und der Tank, sodass man nicht mit letzter Sicherheit feststellen konnte, welche der beiden Varianten stimmt«, fasste Delgado zusammen.

»Und woher kamen die Funken?«, wollte Forss wissen.

»Vom Nachbargrundstück. Ein überhitzter Generator hatte einen Schwelbrand ausgelöst, der wiederum einen größeren Holzschuppen in Brand setzte. Den Rest hat der Wind besorgt.«

»Die arme Ehefrau«, entfuhr es Nyström. Sie versuchte sich vorzustellen, wie Anders vor ihren Augen in Flammen aufging. Ein so grauenhaftes Bild, dass es sie schauderte.

»Zwei Tage später hat ein Arzt im Beisein der Polizei die Todesursache festgestellt.«

»Erst zwei Tage später?«, fragte Forss ungläubig.

»So lange waren die Johanssons und auch die Nachbarhöfe von der Außenwelt abgeschnitten«, erklärte Delgado.

»Ganz schön heftig«, entfuhr es Vargen.

»Und ob«, sagte Knutsson. »Wir waren damals wie gesagt fast eine ganze Woche ...«

»Wo lebt Nils Johanssons Frau denn heute?«, unterbrach ihn Forss. »Der Hof ist ja schließlich längst verkauft.«

Delgado wischte die Antwort auf seinem Tablet herbei.

»Weit ist sie nicht weggezogen. Nach Älmhult.«

»Wir sollten uns auf jeden Fall mit ihr unterhalten«, sagte Forss.

Nyström runzelte die Stirn. Das Letzte, was sie wollte, war, die Witwe des Unfallopfers unnötig aufzuregen, indem man die schrecklichen Erlebnisse von damals übereilt mit dem aktuellen Todesfall in Verbindung brachte. Nach dem Fauxpas bei den Wahlgrens musste man ja nicht in noch mehr alten Wunden rühren, wenn es nicht unbedingt notwendig war.

»Lasst uns erst mal die Akte gründlich durchgehen und überprüfen, ob uns da etwas auffällt, das wir mit dem aktuellen

Fall verknüpfen können. Wir sollten nichts übers Knie brechen.«

»Aber Hugo hat uns die Akte doch gerade vorgetragen«, wandte Forss verdutzt ein.

»*Gründlich* durchgehen, habe ich gesagt.« Nyström sah ihre junge Kollegin tadelnd an. »Darunter verstehe ich etwas anderes, als das Dokument einmal zu überfliegen.« Delgado verzog in gespielter Verstimmtheit das Gesicht. Nyström ging Forss' Trotzköpfigkeit auf den Zeiger. »Warum bist du so ungeduldig?«

»Ich weiß nicht«, sagte Forss und starrte sie angriffslustig an. »Sag du's mir, Ingrid. Ich weiß nur, dass wir bis jetzt gar nichts haben. Keine Spur, keine Zeugen, kein Motiv. Wir haben ja noch nicht mal eine richtige Leiche, die man untersuchen könnte. Wir haben einen zu Kohle und Asche verbrannten Körper, das ist alles!«

Als wäre das meine Schuld, dachte Nyström. Sie fühlte sich gleichzeitig angegriffen und herausgefordert. Außerdem gefiel ihr der Tonfall, den Forss an den Tag legte, immer weniger. Dass sie freiwillig früher aus dem Urlaub zurückgekommen war, war ja nett, aber das gab ihr noch lange nicht das Recht, sich vor allen so zu echauffieren und ihrer Vorgesetzten auf der Nase herumzutanzen.

»Das kann man so nun auch nicht sagen«, protestierte sie. »Wir haben die Spur mit den rumänischen Erntehelfern. Und die Anschläge auf Ferienhäuser. Das ist doch schon mal ein Anfang.«

»Echt super«, ätzte Forss.

»Über den Verein für ehemalige Straftäter haben wir noch gar nicht gesprochen«, warf Vargen ein. »*Die Dritte Chance.*«

»Richtig«, stimmte Nyström zu. »Die Straftäter. Das klingt doch vielversprechend.«

»Oh ja«, höhnte Forss. »Ich sehe das Szenario jetzt glasklar vor mir: Ein Touristen hassender Exknacki verbrennt den Leichnam eines rumänischen Hilfsarbeiters, den er vorher mit einer Mistgabel aufgespießt hat, oder was?«

»Eine interessante Theorie.« Knutsson nickte anerkennend in die Runde.

»Oh Mann.« Forss schüttelte den Kopf, stand auf, griff nach ihrer Umhängetasche und stöckelte auf ihren Acht-Zentimeter-Absätzen aus dem Raum.

»Wo willst du denn hin?«, rief ihr Delgado nach.

»Ich fahre nach Älmhult«, hallte es aus dem Flur zurück. Für einige Sekunden war es vollkommen still im Raum. Dann hörte man Knutsson lautstark sein Müsli zerbeißen.

»Was war das denn?«, fragte Vargen.

»Vollkorn-Dattel-Pekannuss«, antwortete Knutsson.

»Das war Stina Forss«, sagte Nyström leise und ihre Wut würgte sie im Hals wie eine bittere Tablette, die zu groß war, um sie herunterzuschlucken. Das war Stina Forss, wie sie leibt und lebt.

## 2

Idioten! Forss stieg aufs Gas und trieb den mehr als dreißig Jahre alten Wagen der Bayerischen Motorenwerke zu einer Beschleunigung, die sie in den Fahrersitz presste. Mit hundertsiebzig schoss sie auf der Gegenfahrbahn an den anderen Wagen vorbei. Ihr Puls pumpte wie der Beat aus den Boxen des Autoradios. DJ Hell, das passte. Zur Hölle! Zur Hölle mit Nyström! Zur Hölle mit der Zaghaftigkeit und der Dickfelligkeit ihrer Kollegen! Ach was, zur Hölle mit diesem ganzen dummen, zaghaften und dickfelligen Land, das jeden Ausdruck von Lebendigkeit, Risiko und Individualität permanent zu boykottieren schien. In dem geistige und moralische Freiheit unter Generalverdacht standen. Das jede Regung von Impulsivität, Lust, Lebensfreude, Rausch und Maßlosigkeit mit Empörung strafte. Eine Zombie-Nation, *Lagomland*. Lagom, das war das vielleicht schwedischste aller schwedischen Wörter. Es bedeutete: nicht zu viel und nicht zu wenig, sondern genau richtig. Das Maß halten. In der Mitte sein, ausgeglichen, unentschieden. Es bedeutet, am Wochenende zum Abendessen ein kleines Glas Wein zu trinken, aber auf keinen Fall zwei oder gar vier. Es bedeutete, dass Kinder nur samstags Süßigkeiten bekamen. Es bedeutete, mehrmals in der Woche Sport zu treiben, den Blutzucker im Auge zu haben, regelmäßig auf die Waage zu steigen. Es bedeutete, dass in Talkshows grundsätzlich genauso viele Frauen wie Männer saßen. Dass niemand im Winter ohne neongelbe Sicherheitsweste aus dem Haus ging. Dass jeder beim Radeln einen Fahrradhelm trug. Und *jeder* hieß auch wirklich *jeder*. Das alles war so wahnsinnig vernünftig, sinnvoll und sterbenslangweilig, dass es sie bisweilen krank machte. Vor einer Kurve drückte sie das Gaspedal bis zum Anschlag durch, dann riss sie das Lenkrad scharf nach rechts, um ihr riskantes Überholmanöver zu beenden, anderthalb Sekunden, bevor der entgegenkommende Dreißig-Tonnen-Laster sie ins Nirwana katapultiert hätte. Als das Blitzgerät auslöste, zeigte ihr Tachometer hundertsechzig, erlaubt waren achtzig. *Lagom* halt. Scheiß drauf, dachte sie, ich bin eine Polizistin im Einsatz. Wenigstens versuchte sie, die Ermittlung nach vorne zu bringen. Wenn sie schon ihren Urlaub freiwillig verkürzte, dann wollte sie wenigstens dazu beitragen, diesen Fall zu lösen. Und weil sich die naheliegende Hypothese, dass es sich bei dem Verbrannten um das Opfer einer Beziehungstat handelte, gestern in Luft aufgelöst hatte, da das norwegische Ehepaar wohlbehalten in den Rocky Mountains unterwegs war, bedurfte es für die Lösung des Falls ein bisschen mehr Tatendrang und Scharfsinn, als ihre Chefin an den Tag zu legen geneigt war. Streit unter rumänischen Erntehelfern oder Feindlichkeit gegenüber Touristen: Dafür schleppte doch niemand zwanzig Kubikmeter Holz in ein Haus, um damit einen Leichnam zu verbrennen. So etwas tat man aus anderen Gründen. So etwas tat man aus einer sehr starken Emotion oder aus einer felsenfesten Überzeugung heraus. Jemand, der abgrundtief hasste, könnte so handeln. Oder jemand, der bedingungslos liebte. Forss verstand das. Begriff, dass diese beiden Pole, dass abgrundtiefer Hass, dass bedingungslose Liebe sich sehr nahe sein konnten. Sie hatte es selbst oft erlebt. Sie hatte es gefühlt, und sie hatte nach diesen Gefühlen gehandelt. Sie hatte allen Männern, die sie geliebt hatte, wehgetan, sie hatte sie mit Absicht verletzt. Und das war wortwörtlich gemeint. Sie hatte Glasvasen in Gesichter geschleudert, Nasenbeine mit faustgroßen Steinen zertrümmert, eine heiße Eisenpfanne geschwungen und ihre Geliebten mit Narben gezeichnet, so wie sie selbst mit Narben gezeichnet war. Natürlich hatten alle Therapeuten ihre unkontrollierten Ausbrüche auf die Gewalt zurückgeführt, die ihr Vater ihr angetan hatte. Das verstand sie. Dazu brauchte man nun wirklich keinen Psychologen.

Einen Psychologen brauchte man, um mit solchen Dingen umzugehen.

Um daran zu arbeiten.

Um damit aufzuhören.

Aber das war ihr trotz aller in Anspruch genommenen Hilfe nicht gelungen. Sie konnte nicht aufhören. Ihre Wutanfälle, ihre Gewaltattacken waren zu stark und zu mächtig. Sie war ihnen ausgeliefert. Deshalb hatte sie eine Entscheidung getroffen: Sie würde nie wieder eine Beziehung führen. Sie würde nie wieder einem Menschen, den sie liebte, wehtun. Sie würde nie wieder lieben. Und das gelang ihr in dieser Provinzstadt voller schlichter Gemüter bemerkenswert gut. Das war der Deal, den sie mit ihrem Schicksal gemacht hatte. Das Versprechen, das sie sich selbst gegeben hatte. Der Schwur am offenen Grab ihres Vaters.

Was blieb, war ihre körperliche Bedürftigkeit, aber die konnte sie in den Griff bekommen, mit den Alexandern, Henrys, Javiers dieser Welt, One-Night-Stands ohne Verpflichtung, Verantwortung, Schuldgefühle oder gar etwas so Hochtrabendes wie Liebe. Ja, Forss verstand, dass man wegen eines anderen Menschen ein Haus niederbrennen konnte, oder wie Nero eine Stadt oder besser gleich die ganze Welt. Und bevor das passierte, zog sie sich lieber aus der Welt zurück, ganz an den Rand, an einen See im Nirgendwo. Dorthin, wo sie sich mit Eulen und Elchen unterhalten konnte. Ein Paradies und Rückzugsort für psychisch Gestörte wie sie. Zumindest war es das bis gestern Nacht gewesen.

Zum zweiten Mal war jemand während ihrer Abwesenheit in ihr Haus eingedrungen, dieses Mal offensichtlicher und dreister als beim ersten Mal. Die Eindringlinge hatten sich nicht einmal die Mühe gemacht, die Tür wieder zu schließen. Im Hausinneren hatte es so normal ausgesehen wie nach dem ersten Mal auch; nichts war wegkommen, nichts zerwühlt oder durcheinandergebracht worden. Was also sollte das Ganze? Spielte jemand ein krankes Spiel mit ihr? Psychospielchen für Psycho-Stina? Waren übermütige Jugendliche dafür verantwortlich? Eine Art Mutprobe? Oder hatte sie tatsächlich einen Stalker? Einen von ihr besessenen Verehrer? Javier aus Mallorca? Henry oder Alex, der Technotyp? Alles nicht vorstellbar. Ihr Exfreund Sebastian vielleicht? Aber der hatte längst eine Neue und postete permanent wilde Knutschbilder auf Facebook. Und alles andere war so lange her, dass es ihr vorkam wie aus einem anderen Leben. Was also tun? Sie beschloss, als Erstes mit Bo Örkenrud zu sprechen, vielleicht wäre der alte Haudegen so nett und würde ihre Wohnung einmal gründlich nach Spuren untersuchen, die irgendeinen Aufschluss darüber geben könnten, wer da am Werk gewesen war. Außerdem könnte sie sich von Frank Jodenius, dem Chef der zweiten Kripo-Abteilung, beraten lassen. Der Typ hatte zwar den Ruf, ein Arschloch zu sein, aber gleichzeitig galt er auch als Sicherheitsnerd, der sich ein schönes Zubrot als Securityberater verdiente. Als erste Maßnahme hatte sie ihre nicht registrierte Browning mit Kreppklebeband an der bettzugewandten Seite ihres Nachttischs befestigt und mehrere Dosen eines sehr effektiven Pfeffersprays, das zwar in Schweden verboten, aber problemlos auf einer mexikanischen Internetseite zu bestellen war, an strategisch wichtigen Stellen im Haus verteilt. Eine Dose befand sich außerdem in ihrer Umhängetasche und eine weitere im Handschuhfach des Wagens. Grimmig drehte sie das Autoradio noch ein bisschen lauter. Der stampfende Bass boxte ihr in den Bauch. Der Einbau des Subwoofers hatte sich definitiv bezahlt gemacht.

Rechts der Landstraße 23 zeigte ihr Navi den Sjöatorpasee an, für Forss nicht mehr als eine verwischte silberblaue Reflektion im Augenwinkel. Sie schob die Gedanken an den Einbruch beiseite und konzentrierte sich auf ihren Fall. Jemand hatte einen Menschen getötet und danach den Toten verbrannt. Zehn Jahre zuvor war an derselben Stelle schon einmal ein Mensch – diesmal sogar bei lebendigem Leib – verbrannt. Natürlich konnte das Zufall sein. Vieles sprach dafür. Dennoch war dieser Zufall, wie sie fand, einige Nachfragen und eine vierzigminütige Autofahrt wert. Wenn Zufälle passieren, hatte ihr Vater ihr einmal gesagt, als sie noch sehr klein gewesen war, wenn Zufälle passieren, zwinkert Gott dir zu. Andererseits: Was hatte ihr Vater schon von Gott gewusst? Ausgerechnet er. Was wusste sie selbst von Gott? Das einzige Gotteskonzept, das sie emotional rührte, war das der griechischen Antike. Sie hatte Sympathie für Prometheus, den tragischen Helden, der Zeus das Feuer gestohlen hatte, um es den Menschen zu schenken. Das war keine so gute Idee gewesen, mal so im Rückblick betrachtet. Zeus tobte vor Wut. Er verdammte den armen, stolzen Prometheus zu ewiger Pein und schmuggelte trickreich eine Dose auf die Welt, die alle Laster und Untugenden, die alles Böse enthielt. Auf Erden konnte die Hüterin dieser tödlichen Büchse, eine Schönheit namens Pandora, damit genauso wenig umgehen wie die Menschen mit dem Feuer. Sie öffnete das Teil und die Dinge nahmen ihren Lauf. Was für eine Idiotin.

Forss war so in ihren Betrachtungen vertieft, dass sie die erste Abfahrt verpasste. Sie nahm die zweite und erreichte Älmhult von Süden. Ein Kaff mit weniger als zehntausend Einwohnern, das für den ersten IKEA-Markt bekannt war. Eine zwei Meter fünfzig hohe Skulptur eines Sechskantschlüssels am Ortseingang zeugte davon, dass auch heute noch ein Teil des Konzerns in Älmhult ansässig war. Von hier aus hatte sich die blau-gelbe Plage verbreitet. Bei einer Seuche hätte man vom *Patient Zero* gesprochen, dem ersten Erkrankten, von dem alles ausging. Älmhult war der *Patient Zero* des Möbeldesigns. Mehr als sechzig Jahre *Billy* & Co., dachte sie, so viel zur Büchse der Pandora. Das Navigationsgerät führte sie in die Eriksgatan, eine Straße, die von dreistöckigen Mietshäusern aus gelbem Backstein geprägt war. Forss parkte den Wagen und fand den Namen Helen Johansson auf dem Klingelschild der Nummer 21. Die Adresse, die Delgado gefunden hatte, stimmte also noch. Sie klingelte. Nichts geschah. Sie klingelte erneut. Dreimal, viermal, fünfmal.

Nichts.

Mist.

Und jetzt?

Eine Telefonnummer hatte sie nicht. Also die Nachbarn. Forss drückte mit ausgestreckter Hand auf alle Klingelknöpfe gleichzeitig. In der Gegensprechanlage knackte es.

»Jaaa?«

Eine lang gezogene Frauenstimme.

»Stina Forss, Kripo Kronoberg. Ich hätte da ein paar Fragen zu ihrer Nachbarin.«

»Ach so. Ja, klar. Ich mach auf.«

»Welche Wohnung?«

»Ganz oben links.«

Es summte, und Forss drückte die Tür auf. Im Treppenhaus roch es nach gebratenem Hackfleisch und gedünsteten Zwiebeln. Sie spürte sofort, dass sie hungrig war. Sie stieg die Treppen hinauf. Ganz oben links stand die Tür einen Spalt offen. »Marie Karlsson« stand auf einem Schildchen über dem Briefschlitz.

»Komm rein!«, rief eine Frau. »Ich bin in der Küche.«

»Das riecht lecker!«, antwortete Forss, streifte ihre Gucci-Pumps ab und folgte dem Bratgeruch in die Wohnung. Typisch schwedisch hatte sie ewig nicht gekocht. Ein Radio plärrte einen Song von *Timoteij*. Die Küchentür stand offen. Die Frau am Herd drehte sich um und lächelte sie an. Marie Karlssons Haut war pechschwarz. Blauschwarz. So schwarz, dass es glänzte.

»Hi«, sagte sie und betrachtete Forss mit einem intensiven, neugierigen Blick. Ein leichtes Heben der Augenbrauen und die fast unmerklichen Bewegungen der Unterlippe verrieten, dass ihr gefiel, was sie sah. »Lust auf Fleischbällchen und Kartoffelpüree?«

Konnte sie Gedanken lesen?

Forss fühlte sich vom Blick der Frau angezogen, etwas regte sich in ihr, und sie spürte eine unerwartete Lust, auf die Situation einzugehen. Außerdem hatte sie Hunger.

»Na klar«, sagte sie. »Aber so was von!«

»Setz dich.«

»Danke.«

Forss zog die verschlissene Trainingsjacke aus, hängte sie sorgfältig über die Stuhllehne und nahm Platz. Marie Karlsson gab eine großzügige Portion auf einen Teller und stellte ihn Forss hin.

»Riecht prima!«

»Das ganze Geheimnis eines guten Pürees ist die unvernünftige Menge Butter. Ich bin Marie.«

Marie. Unvernünftig. Nicht *lagom*. Das klang gut.

»Stina.«

»Sagtest du schon. Von der Kripo? Aber iss erst mal in Ruhe.«

»Futtere ich dir auch bestimmt nichts weg?«

»Nein, überhaupt nicht. Ich koche immer ein paar Portionen mehr und friere es dann ein. Ist praktisch, wenn man Schichtdienst hat.«

»Krankenschwester?«, riet Forss.

»Nah dran. Ärztin.«

»Ach so.«

Karlsson lächelte.

»Was ist mit deinem Auge passiert?«

»Dienstunfall«, log Forss.

Dann aßen sie schweigend und tranken dazu Wasser. Forss bemerkte zu ihrem Erstaunen, dass sie sich in Gegenwart der nahezu fremden Frau überhaupt nicht unwohl fühlte. Dabei hätte eine spontane Essenseinladung selbst von ihren Freunden und Bekannten in neun von zehn Fällen eine Stressattacke ausgelöst, und sie hätte viel brüsker abgelehnt, als es ihre Absicht gewesen wäre. Soziale Kompetenz gehörte nicht gerade zu ihren Stärken.

»Nachtisch?«, fragte die bildschöne Frau.

»Gern.«

Karlsson stand auf, räumte die Teller ab und holte eine angebrochene Tafel Schokolade aus dem Kühlschrank.

»Meine Nachbarin, hast du vorhin gesagt. Welche denn?«

Die großen dunklen Augen musterten Forss neugierig. Was sieht sie wohl, wenn sie mich ansieht, fragte sich Forss. Eine kleine flachbrüstige Frau in einem löchrigen *Black-Flag*-T-Shirt? Eine Einzelgängerin mit hängendem Augenlid? Eine taffe Polizistin?

»Helen Johansson.«

»Ach, die arme Frau aus dem Erdgeschoss. Eine lymphatische Leukämie ist eine fürchterliche Krankheit, vor allem, wenn sie erst spät diagnostiziert wird.«

»Helen Johansson ist an Leukämie erkrankt?«

Karlsson biss knackend ein Stück von der harten Schokolade ab. Ihre intelligenten Augen verengten sich zu Schlitzen.

»Ohne dass ich dir zu nahetreten will: Aber ich würde gern einmal deinen Polizeiausweis sehen, Stina Forss von der Kripo Kronoberg.«

»Sicher«, sagte Forss verwundert und griff nach ihrer Umhängetasche.

»Du weißt offensichtlich nicht viel über die Person, nach der du fragst.«

Forss legte ihren Ausweis auf den Küchentisch. Sie war irritiert. Karlsson nahm den Ausweis und sah ihn sich genau an. Dann reichte sie ihn Forss zurück.

»Ehrlich gesagt weiß ich gar nicht, wie ein Polizeiausweis aussehen sollte«, sagte sie.

»Ich kann dir meine Dienstwaffe zeigen, wenn das wirklich nötig ist.«

»Lass das Ding um Gottes willen stecken.«

»Gut. Aber was ist nun mit Helen Johansson? Liegt sie im Krankenhaus? Ist sie deine Patientin? Seid ihr befreundet?«

Karlsson beugte sich vor, bis ihre Nasenspitze nur noch dreißig Zentimeter von Forss' Gesicht entfernt war.

»Helen ist tot. Sie ist vor zwei Wochen ihrer Krankheit erlegen und wurde vor ein paar Tagen beerdigt.«

»Oh«, sagte Forss. Sofort stellten sich alle ihre Antennen auf. »So ein Mist.«

»*Life is a bitch*«, sagte Karlsson und nickte langsam.

»Wie gut kanntest du sie?«

»Ob wir gevögelt haben, willst du wissen? Nein. Ob wir zusammen DVDs auf dem Sofa geguckt haben? Ebenfalls nein. Ob wir uns manchmal länger unterhalten, auf Facebook geschrieben und ich Anteil an Helens Krankheit genommen habe? Ja, ja und ja. Trotzdem war ich nicht bei ihrer Beerdigung, weil ich an dem Tag Dienst hatte und wir bei der Arbeit chronisch unterbelegt sind. Auch wenn mir das leidtut. Sie war weder meine Patientin, noch war sie mein Typ. Ehrlich gesagt war sie wahrscheinlich niemands Typ. Sie war eine traurige, einsame Frau mit einer verfluchten Krankheit, die viel zu früh gestorben ist. Wenn du mich fragst, war der einzige Lichtblick am Ende ihres Lebens, dass sich wenigstens zum Schluss ihre Tochter um sie gekümmert hat.«

»Sie hatte eine Tochter?«

Karlsson nickte.

»Emma. Hab sie einige Mal im Treppenhaus getroffen. Hübsches Ding. Sportlich. Eher schon mein Typ.«

Forss kramte ihren Notizblock aus der Umhängetasche.

»Was ist denn dein Typ?«

»Das kommt drauf an.« Karlsson sah Forss lange in die Augen. »Kommt immer ganz darauf an.«

# 3

Ingrid Nyström saß an ihrem Schreibtisch, knabberte rohe Paprikastreifen und versuchte, jemanden vom Bauernverband ans Telefon zu bekommen, der ihr Informationen über die Erntehelfer und Saisonarbeiter aus südöstlichen EU-Staaten geben konnte. Es war wie verhext: Die zuständigen Menschen waren entweder krank oder in Elternzeit oder gerade in der Mittagspause. Nach fünf vergeblichen Versuchen entschied sie, stattdessen eine E-Mail zu schreiben, ach was, eine Flut von E-Mails. Sie setzte gerade sämtliche einunddreißig Adressen, die sie auf den Seiten des Verbandes fand, ins CC und drückte zufrieden auf Senden, als Knutsson atemlos in ihr Büro polterte.

»Leichenfund!«, keuchte er. »Oder so etwas in der Art. In einem Waldstück zwischen Markaryd und Osby.«

# 4

Das Äußere des Mannes, der Kent Vargen die Tür aufmachte, entsprach jeglichem Klischee eines Schwerkriminellen mit Knastvergangenheit. Die aufgepumpten Arme waren komplett mit Tattoos bedeckt; Totenköpfe, keltische Runen und barbusige Frauen, die sich in einem komplexen Muster ineinander verwoben. Vom Hals aufwärts kroch eine Schlange in sein Gesicht, deren Kopf, Zähne und ausgestreckte Zunge die rechte Wange und Schläfe des Kerls bedeckten. Sein Schädel war kahl rasiert, sein Kinn von einem dichten, blondierten Bart bedeckt. Über einen Teil der Stirn zog sich eine tiefe Narbe. Ganz intuitiv drückte Vargen seinen Rücken durch und schob seine Brust nach vorne, trotzdem reichte sein Scheitel dem Hünen nicht mal bis zum Kinn.

»Kaffee oder Tee?«, brummte der Mann.

Vargen kniff die Augen zusammen und atmete tief durch, bevor er in den Flur trat, die Tür hinter sich zuzog und widerwillig aus seinen Stiefeletten schlüpfte.

»Vielen Dank, aber weder noch«, antwortete er. Allein schon bei der Vorstellung, aus einer schäbigen, mit der Hand abgewaschenen Tasse zu trinken, zog sich alles in ihm zusammen.

»Also, was willst du hier?« Der Mann stand etwas entfernt von ihm und musterte Vargen mit ernstem Blick.

Ein kühler Ton, der nicht zu überhören war, lag in der Stimme des Mannes. Die beiden Männer sahen sich fest in die

Augen. Niemand sagte etwas. Vargen erwischte sich dabei, die aufsteigende Aggression in der Luft zu genießen. Trotzdem wünschte er sich, er hätte die Stiefeletten anbehalten. Allein schon wegen der Bazillen auf dem Fußboden.

Er sollte mit dem Kerl reden, aber stattdessen stand er hier und stachelte etwas völlig Sinnloses an. Es war höchste Zeit für seine Tabletten. Dieser Kerl löste definitiv etwas in ihm aus. Etwas Hartes. Etwas Gutes. Aber das durfte er unter keinen Umständen herauslassen. Nicht hier. Nicht heute.

Aus dem Nebenraum war ein dumpfes Geräusch zu hören. Vargens Muskeln spannten sich unwillkürlich an. Er war davon ausgegangen, dass sie beide allein waren, obwohl er sicher war, dass er auch mit zwei von diesem Kaliber fertigwerden würde. Das Metall des Teleskopschlagstocks in seinem Hemdsärmel drückte angenehm kühl in die Haut seines rechten Unterarms. Die Versuchung war da. Warum hatte er nicht an seine Tabletten gedacht? Wenn es hart auf hart kam, würde er sich später auf Notwehr berufen können. Trotzdem wäre es ein beschissener Start. Er war noch keine vierzehn Tage vor Ort. Seine Mission hatte gerade erst begonnen. Er musste sich zusammenreißen. Deshalb sollte er schleunigst nach einer Möglichkeit suchen, die Situation zu entschärfen. Aus dem Augenwinkel sah er eine kleine Katze angeschlichen kommen. Sein Puls beruhigte sich.

»*Die Dritte Chance*. Der ehemalige Bauernhof«, sagte er und ging in die Hocke, um die Katze zu streicheln. Zu spät dachte er an die Milben im Fell.

»Der gehört uns schon längst nicht mehr«, erwiderte der Mann.

»Ich weiß, aber ich habe trotzdem einige Fragen. Könnte ich vielleicht doch einen Tee bekommen?«

Der Mann regte sich nicht. Stattdessen musterte er Kent Vargen mit abschätzendem Blick.

»Dann möchte ich erst mal deinen Ausweis sehen.«

Vargen hob die Augenbrauen und unterdrückte ein Lächeln.

Die Situation war wieder unter Kontrolle. *Er* hatte *sich* wieder unter Kontrolle.

»Wenn es sein muss«, sagte er und griff in die Innentasche seines Jacketts.

»Ach, scheiß drauf«, sagte sein Gegenüber, grinste Vargen an und bat ihn in die Küche. Das Eis war gebrochen.

»Nimm es nicht persönlich, aber als ehemaliger Knastbruder lernt man, misstrauisch zu sein. Viele unsere Mitglieder werden von alten Kumpels, die noch im Milieu stecken, bedroht oder um Gefallen gebeten. Mit euch haben wir nur zu tun, wenn uns irgendein Scheiß angehängt werden soll. Und die Normalos meiden uns wie die Pest. Was wir für großartige Chancen auf dem Arbeitsmarkt haben, kannst du dir ja vorstellen. Wir haben alle unsere Strafen brav abgesessen, aber das scheint niemanden zu interessieren. Einmal Knast, immer Knast. Das ist die Realität, die wir mit der *Dritten Chance* ändern wollen.«

»Und dafür hattet ihr den Hof außerhalb von Älmhult gekauft?«

»Ja. Wir haben versucht, ein Rehabilitationsprogramm ins Leben zu rufen. Die Idee war, den Landwirtschaftsbetrieb wieder aufzunehmen und Menschen, die auf die schiefe Bahn geraten waren, dort eine Zeit lang arbeiten zu lassen. Der Umgang mit Tieren hilft vielen, von ihrem Film runterzukommen und wieder einen echten Sinn im Leben zu finden. Tiere urteilen nicht. Als Vorbestrafter ist es fast unmöglich, einen Job zu bekommen. Egal, was für einen. Außer Türsteher vielleicht.« Er grinste wieder. »Seit ein paar Jahren fordert fast jeder Arbeitgeber einen Auszug aus dem Strafregister, und damit sind wir raus, bevor wir überhaupt unsere Bewerbung abgeschickt haben.« Mit einem Knall stellte der Mann zwei mit heißem Wasser gefüllte Tassen auf den Tisch, in denen dunkle Teebeutel schwammen.

»Warum habt ihr es nicht durchgezogen mit dem Hof?«

»Das Projekt wurde schlicht und ergreifend zu teuer. Wir

haben angefangen, das Haus zu renovieren, wollten mehrere kleine Zimmer schaffen. Der Gedanke war von Anfang an, unsere eigenen Mitglieder die Arbeiten machen zu lassen. Natürlich gegen Bezahlung, es sollte ja keine Ausbeuterei werden. Aber es war schwierig, die richtigen Leute zu finden, und nicht alle haben das Projekt wirklich ernst genommen. Leider. Für die meisten war es die erste richtige Arbeit in ihrem Leben, und nicht alle kamen damit klar. Wir hätten viel deutlicher machen müssen, was für Anforderungen diese Arbeit mit sich bringen würde. Dazu kam, dass wir es als gemeinschaftliches Projekt verstanden haben und niemand so richtig der Chef sein wollte.« Wieder grinste er. »Kannst du dir das vorstellen? Ein Haufen harter Jungs als Hippie-Kommune? Wir mussten viel lernen, sehr viel. Aber leider wurden uns wegen ein oder zwei ärgerlichen Zwischenfällen die öffentlichen Zuschüsse gekürzt, und wir hatten am Ende zu wenig finanzielle Mittel, um die nötige Anzahl Tiere zu kaufen, und damit war die Grundidee eines Bauernhofs schon im Eimer, bevor es richtig losgegangen war. Im Nachhinein nennen wir den Hof unser Baby mit den vielen Kinderkrankheiten.« Er lachte auf. Dann verstummte er, nippte an seinem Tee und sah aus dem Fenster. Draußen, im Garten des schmalen Reihenhauses, beharkten sich zwei Elstern.

»Was waren das für Zwischenfälle?«

»Das eine Mal ging es um illegales Schnapsbrennen.«

Jetzt lächelte Vargen.

»Wie überraschend. Und das andere Mal?«

Der Mann, der sich als Tobjörn vorgestellt hatte, sah ihn wieder an.

»Es gab da so ein Mädchen in der Nachbarschaft ...«

»Eine Vergewaltigung?«

Tobjörn nickte knapp.

Elin Wahlgren, dachte Vargen.

»Und das war einer von euch?«

»Nein! Das heißt, ich weiß es nicht mit Sicherheit. Es konnte nie abschließend geklärt werden. Verurteilt wurde niemand. Aber der Vorwurf stand im Raum. Das reichte aus, um Gelder einzufrieren und damit dem Projekt den Todesstoß zu verpassen.«

»Wie viele waren denn damals an dem Hof beteiligt?«

»Zehn bis zwölf Männer, würde ich sagen. Einige sind noch bei uns aktiv, andere sind weggezogen. Von zweien weiß ich, dass sie mittlerweile wieder im Knast sind.«

»Und wie ist es nach dem Aus für den Bauernhof für euch weitergegangen?«

»Das Geld, das wir bei dem Wiederverkauf des Hofs eingenommen hatten, haben wir in kleinere Projekte geschoben. Ein Gemeinschaftsgarten, berufliche Weiterbildung, Kochkurse. Wir backen kleinere Brötchen.« Tobjörn kraulte seinen Bart. »Ohne Scheiß. Nächsten Monat machen wir eine kleine Konditorei in Tingsryd auf.«

Vargen versuchte, sich den Gesichtstätowierten mit einer Bäckermütze vorzustellen. Eine absurde Fantasie.

»Könnte ich vielleicht eine Liste mit den damaligen ..., nun ja, *Mitarbeitern* bekommen?«

»Sicher. Kann ich dir zusammenstellen. Könnte aber ein bisschen dauern.«

»Danke.«

»Was ist mit deinem Tee? Den hast du gar nicht angerührt.«

Vargen blickte kurz die Tasse an, dann warf er einen demonstrativen Blick auf seine Armbanduhr.

»Ach, wie schade, dass es schon so spät geworden ist. Man plaudert und plaudert und verliert die Zeit völlig aus den Augen. Ich muss jetzt leider schon weiter. Eine wichtige Einsatzbesprechung. Aber vielen Dank für das erhellende Gespräch.« Er fischte eine Visitenkarte aus seinem Jackett und legte sie auf den Tisch. »Die Liste kannst du mir ja per E-Mail schicken.«

Er lächelte, stand auf und knöpfte mit einer Hand routiniert sein Jackett zu.

Tobjörn blieb sitzen und kniff die Augen zusammen. Die Bewegungen der Haut ließen die Schlange in seinem Gesicht mit einem Mal lebendig erscheinen.

»Bulle, vergiss nicht, das Blaulicht einzuschalten, wenn deine Besprechung so wichtig ist.«

# 5

Der Weg zum Friedhof war so kurz, dass Stina Forss sich entschloss, zu Fuß zu gehen. Das seltsame Mittagessen mit der hübschen Lesbe hatte sie verunsichert. Obwohl sie sich selbst als modern, unkonventionell und aufgeschlossen empfand, hatte sie abgesehen von einer betrunkenen Partyknutscherei, als sie fünfzehn war, noch nie etwas mit einer Frau gehabt. Sie hatte sich immer als hundert Prozent heterosexuell bezeichnet. Aber konnte man das überhaupt so rechnen, Sexualität in Prozenten? Existierte eine Fünf-Prozent-Hürde der Liebe? Des Begehrens? Fielen ihre zwanzig Jahre zurückliegenden Teenagerküsse auf die violett geschminkten Lippen eines Gothic-Mädchens aus dem Wedding darunter? Und wie waren ihre verstohlenen Blicke auf das schwarz glänzende Dekolleté eben am Küchentisch zu werten? War das schon ein Sprung über die Hürde hinweg? War sie womöglich ein bisschen bi?

Ihr Weg führte sie durch einen kurzen Tunnel unter der Eisenbahnstrecke hindurch in die Ikeagatan, am IKEA-Hotel und IKEA-Restaurant vorbei zur Kirche. Wenigstens die war nicht von IKEA und auf Geheiß des milliardenschweren Greises Ingvar Kamprad gebaut, sondern im Namen Gottes, dachte sie, zumindest war das zu hoffen. Ein mattgelb getünchter, kompakter Bau mit rotem Dach und einer hübschen langen Kupferspitze auf dem Turm. Laubbäume rahmten die Kirche ein, und eine milde Septembersonne wärmte ihr Gesicht. Der Mann ihrer Chefin war Pastor, fiel ihr ein, und eine von Nyströms Töchtern war lesbisch. Wie die werte Frau Hauptkommissarin das wohl fand? Oder der Herr Pastor? Sie entdeckte das frische Grab sofort. Es gab keinen Grabstein und auch kein Kreuz, nur einen kleinen Kranz aus weißen Rosen und ein Bukett aus Tannengrün, das mit einer Schärpe zusammengebunden war. *Für Mama*, stand dort. Forss blieb ein, zwei Minuten nachdenklich vor dem Grab stehen, während sie gedankenversunken mit der Zunge einen hartnäckigen Fleischrest zu befreien versuchte, der sich unangenehmerweise zwischen zwei Backenzähne geklemmt hatte. Dann entdeckte sie das Grab daneben. Nils Johansson, Helens Mann. Der Bauer, der vor zehn Jahren verbrannt war. Der Grund, der sie hierhergeführt hatte. Sie wandte sich Richtung Gemeindehaus um. Der grobe Kiesweg tat ihren Gucci-Schuhen schreckliche Dinge an. Scheiß drauf, dachte sie, die waren eh nur secondhand und schon ziemlich ausgetreten, am Abend würde sie bei *ebay* oder *Blocket* neue suchen. Neue gebrauchte. Sie klingelte. Es öffnete ihr eine Frau mittleren Alters in einem Jeansrock. Forss erkundigte sich nach dem Pastor.

»Ich bin der Pastor«, sagte die Frau, und ihr grau melierter Pferdeschwanz wippte. »Wie kann ich dir helfen?«

»Hast du vielleicht einen Zahnstocher?«, fragte Forss.

# 6

Der blau-weiß-neongelb lackierte Volvo XC70 donnerte im Höchsttempo die Landstraße hinunter. Nyström fand die kindliche Freude, mit der Lasse Knutsson Blaulicht und Sirene betätigte, andere Verkehrsteilnehmer rüde schnitt oder aus dem Weg drängte, immer wieder aufs Neue gleichermaßen faszinierend wie beängstigend. Wenn er beschleunigte, drückten die zweihundert Pferdestärken Nyström tief in den Beifahrersitz, und Delgado, der trotz Gurts kreuz und quer über die Rückbank geschleudert wurde, beschwerte sich mehrmals, indem er mit geballter Faust gegen die Dachverkleidung schlug. Knutsson kümmerte das jedoch augenscheinlich wenig; er war in seinem Element. Bald schon ermüdete jedoch Nyströms Interesse an dem Imponiergehabe und Gehampel ihrer beiden Kollegen, und sie hing ihren eigenen Gedanken nach. Ein zweiter Todesfall wäre das Letzte, was sie gebrauchen konnte. Sie steckten ja schon beim ersten in Schwierigkeiten und bewegten sich mehr oder weniger seit drei Tagen auf der Stelle. Die Kritik, die Forss am Morgen bei der Besprechung geäußert hatte, traf sie, weil sie wenigstens zum Teil stimmte. Sie hatten, abgesehen von ein paar Vermutungen und Indizien, sehr wenig in der Hand. Dennoch hatte sie das patzige Auftreten der Kommissarin verstimmt. Obwohl Forss schon mehrmals mit disziplinarischen Maßnahmen belegt worden war, bekam sie ihre renitente Art und ihr überschäumendes Temperament nicht in den Griff. Nyström hatte gehofft, dass Forss mit der Zeit ruhiger, besonnener, ja, fügsamer werden würde, und eine Weile, nach dem Tod ihres Vaters im vergangenen Jahr, hatte es auch so ausgesehen, aber heute hatte sie wieder ein Paradebeispiel für ihre unkontrollierten Ausbrüche geliefert. Mit dem Ergebnis, dass Forss nun in Älmhult irgendwelche nebensächlichen Enden des Falls zusammenzuknüpfen versuchte, anstatt dort zu sein, wo sie gebraucht wurde, wo sie ihren zugegebenermaßen treffsicheren Instinkt und ihre wertvollen Erfahrungen bei der Berliner Mordkommission einbringen könnte. Die wildesten Hunde brauchen die kürzesten Leinen, hatte ihr ehemaliger Chef Gunnar Berg öfter gesagt. Vielleicht sollte sie sich diesen Rat mehr zu Herzen nehmen.

Knutsson bremste den großen Wagen scharf ab und bog, den dichten Gegenverkehr ignorierend, links in einen Forstweg mit tiefen Furchen ein. Der Allradantrieb hatte mit dem unwegsamen Gelände keine Probleme, Knutsson drückte wieder aufs Gas und jagte durch Pfützen und über Steine und Wurzeln hinweg. Äste droschen aufs Autodach und gegen die Fenster, und einmal schrie Delgado hinten laut auf, weil er mit dem Kopf gegen die Decke gestoßen war. Nach einigen Kilometern durch dichten Wald brachte er den Volvo auf einer Lichtung neben einem anderen Streifenwagen und einem zivilen Geländefahrzeug zum Halt. In einem Grüppchen standen drei Jäger mit einem Hund und zwei uniformierte Kollegen beieinander. Nyström gab allen die Hand und stellte sich vor, die beiden Kollegen kannte sie flüchtig, sie kamen aus der Polizeiwache in Älmhult, der eine hieß Faruq, die andere Magdalena. Die Jäger stellten sich als Clas, Finn und Martin vor, einer trug Tarnfarben, der andere eine Kombination aus Waidmannsgrün und Neonorange, der dritte sah wie eine wandelnde Tanne aus, sogar sein Gesicht war grün angemalt. Allen dreien stand deutlich der Schock ins Gesicht geschrieben, eine Zeichnung von Entsetzen, Fassungslosigkeit und Verletzlichkeit, die Nyström schon bei vielen gesehen hatte, die unvermittelt eine Leiche gefunden hatten.

»Es ist ein Stück weit in den Wald hinein.«

# 7

Tatsächlich hatte die freundliche Pastorin, die mit einem starken osteuropäischen Akzent sprach, die Beerdigung von Helen Johansson geleitet. Leider habe sie die Verstorbene so gut wie gar nicht gekannt, erzählte Petra Chenková bei einer Tasse Tee, solche Bestattungen empfände sie selbst als die schwierigsten, da sie unweigerlich kühler und anonymer als gewollt begleitet würden und dem verstorbenen Menschen nie gerecht werden könnten. Aber welche Beerdigung konnte das schon, einem Menschen gerecht werden? Sie hatte es auch traurig gefunden, dass zu der Andacht nur so wenige Angehörige und Freunde gekommen seien, eigentlich nur drei Verwandte, die Tochter und zwei Brüder, Vettern oder Schwager, der Rest der Trauergemeinde hatte aus einigen ehemaligen Nachbarn und notorischen Kirchgängern bestanden, die jeden Anlass dankbar annahmen, um in die Kirche zu kommen, unabhängig davon, ob es sich um einen Gottesdienst, eine Taufe oder die Hochzeit von wildfremden Leuten handelte. Es habe ein kurzes Vorgespräch mit der Tochter gegeben, und daraufhin habe sie die Lesung ausgesucht und ein paar persönliche Zeilen über die Verstorbene geschrieben. Die Pastorin kramte ihre Notizen hervor. Forss las von der schweren Krankheit, einer starken Frau, dem früh verstorbenen Mann.

Ein ganzes Leben hinter drei Spiegelstrichen.

Chenková zeigte Forss die Adresse und Telefonnummer, die die Tochter Emma hinterlassen hatte, leider war es die Adresse der Wohnung der Mutter in der Eriksgatan, und als Forss mit ihrem Handy die Nummer wählte, sprang nach drei Freizeichen der Anrufbeantworter von Helen Johansson an, eine dünne, blecherne Stimme aus dem Jenseits bat um eine Nachricht nach dem Piepton. Forss legte auf und fragte die Pastorin nach dem Beerdigungsinstitut. Chenková schrieb ihr die Adresse auf.

Dann fiel der Pastorin noch etwas ein. »Vielleicht kann dir eine von meinen, nun ja, Stammkundinnen weiterhelfen«, lächelte sie, »eine sehr gottesfürchtige Person, Agatha. Sie sitzt im Rollstuhl und kommt trotzdem beinahe in jeden Gottesdienst. Agatha wohnt in dem Seniorenheim gleich gegenüber, ist geistig schon ein bisschen verwirrt und beinahe blind. Zwar geht sie ehrlich gesagt auf alle Beerdigungen, aber die von Helen Johansson ging ihr wirklich nah. Sie hat in einem durchgeweint. Wahrscheinlich haben sich die beiden ganz gut gekannt. Ich kann mich erinnern, dass Helen Johansson ihr in der Kirche das ein oder andere Mal mit dem Rollstuhl geholfen hat.«

Forss bedankte sich für das Gespräch und den Tee, schlüpfte wieder in ihre Schuhe und ging hinaus. Als ihr Blick auf die blau-gelben Nationalflaggen fiel, die vor dem IKEA-Hotel wehten, musste sie an die tschechische Pastorin denken, an die schöne Ärztin, die offensichtlich afrikanische Wurzeln hatte, und nicht zuletzt an sich selbst, die den Großteil ihres Lebens in Deutschland verbracht hatte. Das war die andere, die gute Seite dieses Landes, das ihr oft so eng und genormt vorkam: die Offenheit und Selbstverständlichkeit, mit der hier Menschen aus aller Herren Länder eine neue Heimat angeboten wurde.

# 8

Nyström atmete tief durch. Der Hund übernahm die Führung, die acht Menschen folgten im Gänsemarsch, keiner sprach ein Wort. In den Bäumen um sie herum zwitscherten Vögel, die man nicht zu Gesicht bekam. Nach etwa zehn Minuten blieb die Gruppe auf einer Anhöhe stehen. Hier war der Nadelwald lichter, hohe Kiefern wachten vereinzelt über ein Geröllfeld voller flechtenbewachsener Steine.

»Gleich hier drüben hat der Hund es fallen gelassen.«

Finn, der Mann in dem Tarnanzug, wies auf eine Senke.

»Was fallen gelassen?«, fragte Knutsson.

»Den Knochen«, antwortete Finn.

Der Hund bellte. Jetzt sah Nyström, wovon die Rede war. Ein etwa fünfundzwanzig Zentimeter langer, blutiger, aber auch rußiger Knochen. Man sah an den Enden verkohlte Fleischreste, lose Sehnen, die zerfetzte Knochenhaut.

»Ein Unterschenkelknochen von einem klein gewachsenen Menschen«, erklärte Martin in seinem Tannentarnanzug. »Wahrscheinlich von einem Kind.«

Die Bedeutung der Worte begriff sie im selben Augenblick, in dem der ekelhafte Geruch von verbranntem Fleisch in ihre Nase drang. Intuitiv wendete sie den Blick ab. Sie musste sich zwingen, wieder hinzusehen.

»Kann das nicht von irgendeinem Tier stammen?«, fragte Delgado misstrauisch, »ein Reh oder ein Elch oder so etwas?«

»Auf keinen Fall«, antwortete Martin und schüttelte energisch den Kopf. »Wir sind doch keine Idioten und rufen wegen eines Tierknochens die Polizei.«

»Ich bin Chiropraktiker«, sagte Clas, der dritte Jäger, mit belegter Stimme. »Das da ist der Unterschenkelknochen eines Kindes, da bin ich mir sicher.«

Er kaute wüst auf seiner Lippe herum. Faruq, der Kollege aus Älmhult, ging einige schnelle Schritte zur Seite und atmete tief durch. Seine Partnerin Magdalena knetete ihre Lederhandschuhe.

»So eine Scheiße«, flüsterte Knutsson.

Nyström spürte, wie der Puls in ihren Ohren rauschte.

»Das ist noch nicht alles«, sagte Martin. Trotz der Tarnschminke im Gesicht schien er blass zu sein. Er nickte Clas zu. »Zeig es ihnen.«

Clas stülpte vorsichtig eine kleine Plastiktüte über seine Hand, ging in die Hocke und fasste den Knochen an seinem wulstigen Ende an.

»Das ist Beweismaterial!«, protestierte Delgado, doch Nyström legte ihm beschwichtigend eine Hand auf den Arm.

Clas stemmte seinen bulligen Körper wieder hoch und hielt Nyström den Knochen hin. Sie zwang sich, hinzusehen und durch den Mund zu atmen. Dann erkannte sie die tiefen Bissspuren in dem verkohlten, fleischigen Mantel, der das andere Knochenende umgab. Clas deutete mit dem Finger darauf.

»Hier sieht man, wo der Hund den Knochen im Maul hatte, als er wieder aus dem Unterholz gesprungen kam.«

Der Hund sah zu seinem Herrchen und dem Knochen hoch und hechelte aufgeregt.

»Aber dies hier«, Clas wendete den Knochen und zeigte auf eine andere Stelle, »kommt nicht von ihm.«

Der bogenförmige Gebissabdruck in der zarten Knochenhaut auf der flachen Seite des Schienbeins war zwar nicht vollständig, aber dafür beinahe so deutlich wie in der Abdruckmasse eines Zahnarztes. Die schmalen Schneidezahnspuren waren von denen der breiten Backenzähne deutlich zu unterscheiden. Sogar die flach geschliffene Stelle inmitten eines Backenzahnabdrucks, die nur von einer Zahnfüllung stammen konnte, war einwandfrei zu erkennen.

# 9

Stina Forss fand das Beerdigungsinstitut in einer Seitenstraße. Hinter einer Schaufensterscheibe waren verschiedene Modelle von Särgen und Urnen ausgestellt, ein großes gerahmtes Bild im Hintergrund zeigte den Schattenschnitt einer Mutter mit Kind, die auf ein Meerespanorama im Sonnenuntergang hinausschauten. Darüber stand irgendein Sinnspruch in geschwungener Schrifttype, der mit dem Wort *Abschied* begann. Kurz musste Forss an ihren Vater denken. Die Tür des Bestattungsunternehmens war verschlossen, Mittagspause, aber aus dem ein Stück offen stehenden Rolltor der Werkstatt nebenan drang der sirrende Lärm einer Schleifmaschine. Forss schob das Rolltor so weit hoch, dass sie gebückt darunter durchpasste. Sofort wurde sie von dem angenehmen Geruch von Leim und frisch bearbeitetem Holz eingehüllt. In einer Wolke aus Holzstaub zeichnete sich die Silhouette eines groß gewachsenen Mannes ab. Der Motor des Bandschleifers erstarb, der Holzstaub legte sich, die Silhouette bekam Konturen: ein Mann Ende dreißig, blonde Kurzhaarfrisur, muskulös, Schutzbrille auf der verschwitzten Stirn.

»Hej«, grüßte Forss.

»Hej.«

Der Handwerker legte den Bandschleifer auf einer Werkbank ab. Forss stellte sich vor und erklärte ihr Anliegen. Mats Virdebrant trug Chucks, Latzhose, T-Shirt: so sahen heutzutage also Bestatter aus. Forss legte interessiert die Hand auf einen mit bunten Graffitimännchen besprayten Sarg, der neben Virdebrant aufgebockt unter einer durchsichtigen Schutzfolie stand.

»Im Stil von Keith Haring.« Sie nickte anerkennend. »Für einen Schwulen, der an Aids gestorben ist?«

Virdebrant lächelte.

»Das ist in der Tat ein Spezialauftrag. Allerdings für eine Kunstlehrerin, die einen Schlaganfall erlitten hat«, sagte er.

»*Life is a bitch.*« Forss brachte ihren neu erlernten Spruch an. »Und was kostet so etwas?«

»Kommt ganz drauf an. Der Pseudo-Haring hier so vierzig-, fünfzigtausend Kronen. Der ist aber auch zu hundert Prozent Handarbeit.«

Forss pfiff durch die Zähne. Für den Sarg ihres Vaters hatte sie gerade einmal fünftausend bezahlt. Sollte sie jetzt ein schlechtes Gewissen haben?

Virdebrant gab bereitwillig Auskunft.

»Ihre Tochter war hier und hat sich um alles gekümmert. Im Rahmen ihrer Möglichkeiten.«

»Und was bedeutet das?«

Virdebrant wischte sich mit dem Arm Schweiß und Holzstaub aus dem Gesicht.

»Dass sie nicht allzu viel Geld zur Verfügung hatte.«

»Oder nicht für die Mutter ausgeben wollte?«

»Glaube ich nicht. So sah die nicht aus. Nach ein paar Jahren in meinem Geschäft entwickelt man einen Blick für so etwas.«

»Wie sah Emma Johansson denn aus?«

»Halt wie jemand, der nicht besonders vermögend ist. Sie war zum Beispiel für das Wetter völlig falsch angezogen. Es war kühl und regnerisch, und sie kam hier in völlig aufgeweichten Stoffturnschuhen an. Dazu irgendeine Billigjeans und eine fleckige Bluse. Ich habe mir sofort gedacht, dass es auf das Sonderangebot hinausläuft.«

»Es gibt hier ein Sonderangebot?«

»Das biete ich Arbeitslosen oder mittellosen Senioren an. Meistens ältere Frauen mit kleiner Rente, denen der Mann wegstirbt und damit oft ein Großteil ihres Einkommens. Die wenigsten haben eine Bestattungsversicherung abgeschlossen. Denen biete ich ein Gesamtpaket an. Dabei verdiene ich dann selbst so gut wie gar nichts.«

»Der barmherzige Samariter.«

Virdebrant lächelte breit.

»Genau.«

»Und Emma Johansson hat dieses Sonderangebot ebenfalls genommen?«

»Richtig. Sie hat gleich bar bezahlt. Das machen sonst eigentlich nur noch alte Menschen.«

»Hast du eine Nummer von ihr und die Adresse?«

»Na klar. Meinst du, ich arbeite schwarz? Ich hab die Daten im Computer. Dauert aber einen Moment.«

Er ging in den hinteren Teil der Werkstatt, stieg aus den Chucks, schälte sich aus seiner verstaubten Arbeitshose und verschwand in Boxershorts und T-Shirt in einer Tür.

Forss sah sich um. Gelagertes Holz in diversen Stärken, Regale mit Lackdosen, Werkzeuge, eine Kreissäge, Särge in verschiedenen Stufen der Fertigstellung, an einer Wand ein nachlässig aufgehängtes Poster von einem Motocross-Motorrad. Ein CD-Spieler, der leise einen alten Hit von *The Smiths* spielte. Auf der Werkbank eine Flasche Orangensaft und eine angebrochene Tüte Chips. Die Sonnenstrahlen, die unter dem Rolltor hindurchkamen, ließen den Holzstaub schweben, träge und organisch wie die Bewegungen in einer Lavalampe. Die hintere Tür öffnete sich wieder, und Mats Virdebrant kam in Boxershorts und ausgelatschten Clogs angeschlurft, in der Hand einen gelben Post-it-Zettel. Den gab er Forss. Sie erkannte gleich, dass es dieselbe Adresse und Nummer war, die Emma Johansson auch der Pastorin hinterlassen hatte. Eine Sackgasse. Forss zog eine Schnute und reichte Virdebrant den Zettel zurück.

»Diese Kontaktdaten habe ich schon. Leider helfen sie mir nicht weiter, trotzdem danke!«

Virdebrant hob die breiten Schultern und ließ sie wieder fallen.

»Sorry, mit mehr kann ich nicht dienen.« Er lächelte. »Aber vielleicht läuft man sich ja trotzdem noch einmal über den Weg.«

Jetzt musste auch Forss lächeln.

»Ich glaube, mein Bedarf an Särgen ist im Moment eher gering. Aber vielleicht komme ich später auf dein Angebot zurück.«

Sie duckte sich mit Schwung unter dem Rolltor durch.

»So war das nicht gemeint!«, hallte Virdebrants Stimme aus der Werkstatt.

Forss lächelte in sich hinein.

»Wir sehen uns, wenn ich tot bin!«, rief sie in den warmen Septemberwind hinein.

# 10

Kent Vargen hatte Elin Wahlgren auf ihrem Handy erreicht. Die junge Frau arbeitete in der Verwaltung der Linné-Universität und war bereit, sich mit ihm in ihrer Kaffeepause in einem Café auf dem Campus zu treffen. Vargen fuhr nach Teleborg hinaus, und bevor er aus seinem Citroën stieg, spülte er das Haloperidol, Diazepam und Amitriptylin mit einem großen Schluck Wodka hinunter. Als Nachtisch eine Ritalin, damit ihn die Psychopharmaka nicht zu träge werden ließen. Und ein Hustenbonbon gegen den Alkoholgeruch. Er schloss die Augen und zählte langsam rückwärts. Zehn, neun, acht ... Bei vier spürte er die warme Woge im Magen, und als er bei null angelangt war, fühlte er sich dazu in der Lage, so sensibel, mitfühlend und nett zu erscheinen, dass er ein angemessen wirkendes Gespräch mit einem Vergewaltigungsopfer würde führen können. Oder?

Er schwebte auf das Backsteingebäude zu. Durch die Fenster konnte er Sitzecken und schicke Sessel erkennen und dahinter Regale voller Bücher. In dem Moment, in dem er den Eingangsbereich erreichte, schlug das Ritalin an, öffnete den Bremsfallschirm und ließ ihn behutsam wie die Landekapsel einer Mondrakete auf der Oberfläche aufsetzen. Als er spürte, dass seine auf Hochglanz polierten Stiefeletten festen und sicheren Bodenkontakt hatten, drückte er die Glastür auf. Obwohl die Cafeteria gut gefüllt war und alle Tische besetzt waren, erkannte Vargen Elin Wahlgren sofort. Die junge Frau mit der asymmetrischen Frisur strahlte gleichzeitig eine Verletzlichkeit und trotzigen Stolz aus. Vargen war lange genug Polizist, um diese Mischung zu erkennen und auf ihre Ursache zurückführen zu können. Vielleicht hatte er aber auch einfach nur einen Instinkt für solche Dinge.

»Elin Wahlgren?«

Sie musterte ihn, bevor sie nickte, nicht lange, aber lange genug, um ihn in seiner Annahme zu bestärken.

Er lächelte nicht, als er sich vorstellte, und gab ihr auch nicht die Hand, sondern achtete darauf, Distanz zu wahren, Abstand zu halten. Er setzte sich auf den Stuhl, der am weitesten von ihr entfernt stand. Er wollte nicht kühl wirken, aber sachlich und berechenbar. Sie sollte den Raum haben, sich ihm zu nähern, zu öffnen, nicht umgekehrt.

»Ist es dir recht, wenn ich unsere Unterhaltung aufzeichne?«

»Sicher«, sagte sie und zuckte mit den Schultern. »Warum nicht?«

Er legte sein Smartphone zwischen sie auf den Tisch.

»Vielen Dank«, sagte er, »das erleichtert mir meine Arbeit sehr.«

»Nichts zu danken.«

»Bist du dir sicher, dass wir unser Gespräch hier zwischen all diesen Leuten führen wollen?«

»Hier ist es genauso gut oder schlecht wie irgendwo anders.«

Da blitzte er auf, der Trotz.

»Okay. Ich möchte mich als Erstes bei dir entschuldigen. Auch im Namen meiner Kollegen. Es tut uns sehr leid, dass wir noch immer keine Ergebnisse erzielen konnten. Dass es zu keiner Verhaftung und Verurteilung kam. Dass der Täter immer noch da draußen rumläuft.«

Elin Wahlgren zog den Saum ihrer Sweatshirtärmel über die Handballen. Erst rechts, dann links.

»Das ist lange her«, sagte sie. »Drei Jahre. Das ... es liegt hinter mir, okay?«

»Sicher«, sagte Vargen. »Natürlich. Wir müssen nicht ... Ich möchte nur, dass du weißt ...«

»Schon gut.«

»Danke.«

»Aber deswegen bist du nicht hier, oder? Am Telefon sagtest du, es ginge um den Brand in der Nachbarschaft meiner Eltern. Und dass ein Mensch gestorben sei.«

»Genau.«

»Und wer ist dieser Tote?«

»Hast du schon mit deinen Eltern gesprochen?«

»Ja. Aber es stand auch in der Zeitung.«

»Sicher. Also dieser Tote. Wir wissen nicht, wer er ist. Wer er sein könnte. Und ob es überhaupt ein Mann ist und keine Frau.« Vargen probierte die wohldosiert knappe Andeutung eines Lächelns. »Möchtest du etwas trinken? Einen Latte vielleicht oder einen Cappuccino?«

»Nein, danke.« Nun lächelte Wahlgren, wenn auch nur für eine Sekunde. »Ich habe eine Laktoseintoleranz. Aber eine Limonade wäre okay.«

»Sicher.«

Vargen schwebte zum Verkaufstresen und dann mit den Getränken zurück zum Tisch. Als er sich wieder setzte, bemerkte er, dass Wahlgren die Bündchen ihres Pullovers wieder losgelassen hatte. Sie nahm ihr Getränk und änderte ihre Sitzposition, schlug das rechte Bein über das linke.

»Aber ich verstehe immer noch nicht, wie ich der Polizei bei dieser Ermittlung helfen könnte.«

»Wenn es sich nicht um ein Tötungsdelikt handeln würde, hätten wir dir niemals zugemutet, dich noch einmal mit diesen schrecklichen Dingen auseinanderzusetzen.«

»Du spielst auf diese Sträflinge an, die eine Zeit lang auf dem ehemaligen Hof der Johanssons ansässig waren. *Die Dritte Chance.*«

Vargen nickte. Komm, scheues Reh, dachte er, komm Schritt für Schritt zu mir.

»Ich weiß ehrlich gesagt nicht, was ich dazu sagen soll.« Ihr Blick hatte etwas Entrücktes. Sie wechselte erneut die Sitzposition, schlug das linke Bein über das rechte. »Es ist ja nicht so, dass sich meine Erinnerung seitdem verändert hätte oder so. Ich konnte den Täter schlicht und ergreifend nicht erkennen, bevor er mich bewusstlos geschlagen hat. So wie ich es damals auch ausgesagt habe.«

»Diese ehemaligen Häftlinge standen der Ermittlungsakte zufolge im Zentrum der Untersuchung.«

»Das habe ich natürlich mitbekommen. Aber ich war nicht diejenige, die das veranlasst hat. Dieser Verdacht hatte rein gar nichts mit meiner Aussage zu tun. Ich habe, wie gesagt, überhaupt nichts gesehen, deshalb konnte ich auch niemanden belasten. Das halbe Dorf hat natürlich diese Verbrecher, oder von mir aus auch diese *ehemaligen* Verbrecher, beschuldigt. Ebenso meine Eltern, meine Freunde, die Polizei. Vielleicht ich selbst ja auch. Aber nur, weil sie halt ehemalige Straftäter waren. Weil es nahelag. Weil einer der Typen schon einmal wegen einer Vergewaltigung gesessen hatte. Aber nachweisen konnte man keinem etwas. Die DNA-Tests, die Gegenüberstellungen, die Verhöre: Alles ist im Sande verlaufen. Aber das weißt du ja genauso gut wie ich, nicht wahr?«

Sie sah ihn an, herausfordernd, wie er fand.

»Sicher. Natürlich«, beeilte er sich zu sagen. »Es ist nur ... Wir wollen sichergehen, dass wir damals nichts übersehen haben. Kein Detail, keine Spur, keinen noch so unbedeutend erscheinenden Hinweis ...«

Wahlgren lachte auf. Höhnisch, wie er fand.

»Du meinst wohl, dass ich nichts übersehen oder vergessen

habe. Warum sonst dieses Gespräch? Aber was glaubst du eigentlich? In welchem Szenario soll das, was mir passiert ist, irgendetwas mit diesem Brand oder Mord oder was auch immer das sein mag, was da auf dem ehemaligen Johanssonhof passiert ist, zu tun haben?«

Vargen hob beschwichtigend die Hände.

»Es ist nur ...«

»... vollkommen absurd.« Sie brachte seinen Satz zu Ende. Ihre Unterlippe zitterte leicht.

Stopp, dachte Vargen, nein! Lauf nicht davon, kleines Reh!

»Wenn ihr damals eure Arbeit erledigt und den Mann gefasst hättet, dann müsstet ihr mir heute keine unnötigen Gespräche aufdrängen.«

Mit einem Rumms stellte sie ihre Limonadenflasche zurück auf den Tisch.

»Ich selbst war zu dieser Zeit noch gar nicht ...«, begann Vargen, aber dann bemerkte er selbst, wie armselig das klang. »Entschuldigung. Es tut mir leid.«

»Weißt du was?«, sagte sie. »Ehrlich gesagt ist es mir mittlerweile vollkommen egal, ob ihr diesen Kerl jemals bekommt. Für mich ist die Sache vorbei. Aus und vergessen. Ich will nie wieder daran denken müssen, hörst du? Das kannst du auch genauso deinen Kollegen ausrichten: Selbst wenn ihr ihn irgendwann doch noch erwischen solltet, dann möchte ich davon um Gottes willen nichts mitbekommen.«

Vargen beobachtete fasziniert, wie das Sonnenlicht, das durch die hohen Fenster fiel, auf Wahlgrens limonadenfeuchten Lippen reflektierte. Wie gern hätte er ... Doch Bambi erhob sich, schüttelte ein letztes Mal sein Köpfchen und verschwand in flinken Sätzen im Unterholz der Cafeteria.

# 11

Ingrid Nyström saß auf einem großen Stein. Die Ellbogen auf die Oberschenkel gestützt, verbarg sie das Gesicht hinter ihren Händen. Die Augen vor dem Grässlichsten verschließen, sich verstecken, wegducken, wenigstens für eine Minute, für einen Moment. Die Hauptkommissarin spürte die Blicke, die erwartungsvoll auf ihr ruhten. Sie musste etwas tun, Entscheidungen treffen, bald, jetzt. Nur noch einen Augenblick versteckt bleiben, die Stimmen der anderen ignorieren, nur noch einen Augenblick.

Sätze, Wörter, wie aus Horrorfilmen:
Menschenfresser.
Kannibale.
Satanismus.

Wörter, die sie nicht hören wollte. Sätze, die sie nicht denken wollte. Dinge, die nicht passieren sollten. Nicht in Småland. Nirgendwo. Zu keiner Zeit. Sie schluckte, dann raffte sie sich auf.

»Ruf die Spurensicherung«, sagte sie zu Delgado, »Hundeführer und eine Suchmannschaft. Ann-Vivika natürlich. Und Edman persönlich.«

Delgado nickte und machte sich an seinem Handy zu schaffen. Knutsson kämpfte unterdessen mit den Falzen und Knicken einer entfalteten Landkarte.

»Der Handyempfang hier draußen ist eine Katastrophe«, sagte Delgado.

Der Mann mit der Tarnfarbe im Gesicht nickte.

»Wir haben uns oben auf den Hang gestellt, um überhaupt Netz zu haben und euch anrufen zu können.«

Einer der beiden anderen Jäger, der bei Knutsson stand, deutete mit seinem Finger auf einen Punkt im grünen Nirgendwo.

»Wir müssten ungefähr hier sein«, sagte er.

Knutsson nickte, dann sah er abrupt auf. »Ingrid«, sagte er erregt. »Schau mal hier!«

»Was?«, fragte sie und erschrak dabei über die Barschheit ihrer Stimme.

»Der Luftlinie nach sind es von hier aus gerade einmal zwanzig Kilometer zum abgebrannten Haus der Askers.«

»Was willst du mir damit sagen, Lasse?«

Wie fremd ihre Stimme klang, dachte sie. Wie kühl und abweisend.

»Ich habe wirklich keine Ahnung«, nuschelte er errötend.

## 12

Stina Forss betrat das Foyer des Seniorenheims. So etwas wie eine Rezeption gab es nicht, aber eine Tafel, auf der die Namen der Bewohner und ihre Zimmernummern zu lesen waren. Agathas Zimmer lag im Erdgeschoss. Forss fand es am Ende eines türkisfarben getünchten Flurs. Sie klopfte, und noch bevor sie ein leises »Ja?« vernahm, öffnete sie die Tür und trat ein. Agatha saß an einem Tisch, allerdings nicht in ihrem Rollstuhl, sondern in einem Sessel mit hoher Lehne und Fußstütze, der elektronisch verstellbar war, worauf die Fernbedienung im Schoß der ärmlich gekleideten Frau hinwies. Über dem Sessel hing ein Bild an der Wand: Ein Schutzengel geleitet zwei kleine Kinder sicher durch einen dunklen Wald. Auf der anderen Seite des Zimmers ein schmuckloses Kreuz. Sie mochte achtzig sein, vielleicht älter. Ihr Kinn glänzte feucht, ihr Kopf ruhte schräg auf der linken Schulter. Vor ihr auf dem Tisch lagen eine Brille und mehrere Zigaretten, die zu einem gleichmäßigen Muster gelegt waren.

»Hej!«, sagte Forss und hob zur Begrüßung die Hand, als würde das ihr Hereinplatzen in irgendeiner Art und Weise erklären. Stille. Eine altmodische Uhr auf dem Nachttisch tickte vernehmlich, ein *Memento mori* in dem Zimmer einer Frau, deren Leben sich sichtlich dem Ende zuneigte.

»Man raucht kaum noch«, sagte Agatha. Sie sagte es in einem so selbstverständlichen Ton, als würde sie auf eine gerade gestellte Frage antworten. Oder auf eine der großen, ungelösten Fragen des Universums. Forss war sich nicht sicher, ob sie der unstete Blick der alten Frau fixierte oder ob sie durch sie hindurchsah wie durch einen Geist. Einen Spuk einer längst vergangenen Zeit.

»Ich habe es vor Jahren aufgegeben«, versuchte es Forss mit einer erneuten Kontaktaufnahme.

»Wie schade«, sagte Agatha und rieb ihren Kopf auf der linken Schulter.

»Rauchst du denn?«, fragte Forss und war wirklich auf die Antwort gespannt. Ein Aschenbecher war nirgendwo zu sehen, die Luft im Zimmer war frisch, und außerdem herrschte bestimmt in der gesamten Einrichtung ein striktes Rauchverbot.

»Gott bewahre«, sagte Agatha. Dann, nach einem Augenblick des Zögerns: »Aber Carl, der raucht. Der raucht wie ein Schlot.«

»Carl?«

»Carl, mein Mann.« Agathas Blick schien sich für einen Moment scharf zu stellen. »Aber er ist seit Jahren tot.«

»Oh«, sagte Forss.

»Die Lunge«, erklärte Agatha. »Dabei ist er sein Leben lang zur See gefahren.« Wieder rieb sie ihren Kopf auf der Schulter. »Man sollte doch meinen, die ewige frische Seeluft habe ihm gutgetan. Stammt aus Borlänge und fährt sein Leben lang auf den sieben Weltmeeren herum. Das verstehe, wer will!«

Forss, die sich inzwischen auf einen Schemel neben Agatha gesetzt hatte, schüttelte im Gleichklang mit dem Schulterreiben der alten Frau den Kopf. »Das verstehe, wer will!«

»Nicht wahr?«, sagte Agatha.

»Die Besten gehen zu früh!«, klagte Forss und unterstrich ihren Sinnspruch diesmal mit einem Nicken.

»Viel zu früh«, stimmte Agatha zu.

»Darf ich?«, fragte Forss und nahm ein Papiertaschentuch aus ihrer Umhängetasche und tupfte der Frau vorsichtig den Speichel vom Kinn. Es kostete sie Überwindung, aber sie verstand, dass es wichtig war, auch wenn sie nicht sagen konnte, wohin die Situation sie führen würde.

»Danke«, sagte Agatha. »Mit dem Alter läuft man aus. Es rinnt aus allen Löchern.«

»Sicher«, sagte Forss. »Der Lauf des Lebens. Sozusagen.«

Agatha verzog kurz die zerklüfteten Lippen, vielleicht war das ein Lächeln, vielleicht aber auch nicht. Dennoch versuchte Forss den Augenblick zu nutzen.

»Helen ist auch so früh von uns gegangen«, sagte sie.

»Helen?«, fragte Agatha. Es klang, als hätte sie den Namen zum ersten Mal in ihrem Leben gehört. Verdammt, dachte Forss. Verdammt und zugenäht. Sie versuchte es anders.

»Die liebe Helen Johansson, die dir in der Kirche mit dem Rollstuhl geholfen hat.«

Agatha schaute ratlos aus ihren matten Augen. Forss biss sich innerlich auf die Lippe. Irgendwie musste der Schalter im Hirn dieser dementen alten Frau doch umzulegen sein. Wacker tupfte sie mit dem Taschentuch gegen ihre wachsende Verzweiflung an. »So ein Blutkrebs ist eine böse Sache«, sagte sie, als es einfach nichts mehr zu tupfen gab. »Aber wenigstens war die Bestattung würdevoll, und die gute Frau Pastorin hat so warme Worte gefunden für die arme Helen.«

Endlich geschah etwas in Agathas Blick, ein Flackern, ein Funkeln. In ihrem Gedächtnis schien sich etwas zu regen. Forss musste an ein eingerostetes Uhrwerk denken, das nach Jahren der Bewegungslosigkeit plötzlich einen Stromimpuls bekam. Zahnräder griffen ineinander, Pendel bewegten sich.

»Ja, die arme Helen«, sagte Agatha gedehnt und zögerlich.

Das Uhrwerk brauchte dringend einen Tropfen Öl. Forss wagte sich weiter vor: »Die fromme Helen!«

Agatha: »Die fromme, fromme Helen!«

Forss: »Die arme, fromme, kranke Helen!«

Agatha drehte unter großer Mühe ihren Kopf ein wenig in Forss' Richtung. Für einen kurzen Moment schienen die blassen Augen sie anzusehen, dann rutschte der Kopf kraftlos wieder zurück in seine ursprüngliche Position. »Ja, mein Kind«, sagte Agatha ganz leise, »deine Mutter war eine arme, kranke und fromme Frau. Aber jetzt ist sie an einem besseren Ort.«

Forss schluckte. »Gott hab sie selig, die liebe Mama!«

Agathas Blick schien wieder ins Jenseits zu gleiten. Trotzdem gelang es ihr mithilfe tastender Bewegungen ihre zerfurchte Hand auf Forss' Arm zu legen und ihn zu tätscheln.

»Mein armes Kind«, sagte sie, und ihr Kinn war wieder feucht.

»Ich armes Kind«, lamentierte Forss, ertrug dabei aber ihre jämmerliche Parodie eines Jammerns kaum.

»Du armes Kind!«

»Amen«, entfuhr es Forss und beinahe hätte sie ein Kreuzzeichen gemacht. Das Uhrwerk im Kopf der alten Frau war in Bewegung. Es hatte seinen Rhythmus gefunden.

»Mach dir keine Sorgen, mein Kind. Du hast die Last deiner Schuld lange genug getragen.« Obwohl sie so leise sprach und ihre Stimme leierte, verstand Forss jedes einzelne Wort. »Deine Mama hat dir verziehen, bevor sie gegangen ist, sie hat dir verziehen, so wie dir auch Gott verzeiht, wenn du ihn darum bittest.«

Forss, den freien Arm schon zum erneuten Speicheltupfen ausgestreckt, hielt in der Bewegung inne. Ihre inneren Antennen richteten sich auf.

»Meine Schuld?«, fragte sie behutsam und zog die Hand mit dem Taschentuch vorsichtig zurück. Und dann, mit Bestimmtheit: »Meine große Schuld!«

»Keine Angst«, sagte Agatha und tätschelte erneut kraftlos Forss' Arm. Wieder schien sich ihr Blick kurz scharf zu stellen, dann verlor er sich jedoch im Nirgendwo. »Hab bitte keine Angst, mein Kind. Deine Mama hat mir alles über diesen Teufel erzählt.« Die hellen Augen der alten Frau waren feucht. »Das Feuer kann die Menschen reinigen, weißt du? Es reinigt uns von allen Sünden.«

»Ja«, sagte Forss, und ihre Wangen glühten jetzt vor Erregung. »Das reinigende Feuer. Und dieser verdammte Teufel ...«

Sie hielt den Atem an. Fünf Sekunden, zehn ... Dann sprach Agatha weiter. Und der Griff ihrer blauädrigen Hand wurde plötzlich überraschend fest.

»Auch wenn er dein Vater war, mein Kind, du hattest alles Recht der Welt, diesen Teufel anzuzünden, ihn zu verbrennen. Alles Recht auf dieser Welt!«

## 13

Es war Nyström Ewigkeiten vorgekommen, aber irgendwann war die Verstärkung eingetroffen, die Spurensicherung, ein Suchtrupp bestehend aus einem Dutzend Uniformierter, einer Klasse Polizeianwärter der Hochschule aus Växjö, ein Hundeführer mit Hund sowie Edman in seinem schicken Anzug, einem Trenchcoat und Gummistiefeln, die aussahen, als wären sie noch nie zuvor benutzt worden. Nur Forss, Vargen und die Pathologin Ann-Vivika Kimsel fehlten, und Nyström spürte ausgerechnet auf ihre Freundin einen ungerechten Zorn aufwallen, obwohl sie bestimmt nicht grundlos aufgehalten wurde. Andererseits: Was um alles in der Welt konnte wichtiger sein als ein verstümmeltes Kind, an dessen verbranntem Körperteil man menschliche Bissspuren gefunden hatte? Womöglich lag das arme Ding noch irgendwo da draußen und wartete auf Hilfe, ein fehlender Unterschenkel musste ja nicht zwangsläufig den Tod bedeuten, vielleicht lag es irgendwo bewusstlos oder betäubt in einer Felshöhle oder Senke zusammengekauert, zu Tode geängstigt und vollkommen allein und schutzlos ... Sie biss sich auf die Lippe und versagte sich diese Gedanken.

Diese Hoffnung.

Dieses Wunder.

Für so etwas war ihr Mann zuständig. Ihr Instinkt sagte etwas ganz anderes. Etwas so Fürchterliches und Grausames, dass es ihr kalt den Rücken herunterlief, obwohl die warme Nachmittagsluft noch auf das Einbrechen der kühlen Abenddämmerung wartete. Sie selbst durfte keine Sekunde länger warten. »Los!«, rief sie und gab dem Hundeführer ein Zeichen. Nachdem der sanft dreinblickende Fährtenhund zunächst den Knochen und dann seinen Jagdkollegen beschnuppert hatte, lief er nach kurzem Zögern in immer größer werdenden konzentrischen Kreisen über das von Felsbrocken bedeckte leicht abfallende Plateau. Nach weniger als zwei Minuten hatte der Sankt Hubertushund eine Fährte aufgenommen.

»Aus dieser Richtung ist mein Hund in der Tat gekommen«, bemerkte der Jäger in dem Tannenkostüm, der mittlerweile seine Tarnschminke notdürftig entfernt hatte. Nyström hatte das Angebot der drei Jäger, zu bleiben und sich bei der Suche nützlich zu machen, dankbar angenommen. Schließlich kannte sich das Trio in seinem Jagdrevier wahrscheinlich am besten aus, und außerdem waren die drei bestimmt geübtere Spurenleser als die Frischlinge von der Polizeihochschule, von ihr selbst ganz zu schweigen. Der Fährtenhund führte die seltsame Prozession über das Geröllfeld hinweg in eine dicht mit Haselnuss-, Birken- und Weidesprösslingen bewachsene Talsenke. Nyström, die genau wie Knutsson und Delgado vorschriftsmäßig ihre Dienstwaffe gezogen hatte, die sie mit ausgestreckten Armen nach unten hielt, peitschten mehrmals schmerzhaft dünne Äste durchs Gesicht. Einmal hörte sie Delgado vor Schmerz laut aufschreien, und als sie sich umdrehte, sah sie eine blutige Strieme quer durch sein dunkles Gesicht laufen. »Hat hier denn niemand eine verdammte Machete?«, grollte Knutsson von hinten. Nach etwa zehn Minuten lichtete sich das dichte Unterholz, und es ging wieder leicht bergauf. Der Fährtenhund zog seinen Führer und die gesamte Gefolgschaft durch ein Feld aus hüfthohem, trockenem Farn. Über ihnen kreiste mittlerweile endlich der Hubschrauber, den Nyström angefordert hatte und der mit einer Wärmebildkamera ausgerüstet war. Wenn das Kind entgegen aller Wahrscheinlichkeit noch irgendwo hier draußen am Leben war, dann würden sie es mithilfe der Technik und des gut ausgebildeten Spürhundes hoffentlich finden. Und dann war da natürlich der Täter. Menschenfresser hatte Knutsson gesagt, Kannibale. Sie verbot sich, diese Wörter auch nur zu denken, und konnte es doch nicht verhindern. Als das Meer aus Farn sich lichtete und in einen sumpfigen Moorboden überging, in dem vereinzelt hochaufragende Birken standen, schloss Edman zu ihr auf.

»Du weißt hoffentlich, was du hier tust«, zischte er. »Was das alles kostet?«

Nyström blieb abrupt stehen. Sie schloss die Augen und zählte bis drei. Dann öffnete sie sie wieder und sah Edman direkt in die Augen.

»Ich suche nach einem Kind ohne Unterschenkel, das, wenn Gott will, noch am Leben ist. Und nach dem Irren, der ihm das angetan hat!«

»Ein *Hannibal Lecter* in Småland, das macht sich nicht besonders gut in den Schlagzeilen«, sagte er.

»Ein Bezirkspolizeichef, der die Ermittlung in einem grausamen Verbrechen an einem wehrlosen Kind blockiert, aber auch nicht«, entgegnete sie, und vor Wut hätte sie ihm beinahe vor die Brust gestoßen. Aber schon die Vehemenz ihrer Worte hatte Edman einen Schritt nach hinten machen lassen, sodass er an einen Birkenstamm stieß. »Das grüne Zeug auf der Baumrinde färbt übrigens unheimlich ab«, sagte Nyström, bevor sie sich umdrehte, um wieder zum Hundeführer aufzuschließen. »Scheiße!«, rief er panisch, und während er noch den großen grünlichen Schmutzfleck an seinem Trenchcoatärmel betrachtete, trat er einen Schritt nach vorn. Da sein schwarz glänzender Designergummistiefel im morastigen Boden stecken blieb, versank sein besockter Fuß im Ringelmuster knöcheltief und mit einem schmatzenden Geräusch im Matsch.

# 14

Das erst vor einigen Jahren neu eingeweihte Bürgerservicezentrum von Älmhult, das auch die Polizeiwache beherbergte, wirkte wie ausgestorben, als Forss die Rezeption betrat. Nur an dem letzten von drei Schaltern saß ein Mann und blätterte in einer Zeitschrift. Forss schritt direkt auf den Schalter zu. Der junge Mann legte sein Angelmagazin beiseite.

»Was kann ich für dich tun?«, fragte er freundlich, und es klang beinahe hoffnungsvoll, so als habe er seit Stunden auf irgendeine Art von Ablenkung gewartet, wobei er solche Situationen als vermeintlicher Hobbyangler eigentlich ja gewohnt sein müsste, dachte Forss.

Sie wedelte mit ihrem Ausweis vor seiner beachtlich großen Nase herum.

»Ich bin Polizistin aus Växjö und würde gern einen Kollegen aus Älmhult sprechen.«

Prinz Nase legte seine Angelzeitschrift zur Seite. Forss erhaschte einen Blick auf den Titel. *Dicke Dinger.* Na dann, dachte sie. »Das tut mir leid«, sagte er und wirkte dabei aufrichtig betroffen. »Die sind alle mit Mann und Maus draußen in einem Waldstück zwischen Osby und Markaryd. Eine Kinderleiche, soweit ich weiß. Es ist sogar ein Polizeihubschrauber in der Luft, extra aus Malmö!«

»Oh«, sagte Forss. »Und wer leitet diesen Mammuteinsatz?«

»Växjö hat das Kommando.« Jetzt sah er sie erstaunt an. »Sagtest du nicht gerade eben, du seist aus Växjö?«

»Ja, bin ich«, sagte Forss. »Wer leitet denn den Einsatz? Kommissar Frank Jodenius?«

Die Nase schüttelte den Kopf.

»Nein, die Kollegen haben ganz sicher von einer Frau gesprochen. Kommissarin Ingrid Nyström.«

»Hauptkommissarin«, sagte Forss, aber eher zu sich selbst. Sie holte ihr Handy aus der Tasche. In der Tat hatten sowohl Delgado als auch Nyström versucht, sie zu erreichen. Sie zögerte. Sei's drum. Umso wichtiger war es, dass sie etwas Substanzielles herausgefunden hatte.

»Kann ich dir weiterhelfen?« Der junge Diensthabende richtete seinen Oberkörper auf und reckte sein Kinn vor, auf dem einzelne Barthaare mit gelbköpfigen Pickeln um die Vormachtstellung kämpften. »Ich bin ja kein Praktikant oder so, sondern Polizeianwärter.«

»Zweites Semester?«, riet sie.

»Viertes Semester!«, sagte er in einem Ton, der unentschieden zwischen leichter Kränkung und Stolz schwankte.

Forss lächelte ihr lippenstiftrotes Lächeln und beugte sich so weit vor, dass der Jüngling in ihr T-Shirt schauen konnte. Nicht, dass es da allzu viel zu sehen gegeben hätte, aber es ist ja schließlich die Geste, die zählt, dachte Forss, und die Nase empfand das wohl genauso, denn er begann auf ihre Anweisungen hin, fleißig die Tastatur seines Rechners zu bearbeiten. Nach weniger als einer Minute blickte er auf, erfreut.

»Ich glaub, das müsste sie sein, oder?«

Er drehte Forss den Bildschirm zu.

Emma Johansson war am 14.05.1986 in Älmhult geboren und bis 2008 in Schweden gemeldet. Forss erkannte die Adresse aus der Akte des Asker-Falls wieder. Der ja genau genommen seit gestern wahrscheinlich gar kein Asker-Fall mehr zu sein schien, denn dass das verbrannte Opfer etwas mit ihnen zu tun hatte, erschien doch sehr unwahrscheinlich. Stattdessen war der Fall vielleicht gerade im Begriff, sich in eine völlig andere Richtung zu entwickeln. Die letzte angegebene Adresse von Emma Johansson war das Postfach einer internationalen Naturschutzorganisation in Indonesien. Dann kam es: Es lag seit drei Tagen die Anzeige einer kleinen Mietwagenfirma aus Älmhult gegen Emma Johansson vor. Die Frau hatte dort am Freitag vor einer Woche einen blauen Lieferwagen, Modell Ford Transit, Baujahr 2010 gemietet. Am Montag hätte der Wagen zurückgegeben werden sollen, allerdings war er bis jetzt noch nicht wieder aufgetaucht. Forss machte sich Notizen.

Ein weiterer behördlicher Eintrag verzeichnete mehrere Abmahnungen der staatlichen Forstbehörde. Die Nase erklärte, was damit gemeint war: Als Eigentümerin großer Waldflächen hatte Emma Johansson 2007 noch nicht alle durch den Orkan *Gudrun* umgeknickten Bäume aus ihren Forstgebieten geborgen, wie Luftbildaufnahmen der Behörde belegten. Die vorgeschriebene Frist war damit um Monate überschritten worden, und es drohten Emma Johansson Bußgelder, die zum Teil auch vollstreckt worden waren. Hintergrund der strikten gesetzlichen Vorgaben war, dass umgefallene und abgestorbene Bäume angeblich eine Verbreitung von Holzschädlingen mit sich führten, da das verrottende Holz vielen Insekten ein Biotop bot. Deshalb hatte die Behörde alle von *Gudrun* betroffenen Forstbesitzer verpflichtet, in ihren Wäldern aufzuräumen und das Gros der umgeknickten Bäume zu entfernen, um vorbeugend einen noch größeren Schaden von der schwedischen Holzindustrie abzuwenden. »2005, im Jahr des Orkans, waren landesweit hundert Millionen Kubikmeter weiterverarbeitet worden«, betonte der Polizeianwärter. »Heute sind es im Durchschnitt siebzig Millionen. Kannst du dir vorstellen, um was für Geldsummen es dabei geht?«

»Nein«, sagte Forss frei heraus. »Ehrlich gesagt nicht.« Im Frühjahr hatte sie sich in einem schicken Möbelladen in Lammhult ein hübsches kleines Kiefernholzregal gekauft. Das hatte zu ihrer Überraschung tausend Kronen gekostet, obwohl es nur aus drei Brettchen und ein bisschen kunststoffumkleidetem Draht bestanden hatte. Aus siebzig Millionen Kubikmetern ließen sich ganz bestimmt eine Menge solcher Regale herstellen. Sie bat den jungen Kollegen, ihr Emma Johanssons Akte zu kopieren.

»Auch die Luftaufnahmen?«, fragte er.

Sie nickte.

»Woher weißt du über diese ganzen Dinge eigentlich so genau Bescheid?«, fragte sie.

Die Nase zuckte mit den Schultern.

»Ich stamme halt von hier. Älmhult besteht nun mal aus der Holzwirtschaft und IKEA.« Er grinste. »Wir sind hier sozusagen die Keimzelle des skandinavischen Möbelimperialismus.«

Genau, dachte Forss, *Patient Zero*, und lächelte dem jungen Polizisten zum Abschied noch mal zu.

»Das mit dem Bart ist übrigens eine gute Idee«, sagte sie, bevor sie sich umdrehte und ging.

# 15

Der Fährtenhund führte sie einen Hang voller reifer Blaubeerbüsche hinauf. Als sie auf dem Kamm angelangt waren, bemerkte Nyström, dass sich ihre beigefarbene Baumwollhose bis zu den Schienbeinen dunkelviolett gefärbt hatte. In ihrem Nacken schnaufte Knutsson wie eine Dampflok. Delgado presste ein Taschentuch auf seine Gesichtswunde. Das Dröhnen des Helikopters schwoll mal an, mal verebbte es und verschwand für Minuten ganz. Die Funkgeräte der Kollegen knackten. Stimmfetzen waren zu vernehmen, leise Flüche, gedämpfte Gespräche. Die jungen Polizeianwärter stießen in regelmäßigen Abständen ihre Suchstangen in den Boden. Hinter der Anhöhe wurde der Tannenwald lichter, der unebene Untergrund war von knotigen Wurzeln durchzogen, und seit Jahren vor sich hin moderndes Geäst, das wie die Gerippe riesenhafter Urtiere aussah, machte das Vorankommen schwierig. Der Hundeführer drehte sich zu Nyström um.

»Ich glaub, er hat was. Ich merke, dass er aufgeregter wird!«

»Der wittert bestimmt nur einen Hasen«, schimpfte Knutsson vor sich hin. Der Schweiß durchtränkte sein grob kariertes Hemd, seine Allwetterjacke hatte er sich längst um die Hüften gebunden.

Dann bellte der Hund, zum ersten Mal, seit sie losgegangen waren. Sein Führer blieb auf einem kahlen Aufstieg stehen und signalisierte den anderen mit der Hand, stehen zu bleiben. Wie auf ein Kommando hielten alle an, die Gespräche verstummten. Nyström entsicherte ihre Waffe, und viele Kollegen taten es ihr nach. Der Hund bäumte sich gegen die straff und kurz gehaltene Leine auf. Sein Bellen schallte durch den Wald und hörte nicht auf, sosehr der Führer auch beruhigend auf ihn einflüsterte. Wenn hier irgendwo ein Mensch in der Nähe war – sei es das im Sterben liegende Kind, sei es der grausame Irre, der Killer, der Kannibale –, hatte er sie mit Sicherheit gehört. Nyström biss sich auf die Unterlippe. Ihre Hände waren schweißnass, der geriffelte Griff der Dienstwaffe fühlte sich beunruhigend rutschig an. Bilder schossen ihr durch den Kopf. Es war noch kein Jahr her, dass sie einen Menschen getötet hatte, im Einsatz erschossen. Wäre sie im Fall aller Fälle dazu bereit, es noch mal zu tun? Kurz dachte sie an Anders. Wollte sie noch einmal gegen das fünfte Gebot verstoßen? Oder war es das sechste? Sie warf Knutsson einen Blick zu, dann Delgado, dann den anderen bewaffneten Kollegen. Alle hatten ihre Sig Sauer im Anschlag. Alle hatten den gleichen hochangespannten Gesichtsausdruck. Sie spürte, wie sich ein Schweißtropfen auf ihrer Stirn löste und an Auge und Nase vorbei bis auf die Oberlippe rann. Sie leckte den Tropfen auf. Salzig und bitter. Angst schmeckte so. Aber auch Entschlossenheit. Dann hörte der Hund plötzlich auf zu bellen. Sie agierte sofort, ohne einen Moment des Nachdenkens.

»Achtung!«, rief sie. »Hier ist die Polizei! Wir sind mehr als fünfzig Mann, die ganze Umgebung ist abgeriegelt und umzingelt! Wir kommen, um zu helfen! Jeder Widerstand ist zwecklos und würde zu unnötiger Gewalt führen!«

Hinter dem Hügel blieb es vollkommen still. Baumreihen aus niedrigen, in sich verdreht gewachsenen Kiefern versperrten jede Sicht.

»Wir kommen jetzt hinauf!«, rief Nyström in den warmen Wind. »Wir sind bewaffnet!«

Trotz ihrer Ankündigung regte weder sie sich noch einer der anderen, selbst der Hund hatte sich hingesetzt und sah sein Herrchen mit hechelnder Zunge erwartungsvoll an. Außer dem leisen Raunen der verkrüppelten Kiefern und dem fernen Gebrumme des Hubschraubers war nichts zu hören.

Der Wald schwieg.

Die Welt schwieg.

Einer der Augenblicke, in denen das gesamte Universum die Luft anzuhalten schien. Und dann war der Moment vorbei. Ohne noch ein weiteres Zeichen Nyströms abzuwarten, stürmten die Polizisten, so schnell es ging, die Anhöhe hinauf. Nyström tat es ihnen nach, was blieb ihr auch anderes übrig? Die Schritte im nachgebenden Sand waren schwer, ihre Oberschenkelmuskeln brannten, dennoch lief sie weiter, immer weiter. Zusammen mit einigen anderen brach sie durch die Kiefernwand. Ein zurückschnellender Ast traf sie ins Gesicht, reflexartig hatte sie die Augen geschlossen, spürte aber sofort den brennenden Schmerz. Blinzelnd taumelte sie in die runde Mulde, die sich hinter den verwachsenen Bäumen verbarg, und blieb mit der Pistole im Anschlag stehen. Ihr Bewusstsein brauchte nicht mehr als zwei oder drei Sekunden, um das unvorstellbar abstoßende Szenario aufzunehmen: den Kreis aus rußigen Steinen, in dem jemand ein Feuer gemacht hatte; die Lache aus getrocknetem Blut, die halb im Sand versickert war; die Schleifspuren, die abgenagten Knochen und die zum Teil verbrannten, zum Teil rohen Fleischreste, auf denen schwarze, glänzende Fliegenschwärme klebten, und natürlich und zu allererst den verstümmelten Kadaver des ausgeweideten Menschenaffen, dessen eingeschlagener Kopf sie aus toten Augen traurig anzustarren schien.

# 16

Forss stand vor einer Imbissbude, leckte an einem Lakritzeis und dachte nach. Wenn die alte Agatha aus dem Seniorenheim noch nicht völlig durch den Wind war und ihr religiös-fundamentalistisches Gebrabbel von Satan und dem reinigenden Höllenfeuer auch nur ein Fünkchen Wahrheit enthielt, musste dies bedeuten, dass Helen Johansson, bevor sie der schnell fortschreitenden Krankheit erlegen war, ihrer senilen Kirchenfreundin ein wohlbehütetes und zugleich schreckliches Geheimnis anvertraut hatte. Aber konnte das sein? War es tatsächlich möglich, dass Helen geglaubt hatte, ihr Mann Nils sei in der Orkannacht vor zehn Jahren von der gemeinsamen Tochter getötet worden? War Emma Johansson eine Vatermörderin? Forss rekapitulierte, was Delgado bei der Besprechung am Morgen aus der Akte vorgetragen hatte: Damals hatte die Ermittlung ergeben, dass Nils Johansson, während er mit einer Motorsäge hantiert hatte, um die von umgefallenen Bäumen blockierte Zufahrt zu seinem Haus frei zu bekommen, ums Leben gekommen war. Dabei hatte er Feuer gefangen, weil seine Kleidung aufgrund eines defekten Sägetanks benzingetränkt gewesen war und der Funkenflug einer brennenden Scheune in der Nachbarschaft dann die Katastrophe ausgelöst hatte. Einziger Zeuge dieses ungeheuerlichen Vorgangs: Helen Johansson, seine Frau. Emmas Mutter. Ließe man ihre Aussage einmal außen vor, blieben an forensischen Eindeutigkeiten nur ein bei lebendigem Leibe verbranntes Opfer und ein abgebrannter Schuppen übrig. Was, wenn das Benzin in Johanssons Kleidung also gar nicht aus dem Tank der Säge stammte oder von seiner Ungeschicklichkeit beim Auftanken herrührte, sondern absichtlich auf ihn gegossen worden war? Was, wenn der nachweislich abgebrannte Schuppen zu einem früheren oder späteren Zeitpunkt in Flammen gestanden hätte? Oder wenn die Funken des Feuers in eine ganz andere Richtung geflogen wären? Wenn es überhaupt keine Funken gegeben hätte? Sondern stattdessen eine hasserfüllte, junge Frau mit einem Benzinkanister und einem Feuerzeug? Oder eine verbitterte Ehefrau mit einer Packung Streichhölzer, die an ihrem Lebensabend die eigene Tochter zum Sündenbock macht? Was, wenn Nils Johansson nicht der nette Biobauer von nebenan gewesen war, sondern Zitat Agatha: *der Teufel*?

Im Grunde alles wilde Spekulation, das Geschwätz einer grenzdebilen alten Kirchentante. Forss warf den abgelutschten Eisstiel in einen Mülleimer. *Haltet Schweden sauber*, forderte der bunte Clown auf der Mülltonne und lüftete zum Dank seinen Hut. Das Werbemotiv war verblasst, und es kam Forss vor wie aus einer anderen Zeit. Tatsächlich konnte sie sich an die

Werbung erinnern. In den Neunzigerjahren hatten Rechtsradikale sich den Spruch zu eigen gemacht, und man hatte ihn neben Hakenkreuzen auf Parkbänken, öffentlichen Toiletten und Wänden gesehen. Es war eine seltsame Zeit gewesen, als sie Schweden damals verlassen hatte. Heute zeigte sich die Fremdenfeindlichkeit subtiler. In Andeutungen und Halbsätzen. Obwohl die meisten Schweden der Einwanderung gegenüber sehr offen waren und kein anderes Land in Europa auf die Einwohnerzahl bezogen auch nur annähernd so viele Migranten aufnahm, gab es auch die anderen Stimmen. Und gerade die letzte Wahl hatte gezeigt, dass die Misstöne lauter wurden. Sie musste an die schwarzhäutige Ärztin denken, die Tür an Tür mit Helen Johansson gelebt hatte. Und an die tschechische Pastorin. An ihren Kollegen Hugo Delgado und auch an sich selbst.

Forss musste sich wieder auf ihre Arbeit konzentrieren. Darüber, ob irgendetwas an Agathas kruder Gruselgeschichte dran war, konnte eigentlich nur Emma selbst Auskunft geben. Aber dazu musste sie erst einmal gefunden werden. Wahrscheinlich war sie nach der Beerdigung ihrer Mutter wieder nach Indonesien aufgebrochen. Aber warum hatte sie den Mietwagen nicht zurückgebracht? Forss hatte mit dem Geschäftsführer der Mietwagenfirma telefoniert. Der Mann hatte sich erinnert, dass die Kundin sich beraten lassen hatte, welches Fahrzeug für eine Haushaltsauflösung geeignet sei. Hatte sie den Wagen nicht zurückgebracht, weil ... Forss schluckte und dachte an den verkohlten Leichnam in den rauchenden Trümmern des ehemaligen Bauernhofs. War Emma Johansson das unbekannte Opfer, das mit einer Mistgabel erstochen worden war? Oder war es andersherum: Hatten sie es mit einer Doppelmörderin zu tun, die zuerst ihren Vater getötet und dann ein Jahrzehnt später ... ja, wen eigentlich? Das ergab alles noch keinen Sinn. Forss hatte in Älmhult ein oder zwei neue Puzzlestücke gefunden, aber ein vollständiges Bild wurde daraus noch lange nicht. Sie schlenderte durch die warme Spätsommerluft zurück in die Eriksgatan. Wieder klingelte sie bei Johansson. Wieder tat sich nichts. Emma war nicht in der Wohnung ihrer Mutter. Forss versuchte es bei der schönen Ärztin, aber die schien ebenfalls nicht zu Hause zu sein, vielleicht der Schichtdienst, von dem sie gesprochen hatte. Dann musste es eben auf die harte Tour gehen. In zwei der anderen Wohnungen brannte Licht, aber Forss hatte nicht vor, unnötig viel Wind um die Sache zu machen. Weder die Haustür noch die Wohnungstür hielten ihren Dietrichkünsten länger als eine Minute stand. Beim Hantieren mit dem Profiwerkzeug musste sie an ihr Haus und die aufgebrochene Haustür denken. Sie brauchte dringend Kastenschlösser und Querriegel aus Stahl. Und was die Sicherung der Fenster anging, würde sie mit Frank Jordenius sprechen, Arschloch hin oder her. Sie trat in den Wohnungsflur und machte das Licht an. Auf dem Fußboden lagen drei Ausgaben der Tageszeitung und ein Brief. Forss warf einen Blick darauf. Es war eine Stromrechnung. Sie legte die Zeitungen und den Briefumschlag auf eine Kommode und sah sich um. An der Wand neben ihr ein Schlüsselbrett aus dunklem Holz und Messing, auf der anderen Seite eine Garderobe, an der einsam eine Strickjacke hing. Ausgetretene Lederschuhe mit klobigen Absätzen wie aus dem vorletzten Jahrzehnt. Dazwischen ein Paar neuere Ballerinas. Abgestoßene Tapeten. Die Wohnung roch ungelüftet, staubig. Forss öffnete die Tür zur Küche. Achtzigerjahre-Einrichtung, aber gepflegt. Keine Spülmaschine. Geschirr im Abtropfgitter. Im Kühlschrank das Nötigste. Die offene Milch war noch gut. Im Abfalleimer unter der Spüle ein halb voller Müllbeutel, obenauf Eierschalen und ein Kaffeefilter. Forss ging weiter ins Schlafzimmer. Ein gemachtes Einzelbett, ein Nachttisch voller Medikamente, daneben ein Infusionsständer. Kein Zimmer für Gesunde; ein Raum, um darin zu sterben. Über dem Bett ebenfalls der obligatorische Schutzengel, der die Kinder durch den dunklen Wald führte. Forss musste an das Märchen von Hänsel und Gretel denken, und es schauderte sie ein bisschen. In den

Schränken und Schubladen fand sie nichts, was auf den ersten Blick von Belang war. Sie war erleichtert, als sie den Raum wieder verlassen konnte. Das Wohnzimmer wurde von einer altmodischen Couchgarnitur beherrscht. Viel dunkles Holz, viel dunkles Kunstleder. Zwei gerahmte Bilder, Heimatkitsch: Seen, Bäume, irgendwo ein Auerhahn. Auf dem Dreisitzer lag ein Schlafsack, neongrün-rosa, quietschfarben, wie das Ausrüstungszeug aus Trekkingläden meistens war. Forss trat näher. Neben dem Sofa stand ein hochwertiger Wanderrucksack, dunkelblau-neonpink. Wäsche und Unterwäsche ergossen sich über den fleckigen Teppichboden. Unter einem Knäuel aus Blusen und gebatikten Kleidern fand sie ein Smartphone, das daran angeschlossene Ladekabel schlängelte sich bis zu einem Mehrfachstecker unter dem staubigen Sofa. Bingo, dachte Forss, zog das Handy vom Netzteil ab und ließ es in ihre Umhängetasche fallen. Das offene Rückflugticket lag auf dem Wohnzimmertisch, ebenso die Briefe. Alle waren an Emma Johansson adressiert und nannten ihre Mutter als Absender, aber keiner der Briefe war frankiert, dennoch waren sie alle geöffnet worden. Forss verstand. Helen Johansson hatte ihrer Tochter mehrmals geschrieben, aber nie den Mut aufgebracht, die Briefe nach Indonesien abzuschicken. Erst als ihr Tod nahte, hatte sie Emma die Briefe gegeben. Oder Emma hatte die Briefe nach dem Tod der Mutter gefunden und an sich genommen. Forss nahm das Bündel und steckte es zu dem Handy in ihre Umhängetasche.

# 17

Auch wenn das Treffen mit Elin Wahlgren zugegebenermaßen nicht besonders ergiebig gewesen war, hatte Kent Vargen noch nicht seine ganze Munition verschossen. Am Vormittag hatte er die Ermittlungsakte über die Vergewaltigung von Elin Wahlgren im Sommer 2012 sorgfältig studiert. Die brutalen Umstände der Tat und der schlimme Zustand, in dem man das Opfer gefunden hatte, standen in einem eklatanten Gegensatz zu dem fröhlichen und bunten Volksfest, das die junge Frau zusammen mit einer Gruppe von Freundinnen und Freunden besucht hatte. Typischer Landeier-Kram, dachte Vargen. Im Onlinearchiv der *Smålandsposten* stieß er auf einen ganzseitigen Artikel mit vielen Fotos. Die Bilder zeigten eine Oldtimer- und Traktorenausstellung, grillende Senioren, spielende Kinder, Stände, an denen Kunsthandwerk und selbst gebackener Kuchen verkauft wurden, Familien auf Picknickdecken. Eine kleine Bühne, auf der gesungen und getanzt wurde. Junge Frauen in traditioneller småländischer Tracht, eine von ihnen Elin Wahlgren. Offensichtlich, *bevor* es passiert war. In der Akte waren die Zeugenaussagen der Freundinnen dokumentiert. Zwei von ihnen, Madeleine Larsson und Eva Laurén, hatten die bewusstlos geschlagene, vergewaltigte Freundin in einem kleinen Waldstück unweit des Festplatzes gefunden. Vargen hatte versucht, die beiden Frauen telefonisch zu erreichen, dabei stellte sich heraus, dass Madeleine Larsson mittlerweile in Edinburgh lebte und nicht mehr Larsson hieß, sondern Carmichel. Ihre Mutter gab ihm nach kurzem Zögern die schottische Handynummer mit dem nachdrücklichen Hinweis, dass ihre Tochter am besten am frühen Abend zu erreichen sei, da sie tagsüber arbeite. Wer arbeitet tagsüber denn nicht, du blöde Kuh, hatte Vargen gedacht und sofort angerufen, allerdings vergeblich, weshalb er es über den Nachmittag verteilt noch weitere Male probiert hatte. Schließlich ging es um eine Mordermittlung. Eva Laurén dagegen hieß immer noch Laurén, und als Vargen sie am späten Nachmittag an ihrem Arbeitsplatz in einem Logistikunternehmen südlich von Älmhult aufsuchte, verstand er auch wieso, denn er persönlich wäre ebenfalls nicht auf die Idee gekommen, diesen hässlichen Vogel zu heiraten. Mal vorausgesetzt er wäre psychisch überhaupt in der Lage, eine stabile zwischenmenschliche Beziehung einzugehen, was er seiner ehrlichen Selbsteinschätzung nach definitiv nicht war.

*Never ever.*

Auf jeden Fall war diese Laurén nicht gerade mit Schönheit gesegnet. Wäre er selbst damals auf dem Dorffest der Vergewaltiger gewesen, er hätte sich ebenfalls für Elin Wahlgren entschieden, oder, falls das Foto der drei tanzenden Landpomeranzen in der Lokalzeitung einigermaßen repräsentativ war, für Madeleine Carmichel. Und obwohl er diesen ganzen Provinzquatsch zutiefst verabscheute, musste er zugeben, dass diese traditionellen Trachten durchaus etwas Besonderes, beinahe Fetischhaftes an sich hatten. Der blaue Rock, der zum Hochheben einlud, das unschuldige Weiß der Bluse, das rote Mieder und die schmucken Kettchen, die sich so provozierend über die Brüste spannten ... Insofern konnte er die Vorgänge im kranken Hirn dieses perversen Vergewaltigers schon nachvollziehen. Doch, doch. Was allerdings diese Laurén anging, die da in ihrem schlecht geschnittenen Hosenanzug vor ihm saß, der ihre massigen Oberschenkel auf eine unvorteilhafte Weise betonte: Da half auch keine noch so scharfe Tracht, Hand aufs Herz!

»... wie sie da so reglos im Gras lag, das Gesicht voller Blut, die Kleidung vom Leib gerissen: Das war der Schock meines Lebens, anders kann ich das nicht formulieren, selbst heute nicht, mehr als drei Jahre später. Der Schock meines Lebens. Ich meine, es war ja nicht irgendwer, das war Elin, meine Freundin, meine Elin, die da lag und blutete und sich nicht regte.«

»Sicher, sicher.« Vargen nickte verständnisvoll. Er hatte sich für seine Cop-Pose entschieden, die er sich aus der Fernsehserie Mad Men abgeschaut hatte, obwohl das gar keine Cop-Serie war, aber es ging dort um machtbesessene, verrückte Männer, eine Perspektive, die er sehr gut nachvollziehen konnte. Er lehnte an der Kante von Lauréns Schreibtisch, ein Bein übergeschlagen, die Arme so vor der Brust verschränkt, dass sein gut geschnittenes Jackett an den Oberarmen ein wenig spannte, sodass seine Muskeln dezent betont wurden. Dazu noch den Kopf gesenkt und Blickkontakt halten und nicken, immer schön nicken. »Das muss fürchterlich für dich gewesen sein, Eva ...« Jetzt vom Nickmodus in langsames Kopfschütteln wechseln, gut so, ja, weiter, ein Kopfschütteln in Anbetracht der grausamen, aber auch ... *zärtlichen Gleichgültigkeit dieser Welt*. War das ein Fragment eines Sartre-Zitats? Oder Camus? Oder brachte er jetzt alles durcheinander? Egal. Kopfschütteln, Nicken, Nicken, Kopfschütteln. Verständnis haben. Sich einfühlen. Empathie, Baby! Das Irre daran war, dass es fast jedes Mal klappte. Dass es so verdammt einfach war. Dass man ihm diesen Scheiß abkaufte. Eva Laurén ließ alles aus sich heraus. Erinnerungen, Details und Gefühle. Am Ende heulte sie Rotz und Wasser, Vargen hielt die Taschentücher längst bereit. Als sie endlich ausgeweint hatte, hatte er den Bericht innerlich schon getippt. Im Grunde war es eine Wiederholung ihrer Aussage von vor drei Jahren. Nein, ihr war an dem fraglichen Nachmittag nichts Ungewöhnliches aufgefallen. Nein, kein fremder Mann hatte Elin Wahlgren auf dem Dorffest angesprochen. Laurén war auch niemand aufgefallen, der den Eindruck machte, nicht dorthin zu gehören. Niemand, der Wahlgren lüstern angestiert hatte. Kein rachsüchtiger Exfreund, kein verschmähter Liebhaber. Soweit sich Laurén erinnern konnte, hatte ihre Freundin überhaupt erst eine Beziehung gehabt, vor acht oder neun Jahren, der Kerl hatte Tobias geheißen und in Tingsryd gewohnt, und nach anderthalb Jahren hatte sich herausgestellt, dass Tobias Männer noch lieber mochte als Frauen. Seitdem war bei Elin *jungstechnisch* nichts mehr gelaufen. Komisch, wo sie doch so hübsch war, sollte man denken. Aber daran lag es bestimmt nicht. Ihr fehlte der Antrieb, was Männer anging. Vielleicht hatte sie ja Angst, dass so etwas wie mit Tobias noch mal passierte. Ausdrücklich gesagt hatte sie das nicht, aber – und an der Stelle hatte Laurén tatsächlich ihr Geschluchze und Gejammere unterbrochen und ihm vertraulich zugezwinkert – psychologisch gesehen läge das ja wohl irgendwie auf der Hand. Als ersten Freund ein Dreiviertelschwuler und obendrauf noch die Vergewaltigung, kein Wunder dass da *männermäßig* nicht viel ging, oder?

Klang ganz plausibel, fand Vargen auch, während er Laurén mit spitzen Fingern das letzte Papiertaschentuch der Packung reichte, die anderen waren bereits durchgeheult. Damit war auch dieses Gespräch an seinem natürlichen Ende angekommen, denn dass er der hässlichen Heulboje seine Brust zum Ausweinen anbot, kam natürlich nicht infrage. Aber dann fiel ihm doch noch etwas ein.

»Eva, ganz am Anfang hast du erzählt, wie ihr Elin gefunden habt. Wie sie so schlimm zugerichtet vollkommen hilflos dagelegen hatte ...«

»Ja«, schniefte Laurén durchs Taschentuch hindurch. Bloß keinen neuen emotionalen Ausbruch, bitte, flehte Vargen innerlich.

»Wenn ich dich vorhin richtig verstanden habe, dann hast du gesagt, dass Elin regungslos war, als ihr sie gefunden habt.«

»Ja, sie hat wie versteinert dagelegen. Wir haben sie natürlich angesprochen, sie angefasst, mit ihr Blickkontakt aufgenommen, aber sie hat kaum auf uns reagiert. Als wären wir durchsichtig. Als wären wir Geister. Sie war vollkommen regungslos.«

»Aber die Augen hatte sie geöffnet, als ihr gekommen seid.«

»Ja. Schon.«

»Das ist interessant«, sagte Vargen. »Denn den Aussagen in der Akte zufolge haben die beiden Zeuginnen, also du und deine Freundin Madeleine, zu Protokoll gegeben, dass ihr Elin *bewusstlos* aufgefunden hättet. *Bewusstlos*, nicht *regungslos*. Verstehst du den Unterschied?«

»Wenn das so angekommen ist, muss derjenige, der das aufgeschrieben hat, es falsch verstanden haben«, sagte Laurén und schüttelte energisch den Kopf. »Oder wir haben uns unklar ausgedrückt. Elin war nicht bewusstlos. Sie war apathisch. Abwesend. Aber nicht bewusstlos. Sie hat uns ja auch erkannt. Sie hat bloß kaum auf uns reagiert.«

»Als wärt ihr Geister gewesen.«

»Genau!«

»Das ist wirklich merkwürdig«, sagte Vargen. »Denn in Elins Aussage steht, dass sie sich an nichts erinnern könne, da sie bewusstlos gewesen und erst im Krankenhaus wieder zu sich gekommen sei.«

»Sie stand ja unter Schock«, schlug Laurén vor.

»Verständlich«, sagte Vargen nachdenklich und nahm sein Smartphone, das auf dem Schreibtisch gelegen und die Unterhaltung aufgezeichnet hatte. »Bestimmt lag es daran.«

Er beendete die Audioaufnahme und strahlte Laurén an. »Noch ein kleines Erinnerungsfoto bitte«, sagte er und hielt der Frau das Smartphone vors Gesicht. Laurén lächelte unsicher.

»Für die Akte?«, fragte sie mit leichtem Zweifel in der Stimme.

»Sicher. Für die Akte«, antwortete Vargen lächelnd.

## 18

Stina Forss mochte das Geräusch von knirschendem Schotter unter den Autoreifen, wenn sie in die unbefestigte Straße zu ihrem Haus einbog. Es hatte etwas Vertrautes an sich.

Sie rollte langsam die schmale Straße hinab. Zwischen dem Blattwerk der Laubbäume waren ihr Grundstück und das Haus zu erahnen, sie sah, dass einige Birkenblätter bereits gelb schimmerten, und spürte eine freudige Erwartung auf die Farbenpracht, die in den nächsten Wochen rund um ihr Haus ausbrechen würde. Nach dem Altweibersommer würde der Herbst kommen. In Berlin hatte sie diese Monate nie gemocht. Dort verband sie den Herbst mit Nieselregen und feuchten Füßen, beschlagenen Fensterscheiben und Menschen mit laufender Nase in der U-Bahn. Sie wunderte sich, wie wenig sie das pulsierende Tempo der Stadt vermisste. Meistens jedenfalls.

Als sie das fremde schwarze Auto in ihrer Auffahrt registrierte, trat sie reflexartig auf die Bremse. Ihre Ruhe war auf einen Schlag verflogen, ihr Herz pochte. Ein Geländewagen mit getönten Scheiben parkte vor ihrem Haus. Sie kannte niemanden mit so einem Auto. Forss machte den Motor aus, stieg aus ihrem BMW, ließ die Tür so geräuschlos wie möglich zufallen und holte die Dienstwaffe aus dem Holster. Natürlich dachte sie an die Fußspuren auf dem Dachboden, an den fremden Geruch, an das zunächst nur vage, aber dennoch starke Gefühl, dass jemanden in ihr Zuhause eingedrungen war, das sich gestern durch die aufgebrochene Haustür verstärkt hatte und zu einer realen Bedrohung geworden war.

Heute also das dritte Mal.

Wer immer es war, der so dringend etwas von ihr wollte, hatte sich jetzt offensichtlich für Konfrontation entschieden. Gut, die konnte er haben. Eine sichtbare Gefahr war ihr allemal lieber als ein Feind im Schatten. Langsam schlich sie auf das Haus zu, bewegte ihren Kopf schnell von links nach rechts, spähte mit konzentriertem Blick zwischen den Pflaumenbäumen in ihrem Garten hindurch. Außer dem Gemüsebeet und einem Teil der leeren Veranda konnte sie nichts erkennen. Sie war so leise, wie es auf ihren unpraktischen Pumps eben ging. Dann plötzlich regte sich etwas. Forss war noch etwa fünfzehn Meter vom Haus entfernt, als eine Tür auf der anderen Hausseite zufiel. Sie hielt kurz inne und entschied sich dann für das volle Risiko; kickte ihre Schuhe beiseite, sprang durch die Himbeerstauden, die die Grenze zum Waldrand flankierten, und sprintete mit gezogener Waffe auf das Haus zu, wo sie sich sofort gegen die Holzwand drückte und lauschte. Nichts. Kein Geräusch mehr, das hier nicht hingehörte. Doch dann hörte sie ein Räuspern. Die Stimme eines Mannes. Ganz nah, nicht von drinnen, sondern gleich um die Hausecke. Fünf, sechs Meter entfernt von ihr. Sie entsicherte die Waffe und lud durch. Die Härchen auf ihren Armen stellten sich hoch. Vor ihrem inneren Auge flackerten Bilder einer engen Baracke auf; aufspritzendes Blut und das sirrende und gleichzeitig blubbernde Geräusch einer Bohrmaschine, die sich in eine Halsschlagader fraß. Sie hatte bereits einmal einen Mann getötet, der sie bedroht hatte, vor etwa einem Jahr, in Estland. Notwehr. Bis heute war ihre Tat ohne Konsequenzen geblieben. Bis heute. Sie atmete so leise wie möglich ein und aus. War deshalb jemand hinter ihr her? Sollte sie zur Rechenschaft gezogen werden? Ein Racheakt der baltischen Mafia? Diesen Männern war alles zuzutrauen; damals war sie mit ihrem Ohr an einem Schreibtisch festgeschraubt worden. Sie hörte deutlich Schritte auf der Veranda. Der Mann bewegte sich. Es klang, als sei er allein. Jetzt oder nie, dachte sie und sprang mit gezogener Pistole vor.

»Polizei! Die Waffe fallen lassen!«

Ihre kräftige Stimme hallte über die Terrasse, über den Hang hinunter zum Steg und über das Wasser des Sees.

»Meine Güte, Stina!«

Mathias, der Mann ihrer Cousine Maj, klang zuerst erschreckt und dann belustigt. »Immer voll im Einsatz, was?« Scherzhaft hob er die Hände über den Kopf, ließ dabei einen Badmintonschläger fallen und sah Forss, die immer noch ihre Waffe auf ihn richtete, mit großen Augen an. Erleichtert senkte sie die Pistole und spürte eine große Erschöpfung, als die Anspannung in ihrem Körper nachließ.

»Habt ihr ein neues Auto?«, fragte sie.

»Von wegen. Leider nur ein Ersatzwagen der Werkstatt.«

Vom See her kam Maj mit den beiden Töchtern Lea und Tuva im Schlepptau die Böschung heraufmarschiert.

»Machst du hier Schießtraining?«, scherzte Maj und umarmte sie. »Du hast doch noch Urlaub?«

Forss zwang sich ein Lächeln ab und öffnete ihre Arme auch für die beiden Teenagermädchen, die auf sie losgestürzt kamen. Sofort fühlte sie sich mit der Situation überfordert und spürte eine wachsende Irritation über ihre Cousine und deren Familie, die einfach so hier auftauchten, als hätten sie jedes Recht der Welt, *ihr* Haus und *ihren* Garten und *ihren* Steg in Beschlag zu nehmen. Seit Forss aus dem Haus der Lundins ausgezogen war, waren das Alleinsein hier draußen und die Ruhe ihr heilig geworden. Sie mochte es, ihr Leben zu leben, ohne sich für jeden Schritt und Tritt erklären zu müssen. Zu allem Überfluss sah sie jetzt auch noch Majs Schwiegermutter Harriet die sanfte Böschung zu ihrem Haus hinaufgehen. Sie steckte ihre Waffe zurück in das Holster und verstaute alles in ihrer Umhängetasche.

»Nein. Ich musste ... ich habe früher wieder anfangen. Es gibt da diesen neuen Fall.«

»Der Verkohlte mit der Heugabel?«, fragte Maj. »Die Zeitung ist voll davon.«

»Genau, der Verkohlte mit der Heugabel«, bestätigte Forss und zuckte innerlich zusammen, unangenehm berührt von der saloppen Art, in der Maj über ein Mordopfer sprach. »Eigentlich war es eine Mistgabel.«

»Wenn du nur was gesagt hättest, hätten wir das Grillen ja auch verschieben können«, sagte Maj, die den sich verdunkelnden Blick ihrer Cousine richtig deutete.

Ach, natürlich.

Das Grillen.

Sie hatte es vollkommen vergessen.

Am Sommeranfang hatte sie die Lundins zu sich in den Garten eingeladen, um für sie zu kochen. Sie hatte sich ausgemalt, wie sie die Rolle der herzlichen Gastgeberin einnahm, stundenlang ein ausgefeiltes – in Rücksicht auf ihre Großnichte Tuva vegetarisches – Dreigängemenü vorbereitete, selbst gezogene frische Kräuter zerhackte, die Tischdekoration farblich auf das Essen abstimmte und bunte Sommerdrinks mit Zuckerrand mischte. Ihren Verwandten zu Ehren wollte sie eine Mahlzeit zubereiten, die über ihren eigenen Alltagsstandard, der meistens aus Tiefkühlkost bestand, hinausging. Sie wollte mit der ganzen Raffinesse kochen, die ihr bei ihrem letzten Exfreund so auf die Nerven gegangen war, von der sie sich dennoch einiges abgeguckt hatte und die sie nun sogar ab und zu vermisste. Ursprünglich hatte es auch einen Übernachtungsplan gegeben, damit Mathias und Maj zum Abendessen ausnahmsweise einmal beide ein Glas Wein trinken konnten, aber die Sommermonate waren so schnell vorbeigerast. Nun war es September, und die Sommerferien waren längst vorbei, und da alle morgen wieder in die Schule und zur Arbeit mussten, wollten sie später am Abend wieder zurückfahren. So war es verabredet gewesen.

Forss warf einen Blick auf die Uhr. Viertel nach fünf. Ging also noch gerade.

»Ich muss nur kurz ankommen, macht es euch hier so lange schon einmal ein bisschen gemütlich«, entschuldigte sie sich und verschwand auf ihren schmutzigen Socken in der Küche. Ihre Schuhe waren eh ruiniert, die konnte sie auch später holen. Im Kühlschrank fand sie eine Flasche Ketchup, zwei Gläser mit eingelegtem Fisch und Marmelade. In der Tiefkühle lag eine Dreierpackung Knoblauchbutterbaguettes, und im Schrank standen eine Dose Tomaten und eine angebrochene Nudelpackung. Gerade als sie aus lauter Verzweiflung die matschigen Zucchini aus dem Müll herausfischen wollte, trat Maj in die Küche.

»Dir ist die Arbeit dazwischengekommen, oder?«

Forss hörte, wie Maj sich bemühte, nicht vorwurfsvoll zu klingen, aber trotzdem trafen sie die Worte. Salz in einer offenen

Wunde. Sie hasste es, sich für ihre Arbeit rechtfertigen zu müssen. Sie hasste die so überlegen wirkende Ruhe ihrer Cousine, die immer einen gefüllten Kühlschrank zu haben und nie einen Termin zu vergessen schien, obwohl sie voll berufstätig war und Mutter zweier Teenager.

»Stina, es macht nichts. Wir können doch den Pizzaservice ...«

Den Rest des Satzes nahm Forss nicht mehr wahr. Sie sah über Majs Schulter hinweg durch das Fenster, wie Tuva ihre Umhängetasche von der Gartenstuhllehne auf der Terrasse nahm und die Dienstwaffe mitsamt Holster herausholte. Das Mädchen knöpfte das Holster auf, nahm die Sig Sauer in die Hand und richtete sie auf ihre jüngere Schwester, als handelte es sich um eine Spielzeugwaffe. Wie durch einen Tunnel hörte Forss die Stimmen und das Lachen der Mädchen und sah das tödliche schwarze Metall in der Sonne aufblitzen. Mit zwei Sätzen war sie beim Küchenfenster, und ihre Faust donnerte so kraftvoll dagegen, dass das Glas vibrierte. Die Mädchen blickten zu ihr rüber. Mit einem Griff hatte Forss das Fenster geöffnet. »Lass die Waffe fallen, du Wahnsinnige!«, schrie sie das erschrockene Mädchen an. Tuva ließ die Sig Sauer sofort los, und die Pistole plumpste zu Boden.

Stille stand über dem Garten, über dem See und das Waldgebiet hin bis nach Växjö.

Stumm blickten alle einander an. Forss' Herz flatterte in der Brust wie ein junger Vogel. Mathias bückte sich schließlich nach der Waffe und legte sie vorsichtig auf den Gartentisch.

»Zum Glück war das Ding ja nicht geladen«, sagte er.

Maj atmete so laut aus, dass Forss es hinter sich hören konnte.

# 19

Als Ingrid Nyström am Abend endlich zu Hause angekommen war und sich ihrer derben Schuhe, der Jacke und des unförmigen Lederbeutels, in dem sich Aktenordner und leere Butterbrotdosen befanden, entledigt hatte, saß sie traurig, müde und hungrig auf der niedrigen Bank im Garderobenzimmer neben der Küche, in dem es immer ein wenig kühl war und immer ein wenig muffig roch, nach Kartoffelschalen und feuchtem Leder, egal wie oft sie dort lüftete, staubsaugte oder putzte. Sie mochte die Kühle der Kammer und ihren Geruch. Hier fühlte sie, dass sie zu Hause war. Und während sie so dasaß, in dem fast dunklen Raum, in den nur durch den Spalt der nicht ganz geschlossenen Küchentür ein wenig Licht drang, fiel ihr Blick auf den schemenhaften Umriss des Schuhtrockners. Das altertümlich anmutende Elektrogerät war irgendwann in den Achtzigerjahren gekauft und neben dem Schuhschrank angebracht worden, um die ewig nassen Kinderstiefel ihrer damals noch so kleinen Töchter im Akkord zu trocknen. Die zwei Plastikrüssel, aus denen in den guten, kalten, bunten Wintertagen röhrend die heiße Luft geströmt war, hingen traurig und bestimmungslos über dem Boden. Das Gerät war defekt, es funktionierte nicht mehr, und das seit bestimmt zwanzig Jahren. Trotzdem war es da, trotzdem gehörte es hier hin, in ihr Zuhause, und in dem Moment, in dem Nyström begriff, warum weder sie noch ihr Mann das so hässliche wie nutzlose Ungetüm jemals abgeschraubt oder dies wenigstens in Erwägung gezogen hatten, kamen endlich die Tränen. Sie hätte so viele Gründe zu weinen gehabt, in diesem Augenblick, angefangen bei ihrem versehrten Körper, ihrer alten, verletzten Mutter, dem schwierigen Fall und vor allem natürlich der Angst und den Erniedrigungen dieses elenden Tages: die unnötigerweise mobilisierte Hundertschaft, den Hubschrauber, den Suchhund und seinen

Führer, Erik Edmans vor allen Mitarbeitern ausgestoßene Flüche, Verwünschungen und Androhungen, ihr sämtliche Kompetenzen und Zuständigkeiten zu entziehen, Frank Jodenius' dämliches Grinsen auf dem Flur und die nachgemachten Affenlaute in der Kantine. So viele gute Gründe zu weinen. Doch sie starrte minutenlang im Dunkeln auf die Konturen eines kaputten Schuhtrockners, und die heißen Tränen liefen ihr nur aus einem einzigen Grund über die Wangen: Sie war so gottverflucht erleichtert, dass da draußen im Wald kein totes und verstümmeltes Kind gelegen hatte, sondern nur ein Tier.

## 20

Es hatte etwas gedauert, aber dann hatten sich der Schreck und die Aufregung gelegt. Stina Forss und Maj hatten gemeinsam den Tisch in der Küche gedeckt. Die Servietten mit ihrem herbstlichen Blatt- und Früchtemuster in Grün, Gelb und Rot und die stattlich langen Kerzen schenkten dem Tisch die Art von Eleganz, den Forss nun zu brauchen meinte. Vielleicht als Kompensation für ihre Unzulänglichkeiten. Maj hatte das Preisschild auf den Rörstrand-Servietten gesehen und zögernd gefragt, ob sie wirklich *die teuren* nehmen sollten, nun, wo sie so viele waren. Als Mathias und die Mädchen mit den Pizzas kamen, arrangierte Forss die Stücke auf einem großen Holzbrett. Mit Petersilie aus dem Garten streute sie, um die Worte ihres Exfreunds zu benutzen, *ein bisschen Liebe* obendrauf. Es sah gar nicht so schlecht aus. Mathias' Mutter, Harriet, hatte sich von ihrem Platz in der Abendsonne auf der Terrasse gelöst und sich zu ihnen in die Küche gesellt. Stina schenkte Getränke ein, Bier und Wasser. Ihre Gäste betrachteten andächtig den Tisch.

»*Guten Appetit*«, sagte Stina auf Deutsch. Der schwedische Ausdruck fehlte ihr. Manchmal hatte sie solche sprachlichen Aussetzer.

»*Bon appétit!*«, erwiderte Harriet und lächelte.

»*Buen provecho!*«, kam von Lea, die in der Schule Spanisch lernte.

»*Hugg in!*«, sagte Mathias, und die anderen lachten. Haut rein. Irgendwie passte das zum volkstümlichen Schweden.

»Stina, danke, dass du nicht gekocht hast«, sagte Tuva und griff nach einem Stück mit Artischocken. »Ich liebe Pizzeria-Pizza!«

»Na!«, ermahnte sie Maj.

»Falls ich irgendwann in einer Stadt wohne, werde ich mir ständig Pizza aus der Pizzeria holen«, bestätigte Lea ihre Schwester.

Forss lächelte. Sie konnte sich nicht erinnern, in Berlin jemals Pizza nach Hause bestellt zu haben. Für sie war das eher etwas sehr Typisches für die schwedische Provinz. Nach dem Essen setzte sie Teewasser auf. Ihre Rolle als Gastgeberin erfüllte sie nicht ganz so glamourös, wie sie es sich vorgestellt hatte, aber immerhin gab sie sich Mühe. Sie stellte sogar fest, dass es ihr richtig Spaß machte. Und dass ihre Gäste sich wohlfühlten. Dann fiel ihr etwas ein.

»Erinnert ihr euch an diesen Orkan *Gudrun*?«, fragte sie.

»Das muss jetzt ungefähr zehn Jahre her sein«, sagte Mathias.

»Ja, damals saßen wir auch im Schein der Kerzen in der Küche«, erinnerte sich Maj.

»Ein Glück, dass dem Haus hier nichts passiert ist, so nah am Waldrand und mit den hohen Bäumen im Garten«, meinte Mathias. »Vielleicht sollte man da mal etwas unternehmen?«

Forss überhörte die Bemerkung. Wenn es um ihr Haus und ihr Grundstück ging, war sie empfindlich gegen gut gemeinte

Ratschläge. Viel zu schnell überfiel sie das Gefühl, dass jeder mehr Ahnung vom Leben auf dem Land hatte als sie und dass sie bei jedem Schritt am besten Hunderte sich widersprechender Anweisungen befolgen sollte, damit das Haus nicht verrottete, die Ratten nicht einzogen, die Heizkosten nicht in den Himmel schossen, die selbst gesetzten Kartoffeln nicht grün wurden oder halt eine der Kiefern beim nächsten Sturm das Haus nicht demolierte. Vielleicht ist es mit einem eigenen Haus so ähnlich, wie wenn man ein Kind bekommt, dachte sie. Da weiß auch jeder alles besser. Sie wandte sich an Mathias' Mutter. Die alte Frau hatte bisher fast nur geschwiegen. Trotzdem sah sie zufrieden aus.

»Ihr seid doch Waldbesitzer, Harriet? Ist bei euch in der Sturmnacht auch viel umgeknickt?«

Harriet zögerte mit der Antwort, schaute aus dem Fenster in die Dämmerung, dann antwortete sie mit nachdenklicher Stimme.

»Ja, damals hatten wir tatsächlich noch viel Wald. Nun haben Mathias' Schwester und ihr Mann den Hof übernommen, aber damals waren wir noch ...«

Sie verstummte. Vielleicht weil die Erinnerungen sie überrannten.

»Erzähl doch bitte, wie du diese Nacht erlebt hast«, bat Forss. Sie bereute, dass sie ihren Kollegen bei der Besprechung am Vormittag kaum zugehört hatte.

»Also gut«, begann Harriet. »Wir hatten an dem Abend Besuch von Freunden, das weiß ich noch. Es war ja ein Samstag, und Kenneth und Gunvor waren bei uns. Wir wollten *den Weihnachtsbaum raustanzen*. Na ja, nicht buchstäblich, aber du hast bestimmt schon von der Tradition gehört.« Harriet lächelte. »Wir hatten mittags telefoniert. Sie hatten ja im Radio schon vor dem Sturm gewarnt und die Menschen aufgefordert, zu Hause zu bleiben, wenn es ging. Am Nachmittag war es dann aber so ruhig, dass wir die Meldungen nicht richtig ernst nahmen. Wir hatten ja keine Vorstellung, was sich da zusammenbraute. Also hielten wir an den Plänen fest, ich hatte ja auch schon extra eingekauft, sogar eine Flasche Champagner lag im Kühlschrank bereit. Kenneth und Gunvor brachten dann ihre Zahnbürsten mit, vielleicht nur aus Spaß, für den Fall, dass sie sich später nicht heraustrauen würden. Wenn wir nur da schon gewusst hätten, dass sie erst am nächsten Abend wieder heimkommen würden ...«

»Wann fing es denn so richtig an?«, fragte Forss.

»Irgendwann abends. Es war schon dunkel, aber es war ja auch Anfang Januar und daher einer der kürzesten Tage des Jahres. Wir saßen wie jetzt zusammen in der Küche und hatten es uns nett gemacht. Zuerst hörten wir den Wind. Im Schein der Außenbeleuchtung sahen wir die Äste des großen Kirschbaums schwanken. Wir holten sicherheitshalber schon einmal mehr Teelichter heraus, zündeten den Kamin im Wohnzimmer an und versorgten das Radio und die Taschenlampen mit neuen Batterien. Auf dem Land waren wir es ja gewohnt, dass ab und an im Winter der Strom ausfiel, und daher waren wir eigentlich ganz gut gerüstet. Gunvor und Kenneth überlegten, aufzubrechen, aber wir hatten den Nachtisch noch nicht gegessen, und dann war plötzlich wirklich der Strom weg. Mit einem Schlag wurde es stockfinster, denn auch die Lichter der Nachbarhäuser erloschen. Von der Veranda aus hörten wir, wie die Bäume im Wald zerbarsten. Was für ein unheimliches Geräusch! Als würde ein riesiges Ungeheuer da draußen wüten! Der Geruch von frisch gefällten Bäumen lag in der Luft. Es war beängstigend und zugleich auch spannend. Ganz fest habe ich die Hand von meinem Mann gedrückt. Uns allen war klar, dass da draußen etwas sehr Ungewöhnliches vor sich ging, etwas, das wir noch nie erlebt hatten, obwohl wir ja auch nicht mehr die Jüngsten waren.«

»Und was habt ihr dann gemacht?«, fragte Lea, die selbst zu jung war, um sich an die Sturmnacht richtig zu erinnern.

»Wir sind reingegangen und haben den Nachtisch gegessen! Geschmorte Äpfel mit Zimt und dazu Vanillesauce.«

Um den Tisch herum wurde gelacht.

»Wir machten das Radio an und hörten gespannt der Berichterstattung zu. Irgendwann habe ich im Schein der Taschenlampe die Betten im Gästezimmer bezogen, und Kenneth ging zum Auto raus, um die Zahnbürsten zu holen. Dabei ist ihm ein Metalleimer ins Gesicht geflogen, und ich weiß noch, dass er mit blutender Lippe wieder zurückkam. In der Nacht haben wir nicht viel geschlafen, wir lagen eher leise da und lauschten den Geräuschen. Irgendwann nach Mitternacht wurde es ruhiger, aber ich konnte nicht richtig einschlafen. Ich dachte an die Tiere im Stall und überlegte, in welcher Reihenfolge ich was am nächsten Tag erledigen sollte. Als es endlich dämmerte, trafen wir wieder in der Küche zusammen. Kjell, mein Mann, machte Feuer, damit wir uns Kaffee kochen konnten und damit das Haus wieder warm wurde. Dann gingen wir hinaus.«

Forss beobachtete, dass Tuva und Lea ihrer Großmutter gebannt zuhörten.

»Wir wollten unseren Augen nicht trauen! Um das Haus herum war eine völlig neue Landschaft entstanden. Vor dem Haus lag der Wald buchstäblich am Boden, und durch eine fast zwei Kilometer lange Schneise konnten wir plötzlich die Häuser in Hult sehen. Wir hatten über Nacht neue Nachbarn bekommen! So fühlte es sich an. Wir gingen durch die neue Landschaft, als wären wir auf dem Mond gelandet. Ganz still, ohne etwas zu sagen, jeder hing seinen eigenen Gedanken nach und versuchte zu begreifen, was passiert war. Ich weiß noch, dass Kjell als Erster die Straße erreichte und mit seinen Rufen die Stille durchbrach. In beiden Richtungen lagen Bäume auf dem Weg, so weit wir blicken konnten. Kräftige Fichten kreuz und quer, einige in der Mitte abgebrochen, andere mit den Wurzeln aus der Erde gerissen. Sie haben später gesagt, dass die Schäden weniger schlimm ausgefallen wären, wenn der Boden gefroren gewesen wäre, aber für uns war das ungewöhnlich milde Wetter in den folgenden Tagen und Wochen ohne Strom die Rettung.«

Harriet hielt einen Moment inne. Man konnte sehen, wie sie in ihren Erinnerungen stöberte und wie sie überlegte, was sie als Nächstes erzählen sollte. Forss räumte die Dessertteller ab und setzte sich dann wieder zu den anderen an den Tisch.

Harriet fuhr fort.

»Die Tiere. Wir hatten damals noch zwölf Kühe, und ich betete zu Gott, dass der alte Stall heil geblieben war, und zum Glück war er das auch. Im Schein der Taschenlampen versorgten wir die Tiere mit Heu, im Stall war es ja fast völlig dunkel. Schwieriger wurde es mit der Wasserversorgung der Kühe, da wir ja keine Elektrizität hatten.«

»Hattet ihr denn kein Notstromaggregat?«, fragte Forss.

»Nein, damals nicht. Wir hatten längst keinen Milchbetrieb mehr, das Dutzend Kühe war ja mehr ein Hobby als eine Einnahmequelle, und bis dahin waren wir immer zurechtgekommen, wenn der Strom mal für ein paar Tage weg war. Hinter dem Haus floss ein Bächlein, dort haben wir immer Wasser geholt. Aber nun ging es nicht, da wir keinen Meter in den Wald hineinkamen. Wir mussten zuerst den Weg freiräumen, um aus unserer Siedlung rauszukommen. Kenneth und Gunvor wollten schließlich auch nach Hause, um dort nach dem Rechten zu sehen. In der Ferne hörten wir bereits das Geräusch von Motorsägen, und wir begriffen, das alle um uns herum in einer ähnlichen Lage steckten. Leider besaßen wir damals nur eine gute Säge, und so wechselten Kjell und Kenneth sich ab. Für die Dinger muss man einen richtigen Führerschein haben. Gunvor und ich übernahmen mithilfe des Traktors das Wegschleppen der Stämme und Äste, versorgten alle mit Kaffee und Käseschnitten und befüllten die Säge mit neuem Benzin, wenn es nötig war. Wir arbeiteten schweigend, Seite an Seite, Stunde um Stunde. Erst am frühen Nachmittag hatten wir den Weg bis zur großen

Straße freigeräumt. Auch dort lagen die Bäume umgekippt wie Mikadostäbe, aber wenigstens war eine der Fahrbahnen geräumt, und Kenneth und Gunvor wagten sich auf den Nachhauseweg, während Kjell und ich mit dem Traktor und einem Anhänger voll alter Milchkannen Wasser aus der Quelle holten, um damit die Tiere zu versorgen. Dasselbe haben wir dann sechs Tage lang jeden Abend nach der Arbeit gemacht, bis endlich der Strom zurückkam und die Grundwasserpumpen wieder funktionierten. Da wir auch im Haus kein fließendes Wasser hatten, nahmen wir einen Wassereimer mit hinein, heizten das Quellwasser auf dem Holzherd auf und wuschen uns damit den Stallgeruch ab. Manchmal passierte es, dass ich bei der Arbeit im Büro Moos im Haar entdeckte und nicht wusste, ob ich deswegen lachen oder weinen sollte. Es waren seltsame Tage und Wochen, die auf den Sturm folgten. In Växjö ging das Leben weiter, als wäre nichts passiert, und auf der Arbeit wurde erwartet, dass ich funktionierte und meinen Tätigkeiten nachging wie sonst auch. Wenn ich nach dem Arbeitstag jedoch nach Hause fuhr, war nichts mehr normal. Es war, als würde ich die Zivilisation verlassen, sobald ich auf die Landstraße einbog. Dort gab es ab einem bestimmten Punkt kein Licht mehr, nur Finsternis und die Gewissheit, dass rechts und links der Straße Menschen im Schein von Kerzen und Taschenlampen ihren Tätigkeiten nachgingen, auf Campingkochern ihr Abendessen zubereiteten, aus Wasserkanistern die Toiletten spülten und viel Zeit miteinander verbrachten, da weder Fernseher noch Computer funktionierten.«

»Hattet ihr denn viel Kontakt mit den Nachbarn?«, wollte Mathias wissen.

»Nein, dazu war jeder zu sehr mit seinen Problemen beschäftigt, aber wir wussten ja, dass die anderen in derselben Situation steckten und dieselben oder ähnliche Dinge taten. Wir waren uns innerlich nah und rückten so auf eine Art zusammen. Und natürlich tauschte man sich aus, wenn man sich im Geschäft begegnete: bei den Regalen mit den Kerzen und Batterien. Wenn man Pech hatte, war alles schon vergriffen, die Nachfrage war groß. Ich erinnere mich noch an eine junge Frau, der ich an einem der ersten Tage im Supermarkt in Växjö begegnete. Sie stand da, hielt eine Viererpackung großer Batterien in der Hand und brach in unkontrolliertes Weinen aus. Sie stand einfach da und schluchzte. Ich blieb stehen, und später erzählte sie, wie sie in Vislanda losgefahren sei, erst nach Grimslöv, dann zurück bis ganz nach Alvesta. Überall waren die Batterien ausverkauft. Zu Hause warteten ein drei- und ein fünfjähriges Kind, die sie unmöglich bei Kerzenlicht unbeaufsichtigt lassen konnte. Die Batterien für die Taschenlampen waren ihre Freiheit für die kommenden Tage.«

»Ja, an so etwas kann ich mich auch erinnern«, lachte Maj und warf dabei einen Blick auf ihre Töchter.

»Waren deine Arbeitskollegen in Växjö denn nicht neugierig? Der Sturm muss ja riesige Schlagzeilen gemacht haben«, meinte Forss. Sie überlegte, was sie selbst zu der Zeit gemacht hatte. In Berlin gearbeitet wahrscheinlich. Damals hatte sie so gut wie gar keinen Kontakt zu ihrem Vater gehabt. Vom Sturm *Gudrun* hatte sie irgendwann von Majs Eltern erfahren, aber nie verstanden, wie weitreichend die Folgen für viele Menschen gewesen waren.

»In den ersten Tagen vielleicht schon«, antwortete Harriet, »doch bald vergaßen sie es. Die lokalen Radio-Nachrichten sprachen schon viel von den Sturmschäden, aber in der landesweiten Presse wurde ja alles von der Tsunami-Katastrophe überschattet.«

»Was habt ihr denn mit den ganzen umgekippten Bäumen gemacht?«, fragte Lea.

»Selbst konnte man nicht viel machen, dass wäre viel zu gefährlich gewesen. Forstarbeiter waren wohl die gefragteste Berufsgruppe in den Monaten nach dem Sturm. Wir hatten großes Glück und bekamen schon im Frühsommer unser Holz aus dem Wald. Wir hatten Unterstützung von Männern aus Polen. Die Forstarbeiter kamen von überall her, sogar aus Kanada. Ich glaube, auf dem Flughafen von Växjö war selten so viel Verkehr wie im Jahr nach dem Sturm.«

Harriet leerte ihr Bierglas. Ihr Hals war von dem vielen Reden trocken geworden.

»Ich könnte noch die ganze Nacht erzählen, ohne dass Mathias und Maj, die ja auch ihre eigenen *Gudrun*-Geschichten haben, zu Wort kämen. Es ist lange her, dass ich darüber gesprochen habe.«

»Ich kannte die Geschichte noch nicht«, sagte Tuva und sah ihre Großmutter liebevoll an.

»Leider ist es wohl Zeit, aufzubrechen, es ist ja schon halb elf«, sagte Mathias.

»Ach Gott, nun habe ich mit meinem Gesabbel den ganzen Abend in Beschlag genommen. Das tut mir leid!«

»Danke, dass du da warst, Harriet, ich fand es sehr schön, dir zuzuhören!«, sagte Forss und meinte es ernst.

Widerwillig standen Lea und Tuva auf, sie hätten wohl gern länger im Schein der Kerzen gesessen und ihrer Oma zugehört. Es ist schon komisch, dachte Forss, wie selten wir uns Zeit nehmen, um uns Dinge zu erzählen und den anderen zuzuhören. Sie wünschte sich, sie hätte einen solchen Abend mit ihrem Vater verbracht, bevor er gestorben war. Ein einziger Abend hätte ihr gereicht. Aber den gab es nicht. Den hatte es nie gegeben.

Auf der Türschwelle nahm Mathias sie in den Arm.

»Danke, Stina. Das war einer der schönsten Abende seit Langem. Danke, dass du meine Mutter nach dem Sturm gefragt hast. Ich glaube, es hat ihr sehr gutgetan, einmal für einen Moment im Rampenlicht zu stehen.«

Maj verabschiedete sich als Letzte, während die anderen schon ins Auto stiegen. Sie drückte ihre Cousine lange und fest an sich.

»Wer hätte gedacht, dass der Abend so schön endet? Nach

dem beschissenen Anfang.« Sie lächelte müde. »Ich bin so froh, dass mit der Waffe nichts passiert ist. So heilfroh. Gott sei Dank war das Ding ja nicht geladen.«

»Ja«, flüsterte Forss. »Gott sei Dank.«

## 21

Der Gagelstrauch roch intensiv. Emma nahm ein paar der länglichen ovalen Blätter und zerrieb sie zwischen ihren Fingern, atmete tief ein und spürte, wie der Geruch ihren Kopf, ihren Körper, ihr ganzes Sein erfüllte. Außer dem Geruch war nichts anderes da. Sie hielt einen Moment inne, atmete dann aus und öffnete die Augen. Auf der Oberfläche des Sees glitzerte die Sonne. Wie eine Straße aus Gold. Rechts und links davon war das Wasser schwarzblau wie der Hirschkäfer, den sie vorgestern gesehen hatte. Auf der gegenüberliegenden Uferseite formten die dichten Fichten ein dunkles Band, das einen Schatten auf den See warf.

Sie roch an ihren Fingern.

Gagelstrauch.

Damit hatte Oma Liane ihren Schnaps gewürzt. »Ich konserviere den Sommer im Alkohol«, hatte sie einmal gesagt, als sie die frischen Blätter in den Flaschenhals gedrückt hatte. Leider war Emma damals noch zu klein gewesen, um das fertige Getränk probieren zu dürfen. Der Geruch löste in ihr Erinnerungen an zu Hause aus, an den Steg unten am See. Nirgendwo war er so intensiv wie dort, wo das Wasser zwischen den Steinen gluckerte, dort, wo die Kröten wohnten, wo sie ihre Kindheit, wo sie ihre Sommer verbracht hatte.

Jetzt war sie erwachsen, und der Sommer war so gut wie vorbei. Es war alles so anders gekommen: Ihr Erwachsendasein hatte so wenig mit der Zukunft gemeinsam, die sie sich als Kind vorgestellt hatte. Das hier – der Wald, aber auch der Hof und der Biobetrieb –, das hätte ihr Leben sein sollen. Solange sie denken konnte, hatte sie sich mit Eifer ausgemalt, wie sie in die Fußstapfen ihrer Großeltern und Eltern treten würde, um weiterzuführen, was sich die Familie Johansson über Generationen aufgebaut hatte. Doch nun war alles weg und für immer verloren. Die Gewissheit stach ihr in die Brust.

Emma hockte sich ans Seeufer und wusch die Reste der zerriebenen Blätter weg.

Bei ihr hatte die Zeit keine Wunden geheilt, und die Erinnerungen an die Tage nach Weihnachten vor zehn Jahren taten immer noch so weh, als wäre das alles erst gestern passiert. Auf einen Schlag waren sie alle fort gewesen: Oma, Opa und Papa. Und später dann der Wald. Sie wollte nicht daran denken, sie wollte sich nicht erinnern. Der Schmerz über die fünf Jahre zurückliegende Entscheidung, aufzugeben und alles hinter sich zu lassen, saß tief, aber sie war richtig gewesen. Statt sich auf dem überschuldeten Hof totzuschuften, war sie ans andere Ende der Welt gereist und hatte etwas Sinnvolles getan. Eine Aufforstung im südlichen Småland interessierte ehrlich gesagt keine Sau. Hier gab es eh Wald genug. Wald, so weit das Auge reichte. In Indonesien dagegen war die Erhaltung des Regenwalds für die Menschheit überlebenswichtig.

Hier, am Seeufer, wurde ihr bewusst, wie selten sie in den vergangenen Jahren an das gedacht hatte, was sie zurückgelassen hatte. Es kam ihr vor, als hätte sie vollkommen verdrängt, dass es noch Nadelwälder mit kleinen Seen gab.

Die Sonne verschwand hinter einer Wolke, und das schwarze Band aus Bäumen am anderen Ufer war nun klar zu sehen.

Heute früh, in der Morgendämmerung, war sie von dort aufgebrochen, hatte sich dabei möglichst nah an der Uferkante gehalten, um eine Orientierung zu haben und nicht im Kreis zu laufen. An einigen Stellen hatte die Vegetation sie auf Umwege geschickt, mal standen die Bäume zu dicht, mal war der Boden zu matschig gewesen. An einer Stelle, an der eine Landzunge zu erkennen gewesen war, hatte sie eine Abkürzung gewagt. Statt dem Ufer zu folgen und die Ausbuchtung zu umrunden, war sie quer darübergegangen. Der Pfad hatte sie aber zu weit nach Norden geführt, und sie hatte den See aus den Augen verloren. Emma konnte schwer einschätzen, wie lange sie umhergeirrt war. In ihren Gedanken war alles durcheinander, und wären da nicht die pochenden Schmerzen, hätte sie geglaubt, sie befände sich in einem Traum. Einmal war sie sich sogar sicher gewesen, nachts das Geschrei von Affen gehört zu haben, und hatte erwartet, in ihrem Bett auf der Forschungsstation in Indonesien aufzuwachen. Aber das war nicht passiert.

Über ihrem rechten Auge juckte ein Mückenstich. Sie fuhr mit den Fingern darüber und fühlte eine Beule. Auch auf den Handrücken, an den Fußknöcheln, am Hals juckte es. Sie war leichte Beute gewesen. Mückenfraß. Ihr Vater Nils hatte früher, als sie noch klein gewesen war, behauptet, dass alle, die als Kinder häufig gestochen werden, sich an das Gift der Insekten gewöhnen und später als Erwachsene nicht mehr so stark darauf reagieren. Damals war es kaum ein Trost gewesen, und später hatte sich seine Behauptung als unwahr entpuppt.

Papa hatte gelogen.

Papa.

Hättest du diesen Platz hier am See erkannt?

Hättest du mir sagen können, wo ich bin?

Aber du bist schon lange tot.

So wie Oma und Opa.

Und nun auch Mama.

Vor ihr lag der See blank und schwarz.

Sie hatte Mama neben Papa auf dem Friedhof beerdigt. Und dann ... sie wollte nicht daran denken.

Wie in Trance stand sie auf.

Ich muss mich bewegen, dachte sie, ich muss hier weg.

Dann plötzlich raschelte es im Unterholz, und etwas schoss heraus. Ihr Herz machte einen Sprung. Ein Vogel flatterte dicht an ihrem Kopf vorbei und verschwand im nächsten Gebüsch. Eine Amsel? Alles war so schnell gegangen. Sie versuchte sich zu beruhigen, aber das Adrenalin pumpte durch ihren Blutkreislauf.

Sie drehte sich um, starrte ins Unterholz und horchte. Ihr Atem stockte, dann setzte sich ihr Körper in Bewegung, stürzte humpelnd nach vorne. Sie fiel hin und stand unter Schmerzen wieder auf. Ihr Knie tat weh, ihre Rippen auch, aber sie eilte weiter. Ihr Blick flog über den Boden, um zu erkennen, wo sie auftreten konnte, Äste knackten viel zu laut, ihre Schuhe versanken im Moos, aber sie musste weiter, um jeden Preis.

Als ihre Lunge zu platzen drohte und der Geschmack von Eisen sich in ihrer Kehle ausbreitete, entdeckte sie einen großen Felsblock, der ihr Deckung und Schutz bot. Ihr Herz hämmerte in ihrer Brust. Schnell und kräftig. Sie versuchte leise zu atmen, aber es war, als könnte ihre Lunge den Sauerstoff nicht aufnehmen, und sie schnappte nach Luft wie ein Fisch auf dem Trockenen.

# DER TAG DES STURMS,
# 8. JANUAR 2005, 14.10 –14.48 UHR

*Ola ist ein toller Bauer. Er hat viertausend Milchkühe, je dreitausend Fleischrinder und Schweine sowie zwölftausend Hühner. Dazu kommen hundert Hektar Mais, hundert Hektar Getreide und siebzig Hektar Zuckerrüben. Auf Gemeinheiten wie schlechtes Wetter oder die Geflügelpest muss man vorbereitet sein. Ola mag es, die riesigen Felder zu bestellen, er kann stundenlang mit dem Mähdrescher seine Runden drehen. Aber das Füttern der vielen Tiere ist ihm immer noch das Liebste. Er liebt auch die Melodie im Hintergrund. Der Bauernhof-Simulator ist ein super PC-Spiel. Trotzdem tun ihm nach einer Weile die Augen weh. Er klappt den Laptop zu. Seit über einer Stunde sitzt er im Bett, seine Muskeln sind schwer, aber nach Schlaf ist ihm auch nicht. Die Zeiger auf seinem Wecker stehen auf zehn nach zwei. Wenn er heute noch nach Älmhult fahren will, sollte er sich bald auf den Weg machen. Das Problem ist nur, dass er nicht aufstehen kann. Er ist zu müde.*

*Der Morgen ist überhaupt nicht so verlaufen, wie er ihn sich vorgestellt hat. Keine netten Gespräche mit Helen, kein herzliches Dankeschön. Im Gegenteil.*

*Nur die Kühe waren dankbar. Ihr zufriedenes Muhen, als sie ihr Getreidefutter bekamen, war wie Balsam für seine Seele.*

*Trotzdem ist er traurig, und es fehlt ihm die Kraft, etwas aus diesem Tag zu machen.*

*Er richtet sich auf, drückt das große Kissen hinter seinen Schultern zurecht und stellt den Laptop behutsam auf den Nachttisch.*

*Ola denkt über Nils' Brüder nach. Warum Henrik und Lars nicht auf dem Hof aushelfen, wenn sie schon mal da sind. Die Vorstellung, dass sie heute Morgen alle zusammen in Ruhe gefrühstückt haben, während er das Melken ganz allein übernehmen musste, ärgert ihn. Die Johansson-Brüder waren schon als Kinder selbstbezogen und eingebildet gewesen. Wo sie hinkamen, zogen sie die Aufmerksamkeit auf sich; die drei Johansson-Söhne seien so lustig und charmant, hieß es immer im Dorf. Und wie rührend sich die beiden Großen, Nils und Henrik, immer um ihren kleinen Bruder Lars kümmerten ... Von wegen! Einen Dreck haben die. Lars hat es von beiden ständig draufgekriegt, und seinen Frust hat er dann oft ausgerechnet an Ola ausgelassen.*

*Ola erinnert sich an einen Sommer, in dem Lars einen Arm in Gips hatte. Obwohl Ola einige Jahre älter war, hatte Lars ihn zur Zielscheibe seiner fiesen Albereien gemacht und ihn wochenlang mit seinem dämlichen Gipsarm durch die Gegend gejagt, um ihm damit auf den Kopf zu schlagen. Mann, hatte das wehgetan. Henrik, der vier Jahre älter war als Ola und damals schon ein Mofa besaß, hat seinem kleinen Bruder dabei geholfen und Ola festgehalten. Es sollte wohl lustig sein, aber für Ola war es schmerzhaft und demütigend. Ein anderes Mal hatten Henrik und Lars Ola mit einer Wäscheleine gefesselt und ihn gezwungen, hinter dem Mofa herzurennen. Voller Schrammen und blauer Flecken war Ola an dem Tag nach Hause gekommen. Auf seiner ganzen rechten Gesichtshälfte war die Haut abgeschürft gewesen. Der*

*Einzige, den Ola damals ein bisschen besser leiden konnte, war Nils gewesen. Nicht, dass er sich je für Ola interessiert hätte, aber wenigstens lachte er nicht über die gemeinen Spielchen seiner Brüder. Es war ganz offensichtlich, dass Nils und Henrik, die nur ein Jahr auseinanderlagen, nicht viel füreinander übrighatten. Nur die Erwachsenen bekamen das seltsamerweise nie richtig mit. Ständig sind Nils und Henrik aneinandergeraten und wollten sich auf Kosten des anderen beweisen. Zu einem richtigen, großen Krach ist es erst viel später gekommen, als Nils und Helen auf Wunsch des alten Bauern hin den Hofbetrieb übernahmen. Auch bei Ola löst die Erinnerung daran einen Stich im Herzen aus – aber nicht wegen des Hofs, sondern natürlich wegen Helen.*

*Dafür, dass die Johanssons Olas Existenz kaum wahrnahmen, war es seltsam, wie sehr sein eigenes Leben von ihnen bestimmt wurde. Es war, als befände er sich schon seit seiner Kindheit in ihrem Schatten, und sosehr er auch dagegen ankämpfte, konnte er sich nicht davon frei machen. Der größte und schmerzhafteste Beweis dafür war Helen: Er war es gewesen, der sie in Älmhult kennengelernt und mit in das Dorf gebracht hatte. Auch wenn sich niemand mehr daran erinnert, war es doch so gewesen. Damals, als Helen noch fröhlich und zu allen nett gewesen war, besonders zu den Tieren. Damals, bevor sich die Dunkelheit auf ihre Seele gelegt hatte.*

*Am Fußende des Bettes bewegt sich etwas, und im nächsten Moment sieht Ola den Kopf von Spoky, dem grauweißen Kater. Vorsichtig kommt er mit seinen weichen Pfoten über die Decke getrippelt und schmiegt sich sanft gegen Olas Oberkörper. Die Nähe des Tieres tut ihm gut, und über sein Gesicht breitet sich ein Lächeln aus. Gegen das unangenehme Gefühl in seinem Körper kommt es aber nicht ganz an.*

»*Für Nils bin ich immer nur der nützliche Idiot. Und wahrscheinlich für Helen auch*«, *erklärt er dem Kater, der laut maunzt.* »*Wenn Not am Mann ist, komme ich jedes Mal aufs Neue angerannt. Aber was bekomme ich dafür? Nichts! Heute Morgen habe ich mich wie Luft gefühlt, wie jemand, der gar nicht existiert.«* Sanft gleitet seine Hand über das weiche Fell des Katers. *»Ich kann ja verstehen, dass alles ein bisschen viel ist nach dem plötzlichen Tod der Eltern, aber sie sind ja im Moment zu fünft, nur Henrik und Lars fassen überhaupt nicht mit an. Ich glaube, dass den beiden völlig egal ist, was auf dem Hof passiert.«*

*Das Fell des Katers ist weich und warm unter Olas kräftigen Fingern. Er hebt das Tier vor sich hoch und guckt ihm in die Augen. Er liebt Tiere. Für ihn ist es unbegreiflich, warum die Brüder sich nicht um ihre Kühe kümmern. Wäre das nicht eine würdige Art, der Toten zu gedenken? Aber nein, die beiden feinen Bauernsöhne bleiben lieber im Haus und frühstücken und lassen den dummen Knecht die Arbeit verrichten.*

*»Aber ihr Tiere könnt euch auf mich verlassen.«* Ola drückt den Kater an seine Brust.

*»Egal, was passiert, die Kühe sollen nicht darunter leiden, dass ihr Bauer und seine Brüder solche Idioten sind.«*

*Und Idioten sind sie. Ola erinnert sich an den vergangenen Sommer und an die unheimliche Kalbgeburt, bei der er Zeuge wurde. An dem Tag war Nils allein auf dem Hof, und als es mit den Wehen begann, rief er bei den Karmfalks an, und Ola wurde rübergeschickt. Er hatte sofort gesehen, dass da etwas schiefging, aber Nils wollte auf keinen Fall den Tierarzt anrufen. Er glaube nicht an die Schulmedizin, hat er gesagt. Was für ein Blödsinn! Es ging doch nicht um Antibiotika, sondern um eine Geburtskomplikation! Das Kalb konnte nicht gerettet werden und kam tot zur Welt. Und was tat Nils? Er holte den Trecker und warf den noch warmen Kadaver in die Baggerschaufel und karrte sie davon. Als wäre das tote Tier Abfall. Die arme Kuh war von den Schmerzen so mitgenommen, dass sie erst Stunden danach merkte, dass ihr Kalb weg war.*

*Zack, zack muss es gehen, wenn Nils dabei ist. Immer Hektik und Stress. Er wäre in einer Firma besser aufgehoben als auf sei-*

*nem Biohof. Er sei so charismatisch, sagen die Leute. So engagiert. Von wegen!*

*Wenn sie nur gesehen hätten, was ich gesehen habe, würden sie den Mann nicht für so toll halten, denkt er. Ein schöner Biobauer ist das, der seine Tiere wie Abfall behandelt.*

*Der Kater löst sich aus Olas Griff. Mit der Schnauze streckt er sich nach Olas Gesicht, miaut und streckt die Zunge raus. Er hat Hunger.*

*Es ist jetzt fast halb drei. Ola zählt bis zehn, dann hebt er das Tier zur Seite und steht auf. Sein linkes Knie ist steif, und er muss es ein paarmal dehnen, bevor er sich daraufstützen kann. Sein Magen knurrt, und der Kühlschrank ist leer. Er muss jetzt einkaufen fahren, ob er will oder nicht. Auf dem Küchentisch liegen die Rabattmarken, und an der Kühlschranktür hängt sein Einkaufszettel. Gibt es im Schrank wenigstens noch einen Snack für unterwegs? Außer ein paar Haselnüssen findet er nichts. Er nimmt sich eine Handvoll und spült sie mit Milch, die er direkt aus der Kanne trinkt, herunter. Nun macht es ihm nichts aus, dass die Sahne auf der Milch schwimmt, sondern er genießt den cremigen Geschmack und den weichen Schleim, der im Mund zurückbleibt. Es ergänzt sich gut mit dem rauen Geschmack der Nüsse. Fast wie Nachtisch. Bevor er die Kanne in den Kühlschrank zurückstellt, gießt er einen Schluck in die kleine Schale neben dem Spülbecken, und sofort ist Spoky da und leckt rhythmisch die Flüssigkeit weg.*

*Ola fragt sich, was mit dem Hof passiert, jetzt, wo die Eltern nicht mehr da sind? Muss Nils seine Brüder aus dem Erbe auslösen? Sie werden den Hof bestimmt nicht zu dritt weiterbetreiben, wie auch, wenn Lars in Amerika lebt und Henrik in Malmö?*

*Aber wie soll man einen Bauernhof aufteilen? Die Tiere, die Gebäude, die Weiden, der Wald. Alles zusammen ist viel wert, aber in Einzelteilen funktioniert es nicht.*

*Vielleicht war die Stimmung auf dem Hof heute Morgen deswegen so angespannt. Vielleicht muss Nils vor seinen Brüdern krie-*

chen, damit sie ihm den Hof überlassen. Auf einmal spürt Ola sogar ein bisschen Mitleid mit ihm.

Im Auto schaltet er das Radio an. Der Lokalsender gibt eine Unwetterwarnung durch. Von Westen kommt ein Sturm über Götaland herein, aus Göteborg und Halland wird schon von starken Winden berichtet, und im Laufe des Abends ist auch in den westlichen Teilen von Småland mit Orkanböen zu rechnen. Die Menschen werden aufgefordert, wenn möglich zu Hause zu bleiben. Er betrachtet durch die Windschutzscheibe die Spitzen der Fichten am Wegesrand. Die Bewegungen der Baumkronen sind kaum wahrnehmbar. Es ist ein außergewöhnlich windstiller und milder Januarnachmittag.

Im Supermarkt ist viel los. Systematisch und ohne nachzudenken, holt Ola sich alles, was er braucht, aus den Regalen. Er weiß, wo die Sachen zu finden sind, und bewegt sich zügig durch die Gänge. Als er gerade vier vakuumverpackte Lachsfilets aus der Kühltruhe greifen will, die er dank seiner Rabattmarken zu einem Vorteilspreis bekommt, hält er inne. Wenn es heute Abend wirklich heftig stürmen sollte, kann es gut sein, dass Bäume auf die Oberleitung fallen und für eine Weile der Strom ausfällt, denkt er. So etwas kommt im Herbst oder Winter öfter vor. Wenn der Strom plötzlich weg sein sollte, wäre es schade, mit einem halb fertigen Essen im Backofen dazustehen. Besser spart er sich das Festmahl für einen anderen Abend auf. Er lässt den Fisch also zurück in die Kühltruhe plumpsen. Stattdessen holt er sich eine Dose Ravioli. Die kann er auch auf dem Gaskocher warm machen, wenn es sein muss. Zur Sicherheit nimmt er noch ein paar neue Batterien für die Taschenlampe und eine große Tüte Teelichte. Sicher ist sicher. In einem Ständer neben den Kerzen stehen Partyfackeln im Ausverkauf. Drei Stück zum Preis von einer. Das ist spottbillig! Wer weiß, wozu man sie gebrauchen kann, wenn der Strom wirklich ausfällt, denkt er und legt drei Fackeln in seinen Einkaufswagen.

Vor ihm an der Kasse unterhalten sich ein Mann und eine Frau, und obwohl die Gedanken an Helen und Nils und die Zukunft des

*Hofs in seinem Kopf umherwirbeln, kommt er nicht umhin, ihr Gespräch zu belauschen. Sie sprechen davon, heute Abend in den Volkspark nach Växjö zu fahren, wo »Die Thorleifs« spielen. Kurz überlegt er, ob er ihnen von den Sturmwarnungen erzählen soll, aber lässt es bleiben. Es geht ihn ja wirklich nichts an, und es könnte leicht überheblich klingen, andere zurechtzuweisen.*

*»Du rüstest dich wohl für den großen Sturm aus?«, lächelt die Kassiererin, als Ola an der Reihe ist, und nickt in Richtung der Batterien und Fackeln.*

*»Ja, ja, der große Sturm!«, sagt die Frau, die vor ihm dran war und noch dabei ist, ihre Einkäufe in Tüten zu packen.*

*Beide Frauen lachen.*

*Ola spürt, dass er rot wird, murmelt etwas Unverständliches als Antwort, nimmt schnell seine Tüten und eilt zum Auto. Der Himmel über ihm hat einen Farbton, den er noch nie gesehen hat. Immer noch ist es windstill.*

# ZEHN JAHRE SPÄTER,
# DONNERSTAG, DER 10. SEPTEMBER

## 1

Hauptkommissarin Ingrid Nyström war auf das Schlimmste gefasst, als sie am Vormittag das Präsidium betrat: blöde Witze, hämische Kommentare und eine Standpauke ihres Vorgesetzten. Doch zunächst einmal war überhaupt nichts anders als sonst. Die beiden jungen Polizisten an der Rezeption nickten ihr wie gewohnt zu, Olsson, ein Kollege, den sie seit ihrem ersten Tag bei der Kripo kannte, grüßte sie freundlich auf dem Flur und, was das Beste war, die Tür von Erik Edmans Büro war verschlossen, und ein Kunststoffschild informierte darüber, dass der *Chef außer Haus* sei. Schnell verzog sie sich in ihr Büro. Sie hatte zwar kein so imposantes Schild wie Edman, dafür aber die Idee, in großen Lettern *Bitte nicht stören* auf ein Blatt Papier zu schreiben und an ihre Tür zu kleben. Dann telefonierte sie nacheinander mit drei verschiedenen Amtsträgern der Landespolizeibehörde, dem Einsatzleiter der Polizeihubschrauberstaffel, zwei TV-Redakteuren und vier Journalisten. Sie erklärte, umschrieb, beschwichtigte, rechtfertigte sich, gab Informationen und Bildmaterial frei, hielt anderes zurück, dirigierte, bettelte, diktierte, forderte und bat um Entschuldigung. Nach zwei Stunden am Telefon war sie durchgeschwitzt, aber erleichtert. Immerhin wusste sie nun, dass jede Flugminute eines Polizeihelikopters den Steuerzahler etwa tausend Kronen kostete. Außerdem hatte sie erfolgreich verhindert, dass zwei landesweite Zeitungen am nächsten Tag einen geschlachteten Schimpansen als Aufmacher auf der Titelseite haben würden. Mit brummendem Kopf und trockener Kehle öffnete sie die Tür zum Besprechungszimmer. Zu ihrer Überraschung war dort ihr gesamtes Team versammelt. Als sie den Raum betrat, standen alle von ihren Stühlen auf. Aber nicht nur das. Der große, ovale Tisch war mit einem reichhaltigen Lunch eingedeckt: Kaffee, Tee, Orangensaft, belegte Brötchen, Krabbenschnitten und ein Holzbrett mit Lachs. »Selbst gefangen, selbst geräuchert!«, wie Lasse Knutsson stolz betonte. Nyström war baff. Hatte heute jemand Geburtstag? Ein Dienstjubiläum? Oder war Anette Hultins Baby gekommen? Aber wo waren dann die frischgebackenen Eltern …?

Delgado deutete ihren ratlosen Gesichtsausdruck richtig.

»Nein, Ingrid. Das ist für dich. Wir dachten, nach gestern könntest du eine kleine mentale Stärkung gebrauchen.«

»Einfach, weil du eine tolle Chefin bist!«, posaunte Knutsson.

»Ich glaube … Was soll ich sagen? Vielen Dank!« Sie spürte, dass ihr das Blut ins Gesicht schoss. »Das habe ich doch gar nicht …!«

»Und ob!«, strahlte Knutsson.

Vargen hielt eine Prinzessinnentorte in den Händen.

»Ein kleines Dankeschön dafür, dass ich hier so gut von euch aufgenommen worden bin.«

Er lächelte und sah dabei ziemlich glücklich aus. Was für ein höflicher, netter und anständiger Mann, dachte Nyström und schämte sich ein bisschen dafür, dass sie insgeheim befürchtet hatte, Stockholm würde ihr im Austausch für den begabten Göran Lindholm einen Wanderpokal schicken. So nannte man hinter vorgehaltener Hand die unbeliebten, tragischen Figuren, die im Laufe ihres Dienstlebens von Präsidium zu Präsidium abgeschoben und nirgendwo heimisch wurden. Von wegen Wanderpokal, das Gegenteil war der Fall! Vargen schien ein Volltreffer zu sein. Klug, offenherzig und empathisch.

Eifrig verteilte er riesige Stücke der Sahne-Marzipan-Torte.

»Zugegebenermaßen nicht selbst gebacken«, sagte er.

»Es ist doch die Geste, die zählt«, entgegnete Nyström. Sie hatte zwar überhaupt keinen Appetit, weder auf die süße Kalorienbombe noch auf ein mächtiges mayonnaiselastiges Krabbenbrot, war aber viel zu gerührt, um irgendetwas abzulehnen. Aus dem schönen Moment heraus ließ sie sich, die sonst eine passionierte Kräuterteetrinkerin war, sogar zu einer Tasse Kaffee hinreißen. »Ihr habt ja sogar extra Geschirr aus der Kantine geholt!«, stellte sie beinahe schon verzückt fest.

»Ich musste fünfhundert Kronen Pfand hinterlassen und schwören, dass ich es bis heute Abend sauber zurückbringe«, sagte Delgado.

»Dann sollten wir uns ranhalten«, sagte Stina Forss trocken. »Ich glaube, wir haben hier heute einiges zu besprechen.« Sie war die Einzige, die kein Strahlen im Gesicht hatte, wie Nyström registrierte.

»Sicher«, befand sie und stellte ihren Kaffeebecher auf den Tisch, um noch ein bisschen mehr Milch nachzugießen. »Zum Beispiel wer einen entlaufenen Schimpansen jagt, tötet, schlachtet und über einem Lagerfeuer zubereitet und anschließend aufisst.«

»Dazu kann ich gleich etwas sagen«, meinte Delgado und wedelte mit einem Blatt Papier, während er gleichzeitig von einem Krabbenbrot abbiss. Mit vollem Mund sprach er weiter. »Ann-

Vivika hat sich heute Morgen den Kadaver des armen Tiers angesehen und einen Bericht geschickt. Aber was Stina meint, ist, dass ...«

»Erzähl doch zuerst, was Ann-Vivika über den Affen herausgefunden hat«, drängelte Nyström.

»Okay«, brachte Delgado zwischen zwei Bissen hervor, »dann halt zuerst der Affe.«

Knutsson ließ die Katze aus dem Sack: »Der Schimpanse hatte einen Autounfall.«

»Wie bitte?«

Nyström verschluckte sich an ihrem Milchkaffee, Vargen klopfte ihr auf den Rücken. Sie musterte die Mienen ihrer vier Kollegen, aber niemand sah aus, als wolle er sie auf den Arm nehmen. Meinte Knutsson das etwa ernst?

»Lasse hat recht«, bestätigte Delgado, während er sich Mayonnaise von den Fingern leckte. »Ann-Vivika ist sich sicher, dass das Tier von einem Auto angefahren worden ist. Im Fell und in der Muskulatur des einen Beins befanden sich Kunststoffsplitter, die von Autoscheinwerfern stammen. Auf dem Oberschenkelknochen konnte sie sogar Lackpartikel sicherstellen. Bo wertet die Funde im Moment noch aus, aber es deutet alles darauf hin, dass ...«

»Moment mal. Ich dachte, das Bein sei zu großen Teilen verspeist worden?«

»Das war das andere Bein, das linke. Das rechte dagegen ist durch den Unfall vollkommen zertrümmert worden.«

»Aber wenn das arme Tier auf einer Straße angefahren worden ist, wie ist es dann so tief in den Wald geraten?«

»Wir können natürlich nur mutmaßen. Aber dem Autopsiebericht zufolge hat es vor allem das rechte Bein erwischt. Gut möglich, dass sich der Affe trotz der schweren Verletzung noch einige Kilometer weiterbewegt hat«, sagte Kent Vargen. »Bis zum nächsten befahrbaren Waldweg sind es von dort anderthalb Kilometer, bis zur nächsten befestigten Straße sechs.«

»Ein Mensch mit gebrochenem Bein käme nicht sehr weit«, wandte Nyström ein.

»Stimmt natürlich. Aber ein Schimpanse hat darüber hinaus ja noch seine Arme zur Fortbewegung. Wenn er sich von Ast zu Ast gehangelt hat, konnte er womöglich noch eine ganze Strecke zurücklegen. Das würde auch erklären, warum der Fährtenhund von der Fundstelle aus keine eindeutige Witterung mehr aufgenommen hat«, entgegnete Vargen. »Oder derjenige, der den Affen erlegt oder tot aufgefunden hat, hat ihn von der Unfallstelle aus wegbewegt, geschleift oder getragen.«

»Was war eigentlich mit der Spur des Menschen?«, fragte Forss. »Warum konnte der Hund nicht den Menschenspuren folgen? Irgendwo muss der Affenfleischfreund ja hingegangen sein.«

»So wie mir es der Hundeführer gestern erklärt hat, war der Geruch des Affen an der Fundstelle viel zu stark«, sagte Knutsson. »Alles war voller Blut, Fell, Knochen und Fleisch. Die Gerüche waren so dominant, dass man den Hund von dort aus ohne Hilfsmittel auf keine andere Fährte lenken konnte. Dazu hätte man zum Beispiel ein Kleidungsstück des Menschen gebraucht.«

»Trotzdem bleiben für mich noch zwei Dinge offen«, sagte Nyström und nippte an ihrem Kaffee. »Wenn der Affe wirklich von einem Auto angefahren worden ist, warum hat sich dann niemand an die Behörden gewandt? Ich meine, was würdet ihr tun, wenn ihr einen Schimpansen überfahren würdet?« Unwillkürlich musste sie an ihren langjährigen Vorgesetzten, Gunnar Berg, denken, der durch einen von einem Wildschwein verursachten Autounfall Invalide und berufsunfähig geworden war.

»Wir würden so etwas natürlich melden«, brummte Knutsson. »Aber wir sind auch Polizisten. Andere Leute nehmen solch einen Vorfall vielleicht nicht so genau. Vielleicht hatte der

Fahrer etwas getrunken. Oder das Auto war geklaut. Oder derjenige hinterm Steuer war so geschockt, dass er einfach weitergefahren ist.«

»Es gibt Untersuchungen, die belegen, dass viele Autofahrer noch nicht mal anhalten, wenn ein blutüberströmter Mensch allein am Straßenrand liegt«, sagte Delgado. »Die fühlen sich schlichtweg überfordert mit der Situation. Menschen sind so. Menschen sind Schweine.«

»Aber das erklärt noch nicht, warum um Gottes willen jemand einen Affen grillt. Selbst wenn er ihn nicht selbst gejagt, sondern schwer verletzt oder tot im Wald gefunden hat. So etwas macht doch kein Mensch!«

»Ich sag ja, dass Menschen Schweine sind!«, wiederholte sich Delgado.

»In China essen sie Affenhirn«, warf Vargen ein. »Von lebendigen Affen. Im Netz gibt es so ein Video, wo sie ein kleines Äffchen auf der Tischplatte festnageln ...«

»Danke, Kent, das reicht!«, sagte Nyström mit Nachdruck. »Wir essen hier gerade.« Sie schob ihren Teller mit dem Krabbenbrot von sich weg. Irgendwie erinnerte sie der blassrosafarbene Krabbenhaufen plötzlich an Hirnmasse.

Delgado hatte wie immer sein iPad in Griffweite.

»Kent hat recht. Hirn von lebendigen Affen gilt in China und Vietnam als Spezialität. Auch in Nigeria und anderen afrikanischen Staaten steht hin und wieder Affenfleisch auf dem Speiseplan.«

»Vielleicht sollten wir den armen toten Affen erst einmal ein wenig in Ruhe lassen und zu unserem Fall zurückkehren?«, schlug Forss vor.

»Stina hat eine Spur«, sagte Vargen.

»Eine heiße Spur, Ingrid«, bekräftigte Knutsson.

»Also, Stina?«, forderte Nyström sie auf.

Forss, die bis dahin auffallend still gewesen war, legte ihr Lachsbrötchen auf ihrem Teller ab, tupfte sich mit einer Serviette das Fett von den Fingern, griff in einen Karton und holte ein Smartphone und ein Bündel geöffneter Briefe heraus.

»Dieses Handy gehört Emma Johansson, der Tochter von Nils Johansson, der vor zehn Jahren in der Orkannacht ums Leben gekommen ist. Er ist verbrannt, wie wir wissen.« Sie räusperte sich. »Diese Briefe hier hat Helen Johansson, Nils' Frau, vor einigen Jahren an ihre Tochter Emma geschrieben, allerdings ohne sie je abgeschickt zu haben. Einer ist von Weihnachten 2010, der nächste von Weihnachten 2011 und so weiter. Fünf Weihnachtsbriefe ohne Porto. Emma hat sie wahrscheinlich erst kurz vor oder sogar erst nach dem Tod ihrer Mutter gelesen.«

»Helen Johansson ist tot?«, fragte Nyström. »Dann hast du also gestern mit ihrer Tochter gesprochen. Kennt sie die Askers?«

Forss schüttelte den Kopf.

»Ich fürchte, dass der Fall wirklich gar nichts mit den Askers zu tun hat. Auch nicht mit Erntehelfern aus Rumänien, ehemaligen Knastbrüdern oder Touristen.«

»Sondern?«, fragte Nyström gedehnt.

»Nils Johansson hatte keinen Unfall mit seiner Motorsäge, und wahrscheinlich gab es auch niemals irgendeinen Funkenflug. Die ganze Geschichte ist Unsinn, eine Lüge. Nils Johansson wurde ermordet. Jemand hat Benzin über ihn geschüttet und ihn dann angezündet.«

»Aber das kann doch gar nicht sein«, wandte Nyström ein. »Seine eigene Frau hat doch ...«

»... in ihren Briefen ihre eigene Tochter beschuldigt«, führte Forss den Satz fort. »Helen Johansson wurde nicht Zeuge einer Verkettung unglücklicher Zufälle, wie es so schön in der Ermittlungsakte heißt, sondern von einem Mord.«

Zur Verdeutlichung ihrer Worte hob Forss das Briefbündel hoch.

»Aber wie ...?«, fragte Nyström. Unwillkürlich fasste sie sich mit den Händen an die Wange. »Ist das sicher?«

»So hat es Helen in diesen Briefen wieder und wieder beschrieben.«

»Aber ist das nicht grauenhaft? Wenn die eigene Tochter eine Mörderin ...? Den Ehemann zu verlieren, weil das eigene Kind ...«

»Das ist aber noch nicht die ganze Geschichte. Denn Emma Johansson streitet diesen schrecklichen Verdacht ihrer Mutter vehement ab. Hugo war so nett und hat mir heute früh mit dem Pin-Code von Emmas Handy geholfen.«

»Bei dem Modell ein Kinderspiel.«

»Jedenfalls haben wir einen ellenlangen E-Mail-Dialog zwischen Emma und einem Kerl namens Tiimo gefunden, wahrscheinlich ihr Freund. In diesen Mails berichtet sie ihm detailliert von den Vorwürfen und ist fassungslos, dass ihre Mutter zehn Jahre lang mit dem vermeintlichen Wissen leben konnte, dass ihre Tochter eine Mörderin sei, ohne sie ein einziges Mal darauf anzusprechen. Gleichzeitig scheint Emma völlig schockiert darüber zu sein, dass der Tod ihres Vaters kein Unfall, sondern anscheinend Mord oder Totschlag war.«

»Aber was sagte Emma denn selbst dazu? Und warum hast du ihr Handy?«

Forss lächelte ihr schiefes Lächeln.

»Langsam nähern wir uns wieder unserem eigentlichen Fall.«

»Wie meinst du das?«

»Emma Johansson ist verschwunden«, sagte Delgado.

»Seit der Beerdigung ihrer Mutter hat sie niemand mehr gesehen. Zumindest niemand, den ich auftreiben konnte. Den Aussagen der Nachbarin und den Papieren zufolge, die ich in der Wohnung ihrer Mutter gefunden habe, kam sie vor einigen Wochen aus Indonesien, wo sie mittlerweile lebt, zurück nach Schweden, weil ihre Mutter todkrank war. Sie hat sie in den letzten Wochen bis zum Ende begleitet. Dann, nach der Beisetzung, hat sie sich in Luft aufgelöst.«

»Wann war das?«, fragte Nyström.

»Vor fünf Tagen, am Sonntagnachmittag«, sagte Forss. »Und nur einige Stunden später stirbt ein zweiter Mensch an dem Ort, an dem Nils Johansson verbrannt ist, mit einer Mistgabel aufgespießt, und der ehemalige Johanssonhof steht lichterloh in Flammen.«

## 2

Stina Forss war erleichtert, dass Nyström nicht weiter wegen des unerlaubten Betretens der Wohnung von Helen Johansson nachgehakt hatte. Ihre Personalakte war so schon dick genug, was Vergehen gegen die Dienstvorschriften anging. Allerdings brauchte Nyström auch nichts von den Dietrichen zu erfahren, und sie schien mit der Version der Geschichte zufrieden zu sein, in der ihr eine freundliche Nachbarin mit einem Zweitschlüssel die Wohnungstür geöffnet hatte. Zumindest die freundliche Nachbarin gab es ja wirklich.

Nyström bestand darauf, Forss Ermittlungsergebnisse Schritt für Schritt nachzuvollziehen. Sie bat um eine halbe Stunde Zeit, um die Briefe zu lesen, die Helen Johansson an ihre Tochter geschrieben, aber nie verschickt hatte, sowie Emmas E-Mails an ihren Freund Tiimo, die Delgado aus ihrem Smartphone gezogen und ausgedruckt hatte. Vargen und Knutsson taten es ihr nach und lasen ebenfalls. Delgado murmelte etwas Undeutliches und verschwand in sein Büro. Forss nutzte die Zeit, um noch einmal die Unterlagen über Emma Johansson durchzugehen, die ihr der junge Kollege mit dem pickeligen Kinn gestern in Älmhult kopiert hatte. Als sie sich die Luftaufnahmen der Forstbehörde genauer ansah, stutzte sie.

# 3

»Was ist euer Eindruck?«, fragte Nyström in die Runde.

»Meines Erachtens klingen alle Dokumente authentisch«, sagte Vargen. »Den Briefen merkt man wirklich den seelischen Schmerz der Mutter an. Wie sie mit sich gerungen und gekämpft hat. Wie sie nach Wörtern für das Unaussprechliche gesucht hat. Ich glaube wirklich, dass sie davon überzeugt war, dass Emma es war, die damals mit einer Fackel in der Hand aus der Dunkelheit getreten ist, den Kanister genommen, ihren Vater mit Benzin überschüttet und dann angezündet hat. So etwas kann sich kein Mensch ausdenken. Ich denke, sie schreibt die Wahrheit.« Er machte eine Kunstpause. »Andererseits sind da Emmas E-Mails. Für die gilt dasselbe. Der Schock über den Mord an ihrem Vater sitzt ja quasi in jeder Zeile. Ebenso Emmas Fassungslosigkeit über die Vorwürfe ihrer Mutter. Man glaubt ihr das. Obwohl eine von beiden lügt. Oder zumindest nicht die Wahrheit sagt.«

Nyström sah die anderen an, alle nickten zustimmend.

»Wobei das Wort *Vorwürfe* nicht wirklich passt«, sagte Forss. »Ich finde, dass Helen ihrer Tochter im eigentlichen Sinne nicht *vorwirft*, Nils getötet zu haben, sondern dass sie im Gegenteil eher erleichtert scheint. Auch wenn sie an keiner Stelle schreibt, was ihr Mann verbrochen oder Falsches getan hat, bekommt man zwischen den Zeilen den Eindruck, dass sie ihn nicht mochte.«

»Aber es ist hier doch dauernd von Schuld die Rede!«, warf Knutsson ein.

»Das stimmt schon, Lasse«, sagte Nyström. »Aber Stina hat schon recht, sie trauert mit keinem Wort um ihren toten Ehemann.«

»Ich habe mich gestern mit einer Freundin von Helen unterhalten«, sagte Forss. »Eine sehr alte, demente Frau. Nicht alles, was sie erzählt hat, ergab einen Sinn, aber sie kam mehrmals auf Nils Johansson zu sprechen. Helen muss sehr schlecht von ihm gesprochen haben, denn für die alte Frau war Nils so etwas wie der Teufel persönlich. Sie hat von *reinigendem Feuer* geredet und davon, dass Emma jedes Recht der Welt gehabt hätte, ihren Vater zu verbrennen.«

»Was hat dieser Nils nur verbrochen«, fragte Knutsson, »dass ihm so ein altes Weibsbild den Feuertod an den Hals wünscht?«

»Das ist hier die große Frage«, sagte Delgado.

»Das Motiv«, meinte Vargen.

»Und der Täter?«, fragte Nyström.

»Auf jeden Fall nicht Emma, wenn wir ihren E-Mails glauben«, sagte Knutsson. »Aber wenn sie es nicht war, wen hat ihre Mutter denn dann gesehen?«

»Ich hab mir die alte Akte eben noch einmal angeschaut«, sagte Delgado. »Helen befand sich im Schlafzimmer und hat vom Fenster aus gesehen, wie Nils auf der Zufahrtsstraße zum Hof starb, mehr als hundert Meter vom Haus entfernt. Außerdem war es draußen dunkel. Hätte der Bauer nicht im Schein seiner Traktorenscheinwerfer gearbeitet, hätte seine Frau überhaupt nichts sehen können.«

»Nein, das stimmt nicht. Helen schreibt doch, dass der Täter eine Fackel in der Hand hatte«, präzisierte Nyström. »Aber was ich nicht verstehe, ist, wie sie aus der Entfernung und bei den Lichtverhältnissen überhaupt so sicher sein konnte, dass es ihre Tochter war. Sie muss verdammt gute Augen gehabt haben.«

»Vielleicht hat sie sich gewünscht, dass es Emma war«, überlegte Vargen. »Projektion, wie ein Psychologe sagen würde. Womöglich hat Nils seine Frau geschlagen, und Emma, die Tochter, war die Einzige, die das mitbekommen hat. Deshalb könnte es Helens inniger Wunsch gewesen sein, durch Emmas Hand von Nils' Tyrannei befreit zu werden, da sie selbst zu willensschwach war, ihr Martyrium zu verlassen. Man kennt das in Fällen von häuslicher Gewalt ...«

»Das ist doch Küchenpsychologie!«, unterbrach ihn Forss. »Hier steht es doch schwarz auf weiß.«

Sie legte die Fotokopie eines Briefs auf die Tischplatte und klopfte mit dem Finger auf einen Satz, den sie mit Textmarker hervorgehoben hatte.

Knutsson, der mit seiner Lesebrille auf der Nasenspitze tatsächlich wie ein Gelehrter aussah, beugte sich vor und las laut vor: *Ich habe dich an deiner grünen Jacke erkannt.*«

»Die Farbe der Jacke«, sagte Nyström. »Du meinst, die Farbe der Jacke ist entscheidend.«

Forss saugte an ihrer Unterlippe und nickte stumm.

»Man erkennt doch niemanden an der Farbe seiner Jacke«, protestierte Vargen. »Jeder hat eine grüne Jacke, oder? Na schön, ich habe zufälligerweise keine. Aber fast jeder. Oder wenigstens könnte jeder eine grüne Jacke haben. Auch wer keine grüne Jacke hat, könnte sich aus zig Gründen eine anziehen. Und auch wer sich nicht extra eine grüne Jacke anziehen würde, könnte davon ausgehen, sowieso nicht gesehen zu werden bei dem, was er da vorhat, weil der heftigste Sturm in der schwedischen Nachkriegsgeschichte tobt und es stockdunkel ist. Und überhaupt könnte es von allen hunderttausend Grüne-Jacken-Trägern des Landes jeder andere als Emma Johansson gewesen sein.«

»Fertig?«, fragte Forss.

Vargen nickte, lächelte, verschränkte die Hände hinter dem Kopf und lehnte sich weit in seinen Stuhl zurück. Forss dagegen beugte sich vor und legte eine Fotokopie auf den Tisch.

»Was ist das?«, fragte Knutsson. »Eine Satellitenansicht von Google Maps?«

»Seit wann kennst du Google Maps?«, neckte Delgado.

»So ähnlich«, sagte Forss. »Das ist eine Luftaufnahme von dem

Gebiet um den Johanssonhof, die am 15. Januar 2005, also sechs Tage nach *Gudrun*, gemacht worden ist.«

»Wie kommst du an so etwas?«, fragte Nyström.

»Gestern hat mich ein junger Kollege in Älmhult darauf aufmerksam gemacht, dass die Forstbehörde unmittelbar nach dem großen Sturm die Schäden systematisch mittels Luftaufnahmen erfasst hat. Diese Fotos gehören zu einer Anzeige gegen Emma Johansson, die sich später anscheinend nicht rechtzeitig um die Bergung der umgeknickten Bäume gekümmert hat.«

»Und was sehen wir hier außer vielen umgekippten Bäumen?«, fragte Vargen.

»Wir sehen, dass die Siedlung nach dem Sturm tagelang hermetisch abgeriegelt war. Hier auf dem Foto erkennt man die schmalen Durchlässe, die die Anwohner und Bergungstrupps zwei Tage danach auf den Zufahrtsstraßen geschaffen hatten. Dann waren überhaupt erst ein Arzt und die Polizei vor Ort, um den Tod von Nils Johansson festzustellen, wie wir ja bereits aus der Akte erfahren hatten.«

»Aber was bringt uns dieses Foto dann für eine neue Erkenntnis?«, hakte Vargen nach.

»Wir wussten, dass das ganze Gebiet tagelang unzugänglich war. In der Gegend leben einige Hundert Menschen. Dieses Foto hier zeigt jedoch, dass sich der Personenkreis, aus dem unsere grüne Jacke kommen muss, auf genau drei Haushalte reduzieren lässt: Johansson, Karmfalk und Wahlgren.«

»Johansson, Karmfalk und Wahlgren«, wiederholte Nyström und massierte gedankenverloren ihr Zahnfleisch mit der Zunge.

# 4

»Das klingt wie aus einem Agatha-Christie-Roman«, befand Knutsson und kraulte seinen Bart. »Eine begrenzte Anzahl Menschen an einem eingegrenzten Ort, und einer von ihnen ist der Mörder.«

»Im Orient-Express trug aber niemand eine grüne Jacke«, witzelte Delgado, aber niemand reagierte darauf.

»Dennoch müssen wir im Grunde vorgehen wie *Hercule Poirot*«, sagte Forss. »Nur am besten etwas schneller!« In ihr brodelte es. Warum dauerte alles so lange? Warum mussten alle anderen Menschen immer so begriffsstutzig sein? Außerdem fehlte ihr ein Wort der Anerkennung von Nyström. Immerhin war sie es gewesen, die die Ermittlung endlich auf ein vielversprechendes Gleis geleitet hatte. Jetzt ging es darum, dass der Zug endlich an Fahrt aufnahm. Schließlich wurde jemand vermisst. Eine Tatverdächtige oder zumindest eine Zeugin. Oder ein Opfer? Vielleicht war Emma Johansson längst tot. Vielleicht war es ihr Leichnam, der bis zur Unkenntlichkeit verbrannt in der Pathologie lag. Genauso gut könnte es natürlich sein, dass die junge Frau abgetaucht war, weil sie etwas zu verbergen hatte, einen Mord mit einer Mistgabel und anschließender Brandstiftung, beispielsweise. Vielleicht sogar zwei Morde, wenn ihre Mutter sich doch nicht getäuscht hatte. Womöglich war ihre Empörung in den E-Mails an ihren Freund nur sehr gut vorgetäuscht. Vielleicht täuschte sich Emma sogar selbst. Psychisch kranke Menschen gab es schließlich zuhauf. Womöglich hatte sie ihre Tat zehn Jahre lang verdrängt? Wenn ihre Erinnerung erst durch die Vorwürfe ihrer Mutter zurückgekommen war und sie zu einer weiteren Wahnsinnstat getrieben hatte? Dennoch sagte Forss' Intuition etwas anderes. Das konnte zugegebenermaßen daran liegen, dass sie sich ein Stück weit mit der jungen Frau identifizierte. Genau wie sie selbst war Emma nach einem langen Auslandsaufenthalt nach Schweden zurückgekehrt, um sich um ein todkrankes Elternteil zu kümmern, das sonst niemanden mehr hatte, der ihm bestehen konnte. Genau wie Forss ihren Vater, hatte Emma schließlich ihre Mutter mehr oder weniger allein zu Grabe getragen. Und drittens war da noch Vargens Theorie: häusliche Gewalt. Sicher, es war nur eine Vermutung neben vielen anderen. Dennoch hatte sie in den Briefen von Helen Johansson einen Ton der Verzweiflung herausgehört, der ihr bekannt vorkam, der ihre Narben am Hals zum Jucken brachte.

Was also, wenn Emma Johansson weder das Opfer noch die Täterin war? Und wo befand sie sich jetzt?

»Ich stimme euch zu«, sagte Nyström endlich. »Es ist kaum noch von der Hand zu weisen, dass die beiden Todesfälle miteinander zu tun haben. Das würde bedeuten, dass sich unser Fall in zwei Ebenen unterteilt: Auf der Vergangenheitsebene geht es darum, herauszufinden, ob Nils Johansson wirklich ermordet wurde. Und wenn ja, von wem. Dank der Luftaufnahmen, die Stina gefunden hat, können wir von einer Situation ausgehen, die tatsächlich an den Orient-Express erinnert. Das heißt, wir brauchen eine Liste der Personen, die sich während und nach der Sturmnacht in der Siedlung um den Johanssonhof aufgehalten haben. Wenn seine Frau Helen nicht fantasiert hat, muss sich Nils' Mörder unter diesen Personen befinden.«

Nyström war, während sie sprach, aufgestanden und notierte nun Stichpunkte auf ihrem geliebten Whiteboard. Langatmig und überflüssig, dachte Forss.

»Auf der Gegenwartsebene haben wir ein erstochenes und danach verbranntes, unbekanntes Opfer. Der Tatzeitpunkt ist auf den Tag identisch mit der Beisetzung der einzigen Zeugin von damals, und der Tatort ist mehr oder weniger derselbe wie vor zehn Jahren, zumindest wenn wir der Aussage trauen.

Soweit wir bis jetzt wissen, ist die einzige Person, die neben Helen die beiden Ebenen miteinander verknüpft, Emma Johansson. Sie war auf dem Hof, als ihr Vater verbrannt ist, und sie wurde vor fünf Tagen zuletzt gesehen, am selben Tag, als sich auf dem ehemaligen Bauernhof ihrer Eltern erneut eine Tragödie abspielte. Deshalb liegt es nahe, als Erstes die junge Frau zu finden beziehungsweise ihren Leichnam zu identifizieren.«

»Ann-Vivika sagte, dass wir vor Anfang nächster Woche nicht mit Ergebnissen aus dem Labor in Linköping rechnen sollen«, warf Delgado ein.

»Wir versuchen derweil an Emma Johansson ranzukommen. Wir haben schließlich ihr Smartphone, das heißt, dass es nicht allzu schwer zu sein dürfte, Bekannte und Verwandte zu erreichen«, sagte Nyström.

»Die Pastorin in Älmhult sprach davon, dass neben Emma noch zwei Verwandte bei der Beerdigung waren«, sagte Forss.

»Das ist doch schon mal ein Anfang. Dann gibt es diesen Tiimo in Indonesien. Womöglich ist sie längst wieder im Regenwald angekommen.«

»Ohne ihre Sachen? Ohne ihr Flugticket?«, fragte Forss. »Unwahrscheinlich.«

»Aber nicht unmöglich«, sagte Nyström. »Oder hast du ihren Reisepass gefunden?« Forss schüttelte den Kopf. »Dann schlage ich vor, dass sich Hugo und Lasse um Emmas Kontakte und ihren familiären Hintergrund kümmern und dass wir anderen uns erneut den Karmfalks und den Wahlgrens widmen.«

Na endlich, dachte Forss. Was für eine schwere Geburt! Sie konnte kaum erwarten, allein unterwegs zu sein und nicht mehr ausgebremst zu werden.

»Ich möchte die Wahlgrens übernehmen«, sagte Nyström. »Nach Hugos Fauxpas vorgestern wird das Gespräch womöglich ein bisschen heikel. Bleiben noch die Karmfalks übrig.«

»Das mache ich«, sagten Forss und Vargen gleichzeitig.

# 5

In das Smartphone einer fremden Person einzudringen, fühlte sich für Delgado in etwa so an, wie er sich den Einbruch in eine Wohnung vorstellte. Man konnte unerkannt umherschleichen, in Schränken wühlen, Fotoalben aus dem Regal ziehen, nachsehen, was sich in den Nachttischschubladen befand und was an Ferkeleien unter der Matratze versteckt lag. Ein Übergriff, ein Fest für jeden Voyeur, dachte er. Er las Emma Johanssons E-Mails, SMS und Chatprotokolle der vergangenen Wochen und notierte sich Namen, die öfter auftauchten. Er sah sich Fotos und Video-Schnipsel an, suchte nach Querverbindungen und ordnete Gesichtern Namen zu. Die wiederum googelte er, stöberte bei Facebook, Instagram und Twitter. Zuletzt verfolgte er den Browserverlauf und begutachtete die Websites, die Emma Johansson in den vergangenen Monaten besucht hatte, ihre Onlineeinkäufe, ihren Film- und Musikgeschmack, ihre Playlist auf Spotify. Das Bild, das sich innerhalb weniger Stunden ergab, war von einer so beeindruckenden Schärfe, dass es Delgado kalt den Rücken herunterlief. Mit Mitte dreißig war er zwar kein *digital native*, aber er nutzte das Netz mehrere Stunden täglich mit vollkommener Selbstverständlichkeit. Er fühlte sich dort wohl und zu Hause, und obwohl ihn Skandale wie die NSA-Enthüllungen nicht kaltließen, er Edward Snowden für einen Helden hielt und die Marktmacht von Firmen wie Google, Apple, Amazon & Co. durchaus kritisch sah, hatte er die Segnungen der digitalen Revolution nie infrage gestellt. Doch das Gefühl, das sich während seiner Sichtung und Auswertung einstellte, war bedrückend. Beklemmung in Reinform. Wahrscheinlich hatte das mehrere Gründe. Zum einen fühlte er sich – obwohl das seltsam klang, denn er tat ja wirklich nur seine Arbeit – irgendwie schmutzig. Er sah sich Dinge an, die nicht für ihn bestimmt waren. Das war etwas, was einem Kriminalpolizisten selbstverständlich häufiger passierte, aber er hatte es selten so deutlich empfunden wie jetzt. Dabei waren ihm in Emmas Smartphone noch nicht einmal anrüchige Dinge begegnet. Kein Privatporno, noch nicht einmal ein Nacktbild, wenn man einmal von einem verwackelten Obenohne-Foto absah. Trotzdem fühlte es sich nicht richtig an. Es war ein Gefühl, wie wenn er seine eigenen Eltern beim Sex erwischt hätte. Es war Scham. Er schämte sich. Er hatte gar nicht gewusst, dass er zu einer so altmodisch klingenden Empfindung überhaupt fähig war, dennoch war das Gefühl da. Wahr und klar.

Seine Beklemmung rührte zum zweiten auch daher, dass er sich in Emma Johansson in gewisser Weise wiederfinden konnte. Nicht, dass sie dieselben Hobbys oder Ähnliches gehabt hätten, aber er erkannte zum ersten Mal, dass er mit der Preisgabe seines Lebens, seiner Vorlieben und Eigenarten, dem Posten, Archivieren und Chronologisieren seiner privatesten Momente genauso verschwenderisch und unbedarft umging wie die junge Frau. Hätte jemand den Drang, ihm, Hugo Delgado aus Växjö, nachzuspüren, würde derjenige im Netz ohne Probleme sehr tiefe Einblicke in seine Persönlichkeit bekommen. Gelänge es demjenigen sogar, Delgados Smartphone oder Cloud-ID zu hacken, läge Delgados innere Welt offen und nackt vor ihm.

Der dritte Grund, der zu seinem Unbehagen beitrug, hatte mit einer noch schmerzhafteren Art der Selbsterkenntnis zu tun. Das eindringliche Bild, das vor seinem inneren Auge von Emma Johansson entstand, war das einer Idealistin. Einer Frau, die an etwas glaubte. Einer Kämpferin. Sicher, es fiel ihm leicht, über die hochtrabenden Ziele zu lächeln, die die NGO, für die sie arbeitete, als Leitbild formulierte. Wer konnte schon den indonesischen Regenwald retten? Oder gleich die ganze Welt? Er fand die Manifeste gegen die großen, bösen Konzerne, die Emma postete, pathetisch. Die Selbstdarstellung von Emmas Organisation aufgeblasen und selbstgerecht. Die Märtyrerattitüde der Aktivisten, mit denen sie sich umgab, peinlich oder sogar verlogen. Und den Auftrag, die Ureinwohner Sumatras ökologisch zu missionieren, bigott und in letzter Konsequenz sogar neokolonial. Ihr ganzes Weltbild – geschenkt. Aber dennoch: Es war einfach nicht zu leugnen, dass die junge Frau für etwas einstand. Was sie tat, tat sie aus Überzeugung. Sie hatte ihre Heimat hinter sich gelassen, um ihr Leben am anderen Ende der Welt einer Aufgabe zu widmen. Und so fragwürdig er diese Aufgabe auch fand, konnte er nicht umhin, Emma Johansson zu bewundern und vielleicht auch um ihren Eifer und ihre Gewissheit zu beneiden, das zu tun, was sie als richtig erachtete. Wie schön es wäre, stellte er sich vor, morgens aufzuwachen und eine Bestimmung zu spüren. Einen Auftrag. Eine Mission.

Nachdenklich unterbrach er seine Arbeit und ging eine Zigarette rauchen.

# 6

Namen und Zahlen, daraus bestand das behördliche Melderegister. Allein sagten die Einträge nicht besonders viel aus, aber nebeneinandergestellt bildeten sie eine Geschichte. Einer Familientragödie. Lars Knutsson saß an seinem Schreibtisch und betrachtete seine Notizen. Das Unglück der Familie Johansson hatte nicht erst mit *Gudrun* und dem Tod von Nils begonnen, sondern bereits zwei Wochen vorher. Das Datum, Weihnachten 2004, und die Ortsangabe, Phuket, hatten Knutsson aufmerken lassen. Nils' Eltern, Jan-Åke Johansson, achtundsechzig, und seine Frau Liane, siebenundsechzig, waren ebenfalls bei einer Naturkatastrophe ums Leben gekommen.

Allerdings am anderen Ende der Welt.

Die früheren Hofbesitzer waren als Touristen bei dem Tsunami in Thailand gestorben, der von dem schweren Erdbeben im Indischen Ozean ausgelöst worden war und mehr als zweihunderttausend Todesopfer gefordert hatte. Innerhalb kürzester Zeit waren damit auf dem Johanssonhof zwei Generationen von Landwirten verschieden, und wie Knutsson den Unterlagen der Behörden entnehmen konnte, war es zunächst Nils' Frau Helen gewesen, die den Hof ihrer Schwiegereltern übernommen hatte, und dann, ein gutes Jahr später, die neunzehnjährige Tochter Emma: Kühe, Ackerflächen und Wald. Beziehungsweise das, was *Gudrun* vom Wald übrig gelassen hatte.

Was für eine traurige Geschichte, dachte Knutsson und legte die Hände aufs Gesicht. Mit den Fingerspitzen massierte er die Stirn, um die Anspannung hinter den Augen zu lösen. Das lange Starren auf den Monitor tat ihm nicht gut. Dennoch war er erfreut, wie schnell er an die bemerkenswerten Informationen gelangt war, und fragte sich, warum sie nicht früher auf die Idee gekommen waren, die Geschichte des Hofs weiter zurückzuverfolgen. Er hatte nur ein wenig an den richtigen Stellen im Archiv kratzen müssen und *Simsalabim!* trat eine zehn Jahre alte Familientragödie ans Licht.

Was für ein Schock es für Emma Johansson gewesen sein musste, erst die Großeltern und dann den Vater zu verlieren und mit neunzehn Jahren die Verantwortung für einen Bauernhof zu übernehmen, dachte er. Es war ja nicht gerade so, dass die Landwirtschaft boomte und die Gelder von allein reinkamen. Knutsson brauchte nur an die Dörfer in seiner Gegend zu denken: So viele kleinere Bauernhöfe hatten sich wegen der hohen Arbeitsbelastung und niedrigen Rendite in den vergangenen Jahrzehnten aufgelöst. Wenn man in der Branche überleben wollte, musste man entweder unentwegt wachsen oder einen Zuverdienst haben. Oder damit klarkommen, arm zu sein. Knutsson kannte einige ältere Bauern, die von der Hand in den Mund lebten. Ihr Leben lang hatten sie für ihren kleinen

Hof und in ihrem Wald geschuftet und erhielten heute eine Hungerrente, die sie zwang, nach Sonderangeboten Ausschau zu halten und die Rabattmarken des Supermarkts zu sammeln. Zum Leben zu wenig, zum Sterben zu viel.

Aus den Unterlagen der Finanzbehörden ging hervor, dass die Johanssons bis 2005 einigermaßen gut über die Runden gekommen waren, danach wurden die Zahlen dunkelrot. Knutsson fragte sich, was wohl mit Helen passiert war. Warum hatte sie die Verantwortung nach einem Jahr an ihre Tochter weitergegeben? War sie damals schon krank gewesen? Bei den Behörden gab es erstaunlich wenig über sie zu erfahren, und in den Einträgen über den Hofbetrieb war sie so gut wie abwesend gewesen. Das Finanzielle war im Namen ihrer Schwiegereltern, ihres Mannes und ihrer Tochter abgewickelt worden. Mit seinem rosa Textmarker zeichnete er ein großes Fragezeichen an den Rand der Steuerunterlagen.

Er schob seinen Stuhl ein Stück vom Schreibtisch weg und streckte die Arme über dem Kopf aus. Laut prustete er Luft zwischen den Lippen aus, sodass sie wie bei einem Pferd flatterten. Die vielen Zahlen machte ihn mürbe im Kopf, gleichzeitig genoss er seine Entdeckungen. Es war, wie ein Puzzle zu legen, kleine Teile ineinanderzufügen, aber nicht wahllos, sondern an den richtigen Stellen. Man musste mit Fingerspitzengefühl ans Werk gehen, raffiniert sein. Er spürte den *flow*. Zufrieden stellte er sich die Ermittlungsergebnisse vor, die er Ingrid am Ende des Tages auf den Schreibtisch legen und wie beeindruckt sie sein würde. Die Frage war nur, nach welchem Puzzleteil er als Nächstes suchen sollte. Ganz oben auf seinem Notizblock sah er eine Kritzelei, und obwohl er seine Lesebrille aufhatte, erkannte er nicht mehr, was er da geschrieben hatte. Aber dann erinnerte er sich: die Brüder von Nils. Die gab es ja auch noch. Der eine wohnte heute in Malmö und der andere im Ausland. Die sollte ich wohl auch unter die Luppe nehmen, dachte er, oder ich sollte Hugo Delgado *anweisen*, das für mich zu tun. Schließlich wollte Knutsson nicht den ganzen Tag vor dem Computer verbringen.

Dann fiel ihm etwas anderes ein. Wenn Nils Geschwister gehabt hatte, bedeutete das auch, dass er wahrscheinlich nicht der Alleinerbe gewesen war, als die Eltern so plötzlich verstorben waren. Für einen Bauernbetrieb war die Generationenübergabe meistens eine heikle Gelegenheit, wenn es mehrere Erben gab, da das Kapital ja im Normalfall gebunden war und sich nicht so einfach aufteilen ließ. Die Bauern, die er kannte, planten so etwas über Jahre, und es gab sogar besondere Juristen beim Bauernverband, die auf nichts anderes spezialisiert waren, als zu prüfen, wie und zu welchem Zeitpunkt ein Generationswechsel einigermaßen gerecht vollzogen werden konnte, ohne die wirtschaftliche Existenz des Hofbetriebs aufs Spiel zu setzen. Der Schwager von seinem Angelfreund Hasse war zum Beispiel so ein Fachjurist.

Aus den Unterlagen der Steuerbehörde wurde er nicht schlau, was zum Teil daran lag, dass die Erbsteuer ausgerechnet im Januar 2005 abgeschafft worden war, und zwar rückwirkend auf den 14. Dezember 2004, sodass für den Nachlass aller fünfhundertdreiundvierzig schwedischen Tsunamiopfer keine Steuern angefallen waren. Er konnte also nicht sehen, auf welchen Wert die Erbteile der Brüder geschätzt worden waren. Ärgerlich, dachte er und überlegte, an wen er sich wenden könnte, um an genauere Informationen zu kommen. Er hatte ein paar Nadeln aus dem Heuhaufen gefischt, aber irgendetwas sagte ihm, dass da noch mehr sein könnte.

Aber trotz aller Massagen taten ihm die Augen weh. Er blickte aus dem Fenster. Seine Körper brauchte jetzt frische Luft, Tageslicht und etwas Bewegung. Es war höchste Zeit, den Schreibtisch zu verlassen. Etwas essen könnte er auch bald. Er sah in den Unterlagen nach und wählte die Nummer der Bank in Älmhult, bei der die Johanssons Kunden gewesen waren. Wenn er Glück hatte, würde er einen Angestellten finden, der sich an die

Familie erinnern konnte. Und in der Tat, die ehemalige Ansprechpartnerin der Johanssons war im Haus.

»Die Daten unserer Kunden unterliegen natürlich einem strengen Schutz, aber wenn es um eine wichtige Polizeiermittlung geht, gelten selbstverständlich andere Richtlinien«, teilte die freundliche Frauenstimme am anderen Ende des Hörers mit. »Wenn es einzurichten ist, würde ich dich bitten, herzukommen, damit wir die Unterlagen gemeinsam durchgehen können.«

»Prima«, sagte Knutsson, »ganz prima, sagen wir um drei?«

»Du bist hier jederzeit willkommen.«

Knutsson stand schwungvoll auf, schnappte sich seine Jacke, klaubte die Notizen zusammen und stopfte sie in seinen Rucksack. Auf dem Weg nach draußen klopfte er bei Delgado.

»Kennst du ein Restaurant in Älmhult, das du mir empfehlen kannst?«

»IKEA«, sagte Delgado, ohne dabei von seinem Rechner aufzusehen.


# 7

Stina Forss schwieg. Kent Vargen war klug genug, ebenfalls die Klappe zu halten. Erst als sie in die Einfahrt zum Hof der Karmfalks einbogen, nahm sie wohlwollend zur Kenntnis, dass ihr seine Musik im Auto nicht auf den Geist gegangen war. *Radiohead*, wenn sie sich nicht irrte. Der fabrikneu riechende Peugeot des neuen Kollegen hoppelte über das Kopfsteinpflaster der Hofeinfahrt. Zuerst fiel Forss der aufwendig geschnitzte Torbogen ins Auge, unter dem sie durchfuhren. Mindestens ebenso eindrucksvoll war das Hauptgebäude, das aus dem 18. oder

19. Jahrhundert stammen musste. Das ausladende Satteldach dagegen wirkte modern, was nicht zuletzt an den in der milden Abendsonne glänzenden Solarpaneelen lag. Vor einer falunroten Scheune parkte ein riesiger chromglänzender Pick-up. Vargen stieß einen anerkennenden Pfiff aus.

»Ich glaube, ich hab den Beruf verfehlt«, sagte er, seine ersten Worte, nachdem sie in Växjö losgefahren waren. Er hielt den Peugeot an.

»Ich bin lieber Sheriff als Cowboy«, entgegnete Forss trocken.

»Cowgirl, meinst du wohl.«

»Pedant.«

»Touché!« Vargen grinste. »Was ist unsere Gesprächstaktik?«

Forss warf ihm einen Seitenblick zu.

»Batman und Robin«, sagte sie dann.

»Und wer bin ich?«

»Ich meinte natürlich Batgirl und Robin.«

Sie stiegen aus.

Nachdem Forss gestern ihre Pumps ruiniert hatte, trug sie heute Doc Martens. Eine gute Entscheidung auf dem buckligen, jahrhundertealten Pflaster. Sie entdeckte Annika Karmfalk, die mit einem Schlauch in der Hand in einem Beet vor dem mächtigen Hauptgebäude stand und Sonnenblumen wässerte. Als sich Forss und Vargen näherten, drehte sie das Wasser ab und kam ihnen entgegen.

»Wir können schon einmal reingehen«, sagte sie. »Mein Sohn müsste auch gleich hier sein.«

Vargen hatte vom Präsidium aus bereits kurz mit ihr telefoniert.

Die Bäuerin öffnete eine schwere Holztür und führte die Polizisten ins Haus. Sie traten in eine gemütliche Diele. Auf dem Fußboden verstreut lag buntes Spielzeug, das die Frau im Vorübergehen einsammelte.

»Meine Enkelin«, sagte sie zur Erklärung.

Enkelin? Forss schätze Annika Karmfalk auf Mitte vierzig.

Dass es mit dem Kinderkriegen in Schweden früher begann als in Deutschland, war ihr schon öfter aufgefallen. Aber so früh?

»Wie heißt denn die Kleine?«, fragte Vargen und zwinkerte dabei Forss zu. Irgendwie schien er das kameradschaftlich zu finden, so von *Cop* zu *Cop*.

»Lillet«, antwortete Karmfalk und öffnete die Küchentür. »Wie gesagt, Christoffer müsste gleich da sein. Nehmt Platz!«

Forss und Vargen nahmen auf einer antiken Küchenbank Platz. Forss bemerkte einen würzigen Geruch nach Kohl und Kümmel. Auf dem Herd blubberte ein Eintopf vor sich hin.

»Irish Stew«, erklärte Karmfalk.

»Kommt dein Mann ebenfalls?«, fragte Forss, der aufgefallen war, dass die Bäuerin nur ihren Sohn erwähnt hatte. In den Protokollen der vorangegangenen Gespräche mit den Karmfalks an den ersten beiden Ermittlungstagen war auch nie von Joakim Karmfalk die Rede gewesen, sondern immer nur von seiner Frau und dem Sohn Christoffer.

»Er ist leider noch unterwegs«, antwortete sie. »Aber meine Schwiegertochter und die Kleine werden zum Essen da sein.«

»Ich hoffe, wir sind bis dahin durch«, sagte Vargen. »Unser Gespräch ist vielleicht nicht unbedingt für Kinderohren geeignet.«

# 8

Bevor Ingrid Nyström das Präsidium verließ und Richtung Älmhult fuhr, tuschte sie sich die Wimpern und legte etwas Rouge auf. Sie war dafür nach der Besprechung extra in die Fußgängerzone spaziert und hatte sich bei Åhléns einen Mascara und Puder gekauft. Nyström war überrascht, wie teuer die

Kosmetika waren. Sie konnte sich nicht erinnern, wann sie das letzte Mal selbst welche gekauft hatte. Normalerweise bekam sie solche Dinge von ihren Töchtern geschenkt – und ließ sie dann meistens auf dem Badezimmerregal verstauben. Aber heute erschien es ihr ausgesprochen wichtig, wie sie den Wahlgrens gegenübertrat, deswegen nahm Nyström sich Zeit, um sich zurechtzumachen, gut vorzubereiten und sich genau zu überlegen, welche Ziele sie verfolgte. Sie wollte nichts aus dem Bauch heraus entscheiden, sondern besonnen agieren.

Während der Fahrt nach Süden ließ sie die Ergebnisse der Besprechung noch einmal Revue passieren. Sie musste Stina Forss zugestehen, den richtigen Riecher gehabt zu haben. Es war kaum noch von der Hand zu weisen, dass der Todesfall und der anschließende Brand auf dem ehemaligen Johanssonhof mit den Ereignissen während der Sturmnacht vor zehn Jahren zusammenhingen. Forss hatte diesen Zusammenhang aufgespürt, während sie selbst den halben Polizeiapparat Südschwedens mobilisiert hatte, um einen entlaufenen Affen zu jagen. Vielleicht sollte sie sich bei Forss bedanken.

Bevor sie in der Einfahrt der Wahlgrens aus dem Auto stieg, warf sie noch einmal einen Blick in den Spiegel. Die Schminke wirkte wie eine Maske, die ihr half, die Rolle als Hauptkommissarin zu erfüllen, professionell zu sein. Sie war heute nicht als jemand hier, der selbst Kinder im Alter des verstorbenen Sohns und der vergewaltigten Tochter der Wahlgrens hatte und Trost spenden wollte, sondern als Polizistin, deren Beruf es verlangte, die Wahrheit ans Licht zu bringen.

Unter ihren flachen Schuhen knirschte der Kies, und in den Espen neben dem großen Haus raschelten die Blätter. Es war ein schöner Spätsommernachmittag. Die Uhr zeigte kurz nach drei, und die Wahlgrens sollten genug Zeit gehabt haben, nach der Arbeit zu Hause anzukommen. Sie hatte vorhin bereits kurz mit dem Mann telefoniert, um ihren Besuch anzukündigen, und hatte erfahren, dass das Ehepaar heute bereits um

14.00 Uhr Feierabend hatte. Sie arbeiteten beide in der IKEA-Zentrale, sie als Controllerin, er als Logistikkaufmann.

Es war Ulrica Wahlgren, die ihr die Tür öffnete, und das aufgesetzte Lächeln verriet Nyström sofort, dass sie kein gern gesehener Gast war.

»Ich bin Hauptkommissarin Ingrid Nyström.« Sie gab der Frau zur Begrüßung die Hand. Förmlichkeit zeigte manchmal Wirkung. »Wie ich deinem Mann gegenüber bereits am Telefon erwähnte, erfordern gewisse Umstände in unserer Ermittlung, dass wir uns unterhalten.«

»Komm bitte rein.«

Nyström zog – so formell es überhaupt ging – ihre Schuhe aus und folgte der attraktiven Frau in die Küche. Durch eine offen stehende Tür hörte man ein Radio, in dem Beitrag ging es um den Waldbrand, der im vergangenen Jahr große Areale Mittelschwedens verwüstet hatte. Es war von den immensen ökonomischen Verlusten die Rede und den Versicherungen, die bei Naturkatastrophen nicht hafteten. Dann verstummte das Radio und Bengt Wahlgren trat in die Küche. Seine kurzen braunen Haare waren vom Duschen noch feucht. Nyström reichte ihm ebenfalls die Hand. Alle drei nahmen an einem runden Esstisch Platz, und Nyström holte einen Notizblock aus ihrem Lederbeutel. Eine Blumenvase in der Mitte des Tischs versperrte ihr die Sicht auf das Ehepaar, und sie schob sie vorsichtig ein Stück zur Seite. Erwartungsvoll schaute sie die Wahlgrens an und legte sich die Worte für einen guten Gesprächsbeginn zurecht.

# 9

Mit einem schalen Geschmack im Mund fasste Hugo Delgado seine Ermittlungserkenntnisse in einem Essay für die Akte zusammen. Emma Johansson war achtundzwanzig Jahre alt und unverheiratet. Sie hatte seit mehr als zwei Jahren einen festen Freund, Tiimo Saarinen, ein finnischer Biologe, der ebenfalls für die internationale Naturschutzorganisation auf Sumatra arbeitete. Überhaupt schien sich ihr Freundeskreis hauptsächlich aus jungen Nordeuropäern zu rekrutieren, die für die NGO in Indonesien tätig waren. Ab und an schrieb sie sich mit alten Bekannten auf Facebook, auch wenn sie anscheinend seit fünf Jahren nicht mehr in Schweden gewesen war und auch niemand sie aus ihrem ehemaligen Freundeskreis in Asien besucht hatte. Delgado hatte im Internet ein Foto von 2003 gefunden, das sie bei einer Theateraufführung der Schule zeigte. Mit diesem damals noch leicht molligen Mädchen schien die braun gebrannte, durchtrainierte Frau, die ihm auf unzähligen Fotos entgegenlächelte, wenig gemein zu haben. Überraschend hatte er die Entdeckung gefunden, dass Emma ein Jahr nach dem Tod ihres Vaters die alleinige Verantwortung für den Hof und die Forstwirtschaft übernommen hatte. Es gab einen Videofilm auf Youtube von 2008, der eine Podiumsdiskussion in Älmhult zu den Folgen von *Gudrun* zeigte. Dort machte die junge Forstbesitzerin einigen Lokalpolitikern ordentlich Dampf, was das Publikum mit häufigem Applaus bedachte. 2010 war es zu einer Zäsur gekommen. Emma hatte in Schweden alle Zelte abgebrochen und war zu einem Praktikum nach Sumatra aufgebrochen, aus dem dann bald eine feste Beschäftigung geworden war. Erst die tödliche Erkrankung ihrer Mutter hatte sie vor drei Monaten nach Schweden zurückgeführt. Der Kontakt mit alten Bekannten hielt sich in der Zeit hier allerdings in Grenzen. Zweimal hatte sie sich mit ihrer alten Freundin Elin Wahlgren in Växjö verabredet. Einmal war sie mit einem ehemaligen Schulfreund in Älmhult essen gewesen, ein Foto mit gelbem Retrofilter auf Instagram zeigte eine vegetarische Pizza. Nichts von dem, was er fand, deutete darauf hin, dass sie ihr altes Zuhause in der Siedlung bei Älmhult besucht hatte, stattdessen hatte sie sich viel mit Tiimo und den anderen Freunden im Regenwald ausgetauscht. Alles schien darauf hinzudeuten, dass es nach der Beerdigung so schnell wie möglich zurück in ihr Dschungelleben gehen sollte. Nur: Sie war dort nicht angekommen. Die unbeantworteten Anrufe und immer verzweifelteren SMS von Tiimo häuften sich seit Tagen. Die anderen Telefonverbindungen der vergangenen Woche waren überschaubar. Emma hatte mit dem Beerdigungsinstitut gesprochen, das Stina aufgesucht hatte, und mit der Pastorin der Gemeinde in Älmhult, die die Bestattungsandacht geleitet hatte. Ansonsten hatte sie noch mit zwei Verwandten telefoniert, Henrik und Lars Johansson. Ins Auge fiel, dass Lars Johanssons Handynummer eine amerikanische Vorwahl hatte. Die schnelle Google-Recherche ergab, dass es in der Nähe von Billings, Montana, einen vierzigjährigen Künstler namens Lars Johansson gab, der aus der Nähe von Älmhult stammte und 2002 in die Vereinigten Staaten gezogen war. Er fertigte riesige abstrakte Holzskulpturen aus Baumstämmen und bot sie auf seiner Website zum Verkauf an. Die günstigste kostete zwölftausend, die teuerste sechzigtausend Dollar. Lars war der jüngste Bruder von Nils Johansson. Sein Bruder Henrik lebte in Malmö. Delgado fand ihn auf einer sehr professionell wirkenden Internetseite, die Management-Coaching anbot. Die Pastorin aus Älmhult hatte Stina Forss gegenüber zwei Verwandte erwähnt, die auf der Beerdigung gewesen waren. Alles sprach dafür, dass es sich bei den beiden um Emmas Onkel handelte.

Nachdem Delgado das alles notiert hatte, überlegte er, was als Nächstes zu tun sei. Das Naheliegendste war, als Erstes mit Tiimo Saarinen zu sprechen. Während Delgado die Nummer tippte, rechnete er aus, dass es auf Sumatra bereits Abend war. Tatsächlich war der Mann vor Sorge ganz aufgewühlt, und der Umstand, dass er von der schwedischen Polizei angerufen wurde, trug verständlicherweise nicht zu seiner Beruhigung bei. Delgado entschied sich, ihm vom Fund der nicht identifizierten Leiche und dem Brand auf Emmas ehemaligem Hof zu erzählen, betonte dabei jedoch mehrmals, dass bis jetzt nichts darauf hinwies, dass es sich bei dem Leichnam um Emma handelte. Trotzdem schlug die Unruhe von Saarinen in offene Angst um. Er entschied noch während des Telefonats, sich so bald wie möglich auf den Weg nach Schweden zu machen und Emma selbst zu suchen. Obwohl das wenig hilfreich war, konnte er den Mann verstehen. Er selbst hätte wahrscheinlich genauso gehandelt. Delgado fragte, ob Saarinen, bevor er jetzt übereilt die Koffer packen würde, denn überhaupt schon mit Emmas schwedischen Kontakten gesprochen hätte: der Jugendfreundin Elin Wahlgren, dem ehemaligen Klassenkameraden Felix Frank oder den beiden Onkeln. Saarinen verneinte. Er hatte gar keine Kontaktdaten. Delgado bot an, die Telefonate zu führen, das musste er sowieso, und sich danach zurückzumelden. Es wäre ja immerhin möglich, dass Emma irgendwo quietschfidel auf einem Sofa saß und Teekränzchen hielt. Oder verschwitzt im Bett eines alten Klassenkameraden lag. Die zweite Möglichkeit erwähnte Delgado natürlich nicht. Obwohl Menschen manchmal aus den abenteuerlichsten und haarsträubendsten Gründen abtauchten, verschwanden oder für einige Zeit nicht erreichbar waren, glaubte er selbst nicht daran. Der Finne willigte ein, klang dabei aber wie jemand, der bereits einen unverrückbaren Entschluss gefasst hatte. Delgado erreichte Elin Wahlgren bei der Arbeit. Die Frau wirkte extrem genervt, dass sich schon wieder die Polizei bei ihr meldete, nachdem sie bereits gestern mit einem Ermittler gesprochen hatte. Delgado biss sich auf die Zunge. Das Fiasko, das er vorgestern im Wohnzimmer der Eltern erlebt hatte, war ihm noch immer unangenehm. Außerdem schämte er sich dafür, dass er ihrer Mutter auf den Hintern geguckt hatte. Elin Wahlgren bestätigte kurz angebunden, dass sie sich in den vergangenen Wochen zweimal mit Emma Johansson getroffen hatte, das zweite Mal war vor etwa vierzehn Tagen gewesen. Wo sich Emma aufhalten könnte, konnte sie nicht sagen. Sie war davon ausgegangen, dass ihre alte Freundin schon wieder zurück in Indonesien sei. Delgado fragte, ob sie bei der Beerdigung von Emmas Mutter gewesen sei. Sie wäre zwar gerne gekommen, aber hätte leider arbeiten müssen. Delgado bedankte sich, und Wahlgren legte auf. Er konnte nicht sagen, ob seine Fragen die junge Frau beunruhigt hatten. Als Nächstes sprach er mit Emmas ehemaligem Schulfreund Felix Frank. Das Gespräch verlief noch kürzer als das mit Wahlgren. Er erreichte Frank zwischen zwei Kundenterminen. Der gestresste Mann bestätigte, vor etwa sechs Wochen mit Emma Johansson essen gewesen zu sein, aber danach habe er sie weder gesehen noch von ihr gehört. Er war davon ausgegangen, dass sie bereits wieder in Indonesien sei. Das klang wirklich nicht nach einer heißen Affäre, befand Delgado. Dann versuchte er es bei Lars und Henrik Johansson, den beiden Onkeln. Beide waren nicht erreichbar. Delgado rief Saarinen zurück. Was hatte er schon für Argumente, Emmas Freund an dem Vorhaben, nach Schweden zu kommen, zu hindern?

# 10

Entspannt und zurückgelehnt saß Knutsson in einem bequemen Drehsessel mit Armstützen und hoher Rückenlehne und überlegte, an wen ihn die freundliche Bankkauffrau mit den grauen, lockigen Haaren erinnerte, die gerade dabei war, zwei Tassen mit dampfendem Kaffee und ein Glasschälchen mit Keksen auf den Tisch zu stellen. Er meinte sie zu kennen, konnte sich aber nicht erinnern woher. Anita Bolund war ein ganzes Stück älter als er, wahrscheinlich kurz vor der Rente. Sie trug eine cremefarbene Bluse, einen knielangen, gemusterten Rock, dicke Strumpfhosen und schwarze, rundliche Schuhe mit einem kleinen Absatz. Ihr Körperbau war klein und rundlich. Knutsson fand sie sympathisch, gemütlich irgendwie. Als sie sich über den Tisch beugte, rutschte ihre runde Brille auf die Nasenspitze, und mit verlegener Mine schob sie sie wieder hoch.

»Du kommst pünktlich zum Drei-Uhr-Kaffee«, lächelte sie und setzte sich in den Sessel ihm gegenüber. »Bitte schön, greif zu.«

Knutsson nahm sich einen Keks, tupfte ihn in den duftenden Kaffee und schob ihn sich den Mund. Er schloss für einen Moment die Augen und genoss das süße Mandelaroma, das sich mit dem Kaffeegeschmack in einem perfekten Zusammenspiel auf seinem Gaumen ausbreitete. Wie schön es doch war, auf der Welt zu sein! Anita Bolund räusperte sich diskret.

»Die Familie Johansson ist schon seit Jahrzehnten bei uns Kunde, auch wenn es in letzter Zeit nur sehr wenige Transaktionen gab. Ich habe die Bankverbindungen ausgedruckt und möchte dich gleich auf ein paar Besonderheiten hinweisen. Um vier Uhr wirst du dann von Anders Alm beim Landwirtschaftsverband erwartet. Er hat die Familie jahrelang beraten, wenn es um den Hof und den Wald ging, er war auch in die Erbfrage involviert. Ich habe mir erlaubt, für dich einen Termin mit ihm zu vereinbaren.« Anita Bolund nippte an ihrem Kaffee, senkte den Kopf ein wenig und sah ihn über ihre Brille hinweg an, die ihr wieder auf die Nasenspitze gerutscht war.

»Gut, gut«, nickte Knutsson zufrieden und fragte sich, ob es sich so anfühlte, eine persönliche Sekretärin zu haben. Als hätte sie seine Gedanken gelesen, holte sie eine Mappe hervor und schob sie zu ihm rüber.

»Kommen wir aber zunächst zu den Bankunterlagen.«

Knutsson studierte die Ausdrucke.

»Ich fange mit Emma Johansson an«, sagte Bolund. »Im April 2006 nahm sie mit dem Hof und dem Wald als Sicherheit einen Kredit bei uns auf.«

»Wie groß?«, wollte Knutsson wissen.

»Fünf Millionen Kronen.«

»Nicht schlecht«, Knutsson hob die Augenbrauen, sodass die Falten auf seiner Stirn zum Vorschein kamen. »Und wofür?«

»Das Geld ist zu gleichen Teilen auf die Konten ihrer Onkel überführt worden, wahrscheinlich war es die Auszahlung der Erbantcile.«

»Mmh«, machte Knutsson.

»Auch wenn wir das Geld zu einem für sie sehr vorteilhaften Zinssatz verliehen haben, konnte sie in den Jahren darauf nicht die Raten zahlen, und in den vier Jahren, bis sie den Hof verkaufte, stieg die Verschuldung auf knapp sechs Millionen an.«

Die Bankkauffrau half ihm, das entsprechende Dokument in den Unterlagen zu finden. Knutsson studierte die Zahlen eingehend. Der Zinssatz sah so unschuldig niedrig aus, und er brauchte drei Anläufe Kopfrechnen, bis es ihm gelang, ihn ins Verhältnis zu dem rapiden Anstieg der Verschuldung zu bringen. Der Spruch des ehemaligen Ministerpräsidenten Göran Persson ging ihm durch den Kopf: *Wer sich verschuldet hat, ist nicht frei.* Er fragte sich, wie Emma Johansson mit dem finanziellen Druck klargekommen war und welchen Druck die roten Zahlen auf ihr Leben ausgeübt hatten.

»Mit dem niedrigen Gewinn, den der Hof abwarf, waren die Raten unmöglich zu bedienen«, unterbrach Bolund seine Gedanken. »Der Hof hätte wachsen müssen, aber das tat er leider nicht.«

»Aber hätte sie nicht einen Teil des Waldes abholzen können? Oder verkaufen? Es hätte doch bestimmt Möglichkeiten gegeben, Kapital freizusetzen?«

»Darüber sprichst du besser mit dem Wirtschaftsberater. Ich habe aber noch eine andere Sache gefunden.«

Sie zog die aktuellen Ausdrucke aus den Unterlagen hervor.

»Helen Johansson, die Mutter von Emma, war nach dem Umzug nach Älmhult nicht mehr berufstätig. Sie hatte ja vorher auf dem Hof gearbeitet, und es war bestimmt nicht einfach, in ihrem Alter umzusatteln, jedenfalls hat sie kein Einkommen gehabt.«

»Auch kein Arbeitslosengeld?«, fragte Knutsson, der die Zahlen auf dem Blatt vor ihm nicht ganz deuten konnte.

»Nein, nichts. Sie hat jeden Monat einen kleineren Betrag von dem Konto ihrer Tochter überwiesen bekommen. Das Konto, auf dem Emma Johansson das Geld verwahrt hat, das nach dem Begleichen ihrer Schulden von dem Verkauf des Hofes übrig geblieben ist.«

»Das ist ja nicht viel«, sagte Knutsson und deutete auf die wiederkehrende Zahl in der Kontoübersicht.

»Es ist wirklich nicht viel. Sie haben durchkalkuliert, dass es reichen sollte, bis Helen Rente beziehen konnte.«

»Mmh«, machte Knutsson. Es kam ihm seltsam vor, dass jemand, der einen Hof und großen Waldbesitz verkaufte, mit so wenig Geld auskommen musste. Er schüttelte den Kopf.

»Was für ein Desaster. Die beiden Frauen haben das Ding wohl richtig in den Sand gesetzt«, brummte er.

»Na ja, ich würde nicht so schnell urteilen«, sagte Bolund streng und blickte auf ihre Armbanduhr.

»Ich muss allmählich weiterarbeiten; Zeit, dass du dich auf den Weg machst.«

Sie holte einen Ausdruck von Google Maps und stellte sich neben ihn, sodass sie die Karte gemeinsam anschauen konnten. Knutsson kam sich trotz seines Alters wie ein Schuljunge vor, der von seiner Lehrerin etwas erklärt bekommt. Er warf einen Seitenblick auf die grauen, lockigen Haare, und auf einmal wusste er, woher er die Frau kannte: Sie war eine exakte Kopie der Großmutter der Kinderbuchfigur *Willi Wiberg*. Die Geschichten von dem einfallsreichen Jungen, der bei seinem Vater und seiner Großmutter lebt, hatte er zuerst seinen eigenen Söhnen, dann seinem Enkel unzählige Male vorgelesen.

»Das Büro des Landwirtschaftsverbands ist auf der anderen Seite der Eisenbahngleise, aber zu Fuß ist es nicht so weit.«

Knutsson sammelte die kopierten Unterlagen zusammen, stopfte sie in seinen Rucksack und erhob sich aus dem Sessel.

»Ruf gerne an, wenn ich noch weiter behilflich sein kann«, sagte Bolund. Knutsson bedankte sich herzlich. Es waren in der Tat interessante Informationen, die er erhalten hatte, garniert mit einem guten Kaffee und erstklassigem Mandelgebäck. Nun war er gespannt, was ihn bei dem Wirtschaftsprüfer des Landwirtschaftsverbands erwartete.

Die Luft war mild, und er genoss es, ein paar Schritte zu gehen. Er ließ den Reißverschluss seiner Jacke offen, und die Sonne legte sich warm auf sein Gesicht und seinen Hals. Obwohl September war, hatte der Sommer noch nicht aufgegeben, nur der süße Geruch von reifem Obst verriet, dass der Herbst im Anmarsch war.

# 11

Stina Forss sah Kent Vargen an.

»Ich denke, mein Kollege hat recht«, sagte sie. »Unsere Unterhaltung ist wohl wirklich nicht für Kinderohren gedacht.«

»Aber wieso ...?«

Annika Karmfalk riss die Augen auf. Forss fiel auf, dass sie gezupfte Augenbrauen hatte. In dem Moment ging die Tür auf, und ihr Sohn Christoffer trat zu ihnen in die Küche, ein groß gewachsener, schlanker Mann Anfang zwanzig. Er nickte Forss und Vargen zu und setzte sich zu ihnen an den Tisch.

»Ist der Tote vom Johanssonhof endlich identifiziert?«, fragte er.

»Leider noch nicht«, antwortete Vargen.

»Wir sind heute hier, um über Nils Johansson zu sprechen«, sagte Forss.

»Nils?«, fragten Mutter und Sohn gleichzeitig. »Nils ist vor vielen Jahren verunglückt«, sagte Annika Karmfalk. »Er ist beim großen Sturm ums Leben gekommen.«

»Ein Brandunfall«, präzisierte Christoffer Karmfalk.

»Genau darum geht es uns«, sagte Vargen.

»Es gibt ernst zu nehmende Hinweise, dass es eben genau das nicht war: ein Unfall«, sagte Forss.

Die Karmfalks antworteten gleichzeitig: »Sondern?«

»Es spricht einiges dafür, dass Nils Johansson getötet worden ist. Mit Benzin überschüttet und angezündet«, sagte Vargen.

»Oh mein Gott«, sagte Annika Karmfalk. Sie war hinter ihren Sohn getreten und hielt sich an seinen Schultern fest.

»Wer sollte so etwas tun?«, fragte Christoffer Karmfalk.

»Warum, um alles in der Welt?« Die Mutter schüttelte mit geschlossenen Augen langsam den Kopf. »Warum?«

»Ich kann mir das wirklich nicht vorstellen«, sagte der Sohn aufgebracht. »Ein zweiter Mord, hier gleich um die Ecke?«

»Chronologisch gesehen wäre es der erste«, warf Vargen ein.

»Ein Mord in der Sturmnacht?«, fragte Annika Karmfalk. »Dabei war doch überall der Teufel los!«

»Vielleicht können wir damit beginnen, wie ihr die Nacht in Erinnerung habt«, schlug Forss vor.

Annika Karmfalk setzte sich an den Tisch und sah ihren Sohn an.

»Christoffer war damals ja noch ein Kind.«

»Ich war dreizehn!«

»Ein halbes Kind«, berichtigte sich die Mutter. »Die Mädchen, meine Töchter, waren noch richtig klein. Jenny elf und Jasmin neun. Als es mit dem Sturm losging, am frühen Abend, konnte man nicht viel machen, außer abwarten.«

»Der Strom fiel aus«, warf Christoffer Karmfalk ein. »Und Telefon und Handy gingen auch nicht mehr.«

»Wir haben Kerzen angezündet und das Abendessen auf dem alten Holzofen zubereitet.«

»Es gab Erbsensuppe.«

»Das weißt du noch?«, fragte die Mutter. Ein Lächeln huschte über ihr Gesicht. »Jedenfalls gab es nichts, was man machen konnte, außer sich ins Bett zu legen und den klappernden Scheunentoren zuzuhören.«

»Habt ihr euch nicht um die vielen Kühe gesorgt?«, fragte Vargen.

»Natürlich«, antwortete die Mutter. »Und das zu Recht.« Sie warf ihrem Sohn einen Blick zu, doch Christoffer schien sich für die Holzmaserung der Tischplatte zu interessieren. »Joakim hat gemerkt, dass etwas mit dem Stall nicht stimmt. Wenn es in den automatisierten Betriebsabläufen zu einer Störung kommt, bekommt er eine Meldung aufs Handy. Es war das Letzte, was er sehen konnte, bevor das Netz zusammenbrach. Das hat uns natürlich in Aufruhr versetzt, und Joakim wollte los, um nachzusehen, was da passiert war.«

»Er war also draußen?«, wollte Forss wissen.

»Nein. Also ja. Also draußen schon. Aber nicht beim Stall. Das war ja das Problem«, sagte Christoffer. »Dass man gar nicht zum Stall kam. Da waren ja überall umgekippte Bäume, die den Weg versperrt haben. Im Stall war Stromausfall, die vierhundert Tiere, die wir damals hatten, bekamen kein Wasser, wurden nicht gemolken und bekamen am nächsten Morgen nichts zu fressen!«

»Das verstehe ich nicht«, sagte Vargen. »Ist der Stall denn nicht gleich hier draußen auf dem Hof?«

»Nein, nein. Der Hauptstall liegt etwa drei Kilometer von hier,« erklärte die Mutter. »Damals ging der Weg noch durch den Wald. Aber den Wald gibt es seit der Sturmnacht nicht mehr. Wir haben später die Bäume gezählt. Allein zwischen hier und dem Hauptstall sind hundertzweiundfünfzig Fichten umgestürzt. Es war kein Durchkommen. Zweiunddreißig Stunden Arbeit mit am Anfang zwei, später sechs Motorsägen. Dann erst konnten wir das Notstromaggregat wieder in Gang bringen. Die Tiere sind fast durchgedreht vor Angst, Hunger, Durst und Schmerzen, einige hatten später schlimme Entzündungen am Euter. Hätten wir ein paar Stunden länger gebraucht, wäre es zum Schlimmsten gekommen. Die Tiere wären eingegangen. Kühe im Wert von zehn Millionen Kronen. Das wäre unser wirtschaftliches Aus gewesen.«

»Wegen eines defekten Generators?«, fragte Forss.

»Ja. Natürlich waren wir auf einen Stromausfall vorbereitet, so etwas passiert hier draußen mehrmals im Jahr. Unser Betrieb ist technisch auf dem neuesten Stand, sobald der externe Strom wegbleibt, springt ein dieselbetriebenes Ersatzsystem an. Der Generator steht in einem Extragebäude, ein Stück von den Stallungen entfernt. Allein schon wegen der Abgase ist das Vorschrift. Womit wir nicht gerechnet hatten, war der Baum, der auf den Generatorschuppen gefallen ist. Es gab einen Kurzschluss und einen Brand.«

»Der Funkenflug, der für Johanssons Tod verantwortlich gemacht wurde.«

Die Mutter nickte.

»Für einen Bauernhof klingt das nach ganz schön viel Hightech«, befand Vargen.

»Moderne Landwirtschaft funktioniert nun mal wie eine Fabrik«, sagte Christoffer Karmfalk. »Anders geht es doch gar nicht mehr.«

»Nils Johansson hat es anders gemacht«, sagte Forss.

»Ach ja?«, höhnte Christoffer. »Und was ist aus dem Komposthaufen geworden? Eine Ruine!«

»Christoffer!«, mahnte seine Mutter.

»Ist doch wahr! Erst der alte Jan-Åke, dann Nils, dann Emma: drei Generationen biodynamische Heuchelei! Uns moralische Vorwürfe machen, aber es selbst nicht gebacken bekommen!«

»Inwiefern?«, fragte Forss. Langsam kommen wir zur Sache, dachte sie. »Inwiefern haben es die Johanssons nicht gebacken bekommen?«

»Man kann von Bio kaum leben! Nicht mit vierzig Tieren. Die Johanssons haben nur so getan, als könnten sie es. Gelebt haben sie von der Substanz!«

»Christoffer!«, rief seine Mutter erneut.

»Was heißt das, Substanz?«, bohrte Forss.

»Sie haben vom Wald gelebt. Von stinknormaler Forstwirtschaft. Der tolle Biohof war im Grunde doch nur ein Hobby.«

»Christoffer!«

»Gab es also ideologische Differenzen zwischen euch und den Johanssons?«, fragte Vargen.

»Blödsinn!«, beeilte sich die Mutter zu sagen. »Wir sind mit den Johanssons immer gut ausgekommen.«

»Ach ja?« Christoffer hatte vor Erregung einen roten Kopf bekommen. »Und warum hat uns der ach so integre und hochmoralische Nils dann in der Sturmnacht sitzen lassen? Wieso hat er uns eine Abfuhr erteilt, als wir seine Hilfe so nötig gebraucht haben? Wo war seine biodynamische Tierliebe denn, als es darum ging, vierhundert Kühe vor dem Verdursten zu retten?«

»Ach, Christoffer!«

Da haben wir wohl in ein Wespennest gestochen, dachte Forss. Der junge Mann servierte ihnen gerade ein Motiv auf dem Silbertablett. Auch wenn er selbst aufgrund seines damaligen Alters wohl als Täter ausschied. Aber seine Mutter? Und der Vater?

»Wo ist eigentlich dein Vater?«, fragte sie.

»Er ist ...«, Christoffer blickte zu seiner Mutter.

»... auf Vogeljagd«, sagte sie eilig. Sie versuchte sich an einem herzlichen Lächeln, das allerdings auf halbem Weg havarierte. »Nicht wirklich auf Vogeljagd. Das nennen wir nur so, scherzhaft. Er ist leidenschaftlicher Vogelkundler. Oft ist er tagelang auf Beobachtungstour in den Wäldern.«

»Und wie lange dieses Mal?«, fragte Vargen.

»Seit ... dem Wochenende«, antwortete sie.

Forss sah zu Christoffer Karmfalk, doch der betrachtete wieder versonnen die Tischplatte.

»Interessantes Hobby«, fand Vargen. »Ob ich gleich mal einen Blick in seine Vogelbücher werfen dürfte?«

»Sicher, sicher«, sagte Annika Vargen verunsichert. »Aber wollten wir nicht über Nils Johansson ...?«

Im Flur polterte es, dann war das helle Lachen eines Kleinkindes zu hören.

»Klein-Lillet hat wohl Hunger«, lächelte Forss.

Der Blick der Bäuerin flog zum Herd und wieder zurück.

»Wo ist dein Mann wirklich?«, fragte Vargen.

»Wie meinst du das?« Die Stimme der Frau kippte ins Schrille. »Ich sagte doch, dass er ...«

»... Vögel beobachten ist. Seit fünf Tagen. Während hier ein Landwirtschaftsbetrieb mit sechshundertzwanzig Kühen geführt wird«, ergänzte Vargen.

»Sicher«, sagte sie. »Christoffer hat den Hof gut im Griff, und er ...«

»Mama, hör auf!«

»Was?«

»Mama! Es hat doch keinen Zweck mehr!«

Der Sohn sah seiner Mutter fest in die Augen. Sie legte die Hand vor den Mund, schließlich nickte sie kraftlos. Christoffer nahm ihre Hand und drückte sie. Dann wandte er sich zu Forss und Vargen: »Es ist so: Mein Vater ist seit Montagmorgen verschwunden. Wir haben uns zuerst nicht so viel dabei gedacht. Es stimmt, was meine Mutter gesagt hat. Er macht sich ab und zu mit seinem Fernglas für ein paar Tage auf in die Wälder und versinkt in seiner Vogelwelt. Es sei ihm gegönnt, und in der Tat läuft der Betrieb auch ohne ihn weiter. Aber normalerweise sagt er natürlich Bescheid, außerdem nimmt er dann sein Handy mit.«

»Das Handy ist hier?«, fragte Vargen. Christoffer Karmfalk nickte. »Aber warum habt ihr nicht früher der Polizei Bescheid gesagt? Habt ihr euch nicht bereits längst Sorgen gemacht? Erst recht mit dem unbekannten Toten nebenan ...«

»Joakim kann das nicht sein! Er war es doch, der nachts den Brand entdeckt hat!«, sagte die Bäuerin eindringlich. »Dann hat er mich geweckt und die Feuerwehr angerufen. Wir sind dann natürlich auch auf den Hügel gegangen und haben uns die Löscharbeiten eine Zeit lang angesehen. Aber dann haben wir uns wieder hingelegt, es war ja schließlich noch mitten in der Nacht.« Sie rieb sich die Augen und schluchzte. »Als dann um sechs der Wecker geklingelt hat, war er schon auf, und als ich nach unten ging, um Frühstück zu machen, hatte er das Haus bereits verlassen.«

»Hat er denn gar nichts mitgenommen?«, fragte Forss.

»Doch, sicher«, antwortete der junge Mann. »Sein Auto, ein Geländewagen. Darin liegen auch seine gesamten Camping- und Vogelsachen.«

»Also könnte er theoretisch doch auf einer Exkursion sein?«

»Theoretisch, ja ...«, sagte Christoffer Karmfalk, aber seine Mutter schüttelte vehement den Kopf.

»Das würde er uns nicht antun. Uns vier Tage im Ungewissen lassen.«

»Gab es vorher einen Streit? Eine Meinungsverschiedenheit?«, fragte Vargen.

Am Herd begann etwas laut zu piepen, eine elektrische Eieruhr, gleichzeitig ging die Küchentür auf, und ein etwa dreijähriges Mädchen stolperte herein, nur mit einer Windel bekleidet. Als es die beiden Ermittler entdeckte, blieb es stehen und trat dann misstrauisch einige Schritte zurück, bis es die Beine seiner Mutter spürte, die im Türrahmen stand, und sich an sie schmiegte. Es streckte einen Arm aus und zeigte auf Forss.

»Pippi Langstrumpf!«, krähte die Kinderstimme.

Von wegen Batgirl, dachte Stina Forss.

## 12

Ingrid Nyström atmete tief durch.

»Als Erstes möchte ich mich dafür entschuldigen, dass mein Kollege vorgestern so taktlos und unvorbereitet hier hereingestolpert ist«, begann sie. »Das ist höchst bedauerlich, und selbst der Zeitdruck, unter dem die Polizei in der Ermittlung eines Kapitalverbrechens steht, darf keine Ausrede sein, dennoch appelliere ich an euer Verständnis.« Sie hatte ein Bein übergeschlagen, ihre Hände ineinandergelegt und lächelte freundlich, aber reserviert und sah dabei zuerst sie, dann ihn an. »Selbstverständlich bedauert die Polizei Kronoberg noch immer die unglücklichen Umstände, die den Tod von Anton begleitet haben. Natürlich machen wir uns ebenso Vorwürfe, dass wir so wenig zur Ermittlung im Falle der Vergewaltigung eurer Tochter Elin beitragen konnten.«

Tod. Vergewaltigung. Anton. Elin.

Es war nicht leicht, diese Worte auszusprechen, aber Nyström war der Überzeugung, dass es in Situationen wie diesen nötig war, die Dinge beim Namen zu nennen. Alles andere wäre eine Lüge gewesen, denn natürlich dachten die Eltern beim Anblick einer Polizistin an genau das: die Schicksale ihrer Kinder. Lügen hatten Ulrica und Bengt Wahlgren nicht verdient. Man muss die Menschen in ihren Gefühlen ernst nehmen, ohne dabei selbst emotional zu werden, dachte sie und hoffte, mit ihrem Gesprächseinstieg gerade das erreicht zu haben. Die Wahlgrens sahen sie reglos an. Nyström befeuchtete mit einem leisen Räuspern ihre Stimmbänder. »Ich bin heute aber aus einem anderen Grund hier. Ich möchte heute mit euch über Nils Johansson sprechen.«

Bei der Erwähnung des Namens bewegte sich ein Muskel im Gesicht des Mannes, und mit einer fast überdemonstrativen Geste verschränkte er die Arme vor der Brust. Abwehr bedeutete das. Gegenüber ihr oder Nils Johansson? Seine Frau atmete hörbar ein, saugte an ihrer Unterlippe und blickte aus dem Fenster in den Garten.

»Euer ehemaliger Nachbar ist am 9. Januar 2005, in der Nacht des großen Sturms, nicht bei einem Unfall ums Leben gekommen.«

Nach der Besprechung hatte sie lange darüber nachgedacht, wie stichfest diese Annahme eigentlich war, letztendlich beruhte sie allein auf den posthum entdeckten Briefen Helen Johanssons. Um die Wahrheit zu erfahren, musste Nyström jedoch die Menschen zum Reden bringen, und für diesen Zweck, so hatte sie für sich beschlossen, war es berechtigt, die Behauptung als Wahrheit in den Raum zu stellen, auch wenn sie zur Not später revidiert werden musste. »Nils Johansson ist getötet worden.«

Sie ließ die Bedeutung der Wörter wirken. Ulrica Wahlgren sah sie an, und ihre Pupillen weiteten sich, gleichzeitig ließ sie von ihrer Unterlippe ab. Dann blickte sie schnell zu ihrem Mann. Unter seiner Gesichtshaut arbeiteten nun verschiedene Muskeln, ohne dass Nyström den Ausdruck hätte deuten können.

»Erzähl mir bitte von Nils«, sagte Nyström mit sanfter, aber fester Stimme.

Über dem Tisch breitete sich Schweigen aus. Ulrica Wahlgren öffnete den Mund und schnappte nach Luft, wie jemand, der nach einem Tauchgang die Wasseroberfläche durchstößt, aber sie sagte nichts. Ihr Mann ebenso wenig. Seine Nasenflügel bewegten sich im Rhythmus seines Atems. Nyström wartete. Die Anspannung im Raum war greifbar, wuchs, auch wenn Nyström die Ursache noch nicht verstand.

»Der Tag des Sturms, die Nacht und der Tag danach, wisst ihr noch, was ihr da getan habt?«

Ulrica Wahlgren wandte sich von ihrem Mann ab, blieb aber stumm. Sie hatte überhaupt keine Ähnlichkeit mit der pausenlos plappernden Frau, von der Delgado berichtet hatte. Im Licht der warmen Nachmittagssonne sah Nyström, wie schön sie war. Ihr schwarzes, lockiges Haar schimmerte, ihre aufgeworfenen Lippen zitterten leicht. Es war zu spüren, wie es in den Köpfen der beiden arbeitete. Die Nachricht von Johanssons Ermordung setzte Dinge in Gang. Alte, eingestaubte Kinoprojektoren, die nun knirschend zu laufen begannen und ihre Bilder, Erinnerungen, Gefühle auf die Leinwände des Bewusstseins warfen. Was ratterte da? Unausgesprochenes, Geheimnisse, Lebenslügen? Oder waren es doch nur der Schreck und der Schock? Eine Minute verging.

»Ich muss leider darauf drängen, dass meine Fragen beantwortet werden. Wenn ihr dazu nicht bereit seid, müssen wir das Gespräch als Anhörung auf dem Präsidium fortsetzen.«

»Wir ... wir waren damals alle zu Hause.« Endlich sprach Ulrica Wahlgren, zögernd. »Zu viert. Damals waren wir noch vier.« Ihre leise Stimme zerbrach an der Erinnerung. An einer Erinnerung. Wegen der Trauer um den verlorenen Sohn? Oder war da noch etwas anderes? Etwas, das mit dem Sturm, das mit Nils Johansson zu tun hatte? »Anton und Elin wohnten damals noch hier, und da man im Radio vor dem Orkan gewarnt hatte, sind sie an dem Samstagabend hiergeblieben«, fuhr Ulrica fort, nachdem sie ihre Stimme wiedergefunden hatte.

»Elin wäre sonst bestimmt ausgegangen, und Anton hätte sie begleitet. Zu der Zeit gab es in Älmhult eine Disco, die bei den Jugendlichen sehr beliebt war. Elin war oft dort. Sie mochte das, Musik und Tanzen, wahrscheinlich auch die Jungs. Anton dagegen hat sich wenig aus Gleichaltrigen gemacht. Er war immer eher ein stiller, zurückgezogener Junge. Er hat viel Zeit an seinem Computer verbracht. Aber ihr zuliebe ist er immer mit zu diesen Partys. Er hat seine Schwester vergöttert. Elin fand das toll. Die beiden waren unzertrennlich, bis ... nun ja, bis die Sache mit Anton geschehen ist.«

»Sicher«, sagte Nyström und wartete einen Augenblick, bis sie das Gespräch wieder auf die Sturmnacht zurücklenkte. »Gab es an dem Tag oder in der Nacht Kontakt zu den Johanssons? Zu Nils?«

Diesmal antworteten beide Wahlgrens. Gleichzeitig.

»Nein«, sagte er.

»Ja«, sagte sie.

Sie blickten sich irritiert an.

»Wir haben doch Nils an dem Tag nicht ...«, sagte er.

»Elin war drüben. Bei Emma. Emma Johansson. Die beiden Mädchen waren befreundet«, sagte Ulrica zu Nyström und sah ihren Mann an. Beide atmeten jetzt hastig und vernehmbar.

Emma. Nyström musste wieder an den schrecklichen Vorwurf denken, den Helen Johansson ihrer Tochter gemacht hatte.

»Was war diese Emma für ein Mensch? Wie wirkte sie auf euch?«

Die Wahlgrens wandten sich ihr nun wieder zu. Sie sahen verunsichert aus.

»Sie war ein nettes, junges ... Warum fragst du denn nun nach Emma?«, wunderte sich Ulrica.

»Willensstark«, antwortete Bengt. »Von sich überzeugt.«

»Wie ihr Vater?«, fragte Nyström.

Bengt blickte zu Boden, wieder warf ihm Ulrica einen Seitenblick zu. Die Frage blieb unbeantwortet, aber das Schweigen nahm für Nyström ganz langsam Konturen an. Sie begann, etwas zu verstehen.

»Was war Nils für ein Mensch?«, bohrte sie nach.

Bengt kratzte an einem Leberfleck, der zwischen seinem lichten Haar sichtbar war. Es war mittlerweile trocken, fiel Nyström auf.

»Er war kein schlechter Mensch«, sagte Ulrica, ihre Stimme auf der äußersten Klippe. Dahinter lag ein Meer aus Tränen. »Er war kein schlechter Mensch«, wiederholte sie. »Er hat das nicht verdient. Er hat das nicht verdient.«

»Wer sagt denn, dass er ein schlechter Mensch gewesen sei?«, fragte Nyström. Sie hatte das sichere Gefühl, sich dem Epizentrum des Bebens zu nähern.

»Er hat das nicht verdient!«

Ulrica brach in Schluchzen aus.

Abrupt stand Bengt auf. Mit einem fürchterlichen Geräusch scharrte der Stuhl über den Fliesenboden. Bengt stapfte aus dem Raum. Die Tür flog hinter ihm zu. Nyström atmete tief durch. Ulrica hielt sich jetzt die Hände vor das Gesicht und weinte. Ihr weiblicher, praller Körper bebte unter ihrem geblümten Kleid. Nyström ließ ihr Zeit. Irgendwann rückte sie ihren Stuhl neben Ulrica und legte ihr die Hand auf den Rücken. Das schien etwas zu helfen, das Zucken und Schluchzen ebbte langsam ab.

»Du hast ihn geliebt?«, fragte Nyström irgendwann.

»Ein bisschen«, flüsterte Wahlgren nach einer Weile und rieb sich die Tränen aus den Augen.

Wieder wartete Nyström ab.

»Habt ihr ...?«

Die Frau nickte.

»Und dein Mann wusste ...?«

Nicken.

»Ich muss das fragen: Wann war das?«

»Es war eigentlich schon vorbei.«

»Wann?«

»Wir wussten, dass es zu nichts führt. Wir wollten damit aufhören. Dann ist er ... verbrannt.«

»Hast du es deinem Mann selbst gesagt?«

»Ja. Aber er wusste es bereits.«

»Woher?«

»Anton hatte es ihm erzählt. Er hat uns, Nils und mich, ... nicht wirklich bei etwas gesehen. Aber es war genug, um etwas zu ahnen. Er war so furchtbar wütend. Ich kann es verstehen. Natürlich kann ich das. Hätte ich damals gewusst, dass er ... Es kam mir wie eine Bestrafung vor, dass er sich ... Wie konnte ich nur?« Sie wiegte ihren Körper vor und zurück. Wie ein Kind, das sich in den Schlaf wiegt, dachte Nyström. »Aber Nils ... Er war damals so ... Er hat mich zum Lachen gebracht. Ich habe das damals gebraucht, jedenfalls dachte ich das. Ich glaube, er hat das selbst auch gebraucht. Helen war nicht gerade ... Und Bengt ...«

Nyström überlegte, wie sie den nächsten Satz formulieren sollte.

»Das wirft natürlich kein gutes Licht auf deinen Mann.«

Ulrica Wahlgren hielt inne und sah Nyström mit feuchten Augen an.

»Wie meinst du das? Du glaubst doch nicht ...?«

»Eifersucht ist ein starkes Motiv.«

»Aber ... unmöglich! Er ... Bengt war die ganze Nacht bei mir. Den nächsten Morgen auch.«

Nyström nahm die schmale Hand der Frau und sah ihr dabei tief in die Augen.

»Wie sicher bist du dir da?«

# 13

Es war leicht, das Büro des Landwirtschaftsverbands zu finden, und obwohl Knutsson ein paar Minuten zu früh dran war, wurde er am Eingang erwartet. Älmhult ist wohl ein Ort, an dem Wert auf guten Service gelegt wird, dachte er. Der Wirtschaftsberater Anders Alm war ein großer Mann um die fünfzig, mit kahl rasiertem Kopf. Der marineblaue Anzug betonte sowohl seine schlanke Figur als auch seine glänzend weißen Zähne. Wie aus einem Werbeprospekt, dachte Knutsson und zog seine unförmige Jeanshose unauffällig ein wenig nach oben. Der Mann führte ihn in einen Konferenzraum. Eine Wand war mit großformatigen, gerahmten Fotografien landwirtschaftlicher Motive bedeckt: Kühe auf der Wiese, Hühner vor dem Stall, Schweine beim Fressen. Sie nahmen am unteren Ende eines ovalen Tisches Platz, und Anders Alm schenkte Mineralwasser in zwei Gläser ein. Kein Wunder, dass der Kerl so dünn ist, dachte Knutsson.

»Ich habe es in der Zeitung gelesen, das mit dem Hausbrand und der Leiche«, sagte er. »Furchtbar. Wirklich furchtbar.« Er deutete ein Kopfschütteln an. »Weiß man bereits, wer der Tote ist? Es ist doch hoffentlich nicht ein Mitglied der Johansson-Familie?«

»Wieso denkst du das?«, fragte Knutsson und suchte in der Innentasche seiner Jacke nach seinem Smartphone. Er wollte das Gespräch aufzeichnen.

»Nein, nein, ich will mich nur vergewissern. Ich kannte die Johanssons gut, und es hat mir damals unendlich leidgetan zu sehen, wie die Familie zugrunde ging. Ihnen ist so viel Schlimmes widerfahren. Das wünscht man nicht mal seinem ärgsten Feind!«

Knutsson war mittlerweile fündig geworden und fummelte an seinem neuen Gerät herum. Obwohl ihm zuerst sein Sohn, dann Hugo Delgado alles Schritt für Schritt erklärt hatten, hatte er Probleme, die Aufnahmefunktion zu finden. Aus Versehen öffnete er das Musikprogramm, die Fanfaren von Bachs Weihnachtsoratorium schepperten aus dem kleinen Lautsprecher. Zum Glück gelang es ihm einigermaßen schnell, die Musik wieder wegzudrücken. Verlegen lächelte er den Mann mit den weißen Zähnen an. Alm sah ein wenig pikiert aus.

»... ich sagte gerade, dass der Familie so viel Schlimmes widerfahren sei.«

»... nicht mal seinem ärgsten Feind«, echote Knutsson, um zu verdeutlichen, dass er zugehört hatte. Als sich der kleine Punkt, der die Tonspur visualisierte, auf dem Display regte, legte Knutsson das Handy zufrieden auf den Tisch. Anders Alm beobachtete ihn mit einem Blick, als würde Knutsson gerade ein Katzenjunges filetieren.

»Wie gut kanntest du sie?«, fragte Knutsson.

Alm betrachtete seine Manschettenköpfe.

»Na ja, am meisten hatte ich mit Nils Johansson zu tun. Obwohl der Hof ja eigentlich noch seinen Eltern gehörte, hat er fast fünfzehn Jahre lang die Finanzen verwaltet. Auch wenn wir uns meistens auf einer geschäftlichen Ebene begegnet sind, kann man schon sagen, dass wir befreundet waren. Wir sind nach den Beratungen hier oft gemeinsam essen gegangen, und dabei haben wir nicht nur über den Hofbetrieb geredet. Häufiger haben wir uns auch draußen bei ihm getroffen. Er hatte am Ufer eines nahen Sees eine Sauna gebaut. Nackt und nach dem zweiten Bier kommt man ins Plaudern. Nils war ein sehr lebensfroher Mensch, freundlich, aufmerksam, charmant. Er hatte viele Verehrerinnen.«

Der Mann in dem marineblauen Anzug hob eine Augenbraue und grinste anzüglich.

»Ein Frauenheld?«

»Es war nicht so, dass er dauernd etwas am Laufen hatte, aber er hatte ein gutes Händchen bei den Weibern. Er hat sie zum Lachen gebracht.«

»Er hat nichts anbrennen lassen«, schlug Knutsson vor.

»So würde ich es nicht unbedingt ausdrücken, aber er war auch kein Kind von Traurigkeit.«

»Wie fand seine Frau das denn?« Knutsson musste an die Briefe von Helen Johansson denken, die Forss in der Wohnung in Älmhult gefunden hatte.

»Helen war ehrlich gesagt eine Plage«, sagte Anders Alm. Dann nahm er schnell einen Schluck Wasser, so als sei er selbst über seine Worte erschrocken. Er blickte Knutsson an, der keine Miene verzog.

»Verzeihung. Ich will nicht schlecht über eine Tote reden, aber Helen hat der Familie das Leben nicht gerade leichter gemacht.«

»Und wie hat sich das geäußert? Dass sie eine *Plage* war?« Knutsson betonte bewusst die herablassenden Worte.

»Sie war zurückgezogen und wortkarg. Ein unzufriedener Mensch, und der dauernde Unmut umgab sie wie eine Aura.« Wieder nippte Alm an seinem Glas. »Nun gut, es war für sie bestimmt auch nicht leicht auf dem Hof, die Schwiegereltern im selben Haus und eine Tochter, die ihren Vater und ihre Oma vergötterte. Helen war ein Fremdkörper in der Familie. Nils hat sich bemüht, es ihr recht zu machen, und ich war oft beeindruckt von seiner Nachsichtigkeit. Wenigstens konnte sie gut mit den Tieren.«

»Und warum hat er sich deiner Meinung nach nicht von ihr getrennt? Hast du dazu eine Theorie?«

»Nein, das habe ich auch nicht verstanden. Nils hatte, was das anging, eine starke Integrität, und er hat sich nie offen beschwert. Er redete über Helen immer mit Respekt, so als könne sie nichts für ihre Art. Als wäre ihr Unmut eine Krankheit, für die sie nichts konnte.«

»War sie depressiv?«, wollte Knutsson wissen.

»Ob sie eine diagnostizierte Depression hatte? Das weiß ich ehrlich gesagt nicht. Nils hat jedenfalls nie etwas in der Richtung erwähnt.«

Alm legte seinen Kopf in den Nacken und blickte nachdenklich an die Decke. »Es könnte aber so gewesen sein, jetzt wo ich darüber nachdenke«, sagte er schließlich.

»Du sagst, Emma stand ihrem Vater nah. Wie eng war die Beziehung zwischen ihr und ihrer Mutter?«

»Solange Nils noch lebte, ist mir nichts aufgefallen. Normal, würde ich sagen. Allerdings habe ich sie auf dem Hof öfter in Gesellschaft ihrer Oma erlebt als in der ihrer Mutter. Später, als es nur noch Emma und Helen gab, war es zwischen Tochter und Mutter angespannt. Aber das lag wohl auch an den finanziellen Schwierigkeiten.«

»Dazu wollte ich auch ein paar Dinge fragen«, sagte Knutsson, »aber fangen wir ein paar Jahre früher an: der Generationenwechsel auf dem Hof. Gab es dazu einen Plan, bevor das alte Bauernehepaar in Thailand ums Leben gekommen ist? War es für sie selbstverständlich, dass Nils den Hof übernehmen sollte?«

Alm nickte.

»Nils war für die Alten ein Traum von einem Sohn. Das kann man nicht anders sagen. Er hat für den Hof gelebt, nichts war ihm zu groß, zu schwer oder zu anstrengend. Wenn es um den Betrieb ging, war er gewissenhaft und genau, er hat Fachliteratur gelesen und war in vielerlei Hinsicht ein Vordenker. Seine Eltern hatten den Grundstein für den Biobetrieb gelegt, aber es war Nils, der ihn weitergeführt und ausgebaut hat. Er war ein wirtschaftlich denkender Ökoaktivist, so ungewöhnlich das klingen mag.« Alm lächelte dünn und hob die Schultern. »Da konnten seine Brüder nicht mithalten.«

»Und wie haben die das gefunden? Waren sie neidisch oder eher erleichtert, die Verantwortung los zu sein?«

»Henrik und Lars kannte ich nicht so gut. Ich weiß, dass der Jüngere ins Ausland gegangen ist.«

»Nach Montana«, beeilte sich Knutsson zu sagen, »in die USA.«

»Richtig. Ich bin ihm nur ein paarmal begegnet. Der ältere Bruder, Henrik, war ab und zu auf dem Hof. Bei ihm weiß ich nicht so genau. Er hatte so etwas Besserwisserisches an sich und hat Nils gerne Ratschläge erteilt. Sie waren sich äußerlich sehr ähnlich und auch in manchen anderen Dingen. Ich kann mich an einen denkwürdigen Galaabend vom Landwirtschaftsverband erinnern. Den Bruder würde ich schon als Casanova bezeichnen. Überhaupt herrschte zwischen den beiden ein Wettbewerbsverhalten. Aber das ist vielleicht zwischen Brüdern nicht ungewöhnlich.«

»Mmh, mmh«, brummte Knutsson zufrieden. Alm schien ein Volltreffer zu sein, der nicht nur die Zahlen erklären konnte, sondern auch die Geschichten, die sich dahinter verbargen. Die Geschichten, die sie zu einem Mörder führen konnten.

»Was ist passiert, als Nils starb?«, fragte er. »Stand es im Raum, dass Henrik oder Lars den Hof übernehmen sollten?«

»Nein, davon war nie die Rede. Nachdem Nils und seine Eltern verschieden waren, standen Emma und ihre Mutter mehr oder weniger allein da mit der Verantwortung. Das arme Mädchen. Sie war ja fast noch ein Kind, gerade mit der Schule fertig. Sie hat sich tapfer geschlagen.«

»Warum hat sie den Hof 2010 verkauft?« Nachdem er die Zahlen bei der Bank gesehen hatte, lag die Antwort natürlich auf der Hand, aber er war gespannt, wie der Wirtschaftsberater die Situation darstellen würde.

»Sie hat nicht den Hof verkauft, er wurde ihr weggenommen.«

Alms Antwort kam schnell.

»Von wem?«

»Von Nils Brüdern, Henrik und Lars.«

»Ich denke, sie hatten kein Interesse am Hof?«

»Sie wollten nicht den Hof, aber das Geld.« Alm trommelte mit den Fingerspitzen auf die Tischplatte. »Nach der Tsunami-Katastrophe, bei der Jan-Åke und Liane ums Leben gekommen waren, also kurz nach Neujahr 2005, zwei Tage vor Nils' Tod, saßen wir hier zu viert in diesem Raum. Die Brüder hatten gerade ihre Eltern beerdigt, aber da Lars in die USA zurückmusste, wollten sie die Erbangelegenheiten schnell klären. Das Testament sah vor, dass Nils den Hof erhalten sollte und seine Brüder Teile des Walds. Als sie hier ankamen, war die Stimmung gedrückt, und es stellte sich heraus, dass Henrik und Lars kein Interesse an dem Waldbesitz hatten, der ihnen lebenslang ein solides Zubrot gesichert hätte, sondern ihre Erbteile möglichst schnell verkaufen wollten, um den Erlös zu reinvestieren: Henrik wollte Geld für einen Immobilienkauf in Malmö, Lars brauchte eine Finanzspritze für seine Karriere als Künstler. Nils war damit nicht einverstanden. Er konnte sich beim besten Willen nicht vorstellen, dass die Familie den Wald aus den Händen gab. Für ihn war es nicht nur irgendein Wald, sondern ein wertvolles Erbe, das seit vier Generationen den Johanssons gehörte und in das seine Ahnen und Eltern unendlich viel Kraft gesteckt hatten. Ein Schatz, den sie ihren Nachkommen hinterließen. Henrik und Lars aber gaben nicht nach. Nils sah deshalb keine andere Möglichkeit, als den Wald selbst zu kaufen. Ich erinnere mich, wie die Bewirtschaftungspläne und Landkarten hier den ganzen Tisch bedeckten und wie wir im Kreis herumstanden und überlegten, welche Bestände abgeholzt werden konnten, um Kapital freizusetzen. Ich weiß es noch wie heute: Mit einem roten, einem gelben und einem orangefarbenen Stift markierte ich die Flächen, die sofort, die in fünf und in zehn Jahren abgeholzt werden sollten. Ich konnte sehen, wie es Nils schmerzte, wenn er Partien freigab. Für ihn hatte der Wald in erster Linie keinen finanziellen Wert, sondern er dachte an die Bäume, die Lichtungen und all die Plätze, die ihm so viel bedeuteten. Es war nicht so, dass er es prinzipiell ablehnte, den Wald zu Geld zu machen, aber so viel auf einmal konnte er nicht gut verkraften.«

»Haben die Brüder an diesem Tag alle Erbangelegenheiten klären können? Oder gab es offene Fragen, als Nils starb?«

»Nun ja. Juristisch gesehen war zwei Tage später alles geklärt und abgeschlossen, die Kaufverträge waren unterschrieben und notariell beglaubigt. Es konnte ja keiner ahnen, was in den kommenden Stunden passieren sollte.«

»Der Orkan«, stellte Knutsson fest. »*Gudrun.*«

»Nach dem Sturm waren die Verhältnisse auf den Kopf gestellt. Die Johanssons hatten in der Nacht mehr als die Hälfte ihres Bestands verloren. Der Wert dieser umgeknickten Bäume war viel niedriger als bei regulär gefälltem Holz, das danach direkt weiterverarbeitet worden wäre. Die Forstunternehmen, mit denen die Johanssons Verträge hatten, waren wie die meisten anderen völlig ausgelastet. Außerdem verzögerte sich alles durch den Tod von Nils: Die Johanssons, beziehungsweise Helen und Emma, standen mit ihren Holzmengen in allen Warteschlangen ganz hinten. Alle Sägewerke waren für Jahre ausgebucht, das bedeutete, dass das Holz für teures Geld gelagert und gewässert werden musste. *Gudrun* war für die Johanssons ein finanzielles Desaster.«

»Ich verstehe«, sagte Knutsson. »Aber die Brüder haben trotzdem auf der ausgemachten Verkaufssumme bestanden? Konnten Helen und Emma angesichts der Umstände denn nicht von dem Vertrag zurücktreten?«

»Das war ja das Vertrackte. Zu dem Zeitpunkt war Helen als Witwe die juristische Nachfolgerin von Nils. Natürlich hätte sie von dem Vertrag zurücktreten können, der Gesetzgeber gewährleistet eine einjährige Frist bei solchen Verträgen. Das Problem bestand darin, dass sie sich nach Nils' Tod noch mehr als zuvor in sich zurückgezogen hat. Ich bin drei- oder viermal zu ihr rausgefahren und habe auf sie eingeredet, denn es war mir ja klar, dass sie sehenden Auges auf ein drohendes Unglück zusteuerte. Vielleicht hätte ich noch hartnäckiger sein sollen, vielleicht hätte ich zu dem Zeitpunkt schon Emma ins Boot holen sollen, aber ich hatte zum einen natürlich auch eine Menge mit anderen Fällen zu tun, denn *Gudrun* hatte schließlich viele unserer Verbandsmitglieder getroffen und geschädigt, zum anderen hatte ich nie damit gerechnet, dass Henrik und Lars die Sache so kompromisslos durchziehen würden. Ich war davon ausgegangen, dass sie ihrer Schwägerin entgegenkommen und die schlimmen Umstände berücksichtigen. Aber sie haben auf der alten Vertragslage beharrt. Sie haben auf den Beträgen bestanden, die ihr Erbanteil längst nicht mehr wert war. Als die gierigen Kerle das Geld am Tag nach dem Verstreichen der einjährigen Widerspruchsfrist eingefordert haben, über ihre Anwälte wohlgemerkt, sind wir alle aus den Wolken gefallen. Das war der Moment, in dem Emma dann das Ruder übernommen hat. Es blieb ihr nichts anderes übrig, als einen hohen Kredit aufzunehmen.«

»Fünf Millionen Kronen.«

»Eine Wette auf die Zukunft. Unter günstigeren Umständen hätte es Emma womöglich schaffen können. Sie hat gearbeitet und geackert wie eine Wahnsinnige. Emma hat alles dafür getan, den Hof auf finanziell sichere Füße zu stellen. Sie hat die Produktion an Milch und Fleisch erhöht, bessere Verträge mit den Abnehmern ausgehandelt, sich mit anderen Betroffenen zusammengetan und Druck auf die Versicherungen und die Politik ausgeübt. Mit kleinen Erfolgen wohlgemerkt. Sie hat ohne Frage frischen Wind in den Verband gebracht.«

»Aber?«, knurrte Knutsson.

»Aber die traurige Wahrheit ist, dass das alles nicht gereicht hat. Eine Wirtschaftsprüfung, die Emma initiiert hat, ergab, dass Nils bereits seit Jahren mit geschönten Zahlen hantiert hatte. Vielleicht wollte er seinen Eltern etwas vormachen, ihnen die Enttäuschung ersparen. Ich weiß es nicht. Jedenfalls kam heraus, dass Nils schon länger von der Substanz lebte. Der Hof war nicht rentabel genug. Er hätte mindestens fünfzig Prozent wachsen müssen, um konkurrenzfähig zu sein, Bio hin oder her. Die Milchpreise waren schon damals nicht hoch – mittlerweile sind sie so niedrig wie in den Achtzigerjahren. Da soll man sich nicht wundern, wenn Bauern rote Zahlen schreiben. Bei einem stabilen Holzpreis und ohne die drückenden Bankraten hätte ich Emma zugetraut, den Karren aus dem Dreck zu ziehen, den Nachbarbauern Land abzukaufen und den Betrieb zu vergrößern, aber so wie die Dinge standen, kämpfte sie von Beginn an auf verlorenem Posten.«

»Das heißt, die Brüder haben von Nils' plötzlichem Tod profitiert?«

»Sicher«, sagte Alm. »Wenn man es so ausdrücken will, ja. Von Nils' Tod, meiner fehlenden Hartnäckigkeit und Helens, nun ja, nennen wir es halt Depression.«

## 14

Frank Jodenius saß auf der Couch im Wohnzimmer von Stina Forss und trank von der Cola, die sie ihm angeboten hatte, gleichzeitig tippte er auf seinem Smartphone herum. Forss betrachtete den Kollegen: ein bulliger Typ Ende vierzig mit Schnurrbart und in Jeansklamotten, der sein Handy in einer Ledertasche am Gürtel trug, wenn er nicht gerade damit die Kosten für eine Einbruchsschutzanlage kalkulierte. Er war auf ihre Bitte nach Feierabend vorbeigekommen, und sie hatte ihn durch ihr Haus geführt.

»Alles in allem dreißig- bis fünfzigtausend Kronen, je nachdem, wie viel *monitoring* du haben willst.«

»Überwachungskameras?«

»Optional mit Liveschaltung auf dein Handy.«

»Ich habe hier draußen überhaupt kein WLAN. Internet geht nur direkt auf dem Smartphone.«

»Das könnte man ändern. Ist alles eine Frage des Geldes.«

»Na klar. Wie hoch ist eigentlich deine Provision?«

Jodenius grinste.

»Ich würde dir auf jeden Fall die große Lösung empfehlen.«

»Sicher. Sicher ist sicher.« Forss lächelte dünn.

»Wie geht es eurer Brandleiche?«, fragte Jodenius. Es war im Präsidium kein Geheimnis, dass er scharf auf Ingrid Nyströms Posten als Leiterin der Abteilung für Gewaltdelikte war.

»Super. Nur noch eine Frage der Zeit, bis wir den Täter haben.«

»Vielleicht war es ja der Affe.«

Jodenius grinste beifallheischend. Vielleicht wollte er ihre Loyalität gegenüber Nyström testen. Oder fand er sich wirklich witzig?

»Ich muss dann gleich mal zum Sport«, log sie und sah auf ihre nicht vorhandene Armbanduhr.

Jodenius erhob sich. »Nachtjoggen?«, feixte er.

»Matratzenturnen«, entgegnete Forss und geleitete Jodenius zur Haustür.

»Also«, sagte er zum Abschied. »Denk mal in Ruhe über das Angebot nach.«

»Das habe ich eigentlich schon«, sagte sie. »Ist halt alles eine Frage des Geldes. Jetzt, wo ich weiß, was ich brauche, bestelle ich die Sachen wahrscheinlich doch eher im Internet.«

## 15

Ingrid Nyström lag lange wach. Obwohl ihr Mann auf seiner Brust einen Tabletrechner balancierte, auf dem ein Actionfilm lief, verriet ihr die gleichmäßige Atmung und das leise Schnarchen, dass Anders bereits eingeschlafen war. Sie zupfte ihm die Kopfhörerstöpsel aus den Ohren, schaltete sein neuestes Techniksspielzeug aus und legte das überraschend leichte Ding auf den Nachttisch. Ob es viele Pfarrer gab, die auf Bruce Willis und Arnold Schwarzenegger standen? Da war sie sich nicht so sicher. Zärtlich gab sie ihm einen Kuss auf die Stirn. Sie war immer wieder aufs Neue verdutzt, wie vertraut sie einander waren. Wie nah, wie wohlgesinnt. Sie kuschelte sich an ihn und wartete, bis ihr Atem von allein den Rhythmus seines sich hebenden und senkenden Körpers fand. Nyström musste an die Wahlgrens denken, an das, was ihr die Frau erzählt hatte. Wie das wohl war, einen anderen Mann als den eigenen zu lieben, zu begehren? Sicher, auch sie hatte ihre Fantasien, selten, aber intensiv. Flüchtige Traumgebilde, die in der Dämmerung zwischen Schlaf und Wachsein wohnten, ohne Bedeutung oder Bezug zu ihrem echten Leben. Nein, sie war wirklich keine Freudianerin. Sie vermisste nichts an dem Mann an ihrer Seite, aber rein gar nichts.

## 16

Emma hatte neben einem mächtigen Felsbrocken geschlafen. Groß, fest und kalt. Unerschütterlich – in allem das Gegenteil von dem, wie sie sich nach dem Aufwachen gefühlt hatte. Sie hatte in den Morgen hineingelauscht, den Geräuschen der Dämmerung nachgespürt und versucht, sie zu verstehen. Die kleinen Tiere im Unterholz, das Rauschen der Blätter, das Knarren der hohen Kiefern. Vögel, die zwitscherten. Dazwischen Stille. Sie war aufgestanden und hatte frische Tannenzweige geholt, die sie neben ihrem Felsbrocken wie eine Decke über sich ausgebreitet hatte. Besser eine Decke, die pikst, als gar keine, hatte sie gedacht. Kurz danach waren die letzten Schatten der Nacht verschwunden, und ein Gefühl von Schutzlosigkeit hatte sich an sie herangeschlichen. Sie wollte noch einmal die Augen zumachen, aber hatte keine Ruhe gefunden. Irgendwo da draußen wartete *er* auf sie. Suchte sie, jagte sie. Vielleicht noch ganz weit weg, vielleicht auch schon ganz nah. Sie hatte von ihm geträumt, sein blasses Gesicht vor sich gesehen.

In ihrer Angst gefangen, streifte sie durch den Wald. Sie hatte den Glauben daran verloren, durch bekannte Gefilde zu stromern. Der See war irgendein See gewesen, der Wald irgendein Wald. Sie konnte die Himmelsrichtungen am Stand der Sonne zwar ungefähr bestimmen, aber trotzdem kam sie immer wieder durcheinander. Der Hunger nagte, ihr Magen krampfte.

Von den niedrigen Birken riss sie eine Handvoll Blätter ab, sortierte die gelblichen aus und stopfte sich die anderen in den Mund. Im Frühjahr waren die zarten hellgrünen Birkenblätter eine Delikatesse, doch jetzt im Spätsommer waren sie rau und trocken. An einem großen Stein, der mit Moos bewachsen war, fand sie Gewöhnlichen Tüpfelfarn. Vorsichtig grub sie mehrere Wurzeln aus, schrubbte sie an ihrem Hosenbein ab, nahm eine in den Mund und legte den Rest in ihre Jackentasche. Der süße Geschmack von Lakritz verbreitete sich auf ihrer Zunge, aber dann wurde das Stück schnell bitter. Trotzdem kaute sie weiter.

Hier und da fand sie Trittspuren von Tieren, aber so unvermittelt wie sie auftauchten, so plötzlich hörten sie auch wieder auf.

Erschöpft blieb Emma auf einem flachen mit Moos bewachsenen Felsplateau stehen.

Orientierungslos spähte sie zwischen die Bäume, und plötzlich, direkt vor ihr, entdeckte sie ihn. Der abgestorbene Tannenstamm, dessen Rinde in Schulterhöhe ringförmig abgeschlagen war und das Holz wie eine offene Wunde bloßlegte. Eine Wunde, aus der Harz hervortrat.

Sie erkannte: Das war Großvaters Werk. Einer von Jan-Åkes toten Bäumen.

Die symmetrischen Axtspuren sprachen seine Sprache.

Stolpernd erreichte sie den Baum, schlang die Arme um den Stamm, presste ihre Wange gegen die raue Rinde. Sie fühlte das tote Holz und drückte ihre Lippen dagegen.

Ihr Wald war nicht verloren gegangen. Hier stand er, sie hatte ihn gefunden, und sie hatte ihn erkannt. Die Waldpflege ihrer Großeltern.

»Ein toter Baumstamm gebärt mehr Leben als jeder lebendige«, hatte ihr Großvater ihr als Kind erklärt. In dem verrotteten Holz hausen Tausende von Insekten, Käfern, pilzfressenden Mücken, Parasiten und Milben. Jede Phase der Verrottung hat ihre Begleiter, die den Prozess vorantreiben. Die Pilze bauen die Zellulose ab, und die Insekten zerkauen das Holz, und wenn sie fertig sind, ziehen sie weiter zu einem anderen Baum, und neue Pilz- und Insektenarten belagern den absterbenden Stamm. Ein Wald braucht Bäume in jeder Lebens- und Sterbensphase, das war die Überzeugung ihres Großvaters gewesen. Mit den Pilzen kommen die Insekten und mit den Insekten die Vögel und mit den Vögeln der Gesang und das Wohlbefinden, hatte er gemeint.

Das Engagement für die Artenvielfalt hatte sie wohl von ihren Großeltern geerbt. Ein Engagement, das sie weit weg aus den småländischen Wäldern getrieben hatte, das aber hier seinen Ursprung fand.

Sie sog den Duft der Rinde ein. Sie war in dieser Welt der ungewöhnlichen und bedrohten Pilze, Insekten und Pflanzen aufgewachsen, hatte die Besonderheiten und Lebensbedingungen ihrer Schützlinge studiert und jeden neuen Fund zelebriert, um ihn in ihrer inneren Schatztruhe zu verwahren. In ihren Schreibheften hatte sie Listen geführt, Steckbriefe angelegt und Zeichnungen angefertigt. Sie hatte sich wie Carl von Linné gefühlt, wie von Humboldt, wie Darwin.

Was aus ihren Schreibheften wohl geworden war?

Wahrscheinlich lagen sie in einem feucht gewordenen Umzugskarton im Keller von Helens Wohnung in Älmhult. Den Keller hatte sie am Tag nach der Beerdigung ausräumen wollen, aber dazu war es ja nicht mehr gekommen.

Mit dem Daumen tastete sie sich an das Harz heran, das aus dem Baumstamm herausdrang. Es blieb klebrig an ihrer Haut heften. Sie kratzte einen größeren Tropfen los und schob ihn in den Mund. Er schmeckte süß. Sie schloss die Augen.

Der Wald ihrer Großeltern.

Ihr Wald.

Das kam ihr fast unwirklich vor.

Mit Bedacht und Liebe hatten ihre Großeltern den Wald *eingerichtet*: hier eine Lichtung für die zweiblättrigen Schattenblumen, dort dichte, klein gewachsene Tannen für die Haselmäuse, drüben ein Tümpel für die Frösche und dort ein sich zersetzender Baumstumpf für die Fruchtkörper, Larven und Insekten.

Das war nicht immer einfach gewesen. Die Vorschriften, wie man einen Wald zu pflegen hat, waren strikt, vor allem, wenn es um absterbende Baumstämme ging. Die Angst vor Schädlingen war groß, und in dem wirtschaftlich ausgerichteten Kulturwald gab es für alles eine materielle Verwendung. Außerhalb des Waldes versteht sich. Durch das sorgfältige Aufräumen und das Entfernen von umgeknickten und sterbenden Bäumen wurde vielen Arten ihr Lebensraum genommen. Dasselbe Problem wie im Regenwald, nur im Kleinen. Ihre Großeltern waren ihren eigenen Weg gegangen und hatten, wo sie es für sinnvoll hielten, auch gegen Vorschriften verstoßen.

Der von ihrem Großvater absichtlich getötete Baum stand am Rande der Lichtung. Seine harte Arbeit, das Unterholz zu entfernen, hatte Wirkung gezeigt, und die kleine Lichtung hatte sich behaupten können. Ob sie selbst auch solche Spuren in Indonesien hinterlassen hatte? Sie wusste es nicht.

Ihr Blick glitt über den Boden. Zwischen dem Moos und dem hohen Gras der Lichtung entdeckte sie Sauerklee. Sie hockte sich hin, und mit flinken Fingern pflückte sie die zarten Blätter. Auch im Spätsommer schmeckten sie noch saftig und säuerlich. Die rhythmischen Kaubewegungen beruhigten Emma.

»Wir sind stolze Sammlerinnen«, hatte ihre Oma ihr beigebracht und erklärt, dass das Sammeln von Beeren und Blättern, Zwiebeln und Wurzeln seit Urzeiten zum Aufgabenbereich der Frauen gehörte. Es waren Frauen, die die Geheimnisse der Pflanzen, ihre heilende Wirkung und stärkenden Kräfte, kannten und dieses Wissen an ihre Töchter weitergaben. Vor langer, langer Zeit, so hatte es ihre Oma erzählt, hatte dies den Frauen zu einer mächtigen Position gegenüber den Männern verholfen.

Die Oma hatte gerne darüber gesprochen, über die Vormachtstellung der Frauen, die irgendwann, vor Tausenden von Jahren, verloren gegangen war.

Emma musste lächeln. So lange hatte sie nicht an ihre Großmutter gedacht. Wie seltsam, dass Menschen, die einem so viel bedeuten, fast in Vergessenheit geraten können. Vielleicht lag es daran, dass es in Indonesien nichts gab, was die Erinnerungen an ihre Familie lebendig hielt.

Liane hatte ihr erklärt, dass es die Frauen waren, die die Flora erkundeten und eines Tages dazu übergingen, die Pflanzen selbst anzubauen. In alten Zeiten galt das Prinzip, dass das Ackerland demjenigen gehörte, der es bestellte, was lange bedeutet hatte, dass der Boden an die Töchter vererbt wurde.

Emma hatte Boden und Wald geerbt. Und die Schulden. Wie einen Rucksack voller Steine, die sie geschultert hatte, bis sie unter dem Gewicht zusammengebrochen war.

Was hätte Oma dazu gesagt?

In der Ferne hörte sie das rhythmische Hämmern eines Spechts. Tack, tack, tack. Vielleicht war es ein Kleinspecht oder sogar ein seltener Weißrückenspecht. Beide standen auf der Roten Liste. Auf der anderen Seite der Welt setzte sie sich mit Eifer und Ehrgeiz für die bedrohte Flora und Fauna ein, hatte alles über die Voraussetzungen für seltene Vogelarten wie Borstenkopf, Helmkasuar und Krontaube studiert und Informationskampagnen gegen den illegalen Handel mit bedrohten Vögeln geführt. Mehrmals, als sie hoch oben im Nationalpark Lorentz gewesen war, hatte ihre Gruppe indonesische Soldaten, die für die Bewachung des Bergbaus in Timika direkt an der Grenze des Nationalparks stationiert waren, bei der Vogeljagd erwischt. Sie hatte das zwar nicht nachweisen können, aber wenigstens wussten die Soldaten seitdem, dass wachsame Augen auf ihnen ruhten. Die harte Arbeit hatte sich sinnvoll angefühlt, existenziell und notwendig. Auch dort war es mit den Einheimischen schwierig gewesen. Timika war zu einer Stadt mit über hunderttausend Einwohnern angewachsen, die von der Arbeit in der Mine lebten und nichts von Umweltzerstörung und Naturschutz hören wollten, vor allem nicht von jungen Menschen aus Europa. Sie war sich dort manchmal wie ein Eindringling vorgekommen, der eine größere Verbundenheit mit den Vögeln empfand als mit den Menschen. Jetzt, hier in dem Wald, in dem sie aufgewachsen war, fühlte es sich so seltsam an, dass sie vor weniger als einem halben Jahr nicht mal im Entferntesten darüber nachgedacht hatte, jemals hierher zurückzukommen. Dass sie den ganzen Sommer in Mamas enger und dunkler Wohnung verbracht hatte, ohne hier herauszukommen.

Sie fischte in ihrer Jackentasche nach einer Tüpfelfarnknolle, wischte die Erdkrümel ab so gut es ging und steckte sie sich in den Mund. Ihr Blick glitt zwischen den weiter entfernt stehenden Bäumen hindurch auf der Suche nach einem Orientierungspunkt, etwas, das sie wiedererkannte, etwas, das ihr verraten konnte, wo genau sie war.

Ein kleiner Pfad zog sich an einem Hang hoch, und obwohl ihr Knie schmerzte, gelang es ihr, den Kamm zu erreichen. Als sie auf der anderen Seite hinabsah, traf sie der Anblick wie ein Schlag in den Magen. Vor ihr breitete sich Kahlschlag aus. Baumstümpfe lagen herum, die Wurzeln hilflos nach oben gestreckt; in den Reifenabdrücken der gigantischen Waldmaschinen hatte sich Wasser gesammelt, auf dessen Oberfläche Ölspuren schimmerten.

Ohne dass sie es hätte kontrollieren können, verzog sich ihr Gesicht, ihre Kiefermuskeln wurden aufgerissen, sie bleckte die Zähne und holte tief Luft, aber statt ihre Trauer und Wut rauszubrüllen, sank sie auf den Boden und ließ ihre Tränen laufen.

# DER TAG DES STURMS,
## 8. JANUAR 2005, 16.03–16.12 UHR

*Schon am Eingang spürt Ola ein Kribbeln. Das ist immer so, wenn er den Baumarkt betritt. Er schließt für einen Moment die Augen und atmet die Gerüche ein: Gummi, Metall, Holz, Lösungsmittel; eine kaum greifbare Verheißung, ein flüchtiges Glück. Langsam bewegt er sich entlang der Regale und genießt die Anziehungskraft, die die Waren auf ihn ausüben. Es sind gar nicht so sehr einzelne Dinge, sondern das umfangreiche Sortiment an sich, das ihn fasziniert; die Menge an Schrauben, Werkzeugen, Dosen, Farben und Kabeln; das Gefühl, hier alles zu bekommen, was er jemals gebrauchen könnte. Am meisten liebt er die Ecke mit der Trekkingausrüstung. Das kleine Löffel-Gabel-Messer-Set, den faltbaren Hocker mit praktischer Tasche für die Thermoskanne, den Campingkocher und das Klappgitter zum Fischegrillen: Die Produkte sind in ihrer Schlichtheit genial und bergen das Versprechen auf Komfort in der Wildnis. Wenn er viel Geld hätte, würde er sich eine Topausrüs-*

*tung zulegen, klein, aber fein. Er entdeckt einen Kompass. Einhundertsiebenundneunzig Kronen soll er kosten. Ganz schön viel. Dennoch lässt er sich hinreißen und legt ihn in den Einkaufskorb. Heute kann er eine kleine Aufmunterung gut gebrauchen, und letztendlich ist er nicht jeden Tag im Baumarkt.*

*Sein Handy klingelt. Das kleine Display verrät, dass es sein Chef ist. Schon die Vorstellung, heute Abend bei der Fütterung einspringen zu müssen, macht ihn unruhig. Trotzdem nimmt er das Gespräch an. Doch Joakim will nur wissen, wo die Zwanzig-Ampere-Sicherungen sind. Olas Anspannung löst sich. Die liegen in der untersten Schublade des blauen Rollcontainers in der Werkstatthalle. Das Gefühl, Bescheid zu wissen, beschwingt ihn. Spontan bietet er an, ein neues Schloss für die alte Scheune zu besorgen, wo er doch schon mal gerade im Baumarkt ist. Schon seit Monaten ist ein rostiger Riegel so verbogen, dass das Schloss kaum mehr richtig schließt, und niemand hat sich bis jetzt darum gekümmert, obwohl die alte Scheune voll mit wertvollen Dingen ist: Bohrmaschinen und allerhand Werkzeuge, ein Rasenmäher und der Transformator für die Ställe, Ersatzreifen und Joakims alter Motorroller aus den Sechzigerjahren.*

*Vor den Regalen mit Schlössern verschafft sich Ola einen Überblick, und obwohl es alle möglichen Arten von Schlössern gibt, findet er nicht das, was er sucht. Es soll robust sein, aber nicht überdimensioniert; von guter Qualität, aber nicht übertewert. Schließlich entscheidet er sich für ein Modell, das leicht anzubringen zu sein scheint, und hofft, dass es von der Größe her einigermaßen passt. Beim Bezahlen versichert er sich, dass man es umtauschen könnte, und nimmt sich vor, direkt auf dem Heimweg bei den Karmfalks vorbeizufahren und es auszuprobieren.*

*Er steigt in den Wagen, lässt den Motor an und schaut in den Rückspiegel. Ist das Nils Johansson, der da am anderen Ende des Parkplatzes aus dem Auto steigt? Sicher, so ein Angebergrinsen gibt es nicht zweimal. Was macht der denn hier? Wollte Nils nicht mit seinen Brüdern ... Ola traut seinen Augen nicht. Er dreht den*

*Rückspiegel ein bisschen, um besser sehen zu können, den Motor macht er wieder aus, denn er sieht eine Frau auf Nils zukommen, sieht, dass die beiden sich verstohlen umschauen, sieht, wie sie sich in den Arm nehmen und auf den Mund küssen.*

*Die Frau ist nicht Helen.*

*Es ist Ulrica Wahlgren.*

# FREITAG, DER 11. SEPTEMBER 2015

## 1

Über Nacht hatte es einen Wetterumschwung gegeben. Es war kühler geworden, und ein böiger Westwind tupfte feinen Regen gegen das Panoramafenster des Besprechungsraums. An der Scheibe blieben vereinzelt gelbe Birkenblätter kleben. Der Sommer schien endgültig zu schwinden, es wurde Herbst. Ingrid Nyström hatte ihre Mitarbeiter zusammengerufen.

»Folgende Personen haben sich in der Sturmnacht in der hermetisch abgeriegelten Siedlung befunden: Nils und Helen Johansson, ihre neunzehnjährige Tochter Emma sowie Nils' Brüder Henrik und Lars. Joakim und Annika Karmfalk mit ihren Kindern Christoffer, Jenny und Jasmin. Bengt und Ulrica Wahlgren sowie ihre fast volljährigen Kinder Elin und Anton. Acht Erwachsene, drei Jugendliche an der Grenze zur Volljährigkeit, ein junger Teenager und zwei Kinder. Wenn wir bei unserer

Hypothese bleiben und Helen Johanssons Briefen Glauben schenken, ist einer von ihnen Nils' Mörder. Wenn wir Helen als Ehefrau und Zeugin sowie den dreizehnjährigen Christoffer und seine beiden jüngeren Schwestern beiseitelassen, bleiben noch sieben potenzielle Täter übrig.«

»Ich finde, die Ehefrau gehört unbedingt mit auf die Liste«, bemerkte Delgado. »Wenn sie von dem Verhältnis ihres Mannes wusste, hat sie ein starkes Motiv. Außerdem stammt das Märchen von dem Unfall von ihr. Was ist, wenn die Briefe ein plumper Versuch waren, die Schuld auf ihre Tochter abzuschieben?«

»Dann müssen wir auch den Jungen dazunehmen. Er wäre nicht der erste Jugendliche, der mit Vorsatz tötet«, meinte Vargen.

»Okay.« Nyström notierte die Namen auf dem Whiteboard.

EMMA JOHANSSON
HELEN JOHANSSON
HENRIK JOHANSSON
LARS JOHANSSON

JOAKIM KARMFALK
ANNIKA KARMFALK
CHRISTOFFER KARMFALK

BENGT WAHLGREN
ULRICA WAHLGREN
ANTON WAHLGREN
ELIN WAHLGREN

»Sammeln wir mögliche Motive«, forderte sie ihre Mitarbeiter auf.

»Joakim Karmfalk fühlte sich als konventioneller Landwirt von Nils' Biobauernhof moralisch angegriffen und infrage gestellt«, sagte Kent Vargen. »Es gab öfter Streit und Auseinandersetzungen.«

»Christoffer erschien mir gestern sehr emotional, vor allem was die Wut auf die Johanssons betraf«, ergänzte Forss.

»Ich weiß nicht recht«, sagte Nyström. »Ein Dreizehnjähriger?«

»Was ist mit der Mutter?«, führte Delgado an. »Es ist ja nicht so, dass Frauen nicht grausam sein könnten.«

»Dazu kommt, dass Joakim Karmfalk seit dem Brand vor fünf Tagen verschwunden ist«, bemerkte Vargen. »Wenn wir davon ausgehen, dass die Fälle miteinander zu tun haben – und darauf weist ja im Moment alles hin –, macht ihn das natürlich erst recht verdächtig.«

»Er könnte der verbrannte Tote aus dem Haus der Askers sein«, meinte Delgado. »Das Opfer einer Rachetat. Vielleicht hat Emma den Mord an ihrem Vater gesühnt. Oder Lars und Henrik Johansson haben ihren Bruder gerächt.«

»Nein«, widersprach Forss. »Wenn seine Frau die Wahrheit sagt, war er es ja, der den Brand entdeckt hat. Er hat sich erst einige Stunden später aus dem Staub gemacht.«

»Falls seine Frau die Wahrheit sagt«, gab Vargen zu bedenken.

»Alles ist denkbar«, sagte Nyström und notierte hinter Joakim Wahlgrens Namen zwei Fragezeichen. Ehefrau und Sohn bekamen jeweils ein Fragezeichen. »Wir sollten uns dringend um die Aufnahme des Notrufs kümmern, um die Aussage der Ehefrau zu verifizieren.«

»Natürlich müssen wir auch über die Rolle von Nils' Brüdern beim ersten Todesfall sprechen«, brummte Knutsson. »Die beiden haben unmittelbar von seinem Tod profitiert. Wäre Nils nicht gestorben, hätte er den Kaufvertrag, der sein Familienunternehmen ins Verderben gerissen hat, mit Sicherheit rückgängig gemacht. Der hohe Kredit, den Emma Johansson aufnehmen musste, um Henrik und Lars auszuzahlen, war das Todesurteil für den Johanssonhof. Die beiden Brüder waren fein raus. Sie haben sich quasi mit dem Tafelsilber davongestohlen.«

»Das hast du schön gesagt, Lasse«, lobte Nyström.

Knutsson biss zufrieden in einen Apfel.

Beide Brüder bekamen drei Fragezeichen verpasst.

»Tja, und dann wäre da noch die Affäre zwischen Nils und Ulrica Wahlgren«, sagte Nyström.

»Die klassische Eifersuchtstat durch den Ehemann«, sagte Vargen.

»Oder die Ehefrau«, ergänzte Delgado.

Nyström nickte und verpasste Bengt Wahlgren und Helen Johansson ebenfalls drei Fragezeichen.

»Was ist mit der schönen Ulrica?«, fragte Delgado. »Vielleicht konnte sie nicht damit leben, dass Nils die Sache beenden wollte. Oder damit, dass er sich nicht scheiden ließ. Oder kein gemeinsames Kind wollte.«

Das brachte Ulrica zwei Fragezeichen ein.

»Bleibt noch Emma«, sagte Forss. »Ihrer Mutter zufolge die Hauptverdächtige. Andererseits streitet sie die Tat vehement ab.«

»Was hätte sie überhaupt für ein Motiv?«, fragte Delgado. »Ich habe mich gestern mit den digitalen Spuren ihres Lebens beschäftigt. Ich glaube nicht, dass sie etwas mit dem Tod ihres Vaters zu tun hat. Nach allem, was ihr über Nils zusammengetragen habt, war sie ihm recht ähnlich. Ein tatkräftiger, willensstarker Mensch mit Überzeugungen und dem Glauben an eine bessere Welt.«

»Idealisten sind die Schlimsten«, sagte Forss.

»Sie ist seit der Beerdigung und dem Brand verschwunden, genau wie Joakim Karmfalk. Henrik und Lars Johansson konnten wir bis jetzt auch noch nicht erreichen«, stellte Nyström fest.

Emma bekam das größte Fragezeichen von allen.

»Das macht zusammen neunzehn Fragezeichen«, zählte

Knutsson, bevor er sich das Apfelgehäuse samt Stil in den Mund schob. »Und eine grüne Jacke.«

## 2

Ingrid Nyström ging nach der Besprechung in ihr Büro zurück und veranlasste die landesweite Fahndung nach Joakim Karmfalk und Emma Johansson. Sie war mittlerweile davon überzeugt, dass die junge Frau der Schlüssel zu beiden Todesfällen war, sei es als Opfer, Täterin oder Zeugin. Und dass sie seit fünf Tagen wie vom Erdboden verschluckt zu sein schien, beunruhigte sie. Immer wieder musste sie an den verunstalteten Leichnam in den rauchenden Trümmern denken. Die gesichtslose Giacomettifigur. Sie hoffte, dass es sich dabei nicht um die sterblichen Überreste der jungen Frau handelte. Aber war das fair? Sie kannte Emma Johansson genauso wenig wie den ebenfalls vermissten Landwirt Joakim Karmfalk. Oder die beiden Onkel von Emma, Henrik und Lars Johansson, die ebenfalls nicht erreichbar waren. Und wer sagte eigentlich, dass nicht noch mehr Menschen in den Fall verwickelt waren, von denen sie noch gar nichts wussten? Wieso galt also ihre Sympathie einer jungen Frau anstatt den drei Männern mittleren Alters? War das eine Frage des Geschlechts? Des Alters? Sie wusste es nicht. Aber sie ermahnte sich, neutral zu sein. Eine Ermittlerin, die Partei ergreift, macht ihre Arbeit nicht richtig, dachte sie.

Sie schickte Bo Örkenrud und sein Team in die Wohnung in der Eriksgatan in Älmhult. Vielleicht würden sie Hinweise auf den Verbleib der jungen Frau finden, die Stina Forss übersehen hatte. Sie selbst wollte dort ansetzen, wo Johansson zum letzten Mal gesehen worden war: bei der Pastorin, die die Beerdigung von Helen Johansson begleitet hatte. Beim Frühstück hatte sie sich mit Anders kurz über Petra Chenková unterhalten. Ihr Mann kannte und schätzte die Kollegin, die vor mehr als zehn Jahren aus Tschechien hergezogen war, der Liebe wegen. Sie war der Rechtsaußen der Pastorenfußballmannschaft des Bischoftums Kronoberg, in der auch Anders spielte, und hatte vergangenes Jahr in einem Turnier dem Bischof von Stängnäs bei einem intensiven Zweikampf einen Bänderriss beschert.

Als Nyström sie am frühen Nachmittag zu einem Kaffee im Gemeindehaus traf, machte die patente Frau mit dem grauen Pferdeschwanz jedoch einen äußerst friedfertigen Eindruck.

»Eine der schönsten Altstimmen Smålands!«, begrüßte die Pfarrerin Nyström. »Vielleicht weißt du es nicht, aber ich habe dich schon mehrmals singen gehört, einfach toll, ergreifend!«

Nyström fühlte sich geschmeichelt.

»Danke«, sagte sie, »aber ich bin auch nur so gut wie der Rest des Kirchenchors.«

»Keine falsche Bescheidenheit, wir wissen beide, dass das nicht stimmt.« Chenková lächelte. »Komm rein, drinnen ist der Tisch gedeckt.«

Nyström, eigentlich weder eine Freundin von Koffein noch von süßem Gebäck, ließ sich nach dem Vortrag der Pastorin über die Vorzüge des schonend gerösteten, fair gehandelten Biokaffees, den Chenková eigenhändig gemahlen und gebrüht hatte, zu einer Tasse verführen. Außerdem Käsekuchen. Wer konnte dazu schon Nein sagen?

»Was hat es mit dieser schwer kranken Frau Helen Johansson auf sich, dass ihr euch zum zweiten Mal nach ihrer Beerdigung erkundigt?«, fragte Chenková, nachdem sie den Small Talk hinter sich gelassen hatten.

»Das wüsste ich ehrlich gesagt selbst gern«, gab Nyström zu und nippte an dem wirklich ganz ausgezeichneten Kaffee. »Ich habe gehofft, dass du unser Bild von Helen Johansson ein bisschen präzisieren könntest. Wir haben Briefe von ihr gefunden, die wir nicht richtig einordnen können. Sie macht darin ihrer Tochter sehr schwerwiegende Vorwürfe. Um ganz offen zu sein: Sie beschuldigt ihre Tochter, ihren Mann, also Emmas Vater, getötet zu haben.«

»Oh mein Gott«, entfuhr es Chenková, und sie fasste sich an den Mund.

»Dasselbe haben wir auch gedacht. Wir sind uns nicht sicher, wie ernst wir diese Aussagen nehmen sollen. Das Erschreckende daran ist, dass Helens Mann tatsächlich unter sehr seltsamen Umständen ums Leben gekommen ist. Lange sind alle von einem tragischen Unfall ausgegangen, das Dumme ist nur, dass diese Unfalltheorie einzig und allein auf Helens damaliger Zeugenaussage basiert. Ihren Briefen zufolge hat sie allerdings bewusst gelogen, um ihre Tochter zu schützen, die die eigentliche Täterin sei. Kanntest du Helen gut genug, um ihre – wie soll ich es sagen? – geistige Gesundheit einschätzen zu können? Kam sie dir merkwürdig vor?«

Chenková schenkte sich Kaffee nach, bevor sie antwortete.

»Wie ich deiner Kollegin bereits erzählt habe, kannte ich die Frau nur flüchtig. Vor einigen Jahren kam sie zum ersten Mal in den Gottesdienst, von da an aber sehr regelmäßig. Eigentlich war sie recht oft hier, insofern würde ich sie als gläubig, aber wahrscheinlich auch sehr einsam beschreiben. Diese Kombination trifft man bei Senioren häufig an, bei Menschen in ihrem Alter jedoch eher selten, deshalb fiel sie mir auf. Wir haben uns ein paarmal unterhalten. Ich habe sie auf die ein oder andere Veranstaltung im Gemeindehaus hingewiesen, Gitarrenabende oder die Meditationsgruppe, Kochkurse und Tanzveranstaltungen, aber solche Sachen haben sie nicht interessiert, oder ihre Hemmschwelle war zu groß. Jedenfalls kam sie nur zu den Gottesdiensten und Andachten. Einmal hat sie tatsächlich von ihrer Tochter gesprochen, die im

Ausland lebte. Es klang so, als sei sie stolz auf sie. Wenn ich mich richtig erinnere, hat sie erzählt, dass Emma sich im Umweltschutz engagiere. Einen verwirrten Eindruck machte sie nicht auf mich. Eher in sich versunken und traurig. Man könnte auch sagen: depressiv. Der einzige regelmäßige Umgang, von dem ich etwas mitbekommen habe, war der mit einem sehr alten Gemeindemitglied, Agatha Landgren. Um deren geistige Gesundheit ist es allerdings nicht gut bestellt. Darüber hinaus könnte man sie schon beinahe als eine religiöse Eiferin bezeichnen. Die fromme Agatha hat ein sehr mittelalterliches Gottesbild.« Chenková lächelte. »Aber wie eng befreundet die beiden außerhalb der Gottesdienste waren, kann ich leider auch nicht sagen. Nachdem ich von Helens schlimmer Erkrankung erfahren habe, war ich natürlich froh zu hören, dass ihre Tochter nach Schweden zurückgekehrt war, um sich um sie zu kümmern. Sofern es Helens Gesundheitszustand zuließ, sind die beiden auch gemeinsam in die Kirche gekommen. Sie machten einen traurigen, aber auch harmonischen Eindruck auf mich. Helen wirkte ganz und gar nicht so, als säße sie neben der Mörderin ihres Manns.«

»Es sei denn, ihr Ehemann war die Hölle auf Erden, und Emma hat sie aus dieser Hölle befreit«, sagte Nyström leise.

»Ein Missbrauchsopfer? Ich würde es nicht vollkommen ausschließen. Helen hatte etwas Gebrochenes an sich. Aber was das für Ursachen hatte? Da kann man nur spekulieren.«

»Und wie kam dir Emma vor?«

»Jedenfalls nicht wie eine Mörderin.« Chenková lächelte wieder. »Aber ich weiß auch nicht, wie Mörder so sind. Dafür bist du wohl die Spezialistin. Ich kann zu ihr noch weniger sagen als zu ihrer Mutter. Ich habe mich zweimal kurz mit ihr ausgetauscht, als ich die Beerdigungsandacht vorbereitet habe. Sie machte einen stabilen Eindruck auf mich. Aufgeschlossen, freundlich, hemdsärmelig. Sie erzählte, dass sie wieder nach Indonesien zurückwollte, sobald hier alles erledigt wäre.«

»Und am Tag der Beerdigung selbst?«

»Aufgewühlt, traurig. Wie Trauernde sind, wenn sie einen geliebten Menschen bestatten.«

»Sie war in Begleitung?«

»Ja, genau. Zwei Männer waren bei ihr, ich nehme an Verwandtschaft. Beide in schwarzen Anzügen, der eine in den Vierzigern, der andere vielleicht zehn Jahre älter. Wenn ich mich richtig entsinne, hat mir Emma bei der Verabschiedung gesagt, dass sie noch gemeinsam etwas essen gehen würden. Ich erinnere mich noch, dass sie in ein für den Anlass etwas merkwürdiges Auto gestiegen sind, einen Lieferwagen. Der blau war, wenn ich mich nicht irre.

Nyström notierte sich das.

»Wo würde man in Älmhult nach einer Beerdigung essen gehen?«, fragte sie.

»Wenn es nicht gerade Pizza sein soll, würde ich ins *Goaroije* gehen.«

# 3

Stina Forss folgte der L23 Richtung Süden. Nach etwa anderthalb Stunden Fahrt wurde der dunkle småländische Nadelwald allmählich lichter, die Landschaft öffnete sich, ließ Luft und Licht hinein, streckte sich zu welligen Wiesen, Weiden und Feldern. Vereinzelt reckten sich Eichen in den grafitgrauen Himmel und griffen nach weißen Wolken: Willkommen in Schonen. Der Verkehr nahm zu, aus der Landstraße wurde eine Autobahn. Dass sie sich Malmö näherte, merkte sie an den immer dichter aufeinanderfolgenden Logistikzentralen, Baumärkten, Einkaufszentren. Sie fuhr von Norden in die Innenstadt, bog dann Richtung Küste in den Stadtteil Västra Hamnen ein, der im Schatten des fast zweihundert Meter hohen Bürogebäudes *Turning Torso* lag, dem spektakulären Wahrzeichen der Stadt. Die Agentur, für die Henrik Johansson arbeitete, hatte ihr Büro in einem repräsentativen postmodernen Gebäude, das nur einen Steinwurf von dem in sich gedrehten Wolkenkratzer entfernt lag. Ebenfalls viel Stahl und viel Glas, Meerblick. Davor wie ein Panzerbataillon: dunkelblaue und schwarze Stadtjeeps. Porsche, BMW, Volvo, Audi, Range Rover. Sie fand eine Parklücke, stieg aus, und als sie zu ihrem Achtzigerjahre-Wagen zurückblickte, wirkte er zwischen den überdimensionierten SUVs wie ein Spielzeugauto. Sie betrat das trotz Regenwetters lichtdurchflutete Foyer, klackerte über schwarzen Marmorboden und ließ sich in einem gläsernen Fahrstuhl in den fünften Stock fahren. Obwohl es diesig war, konnte sie bis nach Dänemark sehen. *True Lean Dynamics* nahm das ganze oberste Geschoss ein. Eine Empfangstussi Marke *Sweden's Next Top Model* in weißer Bluse und knielangem schwarzem Businessrock führte sie in ein Konferenzzimmer. Die ist doch noch keine achtzehn, dachte Forss und scannte neidisch die Pumps, die Veronica trug, wie das Namensschild auf der Brust der jungen Frau verriet. Die Schuhe kosteten mindestens dreitausend Kronen, schätzte sie.

»Ich wusste gar nicht, dass man als Tippse so viel verdient«, wandte sie sich an Veronica. Einen Kaffee bekam sie danach überraschenderweise nicht angeboten. Während sie wartete, blickte sie durch die Fensterfront auf das graue Meer hinaus und zählte die Regentropfen an der Scheibe. Johanssons Geschäftspartner kamen zu dritt, zwei Männer und eine Frau, alle etwa Mitte vierzig. Sie nahmen ihr gegenüber an einem langen Konferenztisch Platz. Die beiden Männer in dunkelblauen Zweiteilern, die Frau im Hosenanzug. Unverbindlicher Händedruck und Namen, die Forss sich nicht merkte. Einer der Typen hatte auffällig gebräunte Haut; ein Sonnenbankteint, der wohl alte Aknenarben überdecken sollte. Der andere trug eine jugendliche Gelfrisur, die nicht zu seinem Alter passte. Die Frau hatte eine Nase wie Nicole Kidman. Eigentlich sah der Rest von ihr auch so aus wie die australische Schauspielerin.

»Was ist das hier eigentlich für ein Unternehmen?«, begann Forss das Gespräch. »Ich meine, was soll das heißen, *True Lean Dynamics*?«

»Wir bilden Führungskräfte fort«, sagte die Gelfrisur. »Unser Schwerpunkt liegt auf Prozessoptimierung durch Verschlankung, *Lean Management* in der Fachsprache.«

»Den Wert aus Sicht der Kunden definieren«, referierte die Sonnenbank, »den Wertstrom identifizieren, das Flussprinzip umsetzen, das Pull-Prinzip einführen und schließlich Perfektion anstreben.«

»Wollen wir das nicht alle?«, lächelte Forss.

Nicole Kidman lächelte zurück.

»Die Grundidee stammt aus der Autoindustrie«, erklärte sie. »Toyota war in dieser Hinsicht ein Vorreiter. Es geht im Lean Management darum, Werte ohne Verschwendung zu schaffen, dabei ist das Prinzip nicht nur für die fertigende Industrie sinnvoll, sondern auch für Dienstleistungsprozesse und unterstützende Prozesse bei Auftragsabwicklungen.«

»Alles Überflüssige muss weg. Dafür soll alles perfekt aufeinander abgestimmt sein«, dachte Forss laut. »Wie bei einer guten Ermittlung. Leider läuft es im echten Leben nie so.«

Die Gelfrisur und die Sonnenbank grinsten.

Kidman lachte.

»Du kannst gleich hier anfangen«, sagte sie.

»Bekomme ich dann auch so schicke Schuhe wie Lolita da draußen?«, kokettierte Forss.

»Also, wie können wir der Polizei aus Kronoberg helfen?«, drängte die Gelfrisur.

»Sicher. *Time is cash*«, entgegnete Forss. »Wie ich am Telefon bereits sagte, interessieren wir uns für Henrik Johansson.«

»Ja, ja, unser lieber Henrik«, sagte Kidman und fasste in ihr prächtiges rotblondes Haar.

»Das klingt nach Sorgenkind«, sagte Forss schnell.

»So kann man es wohl auch formulieren«, sagte die Sonnenbank.

Die Gelfrisur räusperte sich.

»Vielleicht sollten wir vorab klarstellen, dass Henrik im eigentlichen Sinne nichts mit TLD zu tun hat.«

»So würde ich es nun nicht formulieren«, sagte Kidman.

»Im *eigentlichen* Sinne hat er mit uns nichts zu tun«, wiederholte die Gelfrisur.

»Die Sache ist die«, hob die Sonnenbank an. »*True Lean Dynamics, TLD*«, er zeigte mit dem Daumen auf sich und seine beiden Mitstreiter, »steht auch für unsere Nachnamen: Tegner, Lindquist, Davidsson. Unser Vorgängerunternehmen *West Ham Business Solutions* war noch nicht so spezialisiert. Wir haben Management-Fortbildung und Coaching auf breiterer Front angeboten. Henrik ist ein alter Studienkollege von uns. Bei *WHBS* war er mit an Bord. Auch wenn er sich eher auf die, nun ja, unkonventionelleren Sachen gestürzt hat. Gut, wir waren alle mal wild und gefährlich.« Er lachte gackernd auf. »Henrik ganz besonders.«

»*Take A Walk On The Wilde Side*«, intonierte die Gelfrisur.

»*West Ham* wie der englische Fußballklub?«, fragte Forss.

»Ein Wortspiel«, erklärte die Sonnenbank. »Weil *West Ham* ja so ähnlich klingt wie Västra Hamnen, der Stadtteil hier. War Henriks Idee.«

»Jedenfalls hat er den Schritt zu *TDL* nicht mitgemacht. Er ist heute sozusagen ein Ein-Mann-Unternehmen, das mit in unseren Geschäftsräumen sitzt und unsere Infrastruktur nutzt.«

Kidman malte mit ihrem Kinn Achten in die Luft, was wohl eine abwägende, aber zustimmende Geste sein sollte.

»Ihr habt ihn abgestoßen. Das nenne ich mal angewandtes

*Lean Management*«, lobte Forss sarkastisch. »Und inwiefern unkonventionelle Sachen? Inwiefern wild und gefährlich?«

»Eigentlich hat er nie richtig zu uns gepasst«, betonte die Gelfrisur.

Das glaube ich gern, dachte Forss. Drei Malmöer Oberklassegestalten und dazu ein Bauernsohn aus Småland.

»Inwiefern wild und gefährlich?«, wiederholte sie ihre Frage.

»Na ja, sagen wir so, Henrik war mit dem Herzen nur ein halber BWLer«, erklärte Kidman. »Eigentlich hat ihn vielmehr dieser ganze Outdoor- und Survival-Quatsch interessiert. Überlebenstraining für Manager in Nordschweden oder Alaska. Aus Hubschraubern über dem Nordkap abseilen. Schluchten überqueren. Grizzlys mit einem Taschenmesser erlegen. Bis vor zehn Jahren haben recht viele Firmen ihre Führungskräfte in solche Extremsituationen und Naturcamps geschickt. Die Metapher ist ja auch verlockend: Die Wirtschaftswelt als wilder Dschungel, in dem nur die Härtesten überleben. Einen Tiger in Teamwork jagen und erlegen. Dazu dieses Männerding: Freiheit, Lagerfeuer, Schweißsocken. Adrenalin pur. Das war Henriks Berufung. Leider lief das Programm immer schlechter. Wenn er heute Glück hat, bucht ihn ein deutscher Sandalenhersteller für eine Kanutour in Dalsland oder ein mittelständischer Zulieferer von Scania für ein langes Angelwochenende am Kalix.«

Die Gelfrisur und die Sonnenbank gackerten jetzt gemeinsam.

»Und wie kompensiert er seine rückläufigen Aufträge?«

Die drei sahen sich an.

»Nun ja«, schnalzte die Sonnenbank schließlich und grinste breit.

Die Gelfrisur kicherte.

»Er ist ein sogenannter Pick-up-Star«, sagte Kidman.

»Was ist das denn?«, fragte Forss.

Die beiden Männer stießen sich an.

»Er gibt Aufreißerseminare«, erklärte Kidman mit einem genervten Seitenblick auf ihre Teilhaber. »Er bringt Typen bei, wie sie Frauen klarmachen. Rumkriegen. Flachlegen.«

»So etwas kann man lernen?«, fragte Forss.

»Henrik ist gut im Geschäft. Er ist so etwas wie ein Star der Szene. Na ja, zumindest in Schweden und Dänemark. Er hat richtige Fans, die zahlen dreißigtausend Kronen für eine Woche Intensivtraining. Die Botschaft ist simpel: Jede Frau will immer Sex. Mit jedem Mann. Sie weiß es bloß noch nicht. Henrik schreibt gerade sogar an einem Buch. Der Titel steht schon: *Nein heißt vielleicht, vielleicht heißt ja*. So heißen auch seine Seminare.«

»Der Liebling aller Feministen«, sagte Forss.

»Es gibt Städte, in denen er Auftrittsverbot hat«, sagte die Gelfrisur. Es klang, als würde eine gewisse Bewunderung mitschwingen.

»Und?«, fragte Forss. »Klappt seine Methode?«

»Frag doch mal Veronica vom Empfang«, antwortete Kidman schmallippig.

# 4

Das Bild, das sich Hugo Delgado von Lars Johansson machte, nahm Stück für Stück Gestalt an. Dem Lebenslauf auf seiner Website zufolge war der jüngste der drei Johansson-Brüder 1975 in Älmhult geboren. Mit zwanzig Jahren war er auf die Kunsthochschule in Malmö gegangen und hatte dort ein viereinhalbjähriges Studium zum Bildhauer absolviert. Es folgten erste Ausstellungen in Malmö und einigen kleineren Städten. Im Jahr 2000 bekam er ein Stipendium für einen sechsmonatigen Arbeitsaufenthalt in Südkorea, anschließend ging er für drei Monate nach New York. Zurück in Schweden erhielt er zwei Förderpreise, und ein Galerist aus Kopenhagen nahm ihn unter seine Fittiche. 2002 ging er erneut nach New York, 2003 nach Phoenix, Arizona. 2004 heiratete er die Videokünstlerin Kim Monica Moore, und die beiden zogen nach Billings, Montana, Moores Heimatstadt, wo sie noch heute mit ihren drei Kindern lebten.

Delgado hatte in dem Handy von Emma Johansson unter den Kontaktdaten ihres Onkels zwei Nummern mit amerikanischer Vorwahl gefunden, eine Mobilnummer und eine Festnetznummer. Unter der Mobilnummer sprang seit Stunden nur die Mailbox an, und die Festnetznummer wagte er nicht vor Nachmittag auszuprobieren – Billings lag acht Zeitzonen hinter Mitteleuropa. Dafür fand Delgado allerdings etwas anderes heraus: Lars Johansson war im selben Abschlussjahrgang der Malmöer Kunsthochschule gewesen wie Hanna Hakelius. Hakelius war eine stadtbekannte Künstlerin, die einige der Skulpturen gestaltet hatte, die in den vergangenen Jahren rund um den Växjösee ausgestellt worden waren. Er hatte sich mit Hakelius vor einigen Jahren einmal auf einer Party unterhalten, seitdem grüßten sie sich, wenn sie sich in der von beiden häufig frequentierten Bar *Kafé De Luxe* über den Weg liefen. Außerdem gehörte Hakelius zu seinen neunhundertdreiunddreißig Facebook-Freunden. Zwei Stunden später war er mit der Künstlerin auf einen Espresso im Café des alten Programmkinos *Palladium* verabredet.

»Ich wusste gar nicht, dass du Polizist bist.«

»Ich trag ja auch zum Glück keine Uniform.«

Hakelius lachte, was ihre violetten Dreadlocks in Bewegung versetzte. Sie hat was von einer Medusa, dachte Delgado, einer fröhlichen Medusa wohlgemerkt.

»Ich habe dich immer für einen Dichter gehalten. So vom Typ her. Du hast so etwas Dunkles, Geheimnisvolles um dich.«

»Ach ja?«, freute sich Delgado. So direkt hatte ihm lange niemand mehr ein Kompliment gemacht. »Ich nenne es Schlafmangel.«

Nun mussten beide lachen.

»Erzähl mir von Lars Johansson.«

»Lars Johansson. Das ist schon eine ganze Weile her. 2000. Fühlt sich an wie eine halbe Ewigkeit.«

»Ich habe hier einen Gruß aus der Vergangenheit, schau mal.«

Er schob einen Ausdruck über den Tisch. Das Foto, das ihm die Sekretärin der Kunsthochschule zugemailt hatte, zeigte den Abschlussjahrgang der Bildhauerklasse. Johansson war ein junger Mann mit Vollbart, der mit verschränkten Armen ernst aus hellen Augen blickte. Hanna Hakelius – in Tigerleggins und grüner Kurzhaarfrisur – stand in einer Traube mit drei anderen jungen Frauen, die einander die Arme über die Schultern gelegt hatten und Peace-Zeichen und Surfergrüße gestikulierend in die Kamera feixten.

»Was waren wir jung, Mannometer. Die drei da und ich waren die sogenannte Feministische Fraktion, so haben uns jedenfalls die Professoren genannt. Maria, die Kleine mit der Lederjacke, ist die Radikalste gewesen, ist sie immer noch. Sie lebt irgendwo in Nordschweden und formt meterhohe Riesen-Vaginas, die sie dann in Bronze gießen lässt.«

»Und Lars?«

»Lars war ein Außenseiter im Seminar. Keiner ist so richtig mit ihm warm geworden. Ich hatte bei ihm immer das Gefühl, dass sein Ehrgeiz ihm im Weg stand. Das drückte sich in Kleinigkeiten aus. Er freute sich nie für die anderen, wenn jemand mal einen Erfolg hatte, an einer Ausstellung teilnehmen durfte oder sogar etwas verkaufte. Er ist auch nie zu den Gruppenausstellungen gekommen, und er hat sich nie die Arbeiten der anderen angesehen. Die Sachen, die er damals gemacht hat, waren gut, besser als die der meisten anderen, fand ich. Aber mit seiner unnahbaren Art war es schwer, sich für seine Positionen zu begeistern. Er hat dauernd allen das Gefühl gegeben, dass er am liebsten so schnell wie möglich die piefige kleine Kunsthochschule verlassen würde. Ich glaub, er hat sich innerlich schon im MoMA oder in der Tate Modern gesehen. Er ist dann auch ins Ausland gegangen, Japan oder so.«

»Südkorea. Und dann in die USA. Dort lebt er heute.«

»Ja, das passt. Ich kann ihn mir dort gut vorstellen. Er hatte diese Rambo-Mentalität: *Jeder kämpft für sich.*«

Delgado legte weitere Ausdrucke auf den Tisch.

»Dies sind Arbeiten von ihm. Die teuerste soll sechzigtausend Dollar kosten.«

»Für Kunst ist das doch ein Schnäppchen. Lass die Fotos mal sehen!«

»Ich finde, diese Baumstamm-Skulpturen haben etwas ziemlich Phallisches.«

»Stimmt!«, Hakelius lachte. »Vielleicht sollte er sich mit Maria zusammentun. Holzpimmel und Bronzemuschis, vielleicht klappt's dann auch mit der Tate.«

»Sahen seine Sachen früher schon so aus?«

»Nee, er hat zwar immer schon mit Holz gearbeitet, aber mit einer ganz anderen Ästhetik. Bei ihm sah alles immer verbrannt und verkohlt aus. Stell dir einen Haufen abgebrannter Streichhölzer im Maßstab zwanzig zu eins vor, dann hast du ein typisches Lars-Johansson-Kunstwerk anno 1998 vor Augen. Es war manchmal wirklich seltsam, was er da fabriziert hat. Einige Skulpturen erinnerten an verkohlte Leichname. Richtig unheimlich.«

# 5

Annika Karmfalk bat Knutsson im Wohnzimmer Platz zu nehmen. Sie hatte Sorgenfalten auf der Stirn und eine Gesichtsfarbe, die verriet, was Knutsson nur zu gut kannte: Bluthochdruck. Er begrüßte Christoffer Karmfalk und dessen Frau Miranda, zu ihren Füßen saß ein Kleinkind, das einen Kopfhörer trug und auf einem Tabletrechner bunte Ballons zerplatzen ließ. Knutsson ließ sich in einen eleganten mit Lammfell bezogenen Freischwinger plumpsen.

»Gibt es noch keine Neuigkeiten?«, fragte Annika. Ihre Stimme zitterte vor Anspannung.

Knutsson schüttelte seinen schweren Kopf.

»Leider wollte ich dasselbe fragen.« Ihm tat die Familie leid. »Wir haben Joakim auf die offizielle Vermisstenliste gesetzt, die Polizei hält landesweit die Augen nach ihm offen.« Bewusst vermied er den Ausdruck *Fahndung*.

»Das heißt, er steht auf einer Fahndungsliste. Er wird polizeilich gesucht.« Christoffer klang bitter. Er hatte die Ellbogen auf die Knie gestützt, und die Hände lagen an den Schläfen. Sein Baumwollhemd war bis zu den Ellbogen hochgekrempelt, sodass Knutsson seine Tätowierung sehen konnte: eine Kiefer auf dem linken Arm, eine Birke auf dem rechten.

»Es liegt in seinem eigenen Interesse«, sagte Knutsson. »Wer weiß, ob er dringend Hilfe braucht? Ob er irgendwo reglos liegt? Da ist es doch gut, wenn ...«

Annika schlug sich die Hände vors Gesicht und gab schluchzende Klagelaute von sich. Miranda stand aus ihrem Sessel auf und setzte sich neben ihre Schwiegermutter. Tröstend legte sie ihr den Arm auf die Schulter. Christoffer warf ihm einen bösen Blick zu. Verdammt, dachte Knutsson, das ist nicht besonders geschickt gewesen. Er nahm sich von den Keksen, die auf dem Wohnzimmertisch lagen, und biss hinein.

»Wir müssen ihn doch suchen!«, wimmerte Annika. »Wir müssen doch irgendetwas tun!«

Christoffer und Miranda sahen Knutsson herausfordernd an.

»Das Problem ist, dass wir nicht wissen, wo wir mit dem Suchen beginnen sollen. Ihr habt fünf verschiedene Wald- und Naturschutzgebiete angegeben, in denen Joakim seinen ornithologischen Interessen nachgeht. Das sind Tausende Hektar Wald, dafür würden wir mehrere Hundertschaften benötigen. Doch die können wir erst anfordern, wenn wir einen konkreteren Anhaltspunkt haben. Natürlich haben wir die lokalen Förster, Jäger und Waldbewirtschaftungsunternehmen informiert. Das sind viele, viele Menschen, die Joakim suchen und auch eine Beschreibung seines Autos und das Kennzeichen haben. Falls – und ich sage bewusst – falls sein Verschwinden in einem Zusammenhang mit dem Brand auf dem ehemaligen Johanssonhof stehen sollte, ist er ja wahrscheinlich jetzt nicht in einem seiner Vogelgebiete, sondern anderswo.«

Wieder presste Annika einen Klagelaut hervor. Aber was sollte Knutsson denn machen? Er konnte den Bauern doch nicht herbeizaubern. Schnell griff er sich noch einen Keks und spülte ihn mit einem Glas Wasser hinunter. In den Blicken der Anwesenden las er den Vorwurf, wie man in einer solchen Situation nur etwas essen konnte, jedenfalls interpretierte er es so. Nur das Kind sah ihn über die Kante seines Tablets mit freundlicher Neugier an.

»Ola Danlid ist verschwunden«, sagte Christoffer und kratzte am Stamm seiner tätowierten Kiefer.

# 6

Die französische Brasserie *Goaroije* war Teil eines hübsch renovierten Ziegelbaus aus dem vorletzten Jahrhundert. Nyström setzte sich an einen der eingedeckten Tische. Die geschmackvolle Inneneinrichtung und die Auswahl an Tagesgerichten imponierten ihr. Sie hätte in einer so kleinen Stadt wie Älmhult, die gerade einmal zehntausend Einwohner hatte, nicht mit einem solchen Restaurant gerechnet. Eine Bedienung kam an ihren Tisch und brachte ihr die Karte. Nyström stellte sich vor und erklärte ihr Anliegen. Die junge Frau hatte leider am vergangenen Sonntag nicht gearbeitet. Sie holte die Geschäftsführerin. Nyström hatte in der Zwischenzeit Fotos von Emma Johansson und ihren beiden Onkeln auf dem Tisch ausgebreitet. Delgado hatte ihr die Fotos ausgedruckt, die er in Emmas Handy beziehungsweise auf den Internetseiten von Lars und Henrik Johansson gefunden hatte. Die Geschäftsführerin kam und hatte bereits ein Buch mit den Dienstplänen unter dem Arm. Sie ließ für Nyström einen Cappuccino kommen. Der dritte Kaffee in einer Woche, dachte Nyström. Es stellte sich heraus, dass die Geschäftsführerin zwar am Sonntag Dienst gehabt hatte, aber sie konnte sich nicht an die Dreiergruppe erinnern. Eine entsprechende Reservierung hatte es jedenfalls nicht gegeben. Trotzdem mochte sie nicht ausschließen, dass das Trio am Sonntagmittag im *Goaroije* eingekehrt war, da sie selbst den Großteil der Mittagszeit mit Büroarbeit in einem Hinterzimmer verbracht hatte. Sie schaute in den Dienstplan. Die beiden Bedienungen, die zur fraglichen Zeit gearbeitet hatten, waren heute nicht da. Natürlich konnte sie sie anrufen. Bereits der erste Anruf war ein Treffer. Der Kellner erinnerte sich an eine junge, sportliche Frau, die mit zwei Begleitern da gewesen sei. Die Geschäftsführerin fotografierte mit ihrem Smartphone Nyströms Ausdrucke ab und schickte sie dem Kellner. Er bestätigte sofort. Die drei waren am Sonntag zum Mittagessen da gewesen. Er erinnerte sich sogar noch daran, dass die Frau Lachssuppe bestellt hatte. Ansonsten konnte er nicht viel sagen. Ihm war aber aufgefallen, dass das Gespräch sofort verstummt war, sobald er sich dem Tisch genähert hatte. Die Worte, die der Kellner am Telefon benutzte, merkte sich Nyström: Am Tisch herrschte eisiges Schweigen.

# 7

*I'm a Barbie-Girl in a Barbie-World*, hatte Stina Forss innerlich gesummt, als ihr die Exfrau von Henrik Johansson die Tür des eindrucksvollen Hauses geöffnet hatte. Lill Gärdestad war Mitte vierzig und trug einen engen brombeerfarbenen Frottee-Hausanzug, der ihre offensichtlichen Silikonbrüste betonte und farblich auf die Farbe ihrer langen Nägel und ihres Lippenstifts abgestimmt war. Ihr hellblondes, langes Haar war zu einer Art Bienenstockfrisur aufgetürmt, aus der sich einzelne Strähnen gelöst hatten. Sie hatte Forss hereingebeten, ihr etwas zu trinken angeboten und direkt drauflosgeplaudert, fast so als würde sie sich über den Besuch freuen. War die Frau dermaßen einsam? Gärdestad kam ihr warmherzig und offen vor. Aber auch traurig und verloren. Jedenfalls nahm Forss ihr Vorurteil zurück. Sie schilderte ihr Anliegen. Gärdestad musterte Forss lange, dann schenkte sie sich Weißwein nach und hielt das Glas versonnen gegen das matte Licht, das durch die bodentiefen Fenster vom Meer her ins Wohnzimmer fiel. Endlich seufzte sie vernehmlich und trank das Glas in einem Zug zur Hälfte leer. Die Designeruhr an der Zimmerwand zeigte halb drei. Mit nachdenklicher Miene kratzte Gärdestad an einem Fleck auf ihrem Ärmel, der nach Eigelb aussah.

»Was soll ich sagen?«, hob sie schließlich an. »Es hat am Ende nicht funktioniert zwischen uns. Ich will Henrik noch nicht einmal die Schuld dafür geben, jedenfalls nicht ihm allein. Vielleicht wäre alles anders gekommen, wenn wir Kinder gehabt hätten. Wer weiß?«

»Wolltet ihr keine Kinder, oder gab es andere Gründe?«, fragte Forss.

»Wir haben nicht sehr häufig darüber gesprochen. Ich hatte manchmal das Gefühl, dass er dem Thema immer irgendwie ausgewichen ist. Wir haben es versucht, jahrelang. Ich habe mich auch untersuchen lassen, physiologisch war immer alles in Ordnung.«

»Und Henrik?«

»Ihm war das zu unangenehm. Ich glaube, dass er Angst hatte, unfruchtbar zu sein. Jedenfalls hat es nie geklappt. Es ist auch müßig zu spekulieren, was wenn wie gewesen wäre. Fakt ist, dass es mit uns nicht funktioniert hat. Dass ich nun allein in diesem riesigen Palast sitze.«

»Habt ihr beide so gut verdient, dass ihr euch ein Haus am Meer leisten konntet?«

Gärdestad lachte bitter auf.

»Einen Dreck habe ich verdient. Ich war Kellnerin, als wir uns kennenlernten. 1999 war das. Henrik hat gutes Geld gemacht mit seinen Seminaren. Er wollte, dass ich aufhörte zu arbeiten. Damals fand ich es romantisch, dass er mich aushielt. *Freihalten* nannte er das. Heute glaube ich allerdings, dass es ihm nicht passte, mit einer einfachen Serviererin verheiratet zu sein. Am Anfang fand ich es toll. Er hat mir viel von einem gemeinsamen Restaurant vorgeschwärmt, mit mir als Geschäftsführerin. Eine Zeit lang habe ich ihm sogar geglaubt. *Viva Mare* sollte unser tolles Restaurant heißen, vor meinem inneren Auge hatte ich die Einrichtung schon komplett durchgeplant.«

Sie leerte den Rest des Weinglases und ließ sich wieder in das weiße Sofa zurückfallen.

»Aber dazu ist es nie gekommen. Damals, nachdem er geerbt hatte, wäre genügend Startkapital da gewesen. Ich war schon so weit, dass ich nach geeigneten Locations Ausschau gehalten habe. Ich bin sogar durch Geschäfte getingelt und habe Gardinenstoffe und Tapeten ausgesucht.«

»Aber?«, fragte Forss.

»Schau dich um. Du sitzt hier sozusagen im *Viva Mare*. Statt das Restaurant aufzumachen, haben wir dieses Haus gekauft. Henrik war Prestige wichtig. Es musste immer das Beste sein. Das schickste Haus in der besten Lage. Das größte Auto. Die neueste Treckingausrüstung.«

»Die schickste Frau«, schlug Forss vor.

Gärdestad lächelte matt.

»Das war einmal. Mit Anfang zwanzig habe ich tatsächlich ein bisschen gemodelt.«

Erneut schenkte sie sich Wein nach.

»Jedenfalls hat ihn mein Aussehen nicht daran gehindert, andere Frauen zu haben.«

»Während der Ehe?«

»Sicher. Er hatte hinter meinem Rücken diverse Liebschaften. Später hatte er sich nicht mal mehr die Mühe gemacht, seine Affären vor mir zu verheimlichen. Irgendwann hatte ich dann genug. Ich musste die Notbremse ziehen, das habe ich meiner Selbstachtung geschuldet. Tja, und nun sitze ich hier.«

»Wünschst du ihn dir zurück?«

Gärdestad wandte ihren Blick ab und sah auf das farblose Meer hinaus, als würde sie dort nach einer Antwort suchen.

»Wer weiß?«, entgegnete sie schließlich. »Ich glaube nicht, dass er sich ändern würde. Seine ... Fixiertheit. Ich glaube nicht, dass er mit dem Fremdgehen aufhören würde. Es steckt in ihm, ganz tief. Ich glaube noch nicht einmal, dass er dabei sonderlich viel empfindet. Dass er diese Frauen liebt oder auch nur verliebt ist. Es geht ihm um etwas anderes. Um Ehrgeiz und Bestätigung. Ums Siegen. Der Beste zu sein. Der Erste zu sein.« Sie nippte an dem Weinglas. »Weißt du, dass er früher so eine Art Wette mit seinem älteren Bruder hatte? Sie haben Listen geführt, wer wann wen flachgelegt hatte. Sie haben darüber Buch geführt und am Jahresende Bilanz gezogen. Der Sieger durfte dann ein Jahr lang einen Ring tragen, ein hässlicher, alter Siegelring, den sie ihrem Vater abgeluchst hatten. Henrik hat diesen Ring mit Sicherheit irgendwo aufbewahrt. In seinem Kopf führt er die Liste wahrscheinlich immer noch weiter, obwohl sein Bruder seit Jahren tot ist.«

»Kanntest du Nils gut?«

»Wie man seinen Schwager halt so kennt. Ehrlich gesagt waren wir nicht oft oben in Småland. Henriks Verhältnis zu seiner Familie war ambivalent. Einerseits hat er alles darangelegt, sich von zu Hause abzusetzen. Dieser ganze Bauern-, Bio- und Ökokram war ihm zuwider, deshalb hat er mit ganzem Ehrgeiz versucht, in eine andere Welt vorzustoßen, Business zu machen, wie er sich ausdrückte. Er hat sich entsprechende Freunde gesucht, studiert, tolle Anzüge getragen. Schau dir dieses Haus an. Er liebte Geld. Andererseits konnte er seine Herkunft nie ganz abschütteln. Wenn er mit diesen Managertypen in die Wildnis gefahren ist, konnte er wieder ganz der ungehobelte Bauernjunge sein. Jagen, Angeln, Feuer machen. Mit den Händen essen.« Sie lächelte wieder ihr mattes Lächeln. »Oder nimm mich als Beweis. Meinst du, es war Zufall, dass er ausgerechnet bei einer Kellnerin gelandet ist, obwohl er so krampfhaft zu einer anderen Schicht gehören wollte? Nein. Er hat sich mich ausgesucht, weil er sich von mir verstanden fühlte. Weil wir dieselbe Sprache sprechen. Weil wir beide das Besteck falsch benutzen. Weil wir schlürfen, schmatzen, rülpsen, wenn wir unter uns sind. Er hat mich geheiratet, weil er seinem inneren Proleten nicht entkommen ist.«

»Erinnerst du dich an die Zeit, als kurz hintereinander seine

Eltern und dann sein Bruder gestorben sind? Als der Sturm gewütet hat. Warst du damals auch auf dem Hof der Johanssons?«

»Sicher, aber nur zu den Beerdigungen. Ich habe mich auf dem Hof nie besonders wohlgefühlt. Meine ehemalige Schwägerin Helen hatte eine Aura wie ein Friedhofsgrab, auch schon vor den tragischen Unfällen. Ich könnte schwören, dass sie depressiv war, auch wenn das niemand offen aussprach. Auf alten Fotos wirkte sie quietschfidel, ja sogar richtig attraktiv – sonst hätte Nils sie wohl kaum geheiratet –, aber irgendwann ist ein Schatten auf ihre Seele gefallen. Sie hatte das dunkle Gen, wie man so treffend sagt. Ich habe es dort jedenfalls nie lange ausgehalten. Und wollte dort auch nicht übernachten. Die Sturmnacht habe ich hier erlebt. Zum Glück hat es Schonen ja nicht so schlimm erwischt wie Småland.«

»Die Ermittlung, die mich hierherführt und nach Henrik fragen lässt, hat Indizien zutage gefördert, die nahelegen, dass Nils damals in der Sturmnacht keinen Unfall erlitten hat, sondern getötet wurde.«

»Das ist ja schrecklich«, flüsterte Gärdestad.

»Henrik ist einer der wenigen, die als Täter infrage kommen, zudem hat er von Nils' Tod profitiert. Sein Erbe wäre nach den Schäden, die der Orkan angerichtet hat, bedeutend kleiner gewesen.«

Gärdestad zupfte an einer ihrer Haarsträhnen, dann füllte sie ihr Glas ein drittes Mal mit Wein.

»Ob ich mir vorstellen kann, dass Henrik seinen Bruder getötet hat, willst du wissen?«

Forss nickte.

»Ganz ehrlich«, sagte Gärdestad. »Henrik hat Nils gehasst. Ich wünschte, ich wäre mir sicherer, dass er es nicht war.«

# 8

Als Kent Vargen im Flur der Wahlgrens aus seinen Slippern schlüpfen musste, betrat er den fremden Boden mit präparierten Sohlen. Bereits im Auto hatte er seine Strümpfe mit Desinfektionsspray behandelt, sodass ihm auf dem unbeschuhten Weg ins Esszimmer nichts geschehen konnte. Er konnte sich auch entspannt auf einen der Holzstühle setzen, denn seine Anzughose hatte er ebenfalls einer Spezialbehandlung unterzogen. Doch bevor er Platz nahm, zog er sein Jackett aus und hängte es sorgfältig über die Stuhllehne. Reine Psychologie: Das ganze Gespräch über würden die Wahlgrens gezwungen sein, auf die Waffe in seinem Holster zu starren.

Er lächelte dem garstigen Gesicht von Bengt Wahlgren entgegen.

»Ich soll dich übrigens von deiner bezaubernden Tochter grüßen«, sagte er. »Ich hatte vor einigen Tagen das Vergnügen. So ein lieber, entzückender Mensch.«

Bumm! Wirkungstreffer.

Ulricas Mund ging auf und wieder zu. Bengts Nasenflügel gerieten in Bewegung.

»Meine Kollegen haben mir die schreckliche Geschichte erzählt. Wie tragisch, dass der Täter nie gefasst wurde. Wenn es nach mir ginge, sollte man solche Bestien ...« Er klopfte auf sein Holster. »Ich habe mir die Akte noch einmal vorgenommen, denn es lässt mich nicht los, dass der Täter noch irgendwo frei da draußen rumläuft. Wenn ich mir vorstelle, dass ... wie er ... schrecklich! Schrecklich! Ich möchte, dass ihr wisst, dass ich jeden Stein noch einmal umdrehen werde und ...«

»Es reicht!«, sagte Bengt scharf. »Uns reicht es. Die Sache ist vorbei, aus und vorbei. Elin hat damit abgeschlossen und wir auch. Du bist wohl heute kaum hier, um damit ...«

»Bengt!«, unterbrach ihn seine Frau. »Lass gut sein. Der Mann möchte doch nur seine Hilfe anbieten.«

Bumm! Noch keine zwei Minuten und schon traten die Risse dieser kleinen, zerbrechlichen Seelen zutage.

»Ich verstehe das«, sagte er schnell. »Diese Wut und Ohnmacht verlassen einen ein Leben lang nicht.« Er lächelte. »Aber du hast recht, deswegen bin ich heute nicht hier. Auch wenn das Thema für alle Beteiligten pikant und vielleicht etwas unangenehm ist, kommen wir wohl leider nicht umhin, uns mit eurer Ehe zu befassen beziehungsweise mit dem Zustand eurer Ehe vor zehn Jahren, in der schicksalhaften Sturmnacht, die die Siedlung hier über Tage von der Umwelt abgeriegelt hat.«

Die Halsschlagader von Bengt zuckte in einer ungesunden Taktzahl, Ulricas Augenlider flackerten in einem noch schnelleren Stakkato. Erst jetzt fiel ihm auf, wie wohlgestaltet ihr Körper unter dem engen Kleid war, wie proportioniert sich ihre rundlichen Formen unter dem dünnen Stoff abzeichneten. Wie gerne hätte er sich jetzt nach vorne gebeugt und mit der Hand diesen sinnlichen Körper vermessen ...

»Ich weiß nicht, was dich das angehen sollte!« Bengt kochte. »So eine Unverfrorenheit!«

»Aber wir haben doch gestern bereits alles der Hauptkommissarin erzählt«, sagte Ulrica.

»Leider sind auf unserer Seite noch einige Fragen offengeblieben.« Das war das Tolle an den Medikamenten. Er brauchte sich nicht einmal zu konzentrieren, die Worte sprachen sich wie von selbst aus. »Ihr habt doch hoffentlich nichts dagegen, wenn ich unsere Unterhaltung aufzeichne?« Er legte sein Smartphone auf den Tisch und wischte sich durch das Menü, bis er den richtigen Modus gefunden hatte. »Dann kann es ja losgehen.«

Wie ein Folterknecht der heiligen Inquisition führte er die Wahlgrens die folgenden anderthalb Stunden durch das Gespräch. Er bohrte nach, nagelte fest, kitzelte heraus. Er lobte, spornte an, bestrafte, demütigte. Er drehte die ganze langweilige Geschichte einer müden Ehe von rechts auf links und wieder zurück. Wann hatte die Affäre zwischen Ulrica und Nils begonnen? Was waren die Gründe dafür? Wie oft hatten sie sich gesehen? Wusste Helen davon? Emma? Anton? Wann hatte Bengt davon erfahren? Wie hatte er reagiert? Wann hatte Ulrica beschlossen, sich von Nils zu trennen? Wann hatte sie Nils zum letzten Mal gesehen? Wann hatte Bengt Nils zum letzten Mal gesehen? Besaß Bengt vor zehn Jahren eine grüne Jacke? Besaß Ulrica eine grüne Jacke? Besaßen die Kinder grüne Jacken? Wo waren sie in der Sturmnacht gewesen? Konnten sie bezeugen, dass sie die ganze Nacht, jede einzelne Minute, zusammen gewesen waren? Gab es dafür Zeugen? Elin vielleicht?

»Sicher, Elin und Anton waren ja auch hier«, brachte Ulrica zwischen zwei Schluchzern hervor. Sie war während des Verhörs mindestens fünfmal in Tränen ausgebrochen. Bengt hatte mehr oder weniger regungslos dagesessen und seine Nasenflügel beben lassen. »Elin weiß, das wir den Großteil der Nacht oben in unserem Schlafzimmer verbracht haben. Du kannst sie anrufen, wenn es nötig ist. Wenn ich mich richtig erinnere, hat sie die ganze Nacht hindurch mit Anton bei Kerzenlicht in der Küche gesessen.«

»Wir werden uns mit Elin unterhalten müssen«, bestätigte Vargen. »Die Frage ist natürlich, wie aussagekräftig ein Alibi von der eigenen Familie ist.«

Der Schmerz und die Verletztheit, in der sich Ulrica wand, machte sie in Vargens Augen noch attraktiver. Wie gerne hätte er unter dem Tisch nach ihren Knien getastet, forschend zwischen ihre Oberschenkel gefasst und sich immer weiter vorgearbeitet. Die Anwesenheit ihres hilflosen, gebrochenen Ehemanns machte die Vorstellung umso reizvoller.

»Es reicht jetzt!« Bengts unangenehme Stimme riss ihn aus seinen Fantasien. »Wir hören uns diese Unverschämtheiten nicht länger an! Ulrica und ich haben mit Nils' Tod nichts zu tun, wie oft sollen wir das noch sagen! Wir waren die ganze Nacht zusammen und haben das Haus nicht verlassen!« Gleich spuckt er Feuer, dachte Vargen, gleich spuckt der kleine Drache Feuer. »Ja, Ulrica hatte etwas mit Nils. Zu einer Zeit, in der ich mich nicht genug um sie, um die Familie gekümmert habe. Das tut mir heute leid. Ich hätte mehr für sie da sein müssen. Nils hat das gemerkt und ausgenutzt. So wie er vorher schon andere ausgenutzt hat. Die Gemeinderätin! Die Lehrerin seiner Tochter! Der Kerl hat früher selbst seinen eigenen Brüdern die Frauen ausgespannt, sogar diesem unterbelichteten Knecht vom Karmfalkhof. Nils war ein Arschloch, wie es im Buche steht! Ob ich wütend war? Ja, natürlich! Ob ich mir ausgemalt habe, ihm die Fresse zu polieren? Na klar! Aber ich habe den Drecksack nicht angerührt, geschweige denn getötet!«

Ulrica rückte ganz nah an ihren Mann und drückte sich an ihn.

Wie rührend, dachte Vargen.

# 9

Ingrid Nyström hatte gerade ihren Cappuccino ausgetrunken, als Lasse Knutssons Anruf sie erreichte. Ola Danlid war verschwunden. Sie bedankte sich bei der hilfsbereiten Geschäftsführerin des Restaurants und machte sich auf den Weg hinaus zu den Karmfalks. Sie fragte sich, was das zu bedeuten hatte. Noch ein Vermisster? Der langjährige Angestellte der Karmfalks hatte am Morgen nicht zu den Namen auf dem Whiteboard gehört. Da sein kleines Haus einige Kilometer vom Hof der Johanssons entfernt lag, hatte *Gudrun* ihn aus der Siedlung ausgesperrt. Auf der Luftaufnahme der Forstbehörde hatte man sehen können, dass sich ein breiter Gürtel aus Hunderten von umgeknickten Bäumen auf dem Weg zwischen Danlids Haus und den Johanssonhof gelegt hatte.

»Noch einmal ganz von vorne«, bat sie Christoffer Karmfalk. Die Anspannung im Wohnzimmer war mit Händen zu greifen. Der junge Mann schien Schwierigkeiten zu haben, seine Ungeduld zu zügeln, während seine Mutter vor Kummer und Sorge vollkommen aufgelöst war. Die Frau des Jungbauern hatte den Raum mit ihrem Kind auf dem Arm unterdessen verlassen. Knutsson wippte mit einem etwas hilflosen Gesichtsausdruck in einem Freischwingersessel. Nyström entdeckte Kekskrümel in seinem Bart.

»Wie ich es deinem Kollegen bereits erklärt habe, ist unser Angestellter heute Morgen nicht zur Arbeit erschienen. Er hat auch nicht angerufen und sich krank gemeldet, er ist einfach nicht gekommen. Das hat es noch nie gegeben. In dreißig Jahren nicht.«

»Christoffer hat recht«, sagte seine Mutter mit belegter Stimme. »Das hat es noch nie gegeben. Ola ist so gut wie nie krank. Und wenn, dann sagt er immer Bescheid. Er ist verantwortungsbewusst und eine Seele von Mensch. Er würde nie einfach so fehlen, allein schon wegen der Tiere.«

»Vielleicht kommt er ja vor Fieber nicht aus dem Bett, oder er hatte einen Unfall unter der Dusche«, schlug Nyström vor.

»Ich war ja dort und habe nachgesehen«, sagte Christoffer. »Sein Auto steht noch da, aber Ola ist weg.«

»Seit wann ist er denn ...?«

»Gestern war er noch bei der Arbeit.«

»Und ist euch irgendetwas aufgefallen? War er anders als sonst?«

Mutter und Sohn schüttelten den Kopf.

»Alles war wie immer«, sagte Christoffer.

»Wenn irgendetwas nicht in Ordnung gewesen wäre, hätte er

es mir bestimmt erzählt«, sagte Annika. »Er trägt sein Herz auf der Zunge. Ein einfacher Mensch, aber ein guter Kerl. Er isst mittags hier mit uns. Wie ein Familienmitglied. Dass Joakim weg ist, geht ihm natürlich auch zu Herzen ...«

Sie stockte.

»Alles war wie immer«, wiederholte sich Christoffer. »Wenn Ola in irgendeiner Scheiße stecken würde, dann hätte ich ihm das angesehen. Ich bin mit ihm aufgewachsen, er arbeitet schon hier, seit ich denken kann. Er ist wie ein Bruder für mich, auch wenn er doppelt so alt ist. Ich sehe ihm schon an der Nasenspitze an, wenn er einen Fehler beim Füttern gemacht hat. Glaub mir, Ola ist kein Mann mit Geheimnissen.«

»Könnte er nicht bei Freunden oder Verwandten sein?«, versuchte es Nyström.

»Olas Freunde stehen bei uns im Stall«, antwortete Christoffer. »Die Tiere sind seine Freunde, sind seine ganze Welt. Seine Katze insbesondere. Und dann kommen wir. Aber sonst?«

»Er hat eine Schwester in Jönköping, die besucht er ein- oder zweimal im Jahr. Da haben wir bereits angerufen, aber sie weiß von nichts«, sagte Annika. »Normalerweise würde ich mir nicht so viele Gedanken machen, aber jetzt wo auch Joakim ...«

»Wie verstehen sich die beiden?«, fragte Knutsson.

»Rau, aber herzlich«, sagte Christoffer. »Mein Vater schätzt ihn. Ola ackert wie ein Stier. Ich kann mich nicht erinnern, dass die beiden schon einmal Streit hatten. Joakim legt Wert auf klare Regeln, und Ola ist jemand, der klare Regeln und Strukturen braucht. Vielleicht ist Joakim so eine Art Vaterfigur für ihn. Ich glaube, er ist damit zufrieden, hier als Bauer zu arbeiten, ohne dabei die Verantwortung für das Große und Ganze zu haben.«

»Er und seine Schwester hatten es nicht leicht«, sagte Annika. »Sie sind zusammen mit ihrer Mutter in dem kleinen Haus aufgewachsen, in dem Ola heute noch wohnt, einen Vater gab es nicht. Aber dafür gab es verschiedene Männer, die mal kürzer, mal länger geblieben sind. Taugenichtse alle miteinander. Einer unterhielt sogar eine Schwarzbrennerei im Wald. Von der Sorte waren die.«

»*Schnapskasten* haben wir Kinder die alte, wurmstichige Hütte genannt«, erinnerte sich Christoffer.

»Olas Mutter ist gestorben, als er achtzehn war, ein Jahr später zog seine ältere Schwester aus und heiratete«, fuhr Annika fort. »Seitdem wohnt er allein in seinem kleinen Häuschen und arbeitet bei uns. Wie ich schon sagte: Ola ist für uns so eine Art Familienmitglied. Ich kann mir beim besten Willen nicht vorstellen, dass er irgendwelche Geheimnisse vor uns hatte. Oder dass er etwas mit Joakims Verschwinden zu tun hat.«

Die Stimme klang aufgekratzt.

»Was ist mit seiner Katze?«, fragte Nyström. »War die noch da?«

Christoffer zuckte mit den Schultern.

»Die ist ein Streuner«, murmelte er. »Die könnte überall sein.«

»Womöglich hat Ola sich auf eigene Faust auf die Suche nach Joakim gemacht«, schlug Knutsson vor.

Christoffer und Annika sahen sich an.

Plötzlich war so etwas wie Hoffnung in ihren Augen.

»Vielleicht«, sagte Annika.

# 10

Gegen 16 Uhr telefonierte Delgado mit Kim Monica Moore, der Ehefrau von Lars Johansson, und das Gespräch bestätigte seine Vermutung. Moore hatte seit Samstag, dem Vortag der Beerdigung von Helen Johansson, nichts mehr von ihrem Mann gehört. Sie hatte sich bereits vor Delgados Anruf Gedanken gemacht, da sie ihrem Mann mittlerweile zwei oder drei unbeantwortete SMS geschickt hatte, aber noch keine ernsthaften Sorgen. Sie erzählte, dass beide aus beruflichen Gründen häufiger unterwegs seien und dass sie dann üblicherweise nicht in dauerndem Kontakt miteinander stünden, sondern die Freiheit auf Reisen genießen würden. Umso größer sei dann die Wiedersehensfreude. Klang in Delgados Ohren plausibel. Er fand es ebenfalls durchaus angenehm, wenn Linda mal für ein verlängertes Wochenende zu ihrer Schwester nach Göteborg fuhr und sich dann nicht alle halbe Stunde per WhatsApp meldete. Allerdings wurde Moore natürlich durch den Anruf der schwedischen Polizei beunruhigt. Befand sich ihr Mann in Gefahr? Wurde er vermisst? Wurde er eines Verbrechens beschuldigt? Delgado bemühte sich, die Frau so gut es ging zu beruhigen. Von dem Leichnam in dem heruntergebrannten ehemaligen Elternhaus von Lars Johansson erzählte er vorläufig nichts. Er umschrieb möglichst vage, dass die Namen der Johanssons am Rande einer Ermittlung aufgetaucht waren und dass es bis jetzt nicht gelungen war, Lars, Henrik und Emma Johansson zu kontaktieren. Moore erzählte auf sein Nachfragen hin, dass sie ihren Mann erst in drei Tagen zurückerwarte. Er war einen Tag vor der Beerdigung seiner Schwägerin nach Schweden geflogen und hatte geplant, sich anschließend einen Mietwagen zu nehmen und mehrere Ausstellungen und Galerien in Schweden, Dänemark und Deutschland zu besuchen, um Kontakte zu knüpfen und geschäftliche Verbindungen aufrechtzuhalten. Unter anderem wollte er auf die Insel Tjörn, nach Kopenhagen und Berlin. Delgado machte sich Notizen. Er schlug vor, dass Moore weiterhin versuchen sollte, ihren Mann zu erreichen, und dass sie am folgenden Tag noch einmal telefonieren. Anschließend sprach er mit Nyström, die mittlerweile wieder wie die anderen Kollegen auch aus Älmhult zurückgekehrt war. Sie segnete seinen Vorschlag ab, und er stellte mit Vargens Hilfe

Fotos und Informationen über die Vermissten zusammen und schickte Faxe und E-Mails an Hotels und Mietwagenfirmen in Växjö, Älmhult sowie nach Tjörn. Parallel weiteten sie die polizeiliche Fahndung aus. Die Liste der Gesuchten wurde immer länger: Emma, Henrik und Lars Johansson, Joakim Karmfalk und nun auch noch Ola Danlid. Fünf Menschen, die alle aus derselben kleinen Siedlung in der Nähe von Älmhult stammten und nun wie vom Erdboden verschluckt schienen.

Keine Stunde später meldete sich eine Pension in Växjö bei Delgado. Lars Johansson hatte von Samstag, den 5., auf Sonntag, den 6. September, dort übernachtet. Das Zimmer war eine Woche vorher über das Internet reserviert worden. Johansson hatte mit Kreditkarte gezahlt und am Sonntagmorgen ausgecheckt. Die Rezeptionistin erinnerte sich daran, dass er beim Verlassen des Hotels einen schwarzen Anzug getragen hatte.

Kurz darauf rief ein junger Kollege aus der Polizeistation in Älmhult an, der mit Stina Forss sprechen wollte. Er erklärte Delgado, dass die Kollegin sich vor zwei Tagen nach einer gewissen Emma Johansson erkundigt hatte. Vor einigen Minuten hatte er einen Anruf bekommen: Ein Trupp Orientierungsläufer hatte beim Training in einem Waldstück in der Nähe von Delary ein halb im Sumpf versacktes Auto entdeckt. Der Beschreibung nach handelte es sich um einen dunkelblauen Lieferwagen. Das Kennzeichen passte zu der Diebstahlsanzeige der Mietwagenfirma, der zufolge eine Kundin, Emma Johansson, diesen Wagen nicht zurückgebracht hätte. Als Delgado mit den anderen Richtung Fuhrpark lief, war es 17.48 Uhr. Ein leichter Ostwind trieb feinen Regen vor sich her.

# 11

Stina Forss klingelte mehrmals zur Sicherheit, aber es tat sich nichts in der Wohnung von Henrik Johansson. Sie zögerte nicht lange. In weniger als zwei Minuten hatte sie die Tür geöffnet. Ein Appartement in einem ruhigen Wohnviertel am Stadtrand, relativ neu, funktional eingerichtet. Längst nicht so luxuriös wie das Haus, in dem seine Exfrau lebte. Durch das offene Wohnzimmerfenster drangen die Stimmen spielender Kinder, denen der Regen nichts auszumachen schien. Ihr erster Eindruck von der Wohnung war, dass es sich um eine Junggesellenbude handelte. Große Standlautsprecher, eine teuer aussehende Stereoanlage, riesige Glotze. Von der Decke hing ein Boxsack, der Fußboden war mit Zeitschriften übersät: Angeln, Jagen, Waffen, Titten. Na dann. Sonst fiel ihr noch auf: Über dem Sofa im Wohnzimmer hing ein Zuluspeer an der Wand, der echt aussah. Im Kühlschrank lag eine Großpackung Hackfleisch, das Haltbarkeitsdatum war seit Tagen abgelaufen. Im Schlafzimmer waren Kleidungsstücke nachlässig auf dem Boden verteilt: eine schwarze Anzugshose, ein schwarzes Jackett, ein weißes Hemd, eine schwarze Krawatte. Beerdigungsklamotten. Henrik Johansson war also nach der Beisetzung seiner Schwägerin hier gewesen und hatte – so sah es jedenfalls aus – in Eile seine Kleidung gewechselt. Sie sah in den Kleiderschrank und an der Garderobe nach. Nirgendwo war eine grüne Jacke zu finden.

## 12

Zum zweiten Mal an diesem Tag fuhren sie südwärts. Der kleine Weg abseits der Hauptstraße führte durch dichten Nadelwald, die Landschaft war zerklüftet. Auf Nyströms Anweisung hin fuhr Knutsson vorsichtig, jedenfalls für seine Verhältnisse. Neben dem überwiegend unbefestigten Forstweg führten steile Abhänge und tiefe Spalten im Gestein nach unten.

»Alles Granit und Vulkanit, dabei beginnt das småländische Hochplateau eigentlich erst nördlich von Växjö«, dozierte Delgado, aber niemand hörte ihm zu. Stattdessen drehte Knutsson das Autoradio lauter. Alle hingen ihren eigenen Gedanken nach, stellte Nyström fest. Die Frage, die sie beschäftigte, die sie in ihrem Kopf hin und her wälzte, war natürlich, was sie in dem Sumpf, was sie in dem Lieferwagen erwartete. Die Leichen von Emma Johansson und ihrer Onkel? Noch mehr Tote?

Als Knutsson unvermittelt auf die Bremse trat, wurde ihr Oberkörper hart nach vorne geschleudert. Wäre der Anschnallgurt nicht gewesen, wäre sie mit dem Kopf auf das Armaturenbrett geschlagen. Delgado und Vargen, die auf der Rückbank saßen, beschwerten sich lautstark. Der schwere Volvo rutschte durch eine Linkskurve, und Nyström konnte durchs Beifahrerfenster sehen, dass es nur ein kleines Stückchen weiter rechts steil nach unten ging. Ein vor langer Zeit aus viel zu dünnen Latten genagelter Zaun, der in der gefährlichen Kurve im besten Fall als eine Art optische Leitplanke diente, war an einer Stelle durchgebrochen. Am Rande ihres Bewusstseins blitzte etwas auf. Bevor sie den Gedanken einfangen konnte, war er auch schon wieder weg. Knutsson drückte aufs Gas und ließ den Motor aufheulen, einige Minuten später waren sie da.

Es erwies sich als richtig, dass sie bereits in Växjö ein Bergungsfahrzeug mit Autokran alarmiert hatten, denn anders war der Lieferwagen nicht aus dem Sumpf zu bekommen. Die vordere Hälfte des Wagens war einschließlich Fahrerkabine vollständig versackt, der hintere Teil ragte schräg aus den Schilfpflanzen und dem dunklen Wasser. Es handelte sich um ein Modell mit geschlossenem Lastraum ohne Fenster. Wenigstens war das Kennzeichen zu sehen, sodass der Wagen schnell zu identifizieren gewesen war. Die Bergung des Fahrzeugs dauerte mehr als eine Stunde. Ihre drei Kollegen standen im Halbkreis beieinander und unterhielten sich, sie selbst wartete lieber allein. Obwohl sie fror und ihre Strickjacke im Nieselregen immer nasser und schwerer wurde, blieb sie draußen stehen, anstatt sich wieder in den Wagen zu setzen. Als die Männer vom Bergungsteam endlich alle notwendigen Ketten befestigt und verzurrt hatten, hob der Autokran den Lieferwagen an. Schlamm und Wasser liefen an dem schwebenden Ford Transit herab, die Türen der Fahrerkabine waren geschlossen, die Fensterscheiben intakt. Am Scheibenwischer baumelte eine Wasserpflanze. Mit einem dumpfen Geräusch kam der Wagen auf dem Schotterweg zum Stehen. Nyström, die sich mittlerweile Gummihandschuhe übergestreift hatte, öffnete die Fahrertür. Ihr kamen etwas Wasser und Morast entgegen, aber das war es auch schon. Die Fahrerkabine war leer.

»Der Schlüssel steckt«, bemerkte Vargen.

Sie zog ihn aus dem Zündschloss und ging auf die Hecktür zu.

Sie warf Delgado und Knutsson einen Blick zu. Beide nickten.

Sie schloss auf und öffnete die Tür.

Nichts.

Der Lastraum war so gut wie leer. Auf dem schmutzigen Boden lagen einige Spanngurte, ein Kunststofffutteral für ein Warndreieck und ein Erste-Hilfe-Kasten.

»Nichts«, sagte sie. »Hier ist nichts.«

»Zumindest nicht auf den ersten Blick«, sagte Delgado. »Die Spurensicherung findet womöglich mehr.«

»Ist das jetzt gut oder schlecht für uns?«, fragte Knutsson und rieb sich am Hals.

Vargen, der mittlerweile auch Handschuhe trug, griff in den Wagen hinein. Er hielt etwas hoch.

»Dreckkrümel«, kommentierte Knutsson.

Vargen schüttelte den Kopf.

»Schaut genau hin. Auf dem Boden liegen noch mehr.«

»Würfel«, sagte Nyström. »Erde und getrockneter Matsch in Würfelform. Worauf willst du hinaus, Kent?«

»Hier drin wurde ein Gefährt transportiert. Etwas mit geländetauglichen Stollenreifen. Ein Quad oder ein Cross-Motorrad, etwas, das Reifen mit einem extremen Profil hat.«

»Ich weiß, wer ein Cross-Motorrad hat«, knurrte Knutsson.

## 13

Von außen sah Emmas Unterschlupf wie etwas aus, das Kinder im Wald bauen: lange Stöcke ringsum an einem Baumstamm gelehnt und kleinere Zweige dazwischengeflochten. Ein Tipi aus Holz. Es stand unter einer stattlichen Espe und wurde von zwei Seiten durch große Steinblöcke geschützt. Wenn man nicht direkt von oben den Hang herunterkam, sondern unten entlangging, hätte man es vermutlich übersehen. Auf jeden Fall in der einsetzenden Dämmerung.

Auf dem Bett aus Moos und Gräsern zog Emma ihre Knie eng an die Brust, beugte den Kopf und presste ihre Nase zwischen die Knie. Wie ein Embryo lag sie da und hörte, wie die Espenblätter für sie sangen. Sie wiegte ihren Körper in einem langsamen Rhythmus hin und her. Ihre Jacke hatte sie ausgezogen, um sich damit zudecken zu können. Trotzdem fror sie. Der Nieselregen kühlte sie aus. Ihre Finger fühlten sich steif und unbeweglich an.

Sie horchte.

Die Baumkronen flüsterten, und die hohen Fichten knarrten. Ein Vogel klopfte, vielleicht ein Grünspecht.

Vorher hatte sie einen Uhu rufen gehört.

Tief und dunkel wie der Wald.

Ansonsten war es still.

Keine Äste, die zerbrachen, keine Fußtritte von schweren Stiefeln, keine Stimmen.

Aber vielleicht war es nur eine Frage der Zeit.

Ihr Körper zitterte. Vor Kälte und Angst.

Sie hatte unruhig geschlafen. Mehrmals war sie in Panik aufgewacht. Mit rasendem Herzen hatte sie hellwach dagelegen und in den Wald hineingelauscht. Sie hatte Bewegungen im Unterholz gehört; Äste, die zerbrachen, Blätter, die rasselten. Der Wind, die Bäume, die Tiere.

Nun war es später Nachmittag, und in ein paar Stunden würde es wieder dunkel sein. Sie musste zusehen, dass sie etwas in den Bauch bekam, solange sie die essbaren Beeren und Blätter noch erkennen konnte.

Langsam löste sie den Griff um ihre Beine, bewegte vorsichtig ihre steifen Finger und ließ die Füße kreisen. Über die Seite gerollt, kam sie ins Sitzen. Sie musste ihren Kopf einziehen, um die Deckenäste nicht zu verschieben. Auf allen vieren kroch sie langsam aus ihrem Unterschlupf. Vorsichtig sah sie sich um, suchte nach Anzeichen einer Gefahr. Ihr Hinterkopf, dort, wo sie vor Tagen den Schlag bekommen hatte, pochte. Es tat weh, und kurz wurde ihr schwindelig, dann ließ das Gefühl nach.

Sie witterte.

Spähte.

Horchte.

Nichts.

Auf dem Weg zu der Lichtung mit dem toten Baum, den ihr Großvater vor vielen Jahren markiert hatte, fand sie Blaubeerbüsche. Zwischen den grünen Blättern schimmerte es violett.

Sie hockte sich hin, wühlte mit den Fingern in den Büschen und führte wie in Trance die Beeren zum Mund, presste sie gegen den Gaumen, zerdrückte sie, vermischte sie mit Speichel und ließ sie in den Bauch gleiten. Sie rupfte systematisch, einen Busch nach dem anderen, griff nach den großen und den kleineren Beeren, ließ keine zurück, auch wenn manche bereits zwischen ihren Fingern zerplatzten.

Ihr Körper war so schwach, ihr Magen ein einziges Loch. Immer wieder flimmerten die Bilder vor ihren Augen.

Die Mistgabel, das Blut, der leblose Körper, sie konnte sie nicht mehr zurückdrängen.

Ihr Herz raste.

Plötzlich durchfuhr ihren Körper eine Welle der Übelkeit. Unter krampfartigem Zucken übergab sie sich.

Wie zähes, klumpiges Blut schoss der Blaubeermatsch aus ihrem Mund heraus. Auf ihrer Stirn bildeten sich Perlen aus Schweiß.

Plötzlich ein Geräusch von brechendem Holz.

Ganz nah.

Sie spürte *seinen* Blick auf ihrem Körper, bevor sie seine Gestalt zwischen den Baumstämmen ausmachte.

Sie sah, wie er sein Gewehr anlegte und zielte.

Auf sie zielte.

Der Knall war ohrenbetäubend. Keine zehn Zentimeter über ihrem Kopf schlug das Projektil im Stamm einer Buche ein, Holz splitterte, ein Stück der abgeplatzten Rinde flog ihr gegen die Stirn.

Das Adrenalin explodierte in ihren Adern, setzte, völlig losgelöst von ihrem Willen, ihren Körper in Bewegung, ließ sie aus der Hocke schnellen und mit langen Sätzen im Unterholz verschwinden. Sie, sprang, sie rannte, geradeaus, in Haken, immer weiter, nur immer weiter. Sie hörte einen zweiten Schuss, dann einen dritten. Sie duckte sich und lief weiter. Ein Tannenast knallte ihr aufs Auge, sie rannte weiter. Sie ignorierte, dass der

Boden unter ihr weich und feucht wurde. Im Sumpf stand das Unterholz noch dichter, und mit ausgestreckten Armen bahnte sie sich einen Weg. Ihre Schritte wurden schwerer. Auf einem Flecken Gras hielt sie inne. Ihre Muskeln gehorchten ihr nicht mehr. Gebückt, mit pochendem Herzen, schnappte sie minutenlang nach Luft. Ihr Brustkorb hob und senkte sich in einem unkontrollierten Rhythmus.

Wehrlos ließ sie zu, dass Todesangst von ihr Besitz ergriff.

Sie war in einem Albtraum gefangen.

Gefangen und so wahnsinnig einsam.

Sie horchte.

Der Wald war still.

# DER TAG DES STURMS,
## 8. JANUAR 2005, 17.03 – 20.23 UHR

*Die rhythmischen Bewegungen und das Geräusch von splitterndem Holz wirken beruhigend, und obwohl sein Körper vor Müdigkeit zittert, kann Ola nicht aufhören, die Axt zu schwingen. Das Holzhacken fordert genügend Konzentration, um seine innere Unruhe zu bändigen.*

*Er ist nicht bei Helen vorbeigegangen.*

*Er hat nicht einmal nachgeschaut, ob sie zu Hause war. Je näher er dem Hof kam, desto mehr graute es ihm vor dem unangenehmen Gespräch. Wie sollte er ihr nur erklären, was er auf dem Parkplatz in Älmhult gesehen hat. Wieder und wieder hatte er sich das Gespräch mit Helen ausgemalt und versucht, sich einen Text zurechtzulegen.*

*»Hallo Helen! Wie geht es dir? Gut? Aber nicht mehr lange.«*

*»Hallo Helen! Kann ich kurz reinkommen? Aha, es passt gerade nicht, aber ich muss dir etwas Wichtiges erzählen ...«*

»Hallo Helen! Ich will nur dein Bestes. Aber ich habe gerade leider etwas gesehen, das dein Leben ruinieren wird ...«

Es wollte nicht gelingen.

Und was sollte er erst tun, wenn Nils die Tür öffnete? Oder noch schlimmer, Henrik oder Lars? Oder Emma? So kurz nach der Beerdigung von Jan-Åke und Liane war nicht gerade die geeignetste Zeit, noch eine Bombe platzen zu lassen.

Irgendetwas hatte Ola gesagt, dass er besser warten sollte, wenigstens bis der Besuch abgereist war. Er musste an etwas denken, das ihm Lars einmal vor vielen Jahren über seine beiden großen Brüder erzählt hatte. Nils und Henrik jagten Hühner. Sie führten Strichlisten darüber, die sie mit Finnmessern in die Bettpfosten ritzten. Für jedes erlegte Huhn bekam man einen neuen Strich, eine weitere Kerbe im weichen Kiefernholz. Lars hatte Ola in die Zimmer seiner Brüder geführt und ihm die Kerben gezeigt. Ola erinnerte sich noch daran, dass er das nicht verstanden hatte. Worin bestand denn der Reiz, wehrlose Hühner abzuknallen? Nicht, dass er Probleme damit gehabt hätte, einem Suppenhuhn den Hals umzudrehen. Nicht, dass er den Kitzel einer Treibjagd nicht zu schätzen wüsste, nein, er ging selbst gerne jagen. Aber Hühner? Der kleine Lars hatte gelacht und ihn, den damals Fünfzehnjährigen, aufgeklärt: Die erlegten Hühner waren gar keine echten Hühner. Damit waren Weiber gemeint, die Nils und Henrik flachgelegt hatten.

Wahrscheinlich war Ulrica das für Nils – eine weitere Kerbe in seinem Bettpfosten.

Als er sich auf dem Rückweg aus Älmhult dem Karmfalkhof näherte, hatte er sich entschieden, zuerst zu der Scheune zu fahren und das Gespräch mit Helen danach zu führen. Das Anbringen des neuen Schlosses war aber kniffliger, als er gedacht hatte. Bevor er überhaupt abmessen konnte, ob es passte, musste er das alte abschrauben. Allerdings waren die acht Schrauben so verrostet, dass er jede einzelne nur mithilfe verschiedener Werkzeuge und einer Mischung aus einer unorthodoxen Stemm- und Drehtechnik *sowie roher Kraft und Gewalt losbekam. Es dauerte Ewigkeiten, aber es gelang. Er verriegelte die alte Scheune sorgfältig und steckte die beiden neuen Schlüssel ein.*

*Der Schweiß läuft ihm den Rücken hinab. Das Holzhacken ist anstrengend, aber es tut ihm gut. Es hält seine Gefühle in Schach. Noch zehn Hiebe, denkt er sich, dann mache ich Schluss. Nach dem vierten Hieb flimmert es vor seinen Augen. Für den Bruchteil einer Sekunde verliert er die Kontrolle über die Axt. Die scharfe Schneide trifft schräg auf das Holz, der Scheit fällt um und zieht die Axt in einer schiefen Bahn mit sich. Das gefährliche Werkzeug entgleitet seinem Griff und schwingt knapp an seinem Bein vorbei, knallt auf den Boden, springt noch einmal hoch und bleibt dann liegen. Ola hält inne und starrt die Axt an. Seine Arme zittern unkontrolliert. Aus Müdigkeit und vor Schreck. Vor seiner Garage ist es stockdunkel, und er hört den Wind pfeifen. Vielleicht zieht doch ein Sturm auf.*

*Erschöpft betrachtet er die Holzstücke, die um den Hackklotz herumliegen. Es sind mehr als gedacht. Wie lange arbeitet er hier eigentlich schon? Eine Stunde? Zwei? Er hat das Zeitgefühl verloren. Das Stapeln muss bis morgen warten. Er spürt, wie hungrig er ist. Es ist Zeit, seine Pizza warm zu machen und ein Samstagsbier zu trinken. Der Wind ist nun viel stärker, als er erwartet hat. Als er die Haustür öffnet, greift eine Bö nach ihr, und Ola muss kräftig ziehen, um sie hinter sich schließen zu können. Es ist wohl nur noch eine Frage der Zeit, bis der Strom weg ist, denkt er und entscheidet sich, die Ravioli auf dem Gaskocher warm zu machen.*

*Das Knistern von brennendem Holz schafft Gemütlichkeit in der Küche, und als Ola sich auf der Küchenbank ausstreckt, spürt er eine unerwartete Zufriedenheit. Es riecht nach Feuer und Schweiß. Er macht ein Bier auf und trinkt es im Liegen. Etwas kitzelnder Schaum fließt an seinem Mund vorbei und tropft das Kinn hinab. Es macht ihm nichts aus. Der Wind drückt gegen die Fenster. Er schließt die Augen und lauscht den kräftigen Böen.*

*Nach einer Weile gibt er sich einen Ruck und steht auf. Er füttert die Katze und holt zwei Eimer aus dem Wandschrank und füllt sie mit Wasser. Er spült ein paar dreckige Tassen ab, aber dann schiebt er den Abwasch beiseite, um die Batterien in der Taschenlampe und im Radio zu überprüfen, und zündet schon mal ein paar Teelichte an. Gerade als er die Ravioli vom Kocher nimmt, macht es klick!, und der Strom ist weg.*

*Im Schein des Kerzenlichts nimmt er sein Abendmahl ein. Er hört, wie draußen der Besen von der Treppe fliegt und wie kurz danach die Laterne, die neben dem Eingang hängt, scheppernd runterkracht. Er hätte daran denken sollen, sie reinzuholen. Er schaltet das Radio an. Der Lokalsender berichtet von Verkehrsunfällen und von Straßen, die von umgestürzten Bäumen blockiert werden. Tausende Haushalte außerhalb der Ortschaften sind bereits ohne Strom. Der Rettungsdienst tut, was er kann. Es ist die Rede von einem Ausnahmezustand. Die Berichterstattung ist knapp und unübersichtlich. Hier eine Meldung, da ein Unfall, dort eine Warnung. Langsam begreift Ola, dass es ernst ist. Der Wind da draußen ist kein normaler Wintersturm. Was jetzt über Småland weht, ist größer, stärker, gefährlicher. Plötzlich versteht er, dass das Knacken da draußen aus dem Wald kommt. Die Bäume brechen. Er schluckt. Wenigstens ist er zu Hause und seine Katze auch. Dann piept sein Mobiltelefon. Eine automatische Mitteilung des Stallsystems. Der Strom ist weg. Das Notstromaggregat ist NICHT angesprungen.*

*Ola erstarrt.*

*Er stellt das zweite Bier unangerührt auf den Tisch zurück.*

*Der Notstromtransistor!*

*Die alte Scheune!*

*Das neue Schloss!*

*Er fasst in seine Hosentasche und zieht die beiden glänzenden Schlüssel heraus. Er schließt die Augen und versucht, klar zu denken. Ich muss anrufen. Ich muss Joakim anrufen und sagen, dass ich komme. Doch das Telefon funktioniert nicht. Auch das Handy* ist jetzt tot. *Er flucht. Er steckt die Schlüssel wieder ein. Er schlüpft in seine rustikalen Gummistiefel, zieht seine abgetragene rote Winterjacke über und öffnet mit größter Anstrengung die Haustür.*

*Der Wind ist wie eine Wand.*

*Es riecht nach frisch gerodetem Holz.*

# SAMSTAG, DER 12. SEPTEMBER 2015

# 1

Das Traumbild einer zerbrochenen Leitplanke, eben noch so nah, präsent und allumfassend wahr, verblasste in dem Augenblick, in dem Ingrid Nyström aufwachte, und war schon einige Sekunden später nichts mehr als eine Erinnerung. Nur woran? Weshalb war sie jetzt wach und lag mit klopfendem Herzen, trockenem Hals und verschwitztem Nachthemd im Bett? Die rot leuchtende Digitalanzeige ihres Weckers stand auf 2.48 Uhr. Sie richtete sich auf und trank einen Schluck Wasser. Neben ihr brummte Anders in regelmäßigen Atemzügen. Eine zerbrochene Leitplanke? Halt den Gedanken fest, bevor er dir wieder entflieht, befahl sie sich. Bitte!

Bitte!

Es gelang. Es gelang tatsächlich. Für einen flüchtigen Moment sah sie das Bild noch einmal klar vor sich. Die kurvenreiche Strecke im Wald, die sie gestern gefahren waren, der steile Abgrund, der zerbrochene, aus dünnen Holzlatten gezimmerte Zaun. Und ein rostroter Fleck auf hellem Holz. Ein Blutfleck, handtellergroß. Sie war sich sicher. So sicher, wie man eben sein konnte, wenn das Unbewusste eine Flaschenpost ans Ufer spülte. An den Strand des Bewusstseins. Sie war jetzt hellwach. Sie betrachtete Anders. Sein Schlaf war ruhig und fest, und für einen Augenblick zögerte Nyström in ihrer Entscheidung. Aber es musste sein. Sie weckte Anders. Normalerweise hielt sie ihn aus beruflichen Dingen heraus, aber jetzt musste es sein. Sie wollte ihn bei sich haben. Anders grummelte vor sich hin, während er sich anzog, aber er protestierte nicht und stellte kaum Fragen. Es reichte ihm, dass es für sie wichtig war. Dafür liebte sie ihn. Nyström nahm ihre Dienstwaffe aus dem Sicherheitsschrank. Sie glaubte zwar nicht, sie einsetzen zu müssen, aber man wusste ja nie. Wichtiger als die Waffe war jedoch die schwere amerikanische Stabtaschenlampe, die ihr Anders zum Geburtstag geschenkt hatte.

*Da schied Gott das Licht von der Finsternis; Moses 1.4*

Die Gravur im Metallschaft der Lampe war mit einem Augenzwinkern gemeint. Anders setzte sich hinter das Steuer. Auf der Fahrt durch die Nacht fragte er, ob sie sich sicher sei.

»Ich weiß es nicht«, antwortete sie, »aber wenn ich mich irre, will ich nicht zum Gespött werden und Edman noch weitere Munition geben. Die Geschichte mit dem Affen reicht fürs Erste.«

Dann schwiegen sie. Das Radio spielte englischsprachige Hits aus den Sechziger- und Siebzigerjahren. Sie legte eine Hand auf den Oberschenkel ihres Manns. Auf der Landstraße war kaum Verkehr. Als sie nach einer Dreiviertelstunde in den Waldweg einbogen, spürte sie ihre Anspannung. Die starken Scheinwerfer des Audis bohrten Lichtklingen in die Finsternis. Einmal huschte ein aufgeschrecktes Kleintier vorbei, wahrscheinlich ein Hase. Anders fuhr langsam und vorsichtig. Der Weg, der ihr am Vortag kurz erschienen war, zog sich in die Länge. Doch irgendwann erkannte sie die Kurve wieder. Sie bat Anders, anzuhalten. Im klinisch weißen Licht der Xenonscheinwerfer sah sie es ganz deutlich. Aus dem grob zusammengezimmerten niedrigen Zaun war ein etwa zwei Meter großes Stück herausgebrochen. Auf dem stehen gebliebenen Zaunpfahl war deutlich der Blutfleck zu erkennen. Sie stiegen aus und sahen sich die Stelle aus der Nähe an. Das Blut war getrocknet, aber die Bruchstellen des grauen Holzes waren frisch. Sie lugten vorsichtig über die Kante, aber es war zu dunkel, um etwas zu erkennen. Nyström ging zum Auto zurück und kam mit der Taschenlampe wieder. Sie leuchtete die Felskante hinab. Da! Das Licht reflektierte! Rot und Gelb, Autoscheinwerfer. Dann erkannte sie Kunststoff und lackiertes Blech. Da unten, sechs bis acht Meter unter ihr lag ein Auto zwischen Tannen und Felsbrocken eingekeilt.

»Hallo!«, rief sie. »Ist da jemand?«

Keine Antwort.

»Das kann man nicht überleben«, raunte Anders, der neben ihr stand.

»Wer von uns beiden ist denn hier der Pastor?«, fragte sie. »Ein bisschen mehr Optimismus bitte.«

»Amen«, er lächelte. »Wenn wir jetzt deine Kollegen und die Feuerwehr rufen.«

»Sicher. Aber das hält mich nicht davon ab, hinunterzuklettern und nach dem Rechten zu sehen. Wer weiß, vielleicht liegt da unten jemand, und es kommt auf Minuten an. Ich mache mir jetzt schon Vorwürfe, dass ich gestern nicht sofort reagiert habe.«

Natürlich war Anders dagegen. Sie diskutierten, bis er schließlich nachgab. Auch wenn es ziemlich steil nach unten ging, wirkte der Hang bezwingbar. Vorsichtig, im Schein der Stablampe stieg sie langsam den Hang hinunter und hielt sich dabei immer wieder an Felsvorsprüngen oder Birkensprösslingen fest. Anders leuchtete ihr kopfschüttelnd von oben.

Es war leichter, als es ausgesehen hatte, dennoch sie war froh, dass sie ihre Wanderschuhe trug.

»Pass auf dich auf!«, rief Anders.

Stück für Stück kletterte Nyström nach unten. Obwohl der Fels feucht war, fanden ihre Schuhe sicheren Halt, nur einmal wurde es für einen Augenblick knifflig, als sich unter ihrem Fuß eine Moossohle löste und sie gerade noch rechtzeitig ihr Gewicht auf das andere Bein verlagern konnte. Nach wenigen Minuten war sie unten angelangt. Sie knipste die kleine Taschenlampe an, die sie an ihrem Schlüsselbund hatte, und wandte sich dem Auto zu. Das Wrack klemmte kopfüber in einer Felsspalte unter ihr. Als sie erkannte, dass es ein silberner Landrover Defender war, verstand sie, wer hier lag. Das Auto gehörte Joakim Karmfalk. Sie ging in die Hocke, sodass sie besser in den Wagen hineinleuchten konnte. Vor Schreck wäre sie beinahe umgekippt. Keine fünfzig Zentimeter von ihr befand sich ein blutverkrustetes Gesicht. Die Augen waren geschlossen. Sie zwang sich, die Hand auszustrecken. Eine Windschutzscheibe gab es nicht mehr, dafür war der Felsen mit Splittern übersät. Nyström legte dem Mann die Hand auf die Stirn. Sie glühte. Joakim Karmfalk war bewusstlos und hatte hohes Fieber. Aber er lebte.

# 2

Obwohl Stina Forss das Schloss ihrer aufgebrochenen Wohnungstür am nächsten Tag provisorisch repariert hatte, schlief sie seitdem unruhig, lag lange wach, lauschte im Halbschlaf die ganze Nacht hindurch nach Schritten im Haus, ihre Schusswaffe griffbereit. Das Schlimmste war, dass sie keine plausible Erklärung für die Geschehnisse fand. Das nagte an ihr und befeuerte ihre Fantasie. Zweimal war jemand bei ihr eingedrungen, ohne dabei etwas zu stehlen. Wozu also die Einbrüche? Ging es darum, sie einzuschüchtern, sie zu bedrohen? Ihr zu verstehen zu geben, dass sie zu Hause nicht sicher war? Wer sollte so etwas tun? Die einzige Antwort, die einen Sinn ergab, war zugleich die bedrohlichste: die baltische Mafia, mit der sie sich im vergangenen Jahr während der Ermittlungen in einem Mordfall angelegt hatte. Sie hatte in Tallinn einen Handlanger der international operierenden Verbrecherbande getötet. Außer einem befreundeten Polizisten in Estland wusste niemand davon. Es war Notwehr gewesen, aber was zählte das schon? Natürlich war es vorstellbar, dass die Organisation Rache wollte. Aber warum dann solche Psychospielchen? Sie hatte den mutmaßlichen Kopf der Bande als tatkräftigen Mann erlebt, der nicht lange fackelte. Warum also war sie nicht längst überfallen und getötet worden? Einen besseren Ort als ihr abgelegenes Zuhause gab es doch gar nicht. Die zweite Möglichkeit, die ihr einfiel, war ein Stalker. Ein psychisch kranker Verehrer, der über alle Grenzen hinwegging. Aber hätte sie dann nicht irgendeinen Annäherungsversuch bemerken müssen? Irgendwelche zugesteckten Briefchen, Blumensträuße oder gottverdammte Pralinen? Nach dem, was sie über Stalker wusste, wurden sie eigentlich erst nach mehrmaligen Abweisungen bedrohlich. Sie hatte niemanden abgewiesen, nicht, dass sie sich erinnern konnte. Also: Was sollten die Einbrüche bedeuten?

Beim Frühstück, das aus einer Schüssel Cornflakes bestand, entschied sie, die Sicherheitsmaßnahmen, die Jodenius vorgeschlagen hatte, sofort umzusetzen. Auch wenn es teuer war. Zur Not musste sie einen weiteren Kredit aufs Haus aufnehmen. Ihre innere Unruhe drängte sie dazu, bei einem Online-Elektronikmarkt ein Alarmsystem aus dem mittleren Preissegment auszusuchen. Die Anlagenbausteine waren so konzipiert, dass man sie bei Bedarf noch weiter ausbauen konnte. Außerdem bestellte sie bei einem österreichischen Onlineunternehmen ein Jagdmesser mit einer Zwanzigzentimeterklinge, gezackt. Das Ding ließ sich mit zwei Klettverschlüssen am Unterschenkel befestigen. Als sie sich angezogen und für die Arbeit fertig gemacht hatte, fiel ihr Blick auf den Kalender im Flur. Heute war der Geburtstag ihres Vaters, heute wäre er achtundsechzig Jahre alt geworden. Mit einem seltsamen Gefühl im Bauch fuhr sie zur Arbeit.

# 3

Die Bergung von Joakim Karmfalk hatte mehr als zwei Stunden gedauert. Der bewusstlose Mann war so unglücklich in dem Wagen eingeklemmt, dass die Feuerwehr das halbe Autowrack mit schwerem Gerät auseinandernehmen musste. Mit der Winde eines Autokrans wurde Karmfalk auf einer Trage geborgen. Der Notarzt schätzte die Lage des Patienten als kritisch ein, wollte aber ohne genauere Befunde keine Prognose abgeben. Seinen Aussagen zufolge hatten Karmfalk wohl ein Säckchen Vogelfutter und eine Anderthalbliterflasche Cola, die auf dem Beifahrersitz gelegen hatten, das Leben gerettet.

Als die Rettungsaktion beendet war, ging es bereits auf sechs Uhr zu, und Nyström fuhr mit Anders nach Hause, um sich umzuziehen und schnell zu frühstücken. Dann fuhr sie weiter ins Präsidium. Sie nutzte die Zeit, die sie noch allein war, und pinnte im Besprechungszimmer eine Karte von Kronoberg an die Wand. Zwei Stunden später trudelte ihr Team ein. Sie berichtete von den Ereignissen in den frühen Morgenstunden, wobei sie ihre Rolle bei der Rettung von Karmfalk so klein wie möglich machte. Trotzdem ließ es sich Knutsson nicht nehmen, sie als *Lebensretterin* zu betiteln und einen Applaus zu initiieren.

»Noch ist ja gar nicht sicher, dass er überlebt«, beschwichtigte sie.

»Aber ohne dein ausgezeichnetes Erinnerungsvermögen und deine weibliche Intuition hätte der Kerl überhaupt keine Chance gehabt«, beharrte Knutsson.

»Ich weiß zwar nicht, was an meiner Intuition besonders weiblich sein soll, aber ich nehme es mal als Kompliment.«

»Das solltest du auch«, brummte Knutsson.

Die anderen nickten. Ihr war die Situation unangenehm. Aber sie war dankbar, dass niemand wegen des Wochenenddienstes und der Überstunden murrte.

»Danke. Aber lassen wir die Lorbeeren jetzt mal beiseite. Die Frage, die sich uns stellt«, sagte Nyström, »ist doch, was Karmfalk in diesem abgelegenen Waldstück wollte, keinen Kilometer von dem Sumpf entfernt, in dem der von Emma geliehene Lieferwagen gefunden wurde.«

»Er muss dem Lieferwagen von der Siedlung aus gefolgt sein«, sagte Stina Forss. »Wie seine Frau erzählt hat und wir mittlerweile überprüft haben, war er derjenige, der den Brand entdeckt und die Feuerwehr alarmiert hat. Sie haben sich gemeinsam mit dem Sohn und der Schwiegertochter die Löscharbeiten angesehen, dann sind alle wieder ins Bett gegangen und haben weitergeschlafen. Alle außer Joakim. Er muss das Haus verlassen und dann etwas entdeckt haben. Den Lieferwagen, in dem jemand saß, möglicherweise jemand, den er kannte. Vielleicht unseren Mörder und Brandstifter. Er ist dem Lieferwagen gefolgt, bis er den Unfall hatte.«

»Könnte es nicht auch genau andersherum gewesen sein?«, fragte Delgado. »Wenn Karmfalk selbst der Täter und Brandstifter ist, könnte er anschließend weggefahren sein, um Beweismittel zu beseitigen. Vielleicht hat ihn Emma Johansson dabei beobachtet und ist ihm hinterhergefahren, bis sie ihn verloren und den Wagen aus Versehen in den Sumpf gesetzt hat.«

»Das war nicht aus Versehen!«, polterte Knutsson. »So wie der da dringesteckt hat.«

»Vergesst nicht die Erdspuren in dem Lieferwagen«, gab Vargen zu bedenken. »Ich bin mir sicher, dass jemand in dem Wagen ein Motorrad oder ein Quad transportiert hat, um wieder aus dem Sumpf wegzukommen, nachdem er das Auto dort entsorgt hat.«

»Die Reifenspuren, die Bo Örkenrud sichergestellt hat, deuten in der Tat darauf hin«, sagte Nyström. »Ich habe vorhin den Bericht gelesen. Bo geht von einem Motocross-Motorrad aus.«

»Der Einzige, von dem wir wissen, dass er so ein Motorrad besitzt, ist Ola Danlid«, sagte Knutsson. »Aber warum fährt Danlid Emmas Wagen und versucht, ihn zu versenken?«

»Ganz einfach«, sagte Vargen. »Beseitigung von Beweismaterial. Danlid tötet Emma, zündet den Hof an und versucht ihren Wagen zu entsorgen, damit niemand darauf kommt, dass es Emma ist, die getötet wurde.«

»Was ist sein Motiv?«, fragte Forss. »Und wo sind Nils' Brüder Henrik und Lars?«

»Womöglich hat er die auch getötet«, entgegnete Vargen, »zum Beispiel weil sie Zeugen waren, vielleicht haben wir nur ihre Leichen noch nicht gefunden. Vielleicht müssen wir den Sumpf genauer durchsuchen, mit Tauchern und allem Pipapo.«

»Klingt nicht abwegig«, sagte Nyström. »Aber bevor ich eine Riege Polizeitaucher anfordere, möchte ich weniger *vielleicht* und weniger *womöglich*.« Sie räusperte sich. »Es gibt etwas, das ihr noch nicht wisst. Joakim Karmfalk ist nicht verunglückt, weil er zu schnell gefahren und dann aus der Kurve geflogen ist, sondern er hatte einen Wildunfall. Er hat ein Tier angefahren, daher stammte auch der Blutfleck an dieser wackeligen Leitplanke. Ich habe unten am Wrack noch mehr Blutspuren entdeckt, außerdem noch Haare, die Ann-Vivika gerade untersucht, um ganz sicherzugehen. Aber ich kann euch auch jetzt schon sagen, dass ich davon überzeugt bin, dass Karmfalk den Affen angefahren hat.« Sie stand auf und griff nach ihrem ausziehbaren Zeigestock. »Hier auf der Karte seht ihr, dass der Unfallort gerade einmal dreizehn Kilometer von der Stelle entfernt ist, wo wir den Kadaver des Schimpansen gefunden haben. Das Tier hat sich also trotz seiner Verletzung noch ein ganzes Stück durch den Wald bewegt. Bis es jemand gefangen oder gefunden und über einem Feuer zubereitet hat.«

»Der Affe schwingt von Ast zu Ast, weil du heut Geburtstag hast«, intonierte Forss leise auf Deutsch.

»Was?«, fragte Nyström.

»Nichts.«

»Affenbraten hin oder her«, meinte Delgado. »Wir können hier den ganzen Tag sitzen und mit Theorien jonglieren, doch das bringt uns nicht weiter. Wir brauchen mehr Information, mehr Fakten!«

»Was sagen denn die Ärzte?«, fragte Knutsson. »Ist damit zu rechen, dass wir Karmfalk bald vernehmen können?«

»Als ich eben noch einmal mit dem behandelnden Arzt gesprochen habe, hieß es, dass sie ihn in ein künstliches Koma versetzt haben. Ihm kann die Maßnahme das Leben retten, auch wenn es für uns natürlich äußerst ungünstig ist.«

»Mist!«, knurrte Knutsson. »Seine Aussage könnte womöglich der Durchbruch sein. Vielleicht hat er die Tat sogar beobachtet.«

»Schon wieder *womöglich*, schon wieder *vielleicht*«, stellte Forss fest.

»Wir brauchen andere Ansätze, wir können nicht auf Karmfalks Genesung warten«, befand Nyström. »Außerdem ist ja gar nicht ausgeschlossen, dass er selbst etwas mit den beiden Fällen zu tun hat. Auch wenn er bald vernehmungsfähig sein sollte, haben wir keine Garantie, von ihm die Wahrheit zu erfahren.«

»Wahrheit«, murmelte Forss. »Ein großes Wort.«

»Ich würde mich gern noch einmal mit Elin Wahlgren unterhalten«, sagte Vargen. »Schließlich hat sie Emma in den vergangenen Wochen mehrmals getroffen. Außerdem haben wir sie noch nicht zu den Geschehnissen in der Sturmnacht befragt. Darüber hinaus kann sie uns bestimmt auch etwas zu den damaligen Eheproblemen ihrer Eltern erzählen.«

»Das wird ein sensibles Gespräch«, befand Nyström. »Da möchte ich gern dabei sein.«

»Dann nehme ich mich Emmas Freund Tiimo Saarinen an, der heute Vormittag aus Indonesien eintrifft«, seufzte Delgado. »Vielleicht fällt ihm noch etwas ein, was uns weiterhelfen könnte. Außerdem kann der arme Kerl bestimmt ein bisschen Seelenmassage gebrauchen.«

»Dann sind wir beide wohl dazu verdammt, noch einmal die Akten nach Hinweisen auf die Aufenthaltsorte unserer Vermissten durchzugehen«, sagte Knutsson zu Forss. »Bei *Askelyckans* in der Fußgängerzone gibt es guten Kaffee und Diätkuchen ...«

»Gebongt«, sagte Forss.

»Kalorienreduzierte Sahnetorte«, spottete Delgado.

Vargen grinste.

Als alle aufstanden, schwang die Tür auf und Olsson, ein Kollege aus Jodenius' Team, der zur Unterstützung der Fahndungsmaßnahmen abgestellt worden war, platzte herein.

»Es gibt Neuigkeiten!«

# 4

Alle nahmen wieder Platz. Olsson verteilte mehrere Seiten Papier auf dem Tisch. Im Zuge der Ausweitung der Fahndung nach Emma, Henrik und Lars Johansson sowie Ola Danlid hatte der Staatsanwalt am Vorabend die Auswertung der Handydaten genehmigt. Endlich waren die Informationen der Telekommunikationsunternehmen eingetroffen. Stina Forss war erleichtert. Das war besser, als Akten durchzugehen. Emma Johanssons Daten waren insofern uninteressant, als dass sie ihr Handy bereits vor Tagen in der Wohnung ihrer Mutter sichergestellt und ihre Kontakte überprüft worden waren. Wie sich herausstellte, hatte das Smartphone seit dem Tag der Beerdigung in der Wohnung gelegen. Interessanter waren die Bewegungsprofile, die sich von Henrik und Lars Johansson erstellen ließen. Henrik Johansson war am Sonntag von Malmö nach Älmhult gefahren, wo er, wie sie wussten, die Beerdigung seiner Schwägerin besucht hatte. Anschließend konnten sie sehen, dass er in der Brasserie gewesen war, wo die kleine, familiäre Trauerfeier stattgefunden hatte. Von dort aus führte sein Weg hinaus zur Siedlung auf den ehemaligen Hof seiner Eltern. Dort brach das Signal gegen zwei Uhr morgens ab. Dasselbe Profil zeigte sich bei seinem Bruder Lars, mit dem Unterschied, dass er am Vortag vom Flughafen in Växjö in die Innenstadt zu seinem Hotel gefahren war und dann am nächsten Morgen weiter nach Älmhult. Auch sein Signal verschwand auf dem ehemaligen Johanssonhof gegen zwei Uhr.

Ola Danlids Handy zeigte für den Sonntagvormittag auch eine Fahrt nach Älmhult an, wo er sich etwa anderthalb Stunden aufgehalten hatte. Wahrscheinlich war er ebenfalls bei der Bestattung von Helen Johansson gewesen, auch wenn er der Pastorin nicht aufgefallen war. Der Zeitrahmen passte jedenfalls. Am Abend und in der Nacht auf Montag war das Handy nur einige Kilometer bewegt worden. Das war damit zu erklären, dass der Weg zu seiner Arbeitsstelle bei den Karmfalks nicht weit war. Dann jedoch, am Donnerstagabend, verließ er die Siedlung in westliche Richtung. Dort lag der Karte zufolge eigentlich nicht viel, außer ein riesiges Waldgebiet, das kaum Netzabdeckung hatte. Das Signal war noch dreimal sehr kurz aufgetaucht, das letzte Mal gestern Abend um 21.37 Uhr an einem Punkt im Nirgendwo.

Stina Forss tippte mit ihrem Zeigefinger auf die Karte.

»Dort müssen wir hin!« Ihr grüner Nagellack blätterte bereits ab und musste dringend erneuert werden. »Wir alle. Mit Jodenius' Team und Suchhund ...«

Nyström schüttelte den Kopf.

Forss fixierte ihre Vorgesetzte.

»Warum nicht?«

»Weil ich es für verfrüht halte. Das Signal wurde vor beinahe vierundzwanzig Sunden registriert. Inzwischen kann er ganz woanders sein. Der Ansatzpunkt ist mir zu vage. Du weißt, dass ich deine Erfahrungen bei der Mordkommission wirklich schätze. Deine gute Ausbildung und deine Intuition. Deine Beharrlichkeit. Aber von solchen Dingen ...«, Nyström deutete auf das Waldgebiet, »... hast du keine Ahnung. Du weißt nicht, wie viele Menschen man braucht, um jemanden da draußen zu finden. Du weißt nicht, wie es ist, wenn man sich irrt. Wie schnell man die Orientierung verliert. Stadt und Wald – das sind zwei grundverschiedene Dinge.«

»Es geht um Menschenleben.«

Ihr Augenlid flackerte. Das war nicht gut. Das war überhaupt nicht gut, denn es bedeutete, dass sie kurz davorstand, einen Wutanfall zu bekommen. Und wenn es erst einmal so weit kam, dann ...

»Stina, es geht für uns in erster Linie darum, einen ..., wahrscheinlich zwei oder noch mehr Fälle zu lösen. Und ja, *vielleicht* und *womöglich* geht es auch um Menschenleben. Von Emma

Johansson, ihren Onkeln oder diesem Ola Danlid. Aber wie du vorhin richtig sagtest, sind das noch zu viele *vielleicht* und *womöglich*. Und daher halte ich es auch nicht für zielführend, wenn du allein dort draußen durch den Wald stolperst. Oder wir zu fünft. Wenn wir dort jemanden suchen, dann richtig. Aber solange wir noch nicht einmal einen klaren Suchauftrag haben und wissen, hinter wem oder was wir überhaupt her sind, werde ich nicht noch einmal Hundertschaften, Fährtenhunde und Hubschrauber in Bewegung setzen.«

Die beiden Frauen maßen sich mit einem langen Blick.

»Wir warten«, befahl Nyström. »Wir warten, bis wir ein aktuelles Signal haben.«

Forss biss sich auf die Lippe, bis sie Blut schmeckte. Dann zwang sie sich, von zehn an rückwärtszuzählen, wie es ihr der Therapeut beigebracht hatte. Als sie bei vier angelangt war, spürte sie, dass ihr Atem sich beruhigte. Mit dem Bauch atmen, hatte der Therapeut gesagt, tief in den Bauch hineinatmen.

»Okay«, flüsterte sie, wandte ihren Blick ab und setzte sich wieder hin. »Okay.«

Ohne dass noch jemand etwas sagte, verließen alle anderen den Raum. Nur Knutsson blieb. Er legte ihr die Hand auf den Rücken. Erstaunlicherweise fühlte es sich sogar gut an.

# 5

Ingrid Nyström und Kent Vargen waren mit Elin Wahlgren auf einem Reiterhof etwa dreißig Kilometer nördlich von Växjö verabredet, wo Wahlgren ihr Pferd stehen hatte. Die junge Frau hatte am Telefon nur äußerst widerwillig zugestimmt, sich noch ein weiteres Mal mit der Polizei zu unterhalten, und nachdrücklich darauf hingewiesen, dass sie nur deshalb einwilligte, weil sie ihre Eltern schützen wollte.

Als sie auf dem Hof ankamen, war Wahlgren gerade von einem Ausritt wiedergekehrt und dabei, ihr Pferd abzusatteln. Nyström und Vargen begleiteten sie in den Stall, wo sie das Pferd zurück in seine Box brachte. Die Hauptkommissarin genoss den kräftigen Geruch nach Tier und Heu, er erinnerte sie an längst vergangene Kindheitssommer in Värmland, wo ihre Großeltern gelebt hatten.

»Also«, fragte Wahlgren und striegelte das glänzende braune Fell ihres Wallachs, »was wollt ihr von mir hören?«

»Fangen wir mit Vergangenem an«, schlug Nyström vor.

Ohne von ihrer Tätigkeit aufzusehen, begann Elin Wahlgren zu erzählen. Fast klang es, als habe sie sich die Wörter bereits zurechtgelegt.

»Der Sturm also. Der vermaledeite Sturm. Es war an einem dieser toten Tage nach Weihnachten und Neujahr. Ich meine, man freut sich den ganzen Dezember über auf das anstehende Fest und danach auf Silvester, aber wenn das dann vorbei ist, bemerkt man erst richtig, wie grau und trostlos die Jahreszeit eigentlich ist. In dem Jahr habe ich es als besonders schlimm empfunden, was zum Teil sicherlich auch am Wetter lag. Es war viel zu warm. Es lag kein Schnee. Man konnte weder Ski- noch Schlittschuh fahren, sondern nur Waldspaziergänge durch den Matsch unternehmen. Aber der eigentliche Grund war natürlich das Drama auf dem Johanssonhof.«

»Du meinst den Tod von Nils?«, hakte Vargen nach.

»Nein, vorher. Am zweiten Weihnachtstag. Der Tsunami in Thailand. Als klar wurde, dass Emmas Großeltern ums Leben gekommen waren. Anton und ich kannten die beiden gut. Wir waren ja häufig dort zum Spielen, unsere halbe Kindheit, wenn ich jetzt darüber nachdenke. Ihr Tod war ein Schock. Für Emma natürlich noch mehr. Sie war todtraurig. Besonders an ihrer

Oma hatte sie sehr gehangen. Liane hat uns früher oft mit in den Wald genommen und alle möglichen Sachen erklärt. Von daher war die Stimmung natürlich sowieso im Keller.«

»Und zwischen deinen Eltern ...«, begann Nyström.

Wahlgren blickte ihr zum ersten Mal in die Augen, dann konzentrierte sie sich wieder auf das Pferd.

»Das kam natürlich noch dazu. Wir haben beide gespürt, dass da etwas nicht stimmte. Anton und ich, meine ich. Er vielleicht noch mehr als ich.«

»Er war dein Zwillingsbruder, oder?«

»Genau. Seine Fühler waren immer schon feiner als meine. Er hat unsere Mutter darauf angesprochen, und sie hat es zugegeben. Dass da etwas mit Emmas Vater am Laufen war. Wir waren natürlich stocksauer. Warum tat sie uns, warum tat sie Papa so etwas an? Und dann noch mit dem Vater unserer besten Freundin! Ich habe Jahre gebraucht, um das zu verstehen. Um ihr zu verzeihen. Und ich bin froh und dankbar, dass sich meine Eltern wieder zusammengerauft haben. So seltsam das klingen mag, aber das war das einzig Gute, das Antons Tod mit sich brachte: Sie haben an seinem Grab wieder zusammengefunden.«

»Wann genau hat dein Vater davon erfahren?«, wollte Vargen wissen. »Von Nils und deiner Mutter?«

»Ich erinnere mich, dass bei uns schon einige Wochen vor Weihnachten eine seltsame Stimmung herrschte. Papa war zum Beispiel bei der Lucia-Feier nicht mit in der Kirche. Weihnachten auch nicht. Richtig geknallt hat es dann Neujahr. Papa hat sogar zwei oder drei Nächte bei einem Kollegen übernachtet. Das war auch der Zeitpunkt, als Anton meine Mutter zur Rede gestellt hat. Am Sturmtag war Papa aber schon wieder zu Hause. Ich wollte an dem Abend eigentlich ausgehen, aber wegen der Unwetterwarnung sind wir dann sicherheitshalber zu Hause geblieben.«

»Du oder ihr?«, fragte Vargen.

»Was?«

»Du sagtest gerade, dass du ausgehen wolltest, aber dass ihr dann daheimgeblieben seid.«

»Ich meine damit, dass Anton nie die treibende Kraft war, wenn's ums Feiern ging. Er war eher der ruhige Typ. Aber mitgekommen ist er meistens trotzdem.«

»Beschützerinstinkt«, sagte Vargen.

»Keine Ahnung. Wir gehörten halt zusammen. Das typische Zwillingsding. Jedenfalls waren wir die ganze Nacht auf. Wir haben diesem irren Orkan zugehört, beim Kerzenschein Monopoly gespielt und zwei Flaschen Wein leer gemacht, die wir noch von unserem Geburtstag im November gehortet hatten. Papa und Mama waren ins Bett gegangen und sind erst wieder runtergekommen, als es schon längst wieder hell war und der Sturm vorbei.«

»Aber hätte theoretisch jemand das Haus verlassen können, ohne von euch bemerkt zu werden? Immerhin habt ihr zwei Flaschen Wein getrunken, ihr müsst ganz schön angesäuselt gewesen sein, oder?«

»Nein, auf keinen Fall. Das hätten wir mitbekommen. Allein schon, weil die Holztreppe wie verrückt quietscht. Als Teenager haben Anton und ich zig Szenarien durchgespielt, wie man unbemerkt aus dem Haus kommt, aber ohne Leiter läuft da nichts.« Zum ersten Mal deutete ihre Mimik etwas an, das einem Lächeln nahekam. »Ich muss frisches Heu holen, falls ihr nichts dagegen habt.«

»Natürlich«, sagte Nyström und dann, auch wenn es ihr ein bisschen unangenehm war: »Gibt es hier vielleicht irgendwo eine Toilette?«

Sie hatte heute definitiv schon zu viel Tee getrunken.

# 6

Als Elin Wahlgren mit einer Schubkarre voll Heu wiederkam, war von Nyström noch immer nichts zu sehen. Jetzt oder nie, entschied Kent Vargen. Ohne Vorwarnung packte er Wahlgren am Hals. Sie ließ die Schubkarre los. Vargen drückte ihren leichten Körper fest an einen Holzpfeiler, mit seinem freien Arm blockte er ihre Versuche ab, sich loszuschlagen. Er erhöhte den Druck auf den Hals, bis sie kaum noch Luft bekam und mit dem Schlagen aufhörte. Zusätzlich drängte er sein Knie in ihren Schritt. *Bambi* sah ihn mit großen, angsterfüllten Augen an.

»Das sag ich deiner Kollegin«, presste sie mit Mühe hervor.

»Wem glaubt sie wohl eher?«, zischte er. »Einem Kollegen oder einer kleinen Lügnerin wie dir, die uns von Anfang an verarscht? Mit deinen Lügen ist jetzt Schluss, verstehst du? Ein für alle Mal Schluss!«

Sie starrte ihn an.

Sie nickte.

Reine Panik.

Er lockerte den Griff etwas.

»Sag mir, wer dich auf dem Dorffest vergewaltigt hat. Ich weiß genau, dass du damals nicht bewusstlos warst. Du hast allen nur Scheiße erzählt, aber mir wirst du jetzt die Wahrheit sagen, verstehst du?«

Wieder nickte sie.

Er ließ noch ein Stück lockerer.

Schnell, es musste jetzt schnell gehen.

»Henrik Johansson«, krächzte sie. »Emmas Onkel.«

»Wo ist Emma?«

»Ich weiß es nicht.«

Verdammt.

Er drückte sein Knie hoch und Elins Hals zu.

»Wo ist Emma?«

»Ich weiß es wirklich nicht!«
Er glaubte ihr.
Er ließ sie los.
Sie schrie nicht, sie starrte ihn nur hasserfüllt an.

# 7

Als Ingrid Nyström in den Stall zurückkehrte, hatte sich etwas verändert, aber sie hätte nicht sagen können, was es gewesen war. Das Licht, das durch die schmalen Fenster fiel? Die Temperatur? Die Luftfeuchtigkeit? Elin Wahlgren beschäftigte sich weiterhin mit ihrem Pferd, sie fütterte es mit Heu und Trockenfutter. Vargen stand an einen der Pfeiler gelehnt und beobachtete die junge Frau.

»Du weißt vermutlich schon, dass Emma Johansson seit fünf Tagen vermisst wird?«, fragte Nyström.

Wahlgren nickte apathisch.

»Genau wie ihre beiden Onkel, Henrik und Lars, sowie ein ehemaliger Nachbar, Ola Danlid«, fuhr Nyström fort.

Bei der Erwähnung von Emmas Onkeln drehte Wahlgren ihren Kopf und warf Vargen einen Blick zu. Vargen räusperte sich.

»Wir hatten, während du weg warst, ein sehr gutes Gespräch miteinander«, sagte er an seine Vorgesetzte gewandt.

»Ach ja?«

»Elin hat bewundernswerterweise einen sehr persönlichen, ja, intimen Sachverhalt mit uns geteilt.«

»Ja?«

Nyström sah Wahlgren erwartungsvoll an, doch die junge Frau schwieg.

»Sie ... Der Mann, der sie vor drei Jahren vergewaltigt hat, war keiner der ehemaligen Straffälligen der *Dritten Chance*. Es war Henrik Johansson.«

Wahlgren kratzte mit energischen Bewegungen die Hufe des Wallachs aus.

»Ist das wahr, Elin?«

Wahlgren nickte, ohne dabei aufzusehen.

»Wie grässlich!«

Nyström schluckte.

»Weiß Emma davon?«

»Ich habe es ihr erzählt.«

»Wann?«

»Am Morgen vor der Beerdigung ihrer Mutter.« Wahlgren ließ das Bein des Pferds los und legte den Hufkratzer beiseite, dann sah sie zu Nyström auf. »Ich weiß, das war kein guter Zeitpunkt. Aber ich musste ihr doch erklären, warum ich nicht zur Beisetzung kommen konnte. Zuerst habe ich es noch mit einer Ausrede versucht und Emma gesagt, dass ich krank sei. Doch sie hat mir nicht geglaubt. Sie kennt mich. Sie weiß, dass mich selbst Fieber nicht von Dingen abhält, die mir wichtig sind. Schließlich habe ich ihr die Wahrheit gesagt. Ich hab es nicht länger ausgehalten, sie zu belügen. Glaubst du, ich habe sie damit in Gefahr gebracht?«

# 8

Tiimo Saarinen war ein blasser Mann um die dreißig. Sein liebenswertes Finnlandschwedisch hatte ihn Delgado bereits am Telefon sympathisch gemacht. Saarinen war seine Sorge anzusehen, er war verschwitzt und hatte Ringe unter den Augen, als hätte er seit Tagen nicht geschlafen. Wahrscheinlich hatte er das auch nicht. Emma Johansson hatte sich in der Zwischenzeit nicht bei ihm gemeldet. Auf der Fahrt zu einem Hotel in Älmhult befragte er Delgado zum Stand der Ermittlungen. Viel Neues konnte Delgado ihm nicht mitteilen. Er bat den Biologen, von Emma und ihrem gemeinsamen Leben in Indonesien zu erzählen. In weiten Teilen bestätigte Saarinen das Bild, das Delgado sich bei der Auswertung von Johanssons Smartphone gemacht hatte. Emma Johansson war eine taffe, kämpferische Frau, eine Idealistin, die ihr Leben in den Dienst einer großen Idee gestellt hatte. Tatkräftig, optimistisch, unnachgiebig. Bisweilen aber auch unerwartet melancholisch und unsicher. Von ihrem Vorleben in Schweden hatte sie in Indonesien wenig gesprochen. Saarinen wusste aber, dass sie es als große Niederlage erlebt hatte, den Hof aufgeben zu müssen. Sie hatte den Bauernhof und den Wald als Verbindung zu ihrem Vater und ihren Großeltern bezeichnet, die durch ihre Schuld gekappt worden war. Der bedingungslose Kampf für den Umweltschutz in Indonesien war Saarinen manchmal als ein Versuch seiner Freundin erschienen, die Vergangenheit wiedergutzumachen. Der nahende Tod ihrer Mutter hatte sie emotional stark belastet. Nachdem sie von Helens unheilbarer Krankheit erfahren hatte, war sie zunächst unschlüssig gewesen. Im Camp hatte eine wichtige Kampagne angestanden, die sie federführend mit vorbereitet hatte. Von vorne bis hinten ihr *Baby*, wie sie es ausgedrückte. Doch schließlich entschied sie, nach Schweden zurückzukehren und bis zum Ende bei ihrer Mutter zu bleiben.

»Es war schwer für sie, Helens Verfall mit anzusehen, aber sie hat sich dazu verpflichtet gefühlt«, sagte Saarinen. »Es war ihr wichtig. Sie hatte das Gefühl, es ihrer Mutter schuldig zu sein. Sie wirkte traurig, aber gefasst, selbst an dem Tag, als Helen starb. Dann fand sie die Briefe, und das warf sie völlig aus der Bahn. Sie konnte nicht glauben, dass ihre Mutter sie all die

Jahre für eine Mörderin gehalten hatte. Dazu kam die Wut und Trauer darüber, dass ihr Vater anscheinend nicht verunglückt, sondern getötet worden war. Sie hat daran gezweifelt. Es war für sie unvorstellbar. Denn wer sollte so etwas tun? Wer war dazu fähig? Und warum? Sie hat ihren Vater vergöttert, und es war für sie völlig unvorstellbar, dass jemand Nils nicht mögen könnte.«

»Wusste sie von der Affäre ihres Vaters mit Ulrica Wahlgren, der Mutter ihrer Freundin Elin?«

»Ja, schon. Aber sie sagte, dass sie es ihm nicht wirklich übel nehmen könnte. Ihre Mutter sei schon Jahre vor der Krebserkrankung depressiv geworden und hätte sich vor Nils und der Welt zunehmend verschlossen. Von ihrer einst hübschen, lebensfrohen Mutter sei immer weniger zu erkennen gewesen. Deswegen hat Emma sich auch an die Möglichkeit geklammert, dass ihre Mutter sich in der Sturmnacht getäuscht haben muss. Dass sie fantasiert hat. Dass es womöglich eine Nebenwirkung der vielen Medikamente war, die Helen nehmen musste. Antidepressiva, starke Schmerzmittel und einen Haufen anderes Zeugs.«

»Sicher«, entgegnete Delgado. »Denkbar ist das natürlich. Allerdings haben unsere Ermittlungen bestätigt, dass sich der vermeintliche Unfall gar nicht so abgespielt haben kann, wie es Emmas Mutter ursprünglich zu Protokoll gegeben hat. Alles spricht dagegen, dass es ein Unfall war. Hat Emma denn gar keinen Verdacht geäußert? Jemanden verdächtigt, der ihrem Vater Böses gewollt haben kann?«

»Sie hat mir gegenüber nichts erwähnt. Allerdings war sie in den Tagen vor Helens Beerdigung verständlicherweise sehr bedrückt. Ich habe sie als sehr verschlossen erlebt.«

Eine Weile schwiegen sie beide. Saarinen sah aus dem Wagenfenster.

»Das also ist Emmas Heimat«, sagte er schließlich. »Der verdammte småländische Wald.«

Delgado nickte und verzog die Mundwinkel.
»Davon gibt es da draußen jede Menge.«

# 9

»Der verdammte Wald.«

Stina Forss hatte einen sogenannten Staubsauger zum Kaffee gegessen, Lasse Knutsson hatte sich an seinen Diätkuchen gehalten, davon allerdings zwei Stücke verdrückt. Die Sahne dazu war eine lässliche Sünde. Seite für Seite hatten sie sich durch die Vernehmungsmitschriften gekämpft. Trotz der neuen Informationen, die sie durch die Bewegungsprotokolle von Henrik, Lars Johansson und Ola Danlid erhalten hatten, waren Forss und Knutsson nicht ums Aktenwälzen herumgekommen.

»Was?«, grunzte Knutsson hinter seinem Ordner hervor.

»Ich sagte: Der verdammte Wald.«

»Wieso?«

»Weil irgendwie alles an diesen Fällen mit dem Wald zu tun hat. Angefangen mit dem Sturm 2005, der vor allem im Wald für so große Schäden gesorgt hat. Als der Sturm vorbei war, lag die südschwedische Forstwirtschaft am Boden, Nils Johansson war tot, und sein Erbe hatte einen großen Teil seines Werts eingebüßt. Seine Tochter musste ein paar Jahre später Hof und Wald aufgeben. Was macht sie danach? Sucht sie sich einen Bürojob? Zieht sie nach Stockholm? Kommt sie am Broadway groß raus? Nein, sie wandert nach Indonesien aus, um den tropischen Regenwald zu retten. Was machen ihre feinen Onkel mit der ererbten Kohle, um die sie ihre Schwägerin geprellt haben? Der eine wird Manager-Coach und gibt Survival-Kurse im Wald, der andere wird Künstler und schnitzt in Montana Riesenpimmel aus Holz. Was ist das Hobby des Nachbarn Joakim Karmfalk, der ja in das Familiendrama verstrickt zu sein scheint? Vögel beobachten im Wald. Wo finden wir ihn? In einer Felsspalte im Wald. Wo ist der andere Nachbar, nach dem wir suchen? Seinem Handysignal zufolge war er zumindest gestern Abend im Wald.«

»Ganz schön viel Wald«, stimmte Knutsson zu.

»Verdammt noch mal zu viel Wald, wenn du mich fragst. Irgendwo in diesem ewigen Wald befindet sich Emma Johansson, tot oder lebendig. Es muss so sein, alles deutet darauf hin. Wald! Wald! Wald! Ich sehe es in grünen Riesenbuchstaben vor mir: WALD! Dasselbe gilt für Henrik und Lars Johansson und Ola Danlid. Die sind irgendwo da draußen im Wald. Wir müssen sie nur finden. Aber dafür müssten wir ja überhaupt erst mal anfangen, nach ihnen zu suchen. Und solange unsere werte Chefin nicht der Meinung ist, dass wir ...«

»Stina, wie lange bist du jetzt hier?«, unterbrach sie Knutsson. »Drei Jahre?«

»So etwas in der Art, wieso?«

»Weil Ingrid recht hat. Weil sie von hier stammt und weil sie sich damit auskennt. Weil das, was auf der Karte nach einer harmlosen, kleinen grünen Fläche aussieht, in Wirklichkeit viel größer, unübersichtlicher und gefährlicher ist, als man denkt. Dort einen einzelnen Menschen zu finden, ist wie die Suche nach der Nadel im Heuhaufen.«

»Deswegen will ich ja auch eine Hundertschaft, Hundeführer und einen Hubschrauber da draußen haben!«

»Verstehst du nicht, dass sich Ingrid nach dem Reinfall mit dem Affen keine weitere Blöße geben kann?«

»Vielleicht.« Sie zupfte an ihrer Lippe. »Dann brauchen wir halt einen weiteren Anhaltspunkt. Etwas Konkretes. Wenn es sich nicht vermeiden lässt, irrt doch niemand tagelang ziellos durch den Wald, egal wie groß und unzugänglich der ist. Man sucht doch nach etwas. Nach einem Weg heraus oder nach einem Unterschlupf oder Versteck. Irgendwas muss es da draußen doch geben, eine Höhle oder eine Jagdhütte oder weiß der Teufel was!«

Knutsson befingerte seine Nase.

»*Der Schnapskasten*«, sagte er schließlich.

»Wie bitte?«

»Christoffer Karmfalk hat eine Hütte erwähnt, in der er mit den anderen Kindern aus der Siedlung früher häufig gespielt hat. Eine alte Schwarzbrennerhütte, die angeblich einmal einem der vielen Kerle von Ola Danlids Mutter gehört hat.«

»Wirklich?«

Knutsson blätterte in einer der Akten, die vor ihm lagen.

»Hier haben wir es. *Schnapskasten* hat ihn Christoffer Karmfalk genannt.«

»Das heißt, es gibt eine Hütte im Wald, die sowohl Emma Johansson als auch Ola Danlid kennen?«

Knutsson nickte.

»Davon können wir ausgehen.«

# 10

Ingrid Nyström war in einer merkwürdigen Stimmung. Die unerwartete Aussage von Elin Wahlgren gab der Ermittlung einen ganz neuen Impuls. Henrik Johansson hatte vor drei Jahren die beste Freundin seiner Nichte vergewaltigt. Emma wusste davon. War das ein Grund für sie, ihren Onkel zu töten? Welche Rolle spielte Lars dabei? Welche Ola Danlid?

Nyström wusste, dass die neuen Erkenntnisse die Ermittlung nach vorne pushen würden. Dass sie vielleicht sogar der Schub waren, auf den sie die ganze Zeit gewartet hatte. Nur: Sie spürte es nicht. Statt Eifer und Motivation fühlte sie nur eine traurige Leere und bleierne Müdigkeit. Vargen schien ihre Stimmung zu ahnen, und er war klug genug, während der Rückfahrt nach Växjö zu schweigen. Sie ließ ihn vor dem Präsidium aussteigen und schickte ihn nach Hause. Eigentlich hatte sie vor, selbst auch nach Hause zu fahren, aber irgendetwas ließ sie nicht den gewohnten Weg einschlagen. Ihre innere Kompassnadel führte sie zunächst ziellos durch die Stadt, dann auf Umwegen nach Teleborg. Dort stand am Stadtrand zwischen sanften Hügeln und frisch abgeernteten Feldern ein Wasserturm auf Stelzen. Das Betonungetüm war in den Siebzigerjahren gebaut worden. Jugendliche kamen hierher, um zu rauchen, Bier zu trinken und das beeindruckende Echo auszuprobieren, das sich unter der Betonkuppel des Turms fabrizieren ließ. Sie und Anders hatten sich dort einmal nach einer Party vor sehr langer Zeit geküsst und angetrunken Foreigner-Songs in die Nacht hinausgesungen. Meine Güte, war das lange her, dachte sie, waren seitdem wirklich bereits fünfunddreißig Jahre vergangen? Sie parkte den Wagen, stieg aus und spazierte zu dem Turm hinüber. Zwischen schnell vorbeiziehenden Wolken kam immer wieder die Sonne durch, dennoch war es nicht mehr so warm wie noch vor ein paar Tagen. Mittsommer war bald drei Monate vorbei, die Tage würden schnell kürzer werden, und nach einem feuchten Herbst würde die große lange Dunkelheit kommen und sich träge über das Land legen. Bis dahin war ihre Mutter hoffentlich bei ihr eingezogen, aber vorher musste sie natürlich mit Anders darüber sprechen. Sie hatte den Turm erreicht. Sie stellte sich mittig unter den riesigen Wassertank. Es roch nach Urin, die Pfeiler waren mit Graffiti besprüht. *Sami fickt Lena* las sie. Auf dem Boden lagen leere Bierdosen und Zigarettenstummel, genau wie vor fünfunddreißig Jahren. Mit den Schuhen kratzte sie ein paar Glasscherben zur Seite, dann kniete sie sich vorsichtig hin. Ihr erschien die Geste angebracht. Ihr war danach, Demut zu zeigen. *Es geht um Menschenleben*, hatte Stina Forss gesagt. Nyström hatte in der vergangenen Nacht vielleicht ein Leben gerettet. Sie schloss die Augen und betete für Joakim Karmfalk. Reichte das? Reichte *Gott* das? Reichte ihr das? Sie öffnete die Augen wieder. Sie kannte die Antwort. Nein, es reichte nicht. Es reichte nie. Auch wenn Joakim Karmfalk durchkam, würde es nicht reichen. Da draußen gab es immer noch mehr, die ihre Hilfe brauchten. *Vielleicht* Emma Johansson oder Ola Danlid, *womöglich* Henrik oder Lars Johansson. Aber sie war kein Engel, keine Erlöserin. Sie würde niemals alle, die Hilfe brauchten, retten können. Es gab da draußen Millionen gebrochene Seelen, damit musste sie leben. Niemand konnte die ganze Welt retten, ein Leben war für diesen Tag genug. Sie stand auf und klopfte sich den Staub von der Hose. Es war Zeit, nach Hause zu fahren.


# 11


Stina Forss hatte den verdutzten Knutsson im *Askelyckans* sitzen lassen. Sie wollte ihn da nicht mit hineinziehen. Es war genug, wenn eine gegen die Anordnungen verstieß. Außerdem wusste sie, wie loyal Knutsson Nyström gegenüber war. Sie erreichte Christoffer Karmfalk auf dem Handy. Forss fuhr die L23 südlich Richtung Älmhult, sie wusste nicht mehr, zum wievielten Mal diese Woche. Karmfalk erwartete sie bereits. Er hatte einige Stunden zusammen mit seiner Mutter in Växjö im Krankenhaus verbracht, war dann aber wieder auf den Hof zurückgekehrt, die Arbeit wartete, als Bauer konnte er sich keine längere Auszeit erlauben, erst recht nicht, weil mit seinem Vater und Ola Danlid bereits zwei Arbeitskräfte fehlten. Forss war mit dem jungen Landwirt bei den Kuhställen verabredet, die einige Kilometer vom Hofgebäude der Karmfalks entfernt lagen. Sie war verblüfft, wie groß der moderne Stall war. Innen war es ruhig, hell und luftig, von strengem Geruch keine Spur. Die Tiere, es mussten Hunderte sein, konnten sich innerhalb der Halle frei bewegen. Die meisten hatten sich in Liegeboxen zurückgezogen oder fraßen. Forss sah zwei Kühe, die sich von einer automatischen Apparatur den Rücken bürsten ließen. Sie fand Karmfalk am Ende eines Ganges an einer von vier Boxen, in denen Kühe standen und fraßen, während sie von einer Maschine gemolken wurden. Karmfalk ließ von seiner Arbeit ab und bedankte sich dafür, dass die Polizei seinen Vater gerettet hatte. Forss versprach, die Dankesworte persönlich weiterzugeben.

»Ja, die Hauptkommissarin ist eine ganz tolle Frau«, sagte sie. Von wegen.

Sie hatte eine detaillierte Karte der Umgebung dabei.

Karmfalk zeigte ihr, wo die alte Schwarzbrennerhütte lag. Etwas mehr als fünfzehn Kilometer in den Wald hinein.

»Mit zwölf, dreizehn Jahren sind wir Kinder oft im Sommer mit den Rädern rausgefahren. Ganz in der Nähe liegt ein toller Badesee.«

»Hat Anton Wahlgren sich dort das Leben genommen?«, fragte Forss.

»Nein, das war an einem anderen See.«

»Kanntest du ihn?«

»Nicht besonders gut. Er und seine Schwester waren fünf Jahre älter als ich, das macht natürlich was aus, selbst hier draußen, wo es nicht so viele andere Kinder zum Spielen gibt. Die Zwillinge waren zusammen mit Emma vom Johanssonhof eine kleine Clique für sich. Während meine Kumpel und ich uns auf Fahrrädern zum See gequält haben, haben die drei Großen uns mit ihren Mopeds und Rollern überholt und ausgelacht.« Die Erinnerung zeichnete für einen Augenblick ein Lächeln in sein Gesicht. »*Die Kletten* haben wir sie genannt, weil sie ständig zusammenhingen. Manchmal waren sie aber auch nett zu uns. Ab und zu hat mich Emma den ganzen Weg bis zum See gezogen, sie auf ihrem Motorroller, ich auf dem Fahrrad. Es war nicht ganz ungefährlich, mit vierzig, fünfzig Sachen durch den Wald zu rasen, aber es hat unheimlich Spaß gemacht. Von Anton habe ich meine erste Zigarette bekommen. Ich musste wie verrückt husten, und die drei Kletten haben sich natürlich weggeworfen vor Lachen.«

»Und was ist das Besondere an der alten Hütte beim See?«

»So besonders ist die gar nicht. Ein altes Blockhaus, das vor vielen Jahren zum Schnapsbrennen zweckentfremdet wurde. Als Kinder fanden wir es ziemlich unheimlich, weil es im Grunde noch vollständig eingerichtet war. Ein altes Bett mit einer vor sich hin faulenden Matratze, ein Tisch, Stühle, eine einfache Küchenzeile. Alles mit Spinnweben überwuchert und verdreckt. Für uns war der *Schnapskasten* eine Art Spukhaus. Angeblich standen auf dem Dachboden sogar noch die alte Brennapparatur und Kanister mit methanolverseuchtem Schnaps. Aber weil es dort keine Leiter gab, konnten wir das nie überprüfen. War wahrscheinlich auch besser so, sonst wäre ich heute vielleicht blind.« Wieder lächelte er kurz. »Damals führte ein kleiner Waldweg dorthin, aber seit dem Sturm ... Der Wald hat sich seit damals sehr verändert. Ich weiß nicht, ob es den Weg heute überhaupt noch gibt oder ob er nicht völlig zugewachsen ist.«

Forss bedankte und verabschiedete sich.

Sobald sie wieder in ihrem Wagen saß, verglich sie das Kreuz, das Karmfalk in die Karte gezeichnet hatte, mit den Koordinaten von Danlids letzter Handyortung. Die Punkte stimmten beinahe überein. Sie gab die Zahlen in die Navigationsapp auf ihrem Handy ein, doch das Programm machte ihr keine Routenvorschläge. Das sich ständig ändernde Gewirr von Forstwegen, die das Gebiet durchzogen, hatte das Gerät nicht gespeichert. Forss musste sich also auf ihren Orientierungssinn und die Karte verlassen, auf die wenigstens einige der größeren

Waldwege eingezeichnet waren. Dennoch verfuhr sie sich mehrere Male, landete in Sackgassen oder auf Forstwegen, die so unwegsam waren, dass man ihnen nur mit Spezialfahrzeugen folgen konnte. Sie geriet zuerst zu weit nach Westen, dann zu weit nach Norden. Als sie sich nach anderthalb Stunden Umherkurven sicher war, schließlich den richtigen Pfad zur Hütte gefunden zu haben, musste sie einsehen, dass es mit dem Auto nicht weiterging. Sie stieg aus. Sofort erkannte sie eine tiefe, grobe Fahrspur im weichen Waldboden, die nur von einem Motocross-Motorrad stammen konnte. Die Profilreifen hatten dieselben charakteristischen Erdwürfel aufgeworfen wie die, die sie in dem Miettransporter gefunden hatten. Sie zog ihre Dienstwaffe und entsicherte sie. Geduckt und so leise, wie es nur möglich war, ging sie die letzten zwei Kilometer zu Fuß. Der Nadelwald um sie herum schwieg. Die einzigen Geräusche waren ihre Schritte auf dem federnden Boden und ihr eigener Atem. Das Gehen in der ungewohnten Körperhaltung strengte sie an. Obwohl sie nur eine leichte Sommerjacke trug, schwitzte sie. Forss war froh, dass sie am Morgen ihre DocMartens-Boots angezogen hatte und keine Pumps. Nach etwa zwanzig Minuten öffneten sich die grünen Wände rechts und links von ihr zu einer breiten und lang gezogenen Lichtung. Da lag der See, silbern glitzerte das Wasser in der Abendsonne. Der perfekte Badesee. Jetzt verstand sie, warum die Kinder und Jugendlichen der Siedlung lange Fahrradtouren in Kauf genommen hatten, um hierherzukommen, obwohl es Seen gab, die näher lagen. Forss entdeckte ein Schwanenpaar auf dem silberblauen Wasser. Wie an einer Perlenkette aufgefädelt folgten ihm vier Jungtiere. Dann sah sie die Hütte. Sie stand am anderen Ufer und war viel kleiner, als Forss sich vorgestellt hatte. Sie duckte sich instinktiv. Die Motorradspur führte linker Hand um den See herum, aber Forss entschied, sich rechts zu halten und den Schatten der Fichten sowie die Büsche, die am Ufer wuchsen, als Deckung zu nutzen.

Langsam arbeitete sie sich voran, stoppte dabei immer wieder, ging tief in die Hocke oder legte sich flach auf den Boden. Sie verfluchte sich dafür, dass sie kein Fernglas mitgenommen hatte. Als sie sich bis auf dreißig Meter genähert hatte, erkannte sie, dass das Motorrad hinter der Hütte abgestellt war. Bedeutete das, dass sich Danlid in der Hütte befand? War er bewaffnet? Bei der Durchsuchung seines Hauses waren ein Jagdschein und ein Futteral für ein Gewehr gefunden worden, aber nicht die Waffe selbst. Forss lag hinter einem Busch und presste sich auf den Boden. So blieb sie eine Viertelstunde und beobachtete das einzige Fenster der Hütte. Keine Bewegung, nichts. Aber das musste natürlich nicht heißen, dass niemand da war. Vielleicht schlief er oder ruhte sich aus. Vielleicht waren auch mehrere Menschen in der Hütte, Emma oder Henrik und Lars Johansson. Forss fummelte ihr Smartphone aus der Hosentasche. Kein Empfang, das hätte sie sich denken können. Was jetzt? Sie entschied sich, noch näher an die Hütte ranzurobben. Für die nächsten zwanzig Meter boten ihr die Büsche noch einen gewissen Schutz. So vorsichtig wie möglich kroch sie näher, fünf Meter, zehn, zwanzig. Immer behielt sie das Fenster im Blick, die Waffe schussbereit. Nichts geschah, nur die Schwäne zogen auf dem See ihre Kreise. Der Wald schwieg noch immer.

Und nun?

Die letzten zehn Meter bis zur Hütte boten keine Deckung mehr. Im Gegenteil: eine halb verfallene Holzveranda umgab die Hütte auf zwei Seiten. Dort musste man rüber. Die Schritte auf dem Holz würden innen zu hören sein, zumindest wenn man rannte. Ihr Herz klopfte. Sie entschied sich dennoch für die Offensive. Kurz musste sie an die peinliche Konfrontation auf ihrer Terrasse mit Mathias, dem Mann ihrer Cousine, denken. Aber dies hier war etwas ganz anderes. In einer einzigen fließenden Bewegung kam sie aus dem Liegen in die Hocke und den Stand, zehn schnelle Schritte, sie riss die Tür auf, die Waffe im Anschlag. Ihr Kopf zuckte nach links, nach rechts, nach oben und unten. Die Hütte bestand nur aus einem einzigen Raum, und darin war niemand. Allerdings lagen auf dem Boden Isomatte und Schlafsack. Auf dem Tisch standen ein Spritkocher und einige Konservendosen, Instantkaffee und ein Campinggeschirr. Alles deutete darauf hin, dass Danlid bis vor Kurzem hier gewesen war. Das Nummernschild des Motorrads stimmte mit dem überein, das sie gestern zur Fahndung ausgeschrieben hatten. Was sollte sie jetzt tun? Hier auf ihn warten? Sich wieder zurückziehen und Verstärkung anfordern? In den Wald hinausgehen und nach ihm suchen? Sie nahm ihr Handy aus der Tasche. Kein Signal. Forss entschied sich zu warten. Sie schloss die Tür und setzte sich mit dem Rücken zur Wand hin, sodass sie durch das Fenster nicht gesehen werden konnte. Unter dem Tisch entdeckte sie einen Rucksack, den Danlid mitgebracht haben musste. Sie zog ihn zu sich, wühlte darin herum und beförderte einen Wollpullover, eine angebrochene Schachtel Munition und eine Tafel Schokolade zutage. Sie aß die halbe Schokolade und schloss für einen Moment die Augen. Tief durchatmen. Ausruhen, nur für einen Augenblick ausruhen.

## 12

Stein auf Stein. Jeder einzelne war aus der Erde gestemmt, mühsam zusammengetragen und zu Steinhaufen aufeinandergetürmt worden. Monumente von Schweiß, Blut und Tränen ihrer Ahnen im Kampf um das Überleben. Mit leerem Magen und geschwächten Gliedern stand Emma auf einem Hügel. Nach und nach erkannte sie weitere Wölbungen in der Landschaft, weitere Steinhaufen, die unter einer Haut aus Moos weilten. *Hackerösen.* Ihre Lippen formten ein schwaches Lächeln; sie war nicht die Erste, die hier vom Hungertod bedroht war. Sie verlagerte ihr Gewicht und spürte, wie die Steine unter ihren Füßen wackelten. Sie stellte sich vor, wer die Steine dort hingelegt haben könnte, sah vor sich einen ausgemergelten Körper, Verhärtungen an den Händen, den Rücken vom Schmerz gekrümmt. Das Erbe der Eiszeit war das Joch des Nordens, dachte sie. Die Gletscher und unvorstellbaren Eisblöcke, die mit gewaltiger Kraft Landschaften geformt und modelliert hatten, hatten nicht nur Hügel, Täler und Seen hinterlassen, sondern auch Abermillionen von Steinen. Das Klirren, wenn Eisen auf Stein trifft, verfolgte die Menschen in Småland wohl seit der Zeit der ersten Siedlungen, und die Eroberung der einst unter Gletschern gelegenen Landmassen war ein mühsames Unterfangen, das nur langsam über die Jahrhunderte vorangetrieben worden war.

Emma ging in die Hocke, zog das Moos von einem Stein in der Größe eines Straußeneis und hob ihn mit beiden Händen auf.

Sie wusste nicht, wovor sie am meisten Angst hatte.

Vor dem Hungertod oder vor *ihm*.

Ihr wurde schwindelig, und sie musste sich hinsetzen.

Ob die armen Menschen, die die *Hackerösen* angelegt hatten, auch von Angst vor dem Hungertod getrieben worden waren?

Der Legende nach hatte es einen König gegeben, der in einer Zeit großer Hungersnot befahl, jeden dritten Untertan zu töten, damit weniger Münder zu sättigen waren. Die Königin jedoch widersetzte sich und stattete stattdessen die jungen Männer und Frauen mit Stemmeisen aus, damit sie unbestelltes Land von Steinen befreien und neue Ackerflächen gewinnen konnten. Die Steinhaufen, die *Hackerösen*, benannt nach der gütigen Königin Hacka, zeugten von einer Lebensrealität, die ihrer so unendlich weit entfernt schien, aber doch so nah war.

An Hunger sterben oder sich töten lassen.

Hatte sie eine Wahl?

Konnte es nicht auch für sie eine Königin Hacka geben, die ihr einen anderen Ausweg anbot?

Sie hatte nur eine Chance. Sie musste herausfinden, wo sie war. Sie musste aus dem Wald heraus. Wie lange irrte sie schon umher? Sie wusste es nicht mehr. Die Tage und Nächte verschwammen ineinander zu einem Klumpen Zeit, der sich wie die Ewigkeit anfühlte. Sie spürte, wie schwach sie war. Wann hatte sie zum letzten Mal etwas Richtiges gegessen?

Wenn das doch alles nur ein böser Traum wäre, dachte sie. Wenn sie sich im Delirium befände und sich alles nur einbildete. Sie dachte an die Schüsse. Die waren echt gewesen. Sie konnte den Kratzer auf ihrer Stirn noch immer fühlen, der durch die abgeplatzte Baumrinde entstanden war. Es war wahr.

*Er* war hinter ihr her.

Er wollte sie töten.

Ausgerechnet er.

Hatte er ihr und den Menschen, die ihr etwas bedeuteten, nicht schon genug Schmerz zugefügt? Sie sah *seine* Gestalt immer wieder zwischen den Bäumen. Sah die Mistgabel, das Blut und den leblosen Körper.

Den zweiten und dritten Schuss hatte sie nur gehört.

Sie war weggerannt, bis ihre Beine sie nicht mehr getragen hatten, dann hatte sie sich auf den Boden gedrückt und darauf gewartet, dass er sie finden würde. Aber es war nicht geschehen.

Als sich die Dämmerung auf den Wald gelegt hatte, war sie mutig genug gewesen, ihr Versteck zu verlassen. Zu ihrem Unterschlupf hatte sie sich nicht zurückgewagt, sondern hatte sich neben einen umgefallenen Tannenstamm gelegt und in die Nacht hinausgehorcht. Die Angst und die feuchte Kälte hatten sie wach gehalten.

Sie hatte an Tiimo gedacht, an seine starken Arme, an seinen warmen Blick, an seine beruhigenden Atemzüge.

An alles, was gut war.

Die gewünschte Nähe zu ihm hatte sich jedoch nicht eingefunden. Er hatte sich so unglaublich weit weg angefühlt, ungreifbar, unerreichbar.

Als sich die Dunkelheit lichtete, war sie aufgestanden und den ganzen Morgen ohne Plan und Orientierung umhergeirrt.

Emma betrachtete den Stein in ihren Händen.

Als kleines Kind hatte sie gerne auf den Steinhaufen und an Steinmauern gespielt. Zusammen mit Elin und Anton hatte sie Höhlen darin gebaut und Räume eingerichtet. Der flache Stein in ihrer Hand hätte sich gut als Kochplatte geeignet, dachte sie. Elin, Anton und sie hatten gespielt, dass sie Waisenkinder waren, auf der Flucht vor den bösen Erwachsenen.

Sie hielt inne.

Elin musste inzwischen Bescheid wissen.

Elin musste begreifen, was geschehen war.

Elin könnte ihre Königin Hacka sein.

Sie musste Rettung holen.

Ihr Herz schlug wild, und Hoffnung stieg in ihr auf. Vielleicht war Elin bereits unterwegs, vielleicht suchte sie bereits nach ihr, vielleicht hatte sie längst die Polizei informiert. In Emmas Kopf rasten die Gedanken.

*Der Schnapskasten!*

Sie *kannte* die Steinhügel um sich herum, nur die Konturen des Walds hatten sich verändert. Sie war hier mit ihrer Großmutter Blaubeeren pflücken gewesen, und nicht weit entfernt lag die alte Schwarzbrennerhütte, in der Elin, Anton und sie als Kinder ihren Geheimklub eingerichtet hatten.

Wo sollte Elin nach ihr suchen, wenn nicht in der Hütte?

Außerdem führte von dort ein Trampelpfad auf einen Forstweg und der Forstweg führte zu einer Straße. Hinaus aus dem Wald ...

Vorsichtig stieg Emma von dem wackeligen Steinhügel herunter und bahnte sich zwischen den moosbewachsenen Hackerösen hindurch einen Weg. Ihr Blick war fokussiert, sie musste sich konzentrieren und ihrer Intuition vertrauen, um die Orientierung nicht wieder zu verlieren. Wie weit war es bis zur Hütte? Musste sie sich weiter östlich halten? Sollte dort nicht ein Bächlein fließen? Woher kam der große Stein da drüben? Warum sah der Wald so verdammt anders aus als früher?

Verzweiflung stieg in ihr hoch. Dann Panik.

Erschöpft lehnte sie sich gegen einen Baumstamm, sie blickte nach oben und sah die Krone sanft im Wind schwanken. Ihr Atem beruhigte sich, und auf der Suche nach etwas, das ihr Halt gab, drehte sie sich um und umarmte den Baum. Ihr Brustkorb hob und senkte sich gegen die raue Rinde.

Ich muss mich östlich halten, dachte sie, da vorne an der hohen Felsformation muss ich mich östlich halten.

Mit neuem Mut setzte sie sich wieder in Bewegung.

Als sie auf den mit hohen Gräsern bewachsenen Weg stieß, der zu der Hütte am See führte, hätte sie vor Glück beinahe laut geschrien.

# DER TAG DES STURMS,
## 8. JANUAR 2005, 20.34 – 22.16 UHR

*Der Wind presst die Luft zu einer unsichtbaren Mauer zusammen. Ola kämpft sich gebückt an den Jasminbüschen vorbei zur Garage. Der Lichtstrahl seiner Taschenlampe tanzt in der Dunkelheit. Er hört mehr, als dass er sieht, was um ihn herum im Gange ist. Äste brechen, eine leere Gießkanne wirbelt umher und knallt gegen die Hauswand, die Dachschindeln klappern. Nur ein Verrückter verlässt in einem solchen Sturm sein Haus, denkt er, aber was hat er für eine Wahl? Wegen seiner Dummheit sollen die Tiere nicht leiden. Er reißt die Garagentür auf, taumelt hinein und schließt die Tür hinter sich. Der Windwiderstand ist plötzlich weg, er richtet sich auf und atmet tief durch. Was er vorhat, ist Wahnsinn. Er holt seine Motorsäge vom Regal, überprüft den Ölstand und gießt Benzin nach. Zusammen mit dem Schutzhelm und dem Benzinkanister legt er sie neben die Fackeln in den Kofferraum. Er probiert erneut, die Karmfalks zu erreichen, aber das Netz hat gemeinsam mit dem Strom den Geist aufgegeben. Es sind ja nur drei Kilometer, versucht er sich zu beruhigen. Dann öffnet er das Garagentor und fährt in das schwarze Chaos hinaus.*

*Die Windböen rütteln den kleinen Wagen durch, und er muss mit Kraft gegen sie ansteuern. Der schmale Schotterweg ist von abgebrochenen Ästen übersät. Ola weicht ihnen so gut es geht aus, aber es gelingt ihm immer weniger. Unter dem Auto knackt es fürchterlich. Es folgt ein ungutes schleifendes Geräusch, dann ruckt es durch den ganzen Wagen. Etwas ist abgebrochen. Der Auspuff? Im Scheinwerferlicht sieht er die Tannen und Fichten links und rechts des Weges schwanken. Mal langsam und sanft, dann schnell und ruckartig. Ein Totentanz. Die Stämme biegen sich ihm unnatürlich weit entgegen. Dann ein Knall wie bei einer Explosion, direkt über ihm. Im Rückspiegel sieht er, wie direkt hinter ihm eine mächtige Tanne quer über die Straße kippt. Panisch drückt er aufs Gas. Äste klatschen gegen die Windschutzscheibe. Und dann geht es nicht mehr weiter. Weniger als zwanzig Meter vor ihm ragt eine Wand aus umgeknickten Tannen auf.*

*Ola hält an, öffnet die Tür und steigt verunsichert aus dem Auto. Was soll er jetzt tun? Schützend hält er sich die Arme über den Kopf und kämpft sich an die umgefallenen Bäume heran. Im Licht der Scheinwerfer sieht er Tannen, die kreuz und quer aufeinandergefallen sind, ein Meer aus Tannengrün und Stämmen, von der Straße ist nichts mehr zu sehen. Jenseits der fächerförmigen Lichtstrahlen ist es stockfinster, aber das Rauschen des Windes und das Knacken von brechendem Holz lässt ihn erahnen, wie es im Wald rechts und links von ihm aussieht. Er ist höchstens einen Kilometer gefahren, aber er kommt mit dem Auto weder voran noch zurück. Die Motorsäge im Kofferraum wird ihm nicht weiterhelfen. Es kommt ihm vor, als wäre er in ein Kriegsgebiet hineingeraten, und gegen die Gewalten, mit denen er es hier zu tun hat, ist die Säge so sinnlos wie eine Lanze gegen einen Bombenangriff.*

*Er geht zurück zum Wagen und steigt ein. Gerade als er die Tür schließt, kracht eine Fichte direkt auf die Motorhaube. Das Licht verlischt nun vollends. Alles wird von der Finsternis verschluckt. Seine Hände zittern, und er vergisst für einen Moment zu atmen. Dann greift die Angst nach ihm, und Adrenalin schießt in seinen*

*Blutkreislauf. Jetzt geht es nur noch ums Überleben. Das Auto gibt ihm nur ein trügerisches Schutzgefühl, es ist eine Todesfalle: Wenn ein Baum aufs Dach fällt, ist es um ihn geschehen. Obwohl seine Instinkte etwas anderes sagen – bleib im Wagen, versteck dich, verkriech dich auf der Rückbank –, steigt er aus. Er reißt den Kofferraum auf, nimmt seinen Rucksack und die Fackeln, setzt sich den Schutzhelm auf und vergewissert sich, dass er sein Handy und die Taschenlampe dabeihat. Einen kurzen Moment überlegt er, die Motorsäge mitzunehmen, aber dann beschließt er, dass sie zu schwer und unhandlich ist.*

*Im schwachen Schein der Taschenlampe verlässt Ola die blockierte Straße und bahnt sich einen Weg in den Wald hinein. Er will die umgefallenen Bäumen, umgehen und dann versuchen, wieder auf die Straße zu kommen. Bereits nach wenigen Schritten hat er das Gefühl, die Orientierung zu verlieren. Überall um ihn herum sieht er entwurzelte Bäume. Er trabt durch eine merkwürdige Kraterlandschaft, die ihm vollkommen fremd vorkommt. Er eilt trotzdem voran, stolpert auf dem unebenen Boden, fällt hin, steht wieder auf und läuft weiter. Über ihm ein Brausen und Rauschen, wie er es noch nie gehört hat. Kämpfende Riesen, eine entfesselte Naturgewalt. Die umgefallenen Bäume machen es unmöglich, schnell voranzukommen, mal gelingt es ihm, um sie herumzugehen, mal klettert er über sie hinweg oder kriecht unter ihnen hindurch. Seine Hände kleben und riechen nach Harz. Weiter, denkt er, ich muss weiter, ich muss mich retten und die Kühe und die ganze Welt. So fühlt es sich jedenfalls an. Mit einem ohrenbetäubenden Krachen platzt vor ihm der Boden auf. Eine Fichte, keine zwei Meter vor ihm, ist umgekippt, und ihr Wurzelwerk hat ein Loch in den Boden gerissen. Sein Herz klopft. Die Welt geht unter, denkt er, und ich bin mittendrin.*

*Der Straßengraben! Rechts und links des Schotterwegs sind Entwässerungsgräben, etwa einen Meter tief, und auch wenn umgekippte Bäume quer darüberliegen, müsste es trotzdem genügend Platz geben, um unter ihnen durchzukriechen. Mit der Taschen-*

*lampe späht er nach einem Weg, der auf die Straße führt. Er will auf keinen Fall wieder in die Richtung zurück, aus der er gekommen ist, jeder gewonnene Meter war ein Kampf, den er nicht umsonst ausgetragen haben will. Geduckt trabt er weiter. Dort, die Straße! Seine Vermutung erweist sich als richtig. Ola klettert in den Graben und bahnt sich auf allen vieren einen Weg unter den umgestürzten Bäumen hindurch. Den Rucksack schiebt er mühsam vor sich her. Jetzt im Winter steht kein Wasser in den Gräben, trotzdem ist der Boden nass, und die Feuchtigkeit dringt in den Stoff seiner Hose ein. Er muss erneut an Krieg denken und an die Schützengräben des Ersten Weltkriegs.*

*Mühsam aber stetig kommt er voran. An einer Stelle ist es unter einem Baumstamm so eng, dass er sich ganz flach machen und auf dem Bauch voranrobben muss. Ein spitzer Ast kratzt über seinen Rücken, und er merkt, dass sich seine Jacke verhakt hat. Er zerrt und zieht, aber es hilft nicht. Sein Bewegungsspielraum ist extrem eingeengt, und das schränkt seine Kraft ein. Panik steigt in ihm auf. In seinem Gesicht kleben Matsch und feuchte, verrottete Blätter. Mit letzter Kraft zieht er erneut, der Stoff spannt sich und gibt dann nach. Die Jacke reißt. Mit schmerzenden Gliedern krabbelt er das letzte Stück, und dann hat er es geschafft. Die Straße vor ihm ist relativ frei. Noch. Er erhebt sich, seine Beine zittern, und seine Muskeln sind steif vor Kälte, Anstrengung und Angst. Er steigt aus der Senke. Der feste Grund unter den Füßen fühlt sich gut an. Er muss sich beeilen. Der Wind ohrfeigt ihn und zerrt an seiner nassen Kleidung, als wolle er sich über ihn lustig machen. Er bedeckt seinen Kopf schützend mit den Armen.*

*Der Helm!*

*Der Schutzhelm. Den hatte er doch aus dem Auto mitgenommen? Er kann sich nicht erinnern, ihn abgelegt zu haben. Den Rucksack und die Fackeln hat er noch, ebenso die Taschenlampe und das Handy, aber der Helm ist weg. Egal, weiter! Über ihm tanzen die Baumkronen, die Äste peitschen durch die Luft. Er eilt weiter. Erneut muss er über umgefallene Stämme klettern, aber da sie ver-*

*einzelt auf der Straße liegen, kommt er zügig voran. Er hat das Zeitgefühl verloren, und befände er sich jetzt nicht auf dem Schotterweg, wäre auch seine Orientierung dahin. Den Wald, den er so gut kannte, gibt es nicht mehr.*

*Irgendwann hört er durch das Rauschen der Bäume hindurch das knatternde Geräusch von Motorsägen, und als er auf einen umgefallenen Stamm steigt, um Ausschau zu halten, erkennt er in der Finsternis ein schwach flackerndes Licht. Kann es sein, dass es vom Hof der Karmfalks kommt? Dann verliert er plötzlich den Halt und rutscht von dem quer liegenden Stamm ab. Tannenzweige schlagen ihm schmerzhaft ins Gesicht, und er fällt seitlich auf den Boden. Die Schmerzen in seiner Hüfte rauben ihm den Atem. Die Taschenlampe ist ihm aus der Hand gefallen. Ihr Lichtstrahl ist erloschen. Er tastet um sich. Da ist sie! Tatsächlich geht sie nach mehrmaligem Schütteln wieder an. Langsam steht er auf. Seine Beine zittern. Dennoch ist da Hoffnung. Er hat das helle Flackern deutlich gesehen. Er stolpert weiter, bis die Straße sich vor ihm gabelt. Links geht es zu den Karmfalks, rechts wohnen die Wahlgrens. Unsicher bleibt er stehen. Auch wenn er sein Ziel fast erreicht hat, scheint es ihm gerade unmöglich, das letzte Stück zu schaffen. Er ist völlig ausgekühlt und hat keine Kraft mehr. Er beschließt, abzubiegen, und als er nach etwa zwanzig Metern entdeckt, dass ein flackerndes Licht im Küchenfenster der Wahlgrens scheint, fällt ein tonnenschweres Gewicht von seinen Schultern.*

# SONNTAG, DER 13. SEPTEMBER 2015

## 1

Die Dämmerung hatte sich über die Hütte gelegt, zuerst in die Winkel und Ecken, dann füllte sie den ganzen Raum. Forss hatte gewartet, Stunde um Stunde. Irgendwann hatte sie die andere Hälfte der Schokolade gegessen und gegen die Müdigkeit einen Mundvoll Instantkaffeegranulat gekaut. Es hatte grauenhaft geschmeckt, und ihr Mund hatte sich danach angefühlt, als wäre er aus Pappe. Wenigstens war sie jetzt wieder einigermaßen wach. Ihr Handy zeigte an, dass es bereits nach Mitternacht war. Empfang hatte sie immer noch nicht. Um sich zu beschäftigen, sah sie sich auf ihrem Smartphone Fotos an. Viele waren es nicht. Ob das daran lag, dass sie kaum Freunde hatte? Im Urlaub hatte sie zweimal den Strand fotografiert. Ihr Ferienappartement. Ihren Kellner Javier und eine tote Qualle. Fünf Fotos in drei Wochen. Sie war ein sozialer Albtraum, und es machte ihr noch nicht einmal besonders viel aus. Wenigstens war der Pizzaabend mit Majs Familie gelungen, obwohl sie den Anfang versaut hatte.

Unvermittelt fiel durchs Fenster ein Lichtstrahl in die Hütte. Ganz kurz nur, dann war er wieder weg. Das war doch ein Lichtstrahl gewesen, oder hatte sie sich getäuscht? Nur ein Reflex auf ihrer Netzhaut? Nein, da war er wieder! Diesmal länger. Ein gelber Finger, der mit zackigen Bewegungen die gegenüberliegende Wand abtastete. Sie blieb am Boden und nahm die Pistole in beide Hände. Das Licht tanzte an der Wand entlang. Mal war es kurz weg, dann kam es wieder. Der helle Fleck wurde kleiner und kleiner. Jemand näherte sich der Hütte, aus derselben Richtung, aus der sie gekommen war. Jetzt hörte sie Schritte auf der morschen Veranda. Eins, zwei, drei, vier. Forss richtete die Waffe auf die Tür.

Ola Danlid?

Emma, Henrik oder Lars Johansson?

Es klopfte leise.

»Stina?«, hörte sie einen Mann flüstern. »Bist du dort drin?«

Es war die Stimme von Kent Vargen.

# 2

Ingrid Nyström hatte tief und traumlos geschlafen, als das Brummen ihres Handys sie weckte. Es musste früh sein, Anders lag neben ihr und schnarchte noch ruhig vor sich hin, obwohl er am Vormittag einen Gottesdienst zu leiten hatte. Sie drehte sich zum Nachttisch um und tastete nach dem Handy. Die Nummer war dienstlich. Sie ging ran. Es war Olsson von der Frühschicht.

»Hier ist jemand, der darauf beharrt, mit dir sprechen zu müssen. Es geht um den Johansson-Fall.«

Nyström ließ sich kurz die Umstände erklären, dann beendete sie das Telefonat und stand mit einem Seufzen auf. Sie hatte sich auf ein schönes gemeinsames Frühstück mit Anders gefreut, aber das Gespräch konnte wichtig sein. Sie machte sich fertig, nahm eine Birne aus der Obstschale in der Küche, die sie im Auto aß, und fuhr nach Växjö ins Präsidium.

Elin Wahlgren sah aus, als habe sie wenig geschlafen. Nyström führte sie in den Besprechungsraum und machte ihnen eine Kanne Tee.

»Was kann ich für dich tun?«

Wahlgren hatte ihre Ellbogen auf die Oberschenkel gestützt und massierte die Ringe unter ihren Augen.

»Ich habe mir Gedanken gemacht«, sagte sie schließlich. »Ich habe die ganze Zeit, nachdem ihr gestern weg wart, nachgedacht.«

»Geht es um Emma?«

Wahlgren hob ihren Kopf und blickte sie an.

»Ja«, sagte sie. »Nein.« Sie schluckte trocken. »Auch.« Sie zupfte einen Faden aus einem Riss in ihrer Jeans. Warum Hosen heutzutage kaputt sein mussten, um chic zu sein, konnte Nyström nicht verstehen. »Ich weiß es ehrlich gesagt nicht. Auf jeden Fall hat es mit ihrer Familie zu tun.«

Nyström wartete ab.

Wahlgren zupfte einen neuen Faden aus dem Jeansstoff.

Dann sagte sie leise:

»Ich bin vorher bereits einmal vergewaltigt worden. Jedenfalls fast.«

Nyström sah die junge Frau ernst an und fragte mit ruhiger Stimme: »Wann ist das passiert?«

»Das ist es ja gerade.« Wahlgren wickelte den Faden um ihren Zeigefinger. »Es war 2005. Im Januar. Zwei Tage vor der Sturmnacht. An dem Tag, an dem Emmas Großeltern beerdigt wurden.«

Nyström spürte, wie ihr das Blut in den Kopf schoss.

»Nach der Beisetzung fand auf dem Johanssonhof eine Trauerfeier statt. Es waren wahnsinnig viele Leute gekommen, es gab Essen und Getränke. Auch Wein und Bier. Niemand hat sich an dem Tag so richtig darum gekümmert, wie viel wir Jugendlichen eigentlich tranken. Wir sind ein paarmal zum Rauchen rausgegangen. Anton hatte eine Flasche Schnaps aufgetrieben, die haben wir uns hinter der Scheune nach und nach reingezogen. Spät am Abend, als ich schon ziemlich hinüber war, stand ich allein hinter der Scheune und hab im Dunkeln geraucht. Dann war er plötzlich da, hinter mir. Hat mir die Hände um die Taille gelegt. Zuerst habe ich noch mitgemacht, ein bisschen rumgeblödelt halt. Wie ein Engtanz oder so. Aber dann fand ich es nicht mehr lustig. Als er mir die Hände auf die Brüste presste, wollte ich mich sofort losmachen. Aber das ging nicht, er war groß und stark und stand hinter mir, ich konnte noch nicht mal nach ihm treten. Ich habe natürlich gesagt, er solle sofort aufhören, und dann habe ich auch geschrien, aber da hat er mir den Mund zugehalten. Er hat mich dann ein paar Meter weitergezerrt, in die Rhododendronbüsche. Dabei hat er die ganze Zeit auf mich eingeredet, wie schön ich sei und wie toll er mich fände und so ein schwachsinniges Zeug. Als er anfing, an meinem Kleid herumzufummeln, habe ich ihm in die Hand gebissen und es geschafft, mich loszureißen. Dann bin ich Hals über Kopf und ohne meine Sachen zu holen nach Hause gerannt und habe mich in mein Zimmer eingeschlossen. Ich habe mich zu Tode geschämt. Wieso ausgerechnet ich, habe ich gedacht. Wieso ausgerechnet er?«

»Wer?«

Wahlgren sah mit leerem Blick aus dem Fenster.

»Emmas Vater. Nils Johansson.«

# 3

Die Luft war feucht an diesem milden Herbstmorgen. Über dem Wasser tanzten Nebelschleiren. Wie Elfen in den Aquarellen von Elsa Beskow, dachte Emma Johansson und folgte mit dem Blick den Nebelschleiern über dem See. Sie spürte den innigen Drang, zu den durchscheinenden Figuren ins Wasser zu steigen. Mit dem Nebel eins zu werden. Sich aufzulösen. Eine Fieberfantasie, sicher, aber sie konnte sich nicht länger dagegen wehren. Ihre Kräfte waren am Ende. Ich werde hier sterben, dachte sie. Vor Hunger und Kälte. Niemand würde nach ihr fragen, niemand würde sie vermissen. Ihre Familie war tot. Die Vorstellung war unendlich und absolut. Sie dachte wieder an Tiimo, aber er fühlte sich unendlich weit weg an. Selbst der Gedanke an den Regenwald gab ihr keine Zuversicht mehr. Vielleicht wäre es an der Zeit, ihr Schicksal zu akzeptieren und sich mit ihrem eigenen Wald zu versöhnen, dachte sie. Zum Sterben bot er ihr noch einen Platz.

Sie blickte wieder auf den nebligen See und versuchte durch den weißen Schleier die gegenüberliegende Uferkante auszumachen. Dort musste die Hütte sein. Wenn sie nur genug Kraft hätte, das letzte Stück zu gehen.

Als die Gestalt mit dem Gewehr in der Hand keine zwanzig Meter vor ihr aus dem Nebel trat, versteinerte sie. Sie hätte weglaufen müssen, sich in die hohen Haselnussbüsche schlagen, sich verstecken und den Verfolger abschütteln, aber ihre Muskeln gehorchten ihr nicht. Sie versagten ihr den Dienst.

Sie konnte nicht mehr.

Sie ließ sich auf die Knie fallen.

Sie gab auf.

Sie schloss die Augen und wartete auf den Schuss.

# 4

Nils Johansson hatte versucht, Elin Wahlgren zu vergewaltigen.

Nyström jagten die Gedanken durch den Kopf. Das war ein neues Motiv. Und gleichzeitig eine neue Verdächtige. Hatte die junge Frau, die da so verzweifelt vor ihr saß, sich gerächt und Nils Johansson mit Benzin übergossen und angezündet? War sie gekommen, um ein Geständnis abzulegen? Hatte Helen Johansson ihre Tochter Emma mit deren bester Freundin Elin verwechselt?

Elin Wahlgren liefen Tränen über die Wangen. Nyström reichte ihr ein Taschentuch. Sie ergriff die Hand der jungen Frau.

»Es ist okay«, sagte sie so sanft wie möglich. »Du kannst mir alles anvertrauen.«

Wahlgren nickte. Sie nahm das Taschentuch und schnäuzte sich. Als ihre Nase wieder frei war, begann sie zu erzählen.

»Als Nils dann zwei Tage später ums Leben kam, habe ich mir Vorwürfe gemacht, weil ich ihn schließlich verflucht hatte, weil ich ihm den Tod gewünscht hatte. Ich habe ihn so gehasst. Ausgerechnet Emmas Vater, den ich seit klein auf kannte. Ausgerechnet Nils. Ich meine, ich mochte ihn ja. Er war immer nett, charmant. Aber dann ... Ich wusste ja, dass er und meine Mutter ... Ich wollte so sehr, dass er stirbt.«

»Das ist verständlich«, sagte Nyström vorsichtig.

»*Nein!*«, rief Wahlgren. »*Eben nicht! Er war es doch gar nicht!*«

»Aber ...?«

Nyström war verwirrt. Jetzt verstand sie gar nichts mehr.

»Nils war es nicht gewesen! Ich dachte, dass er es gewesen sei, aber mir wurde erst später klar, dass ich ihn in der Situation hinter der Scheune gar nicht richtig gesehen hatte. Aber weil er mir vorher auf der Feier schon ein nettes Kompliment gemacht hatte, wo doch gerade seine Eltern gestorben waren. Da dachte ich später hinter der Scheune automatisch ... Es war dunkel. Ich hatte so viel Schnaps und Wein getrunken. Die Stimme war die gleiche, die Statur, seine Hände: Alles stimmte *fast*. Aber eben nicht ganz. Begriffen habe ich das aber erst auf Nils' Beerdigung, eine Woche später. Ich wollte natürlich gar nicht erst hingehen. Aber was hätten dann alle von mir gedacht? In der Kirche wäre ich beinahe zusammengeklappt. Es war kaum zum Aushalten. Emma hat so geweint ... Und dann hat Henrik mir diesen Blick zugeworfen. Dieser Blick und sein wissendes Lächeln. Dort, am Grab von Nils, habe ich verstanden, dass es sein Bruder Henrik gewesen war.«

Nyström schluckte. Sie konnte kaum glauben, was sie da hörte, aber spürte, dass es stimmte. Elin Wahlgren sagte die Wahrheit. Wie konnte einem jungen Menschen etwas so Furchtbares zustoßen? Wie konnte ihrer Familie, wie konnte beiden Familien in ihrer dramatischen Verwicklung das Schicksal so grausam mitspielen? Wie konnte ein einzelner Mann durch seine triebgesteuerten Taten so viel Unheil anrichten?

Unsicher berührte sie Wahlgrens Arm.

So blieben sie sitzen, minutenlang.

Irgendwann räusperte sich Nyström leise.

»Ich muss dich das fragen: Du hast Nils Johansson nicht getötet?«

Wahlgren schüttelte vehement den Kopf.

»Nein, um Gottes willen, nein.«

»Hast du jemandem von der Sache erzählt? Davon, dass du dachtest, Nils Johansson hätte dich ...«

Wahlgren nickte.

»Natürlich wusste Anton davon. Wie er alles von mir wusste. Wie ich alles von ihm wusste. Ich erinnere mich noch daran, wie wir die ganze Sturmnacht hindurch in der Küche gesessen, ein blödes Brettspiel gespielt und darüber gesprochen haben. Er wollte, dass wir es Papa sagen, aber ich war dagegen.

Er wollte, dass wir Emma einweihen, ich war dagegen. Er wollte, dass wir zur Polizei gehen, ich war dagegen. Ich wollte, dass es niemand jemals erfährt. Mitten in dieses Gespräch hinein platzte dann ein Mann aus unserer Siedlung. Ola, unser Nachbar.«

»Ola Danlid?«, fragte Nyström überrascht.

Er war also doch in der Sturmnacht in der Siedlung gewesen. Das Blut in ihren Ohrläppchen prickelte.

»Der arme Kerl war draußen in dem Orkan fast umgekommen.«

»Was hat Danlid denn in dem Unwetter bei euch gewollt?«

»Er wollte gar nicht zu uns. Es ging um die Kühe vom Karmfalkhof, wo er arbeitet. Er wollte seinem Chef irgendeinen Schlüssel bringen, der wichtig war. Irgendwas mit dem Notstromaggregat, weil ja überall der Strom ausgegangen war. Auf jeden Fall haben wir ihn zu uns reingebeten und mit Handtüchern, einem trockenen Jogginganzug und heißem Tee versorgt. Wir haben ihn aufgepäppelt, bis er wieder halbwegs bei Kräften war. Irgendwann hat Anton es ihm dann erzählt. Ich glaube, er wollte mich damit provozieren. Mir war es natürlich total unangenehm. Was ging unseren Nachbarn das an? Anton dachte wohl, wenn es sogar Ola weiß, dann kann es auch der Rest der Welt erfahren.«

»Und wie hat Danlid reagiert?«

»Schwer zu sagen. Er ist sowieso nicht gerade der Gesprächigste, aber danach wurde er richtig still. Kurz darauf ist er dann auch wieder aufgebrochen und zurück nach draußen in den Sturm gegangen.«

Nyströms Ohrläppchen *brannten*.

»Das klingt jetzt vielleicht etwas merkwürdig«, sagte sie, »aber erinnerst du dich noch, was Danlid an dem Abend für eine Jacke getragen hat?«

Wahlgrens dunkelbraune Augen sahen sie lange an.

»Seltsam, dass du danach fragst. Ich weiß es noch genau. Olas

Jacke war ganz zerrissen, als er bei uns ankam, und völlig durchnässt. Deshalb haben wir ihm Papas Armeeparka gegeben. So ein uraltes grünes Ding.«

# 5

Der Mann schoss nicht.

*Er* kam auf Emma zu, redete auf sie ein.

Sie hörte nicht hin, sie wartete nur noch auf den erlösenden Schuss. Darauf, dass der Albtraum endlich aufhörte.

Erst als er ganz nah bei ihr war und vor ihr in die Hocke ging, öffnete sie die Augen.

Aber er war es nicht!

Sie begriff nicht.

Ola?

Es war Ola.

Ihr früherer Aushilfsknecht und Nachbar. Sie hatte ihn auf der Beerdigung von Mama wiedergesehen. Er hatte noch genauso ausgesehen wir früher. Ganz zum Schluss, als schon alle am Aufbrechen waren, hatte er vor Helens Grab gestanden und ihr mit gesenktem Blick die Hand geschüttelt.

Aber warum war er denn jetzt ...?

»Ich bin hier, um dir zu helfen, Emma. Um dich zurück nach Hause zu bringen.«

Er lächelte schüchtern. Zaghaft reichte er ihr die Hand. Sie nahm sie und ließ sich von ihm hochziehen. Emma schlang die Arme um ihn und drückte sich an ihn. Es tat so gut, einen Menschen zu spüren. Einen guten Menschen zu spüren. Ola war gut. Ola roch wie früher. Nach Stall. Nach Kraftfutter und Heu. Ola hatte den Kühen bei der Geburt geholfen. Ola hatte ihr, als sie noch ein Kind war, ein Katzenjunges geschenkt. Ola hatte ihr gezeigt, wie man ohne Sattel reitet.

»Wir müssen hier weg«, sagte er. »Henrik ist ganz in der Nähe.«

»Ich weiß«, sagte sie. »Er hat auf mich geschossen.« Sie sah ihn eindringlich an. »Lars hat er auch getötet.«

»Ich weiß«, entgegnete Ola. »Ich bringe dich hier raus.«

Sie merkte erst jetzt, dass ihr ganzer Körper zitterte. Er gab ihr Traubenzucker und Wasser. Ihr Magen rebellierte, aber sie zwang sich, alles drinnenzubehalten. Emma stützte sich auf seine Schulter, um ihr verletztes Bein beim Gehen zu entlasten. So kamen sie doppelt so schnell voran wie sie vorher allein.

»Wie hast du mich nur gefunden?«, fragte sie.

# 6

Stina Forss und Kent Vargen hatten die Nacht in der Hütte ausgeharrt und sich mit dem Schlaf im Zweistundentakt abgewechselt. Es schmeichelte Forss, dass Vargen gekommen war, um ihr Beistand zu leisten. *Gegen Nyströms Willen.* Das war gut, denn es bedeutete, dass sie im Recht gewesen war und ihre Chefin im Unrecht. Zumindest wenn einer der Verdächtigen hier auftauchen würde.

Im Morgengrauen hatte Vargen vorgeschlagen, draußen hinter den Büschen am Waldrand etwa dreißig Meter von der Hütte entfernt Stellung zu beziehen. Von dort aus hatte man ein weites Sichtfeld und konnte selbst nicht gesehen werden. Bei bewaffneten Zielpersonen eine strategisch richtige Überlegung. Mit der aufgehenden Sonne im Rücken legten sie sich ins schattige Unterholz. Sie benutzten Danlids Schlafsack und Isomatte, um auf dem feuchten Boden nicht auszukühlen. Es tat gut, Vargens warmen Körper neben sich zu spüren. Eine Stunde verging, dann zwei. Forss bekam irgendwann Rückenschmerzen, und ihre Beine schliefen ein, Vargen ließ sich nicht anmerken, ob er ähnliche Probleme hatte. Ihr fiel auf, wie gut er roch, obwohl er jetzt wahrscheinlich seit vierundzwanzig Stunden in denselben Kleidungsstücken steckte. Als sie sich gerade dazu durchgerungen hatte, kurz im Wald zu verschwinden, um pinkeln zu gehen, geschah etwas. Schräg gegenüber von ihnen, auf der anderen Seite des Sees, traten zwei Menschen aus dem Wald: Sie erkannte Emma Johansson. Sie erkannte Ola Danlid. Danlid trug in der einen Hand ein Jagdgewehr. Mit dem anderen Arm stützte er die junge Frau. Gehörten die beiden zusammen? Oder war sie seine Geisel? Es war schwer zu sagen. Sie gingen auf die Hütte zu. Sobald sie die Tür öffneten, würden sie wegen des fehlenden Schlafsacks und der Isomatte merken, dass jemand dort gewesen war.

»Zugriff?«, flüsterte Vargen.

»Noch nicht. Wir warten, bis sie bei der Hütte sind. Vielleicht legt Danlid sein Gewehr beiseite.«

Je näher das ungleiche Paar kam, desto mehr konnte Forss erkennen. Emma Johansson sah ausgemergelt und krank aus. Sie hinkte und musste sich an Danlids Schulter festhalten, um das Tempo zu halten. Danlid dagegen sah frisch und gesund aus. Ein großer, muskulöser Mann. Vargen stupste sie an. Er hatte fünf Finger ausgestreckt und zählte lautlos rückwärts, indem er einen Finger nach dem anderen einknickte. Vor der Hütte blieben Danlid und Johansson stehen. Tatsächlich lehnte Danlid sein Gewehr an die Holzwand, um mit der freien Hand die Tür zu öffnen. Vargen war bei null angekommen.

JETZT!

# 7

Als Emma und Ola bei der Hütte ankamen, passierte alles auf einmal. Am Waldrand explodierte ein Schuss. Zeitgleich schrie Ola auf, der Stoff an seinem rechten Oberarm war aufgeplatzt, ein Stück Haut und Muskel waren herausgerissen, sofort blutete es. Emma zog geistesgegenwärtig die Tür auf und riss Ola, der gerade noch sein Gewehr greifen konnte, mit sich in die Hütte. Mit einem zweiten Knall zerbarst die Fensterscheibe. Es folgten vier weitere Schüsse, Glassplitter flogen umher, und mit sattem Ploppen schlugen die Projektile in die Holzwand hinter ihnen ein. Intuitiv kauerten sie sich auf den Boden. Ola presste seine Hand mit schmerzverzerrtem Gesicht auf die Wunde am Oberarm.

»Versteck dich«, zischte er ihr zu, »kriech unter den Tisch.«

Sie gehorchte. Glas- und Holzsplitter prasselten auf ihren Rücken, aber sie schaffte es, sich unverletzt unter den Tisch zu quetschen. Sie hörte die Einschläge sieben, acht, neun, zehn. Eine Konservendose wirbelte durch die Luft und knallte dann auf den Boden, aus dem Einschussloch sickerte Suppe. Danlid hatte sich mit dem Rücken zur Wand neben das Fenster gekauert. Sein Gewehr lag neben ihm. Wegen seines verletzten Arms würde er es nicht benutzen können. Dann hörte sie trabende Schritte auf der Veranda. Die Tür sprang auf, und sie erkannte Henrik mit seinem Automatikgewehr im Anschlag. Er zielte auf sie. *Gleichzeitig* sah sie, wie Ola in Henriks Richtung hechtete und ihm ein Messer in den Fuß rammte. Henrik schrie auf und fiel hin, das Gewehr ließ er fallen. Ola stürzte sich auf ihn, doch Henrik packte Olas Arm und verdrehte ihn so weit, dass Ola das Messer loslassen musste. Mit einem Kopfstoß auf Olas Nase befreite er sich. Emma hörte das Nasenbein brechen. Dennoch versuchte Ola sich zum zweiten Mal auf Henrik zu werfen, aber der drehte sich reaktionsschnell zur Seite, sodass

Ola neben ihm landete. Henrik griff nach seinem Gewehr und zielte auf Ola. Gerade noch rechtzeitig rappelte dieser sich hoch und drückte den Gewehrlauf nach oben. Es lösten sich mehrere Schüsse hintereinander, beide Männer zerrten wie wild an der Waffe. Die Schüsse gingen mit ohrenbetäubenden Knallen in die Decke. Das Blut aus Olas Nase lief über Henriks Gesicht. Dann bemerkte Emma, dass es *regnete*. Zwischen den groben Dachbalken rann literweise eine Flüssigkeit hinab, die auf die Kämpfenden rann und tropfte. Ein scharfer alkoholischer Geruch erfüllte die Hütte.

Henrik landete einen Faustschlag in Olas Magengegend. Ola stöhnte auf. Er krümmte sich. Henrik gewann die Oberhand. Am Boden liegend packte er das Gewehr, das Ola hatte loslassen müssen. Er legte auf seinen Kontrahenten an. Emma griff nach der noch halb vollen Konservendose, die neben ihr auf dem Boden lag, und schleuderte sie Henrik ins Gesicht. Henrik jaulte auf, seine linke Augenbraue war aufgeplatzt, aus der klaffenden Wunde lief Blut. Ola warf sich ein weiteres Mal auf ihn, die Männer rangen auf dem Boden. Wie unter einer Dusche tropfte der Alkohol auf sie hinab. Henrik traf Ola mit dem Gewehrkolben an die Stirn. Ola stöhnte auf, musste ihn loslassen und rollte zur Seite. Henrik trat ihm ins Gesicht, wieder brachen Knochen, trotzdem gelang es Ola im zweiten Versuch, Henriks Beine zu umklammern. Henrik drückte ein neues Magazin in das Sturmgewehr. Aber da Ola auf seinen Beinen lag, konnte er sich nicht weit genug umdrehen, um auf ihn zu schießen. Jedoch auf Emma, die vier Meter vor ihm unter dem Tisch kauerte. Er grunzte. Jetzt musste er nur noch den Finger krümmen. Ihr Herz stand still. Sie sah ihn an. Mit seinem blutverschmierten Gesicht, der klatschnassen Kleidung und mit nassem Haar sah er wie ein Irrer aus, der gerade der Hölle entstiegen war. Der scharfe chemische Geruch in der Hütte raubte Emma den Atem. Jetzt gab es nichts, was sie noch retten konnte, außer sein Erbarmen. Aber Henrik kannte kein Erbarmen.

Er hatte sie bereits einmal ihrer Existenz beraubt, nun war er im Begriff, sich ihr Leben zu nehmen. Er kniff ein Auge zu und zielte. Sie spuckte vor ihm auf den Boden. Im selben Moment sah sie das Feuerzeug in Olas Hand. Dann gingen die beiden Männer in Flammen auf.

# 8

Als der erste Schuss fiel, wollte Stina Forss losstürmen. Kent Vargen riss sie an ihrem Bein zurück, sodass sie flach auf den Boden fiel. Sie sah, wie sich Henrik Johansson aus dem schattigen Dickicht löste, etwa fünfzig Meter vor ihnen. Ein weiterer Schuss, die Fensterscheibe der Hütte zersprang. Wie der Soldat einer Eliteeinheit ging Johansson federnden Schritts, sein Automatikgewehr im Anschlag, auf die Hütte zu, während er einen Schuss nach dem anderen abgab. Sie war wütend und dankbar zugleich, dass Vargen sie zurückgehalten hatte. Auch wenn sie eine gute Schützin war: ein bewegliches Ziel mit einer Handfeuerwaffe auf fünfzig Meter so zu treffen, dass von ihm keine Gefahr mehr ausging, war extrem schwierig. Johansson dagegen wirkte wie ein Terminator, wie eine Todesmaschine. Tarnkleidung, Armeestiefel, Sonnenbrille. Als er die Hütte erreichte, trat er die Tür auf. Sie hörten einen Schrei. Forss sah Vargen an, er nickte. Gleichzeitig erhoben sie sich und liefen rasch und geduckt auf die Hütte zu, während fünf weitere Schüsse zu hören waren. Forss' Herz raste. Gab es da drinnen überhaupt noch ein Leben zu retten, oder war ihr Vorstoß eine sinnlose Selbstmordmission? Noch zehn Schritte, sieben, fünf ... Die Tür ging auf und ein brennender, schreiender Mann taumelte zwischen ihnen hindurch. Es war Henrik

Johanson. Er rannte Richtung See, dann stolperte er und fiel hin. Er wälzte sich nach links und nach rechts. Ein letzter markerschütternder Schrei, dann blieb er reglos liegen.

In der Hütte lag Ola Danlid in einer brennenden Lache. Emma Johansson zerrte an einer halb verrotteten Matratze. Forss verstand sofort, was sie vorhatte. Sie ließ ihre Pistole fallen und packte mit an. Gemeinsam wuchteten sie die Matratze auf Danlid, um die Flammen zu ersticken. Vargen drosch mit seinem Jackett auf die Flammen ein, die unter der Matratze hervorloderten. Es funktionierte, sie bekamen den Brand in weniger als einer Minute gelöscht. Zu dritt zogen sie die Matratze weg. Danlids Körper dampfte. Forss beugte sich zu ihm herab und fühlte am Hals nach seinem Puls.

Sein Herz hatte aufgehört zu schlagen.

Neben ihm brach Emma Johansson stöhnend zusammen.

# 9

Stina Forss saß auf einem Felsen am Seeufer. Sie beobachtete, wie Emma Johansson mit einer Trage in den Rettungshubschrauber gebracht wurde. Der Notarzt hatte den Tod von Ola Danlid und Henrik Johansson festgestellt. Nyström, Knutsson und Delgado, die vor einigen Minuten dazugekommen waren, sprachen mit Vargen und dem Arzt. Schließlich stiegen der Mediziner und Delgado zu Emma Johansson in den Helikopter. Unter dröhnendem Lärm hob der Hubschrauber ab. Der Wind, den der Rotor erzeugte, drückte die Spitzen der Nadelbäume nieder. Nyström kam zu Forss herüber und setzte sich neben sie.

»Der Arzt meint, dass sie durchkommt«, sagte Nyström. »Hugo hat sich darum gerissen, bei ihr zu sein.«

»Wahrscheinlich wollte er mal mit einem Hubschrauber fliegen.«

»Wahrscheinlich.« Forss verzog den Mund zu einem kurzen, schiefen Lächeln und schnippte ein Steinchen ins Wasser. »Hast du Henrik Johanssons Halsschmuck bemerkt?«

»Nein.«

»An der Lederschnur um seinen Hals hängen vier Reißzähne. Ich würde wetten, dass die von deinem toten Affen stammen.«

»Er war also der Feinschmecker«, entgegnete Nyström trocken.

Eine Weile blickten beide Frauen auf den See hinaus. Die Schwäne sind verschwunden, bemerkte Forss. Dafür schwamm eine Schar Gänse auf dem Wasser. Bald würden sie sich auf den Weg nach Süden machen.

»Du hattest recht«, sagte Nyström irgendwann. »Bis auf Lars Johansson waren sie alle im Wald.«

Forss ließ sich mit der Antwort Zeit.

»Aber es hat nichts genützt«, sagte sie schließlich.

»Manchmal ist das Leben so.«

Nyström stand wieder auf.

»Danlid hat in der Sturmnacht übrigens einen grünen Parka getragen«, sagte sie.

# 10

Einige Stunden später war Ingrid Nyström zurück in Växjö und saß am Krankenhausbett von Emma Johansson. Über einen Tropf bekam die junge Frau eine Nährlösung und Medikamente. Sie hatte zwei gebrochene Rippen, einen Muskelbündelabriss im Bein, eine Gehirnerschütterung, einen entzündeten

Hautausschlag, einen Magen- und Darminfekt und war bei ihrer Einlieferung fiebrig, dehydriert und unterzuckert gewesen. Obwohl sie Schmerzmittel bekam, war sie wach und ansprechbar. Nyström hatte Johanssons Lebensgefährten Tiimo Saarinen gebeten, sie für einige Minuten im Krankenzimmer allein zu lassen.

»Wenn du dich dazu in der Lage fühlst, sollten wir über die Ereignisse sprechen, die sich vor einer Woche auf deinem ehemaligen Hof abgespielt haben«, sagte Nyström.

Johansson nickte. Ihr Gesicht war von Insektenstichen übersät.

»Du warst nach der Beerdigung deiner Mutter ebenfalls dort, oder?«

Wieder nickte die junge Frau. Sie griff nach einem Glas Wasser, das auf ihrem Nachttisch stand, und trank einen Schluck.

»Wir waren nach der Beisetzung zu dritt in Älmhult essen, Henrik, Lars und ich. Danach sind wir zum Hof hinausgefahren. Ich wusste, dass er mittlerweile irgendwelchen Norwegern gehörte, die selten da waren. Das hatte mir eine alte Freundin erzählt, deren Eltern in der Nähe wohnen.«

»Elin Wahlgren.«

Johansson nickte erneut.

»Was wolltet ihr dort draußen?«

»Ich wollte die beiden mit etwas konfrontieren. Der Tod meines Vaters vor zehn Jahren ...«

Sie stockte.

»Wir haben die Briefe gefunden, die deine Mutter geschrieben hat.«

»Sie hat fürchterliche Dinge behauptet, die nicht stimmen. Natürlich habe ich Papa nichts angetan. Sie muss sich das eingebildet haben.«

»Aber ihre Zeilen haben dich verunsichert.«

»Natürlich. Aber nachdem ich verarbeitet hatte, dass meine

Mutter mir so etwas zutraute, kam ich ins Grübeln. Im Nachhinein wurde mir klar, wie sehr Henrik und Lars von dem Tod meines Vater profitiert haben. Sie haben damals meine Mutter und mich regelrecht über den Tisch gezogen. Deshalb hatten wir den Hof nicht halten können. Auch wenn ich mir nicht wirklich vorstellen konnte, dass die beiden ... oder einer von ihnen tatsächlich seinen eigenen Bruder ... Ich wollte es von ihnen hören. Sie sollten mir schwören, dass sie mit Papas Tod nichts zu tun hatten. Außerdem wollte ich, dass sie sich noch ein letztes Mal den Hof ansehen müssen. Dass sie sich ansehen, was sie in ihrem Egoismus verspielt und verscherbelt hatten. Das Lebenswerk ihrer Eltern, verkommen zu einem Ferienhaus für Touristen.«

»Was haben die beiden zu deinen Vorwürfen gesagt?«

»Natürlich haben sie bestritten, etwas mit Nils' Tod zu tun zu haben. Aus der Verantwortung für den Hof haben sie sich wie schon früher herausgewunden. Sie hätten damals dringend das Geld aus dem Erbe benötigt, dem Hof sei es eh schlecht gegangen und so weiter und so fort. Allerdings gab es eine Sache, aus der sich Henrik nicht herausreden konnte.«

»Die Vergewaltigung von Elin Wahlgren.«

Emma nickte.

»Lars ist ausgerastet. So habe ich ihn noch nie erlebt. Ich weiß nicht, ob es daran lag, dass er früher in Elin verguckt gewesen war, oder ob er sich in seinem neuen Leben als Familienvater in den USA plötzlich zum Moralapostel gewandelt hatte. Jedenfalls sind die beiden richtig aneinandergeraten. Ich als Aufheizer mittendrin. Da hatte ich meinen Streit. Zum Schluss haben sie sich dann gegenseitig vorgeworfen, Papa umgebracht zu haben. Sie wurden handgreiflich. Lars hat Henrik brutal getreten. Dann hat Henrik rotgesehen. Plötzlich hatte er diese alte Mistgabel in der Hand ... Als ich die Augen wieder aufgemacht habe, lag Lars tot am Boden. Henrik hat gezittert und mich mit diesem irren Blick angestarrt. Ich habe Angst bekommen. Bevor er noch irgendetwas sagen konnte, bin ich zur Tür hinaus und in den Wald hineingerannt ...«

Nyström schrieb mit. Alles schien zu den Indizien zu passen.

»Kannst du dir erklären, warum Henrik sich solche Mühe gegeben hat, den Hof anzuzünden und abzubrennen? Er muss stundenlang Brennholz in das Hauptgebäude geschleppt haben.«

»Das war nicht Henrik, das war Ola.«

»Ola?«

»Ein Missverständnis. So wie er es mir erzählt hat, hatte er mich und Lars am späten Nachmittag zum Hof fahren sehen. Henrik, der etwas später mit seinem eigenen Wagen nachgekommen war, dagegen nicht. Als er später dann neugierig auf den Hof kam, um nachzusehen, was wir dort überhaupt machten, war das Unglück bereits geschehen. Er fand Lars tot daliegen und dachte, dass ich das gewesen sei. Er wollte mich schützen. Wir hatten schon früher, als ich noch ein Kind war, einen guten Draht zueinander. Er wollte nicht, dass mir etwas zustößt, dass mich die Polizei für eine Mörderin hält.« Emma lächelte matt. »Deshalb hat er wohl vor lauter Panik und Verzweiflung das Haus angezündet und meinen Mietwagen irgendwo im Wald versteckt. Dass Henrik Lars getötet und es nun auch auf mich abgesehen hatte, hat Ola erst verstanden, als er nach Hause zurückgekehrt war und im Morgengrauen beobachtet hatte, wie Henrik mich gesucht hat. Ich bin ihm unendlich dankbar. Ohne ihn wäre ich jetzt mit Sicherheit tot.«

Nyströms Gedanken ratterten. Henrik Johansson hatte also seinen eigenen Bruder erstochen und wollte danach die Zeugin der Tat, seine eigene Nichte, zum Schweigen bringen. Die Spuren in seiner Wohnung belegten, dass er die Suche nach Emma kurz unterbrochen hatte. Wahrscheinlich hatte er sich in Malmö auch sein Gewehr und seine Ausrüstung geholt. Er hatte sich regelrecht auf die Pirsch begeben, seine Nichte gejagt wie ein Tier. Mit seinem und Ola Danlids Tod waren zwei Protagonisten der merkwürdigen und brutalen Geschehnisse für immer verstummt. Umso wichtiger war eine schlüssige und umfassende Aussage Emma Johanssons.

Die Tür öffnete sich, die Ärztin, die Nyström über Johanssons gesundheitlichen Zustand informiert hatte, trat ein.

»Ich denke, für heute reicht es mit der Aufregung«, sagte sie und lächelte. Weil man das in Krankenhäusern nun einmal tat: lächeln. »Es wird Zeit, dass unsere Patientin endlich etwas Schlaf bekommt.«

Nyström stand auf. Es gab noch viele offene Fragen. Aber morgen war auch noch ein Tag. Emma Johansson würde ihr nicht weglaufen.

Nyström verabschiedete sich.

Die junge mitgenommene Frau schien nicht in Erwägung zu ziehen, dass ihr Retter Ola Danlid wahrscheinlich ihren Vater getötet hatte. Er hatte ein Motiv, er war zur Tatzeit in der Siedlung gewesen, und er hatte eine grüne Jacke getragen.

Die Gedanken daran beschäftigen sie noch, als sie ihren Kleinwagen aufschloss und sich auf den Weg nach Hause machte. Auf der Landstraße nach Ör war wenig Verkehr. Sie spürte ihre Müdigkeit. Sie wühlte in ihrem Beutel, der auf dem Beifahrersitz lag, nach einem Bonbon, dabei kam ihr der Briefumschlag in die Finger, der den Bericht ihrer Krebsnachsorgeuntersuchung enthielt. Sie bat jedes Mal um einen Ausdruck und archivierte die Papiere in einem orangefarbenen Ordner im Bügelzimmer. Wozu eigentlich? Um die Fachausdrücke wieder und wieder im Internet nachzulesen? Wurde davon irgendetwas besser? Sie schluckte. Vielleicht hatte die Ärztin vor ein paar Tagen recht gehabt. Vielleicht war es an der Zeit, loszulassen. Der Impuls war stark: Sie ließ die Scheibe herunter. Der Fahrtwind riss ihr den Umschlag aus der Hand. Im Rückspiegel war er nicht mehr als ein weißer Fetzen, der auf das schwarze Wasser des Helgasees hinausgeweht wurde.

Sie freute sich darauf, mit Anders zu Abend zu essen. Es wurde Zeit, endlich über das neue Zuhause ihrer Mutter zu sprechen. Sie würde das Bügelzimmer ausräumen und renovieren. Der orangefarbene Ordner würde zusammen mit Anders alten Computerteilen auf dem Dachboden landen, und sie würde zukünftig im Wohnzimmer bügeln.

# 11

Trotz der beiden Todesfälle war Hugo Delgado gelöster Stimmung, als er mit seiner Freundin Linda am Abend einen Spaziergang durch die Innenstadt machte. Zum Teil lag es daran, dass Emma Johansson gerettet worden war. Da ihr Handy, mit dem er sich so intensiv beschäftigt hatte, dass ihm die junge Frau ans Herz gewachsen war, zu den Beweisstücken gehörte und erst einmal für unbestimmte Zeit in der Asservatenkammer verschwinden würde, hatte er Emmas Daten auf einen USB-Stick gezogen und ihr im Krankenhaus auf den Nachttisch gelegt. Sie hatte ein Recht darauf, fand er.

Die Luft war mild und roch zum ersten Mal in diesem Jahr nach Herbst. Irgendwo verbrannte jemand feuchtes Laub. Ziellos bummelten sie in der Fußgängerzone an den Geschäften vorbei, die den Umzug in das neue, riesige Einkaufszentrum am Stadtrand nicht mitgemacht hatten. Viele waren es nicht mehr. Fünf Jahre noch, schätzte Delgado, dann würde die Innenstadt verwaist sein, weil die Leute dann nur noch in der Shopping-Mall und im Internet einkauften. Auch der kleine Lebensmittelladen, in dem er Stammkunde war, würde dann verschwunden sein.

Linda blieb vor dem Schaufenster einer Boutique für Herrenmode stehen.

»Schau mal«, sagte sie, »wie wäre es mit einem neuen Mantel für dich?«

»Warum eigentlich nicht?«, sagte er. In der Tat sah der helle, eng geschnittene Mantel, auf den Linda gezeigt hatte, chic aus und würde hervorragend zu seinen Desert Boots passen.

»Vielleicht vertreiben ein paar neue Klamotten ja deine *Midlife Crisis*?«, neckte sie ihn. »Oder willst du lieber einen Motorradführerschein machen?«

Er lächelte.

»Wo du es gerade erwähnst: Darüber wollte ich sowieso mit dir sprechen«, entgegnete er.

»Über einen Motorradführerschein?«

»Das wäre ein bisschen zu klischeehaft, oder?«

Sie lachte.

»Da bin ich ja erleichtert.«

Er nahm ihre Hand.

»Ich habe heute bei der Arbeit eine erhebende Erfahrung gemacht.«

»Was meinst du damit?«

»Was würdest du zu einem Hubschrauberpilotenschein sagen?«

# 12

Stina Forss reckte sich über Kent Vargens nackten Körper hinweg und griff die Weinflasche, die auf dem Nachttisch stand. Sie füllte beide Gläser nach. Es war bereits die zweite Flasche. Dass der Chablis viel zu warm war, machte ihr nichts. Auch Vargen sah nicht unzufrieden aus, im Gegenteil, auch er schien mit der Wendung, die der Abend genommen hatte, überaus zufrieden zu sein. Was machte schon ungekühlter Weißwein, wenn man guten Sex haben konnte?

Über das Warum wollte sie gar nicht nachdenken. Hatte es mit der unmittelbaren Nähe des Todes zu tun? Mit dem Umstand, dass direkt vor ihren Augen zwei Menschen verbrannt waren? Dass sie beide selbst eine tödliche Bedrohung überlebt hatten? Oder lag es daran, dass Vargen zu ihr gekommen war? Dass er mitten in der Nacht durch den Wald marschiert war, damit sie nicht allein sein musste? Sie wusste es nicht. Es war ihr auch egal. Was zählte, war das Hier und Jetzt. Die Tatsache, dass sein muskulöser, gut riechender Körper neben ihr lag. Sie stießen im Liegen mit den Weingläsern an und tranken wortlos im Dunkeln.

Fühlte sich so Glück an?

Tickten Menschen so simpel?

Ein schneller Fick im Angesicht des Todes, ein wilder Cocktail aus Adrenalin und anderen Hormonen?

Wie auch immer, es fühlte sich jedenfalls gut an.

Sie fühlte sich lebendig, satt und sicher.

Er stellte sein Glas ab und rappelte sich auf.

»Ich muss mal«, murmelte er und stieg aus dem Bett.

Er öffnete die Tür, vom Flur aus fiel ein Lichtdreieck auf den Schlafzimmerboden. Dort lagen ihr BH und seine Socken. Als sie vor einer Stunde direkt in ihr Zimmer gestürmt waren, hatten sie von der Haustür aus eine Kleiderspur bis vor ihr Bett gelegt.

Sie lauschte seinen Schritten auf der knarzenden Holztreppe nach unten. Sie wollte ihm gerade hinterherrufen, dass ihr verrückter Vater die Toilette ausgerechnet in der ehemaligen Vorratskammer eingebaut hatte. Durch die Küche und dann die kleine Tür links. Aber das war nicht nötig. Das Kreischen der ungeölten Scharniere der Klotür verriet ihr, dass er es sofort gefunden hatte.

Beinahe so als würde er sich in ihrem Haus bereits auskennen.

# DER TAG DES STURMS,
## 8. JANUAR 2005, AB 23.45 UHR

*Ola wirft die Haustür der Wahlgrens hinter sich zu. Der Wind hat merklich nachgelassen. Ihm ist warm, und er fühlt sich wieder bei Kräften. Er muss über das nachdenken, was Anton erzählt hat. Es lässt ihn nicht los. Nils ist ein Schwein. Er demütigt Helen nicht nur, indem er sie belügt und betrügt und es hinter ihrem Rücken mit Ulrica Wahlgren treibt, nein, er vergreift sich auch noch an Ulricas Tochter Elin! Ein Widerling! Ein Vergewaltiger! Ein Schwein, dem man die Fresse polieren musste!*

*Aber noch wichtiger als Nils zu verprügeln, ist, die Kühe zu versorgen. Joakim braucht endlich den Schlüssel! Ola marschiert zum Hof der Karmfalks. Er klettert über einen umgestürzten Baum und kriecht unter einem anderen hindurch. Äste und Tannennadeln zerkratzen ihm das Gesicht. Er folgt der Straße so gut es geht.*

*Was ist das?*

*Vor ihm hüpft ein Licht in der Dunkelheit.*

*Ein Mensch mit einer Taschenlampe kommt ihm entgegen.*
*Joakim? Ist er auf dem Weg zu ihm, um den Schlüssel zu holen? Er ruft, er rennt.*
*Er leuchtet der Gestalt ins Gesicht, gleichzeitig wird er selbst geblendet.*
*Es ist Christoffer, Joakims Sohn.*
*Der Junge ist erleichtert. Gleichzeitig ist er aufgebracht. Sie reden miteinander. Joakim hat Christoffer zum Johanssonhof geschickt. Obwohl der Weg auch jetzt, wo der Sturm nachgelassen hat, noch gefährlich ist, soll Christoffer eine Motorsäge ausleihen und Ola zu Hilfe holen. Natürlich hat Joakim selbst eine Motorsäge, aber allein geht es nicht. Der Weg zu den Kuhställen ist versperrt, unzählige Bäume versperren den Weg. Christoffer hat es bis zum Johanssonhof geschafft, aber Nils hat ihm keine Säge gegeben. Nils hat gesagt, er brauche sie selbst. Das Leben von Joakims Industriekühen interessiere ihn nicht. Nils hat »Industriekühe« gesagt. Ola fühlt, wie der Hass in seinen Ohren rauscht. Kühe sind Kühe. Ob sie nun Namen haben oder nur Zahlen. Nils ist ein verdammtes Schwein. Er will Nils die Nase brechen, ihm die Fresse grün und blau schlagen. Er gibt Christoffer den Schlüssel. Er sagt dem Jungen, dass er zurück zu seinem Vater gehen soll. Er würde sich um eine Säge kümmern und Joakim dann helfen, zum Stall durchzukommen und die Kühe zu versorgen.*
*Ola ändert seine Richtung und macht sich allein auf den Weg zum Johanssonhof. Jetzt wütet ein Sturm in ihm. Er beeilt sich. Im Schein der Lampe sieht nichts aus wie zuvor. Die Landschaft hat sich verändert. Er hört das helle Kreischen einer Motorsäge. Er geht weiter durch den Wald, durch das, was vom Wald übrig geblieben ist. Das Kreischen wird lauter. Endlich sieht er Licht, Scheinwerfer von einem Traktor. Es ist Nils, der da allein im Licht der Scheinwerfer arbeitet. Ola bleibt im Unterholz stehen und beobachtet ihn. Der Hass rollt ihm in Wellen durch den Körper.*
*Große Wellen, die alles mit sich reißen.*
*Ein Tsunami.*

*Gerade als er sich in Bewegung setzen will, sieht er etwas.*

*Da ist noch jemand.*

*Eine Gestalt.*

*Mit einer Fackel in der Hand.*

*Mit einer SEINER Fackeln in der Hand.*

*Ola hat die Fackeln bei den Wahlgrens liegen lassen, fällt ihm ein.*

*Antons blauer Anorak schimmert grünlich im gelben Scheinwerferlicht.*

# EPILOG

Das Kaminfeuer war erloschen. Der alte, mächtige Mann saß in seiner Bibliothek im Dunkeln. Er blickte an die Stelle der beinahe meterdicken Wand, von der er wusste, dass dort das vierhundert Jahre alte Schlachtengemälde hing. Er brauchte weder seine Brille noch Licht, um sich die Szenerie des Ölbildes vor Augen zu führen, er hatte es im Laufe der vielen Jahre bestimmt Tausende Male betrachtet: die berittenen Heere, die Waffen, das Blut. Er mochte das Gemälde, weil es wie alle guten Kunstwerke eine Metapher war. Auch er hatte in seinem langen Leben viele Schlachten geschlagen. Manche hatten Waffen und Blut gefordert. Andere Sprache und Schrift. Aus seinen Worten waren Wahrheiten geworden, aus seinen Wahrheiten Geld, aus seinem Geld schließlich Macht. So funktionierte Geschichte, sie wurde von Männern wie ihm geschrieben. Er befingerte den Füllfederhalter, der in seiner Brusttasche steckte und einmal Heinrich Himmler gehört hatte.

Sollte er oder sollte er noch nicht?

Auf der Liste, die auf seinem Schoß lag, stand nur noch ein Name.

Die Tochter eines Kämpfers, eines anderen großen Mannes.

STINA FORSS.

Alle anderen waren durchgestrichen, alle anderen waren tot.

Er summte eine Weile vor sich hin, eine Melodie, die ihm vor langer Zeit einmal wichtig gewesen war.

Vielleicht war es noch zu früh.

Vielleicht sollte er die Beobachtung noch weiter aufrechterhalten, vor allem, da er nun die Nachricht erhalten hatte, dass es gelungen war, einen Späher ganz in der Nähe zu platzieren. Er hatte früh im Leben gelernt, dass es sich bisweilen auszeichnete, geduldig zu sein. Abzuwarten und zu beobachten. Auch wenn ihm auf dieser Welt nicht mehr viel Zeit blieb, um alle losen Enden zu verknoten.

Schließlich ging es um alles.

Schließlich ging es um Schweden.